약편

仙道 체험기

25

신선神仙되는 길이 보인다
경이적인 현상이 눈앞에 펼쳐진다!!
선도수련의 현장을 체험으로 파헤친 충격과 화제의 소설

글터
GEUL TEA

약편 선도체험기 25권을 내면서

『약편 선도체험기』 25권은 『선도체험기』 112권부터 116권까지의 내용에서 선별하여 구성하였다. 시기적으로는 2015년 2월부터 2017년 9월 사이에 일어난 삼공 김태영 선생님의 선도 체험 이야기, 수련생과의 수행과 인생에 대한 대화, 이메일 문답 내용이다.

『선도체험기』 111권에 나오는 호보 선생의 단식 수련기는 삼공 선생님의 호평을 받았기에 지난 24권에 싣고자 했는데 지면이 부족하여 끝내 넣지 못했다. 이번 권에서도 분량을 맞추려다 보니 이와 유사한 경우가 반복되었고, 『선도체험기』 116권의 경우 내용을 약편 26권에 나누어 실었다.

이렇게 하여 이번 25권에는 현묘지도 화두수련 체험기 5편을 실었다. 그리고 지난 권에서 밝혔듯이 독자에게 타력 수행방법인 주문수련을 유도할 우려가 있는 원본의 내용은 이번 권에서도 배제했거나 그런 문구를 삭제하여 실었으니 이 점 양해 바란다.

삼공선도는 굳이 출가하지 않고도 가정, 직장과 사회를 수행의 장으로 삼고 마음, 기, 몸을 닦는다. 그리고 외부의 힘을 빌리지 않고 오로지 자신의 노력만으로 내 안에서 진리를 깨닫는 자력수행법이다. 본 삼공선도를 수련함에 있어서 『약편 선도체험기』는 경전 혹은 지침 같은 역할을 하는 데 손색이 없을 것이다.

『약편 선도체험기』를 읽으면서 삼공선도 관련 질문이나 도움을 받고 자 한다면 네이버의 조광 블로그를 통해서 하기 바란다. 마지막으로 책 의 교열을 도와주는 일연, 별빛자, 대명 등의 후배 수행자에게 고마운 마음을 전한다. 그리고 『약편 선도체험기』를 발행해 주시는 글터사 한 신규 사장님에게도 감사의 인사를 드린다.

단기 4355년(2022년) 12월 20일

엮은이　조　광　배상

차 례

〈112권〉

말기 암환자의 깨달음

2016년 4월 14일 목요일

『선도체험기』를 110권까지 읽었다는 장소운이라는 50대 중반의 남자 수련생이 찾아와서 말했다.

"선생님 저는 비장암(脾臟癌) 말기 환자로서 죽음의 그림자 속에 떨고 있었습니다. 그렇지만 선생님께서 25년 전에 쓰기 시작하신 『선도체험기』를 우연한 기회에 친구의 소개로 읽고 다소 마음의 안정을 얻게 되었습니다. 제가 여행을 할 만한 기력이 있을 때 선생님의 육성으로 유익한 충고라도 혹시 들어 볼 수 있을까 해서 이렇게 실례를 무릅쓰고 제주도에서 선생님을 만나 뵈려고 찾아왔습니다."

"환우(患憂) 중에 먼 길을 찾아오시느라고 수고가 많습니다. 의사도 아니고 한갓 보잘것없는 구도자요 문필가에 지나지 않은 제가 무슨 도움이 될 수 있을지 걱정이 앞섭니다."

"천만의 말씀이십니다. 이처럼 저를 물리치지 않으신 것만도 저에게는 더없는 행운이요 영광입니다."

"과분하신 겸손이십니다. 지금 앓고 계시는 지병을 알게 된 지는 얼마나 되었습니까?"

"벌써 한 3년 되었습니다."

"지금 담당 의사는 뭐라고 하던가요?"

"암이 상당히 진행되어 다른 장기들에도 이미 전이가 시작되어 수술할 때를 놓쳤다고 합니다. 저는 원래 몸에 칼 닿는 것을 본능적으로 싫어했을 뿐만 아니라 『선도체험기』를 읽으면서 현대의학과 수술을 더욱 기피하게 되었습니다. 그렇다고 해서 그 책의 저자이신 선생님에게 감히 저의 수술 기피의 책임을 돌리자는 생각은 추호도 없으니 그 점은 안심하셔도 됩니다."

"혹시 오행생식을 해 본 일은 없었습니까?"

"왜요. 있었습니다. 그런데 불행하게도 저는 생리적으로 제 몸이 생식을 받아들이지 않는 특수 체질입니다. 그래서 아무리 먹고 싶어도 먹을 수가 없습니다. 생식 냄새만 맡아도 구역질이 나서 근처에도 못 갑니다."

"생식 대리점을 운영하다가 보니 나 역시도 고객들 중에서 천 명에 한 명꼴로 오행생식을 못 먹는 사람을 만나곤 합니다. 그 대신 생식을 소화 흡수할 수 있는 사람은 아무리 심한 암에 걸린 사람도 빠짐없이 낫는 실례를 숱하게 보아 왔습니다.

몇 달 전에도 실제로 겪은 일입니다. 위암 3기 환자인데 그분도 수술 시기를 놓치는 바람에 죽을 날만 기다리다가 친지의 소개로 오행생식에 마지막 기대를 걸고 찾아왔습니다. 그런데 생식을 먹기 시작하자 뜻밖에도 한 달도 채 안 되어 암이 말끔히 나아 버렸습니다.

그 환자는 그렇게도 무서워했던 암이 너무도 쉽게 나아 버리자 적어도 1년 이상 표준생식을 계속하여 암에 다시 걸릴 체질을 완전히 바꾸어야 한다고 충고했건만 내 말을 무시하고 제멋대로 생식을 중단해 버렸습니다."

"아니 어떻게 그럴 수 있는지 저에게는 상상도 할 수 없는 일입니다."

"그러나 실제로 가끔씩 일어나는 일입니다."

"그래서 어떻게 됐습니까?"

"내가 보기에는 너무 쉽게 치료가 되니까 암을 감기몸살 정도로 우습게 본 것이 틀림없습니다. 본인이 오행생식을 안 하겠다는 데야 내가 더 이상 무슨 말로 그분의 자유의사에 대하여 이러니저러니 주제넘게 시비를 걸 수 있겠습니까? 완치를 바랐던 나는 다소 난감한 기분이었지만 정부의 허가를 받은 의사도 아니고 일개 생식 판매업자로서 곱게 참는 수밖에 더 있겠습니까?"

"인심(人心)은 조석변(朝夕變)이고 화장실 들어갈 때 다르고 나올 때 다르다고 하지만 그건 너무한 것 같습니다. 그런 걸 생각하면 아무리 생각해도 저는 암으로 죽으라는 사주팔자를 타고 난 것이 아닌지 모르겠습니다."

"사람의 일은 한 치 앞을 내다볼 수가 없으니 너무 비관만 할 필요는 없습니다."

"그럼 혹시 무슨 방법이라도 있을까요?"

"혹시 단식(斷食)을 해 본 일은 있습니까?"

"아뇨."

"『선도체험기』에도 쓴 일이 있지만 나는 21일 동안 단식을 한 일이 있는데 그때 알게 된 사실입니다. 외부에서 늘 공급되던 음식이 어느 날 갑자기 중단되면 우리 인체는 생존을 위해서 비상 상태에 돌입하게 됩니다. 그 첫 번째 단계가 그동안 오장육부 곳곳에 숨겨져 있던 노폐물이 연소되어 비상식량으로 이용됩니다.

바로 이 노폐물이 연소될 때 몸속에 기생하던 각종 병원균들과 바이러스와 함께 암세포까지도 함께 연소되어 생존을 위한 에너지로 이용됩니다. 단식하는 사람들은 바로 이때 태어나서 몇십 년 만에 처음으로 자기 몸의 구석구석을 완전히 분해소제하게 됩니다.

그건 그렇고 실제로 중증 위암으로 3개월 후면 죽는다는 의사의 사망 선고를 받은 한 중년 부인은 이왕 죽을 거면 차라리 굶어 죽겠다고 독하게 마음먹고 단식에 돌입했습니다. 그러나 뜻밖에도 13일 동안 단식을 하니까 암 증세가 씻은 듯이 사라진 일이 있습니다.

단식을 안 해 본 사람은 이 말을 믿기 어려울 것입니다. 그러나 실제로 21일 동안 단식을 해 본 나는 그 위암 환자의 말을 믿습니다. 장소운 씨도 이 방법을 써 보는 것이 어떨까 합니다. 단식도 여행을 할 수 있을 만한 기력이 있을 때라야 해 볼 수 있을 것입니다."

"양의학, 한의학, 오행생식에서 잇달아 실패만 겪어서 그런지 단식 역시 실패할 것 같은 예감이 듭니다. 그러나 선생님께서 그렇게 권하시니 아직 저에게 여행할 기력이 남아 있을 때 밑져야 본전이라고 단식을 해 보기로 하겠습니다. 그러나 이것까지 실패하면 결국은 죽는 수밖에 없겠죠?"

죽음은 있는가?

"죽음이 두렵습니까?"

"네, 아직은 그렇습니다. 『선도체험기』를 110권까지 읽은 제가 아직도 생사일여(生死一如)의 이치를 깨닫지 못하고 이런 구차한 소리를 해서 미안하기 짝이 없습니다."

"솔직히 말해 주어서 고맙습니다. 그렇다면 내가 하나 질문을 하겠습니다."

"네, 그렇게 하십시오."

"사람이 죽으면 어떻게 됩니까?"

"우선 숨이 끊어집니다."

"숨은 왜 끊어질까요?"

"몸뚱이를 관리하던 넋이 빠져나가기 때문입니다."

"그럼 그 넋은 무엇입니까?"

"넋은 영혼이고 마음입니다."

"그렇습니다. 넋도 영혼도 마음의 한 쓰임입니다. 마음이 떠난 몸은 바로 그때부터 지체 없이 부패(腐敗)가 시작되어 자연의 일부인 지수화풍(地水火風)으로 되돌아갑니다. 결국 육체는 지구상에 사는 동안 마음이 입고 있던 겉옷과 같은 것에 지나지 않습니다.

죽는 것은 시간과 공간 그리고 물질에 얽매인 육체일 뿐이고 시작도 끝도 없는, 시간과 공간과 물질을 초월한 마음과 그 마음이 부려먹는 넋이나 영혼은 결코 아닙니다. 따라서 마음은 죽고 싶어도 죽을 수도 없습니다. 눈에 보이지도 않는 마음은 육체처럼 숨이 끊어지면 죽어야 하는 그러한 하찮은 존재가 결코 아니기 때문입니다. 사람들은 흔히 육체의 죽음을 진짜 죽음으로 착각을 합니다. 그러니까 진정한 의미에서의 죽음은 없는 것입니다. 나는 장소운 씨도 그러한 착각에서 벗어나기를 바랍니다."

바로 그 순간이었다. 장소운 씨의 두 눈에서 난데없이 반짝 광채가 일었다. 그와 동시에 그의 입에서 다음과 같은 말이 튀어나왔다.

"선생님 이제야 생사일여(生死一如) 즉 삶과 죽음은 같다는 말의 참뜻을 알 것 같습니다. 그리고 '내일 지구의 종말이 와도 나는 오늘 사과나무를 심겠다'던 스피노자의 말도 진정으로 이해를 할 것 같습니다. 사람의 주인은 마음이고 그 마음은 죽고 사는 존재가 결코 아니라는 것도 확실히 알게 되었습니다. 마음이 소멸되지 않는 한 죽음 같은 것은 없다는 것을 알 것 같습니다. 선생님 이 은혜 결코 잊지 않겠습니다."

반신불수의 수련 지망생

다음은 호남 모처에 사는, 반신불수(半身不隨)라는 고질병을 앓는 홍남식이라는 50대 남자와의 이메일 교환을 정리한 내용이다.

"전신불수에 걸린 사람이 이웃 사람의 소개를 받고 겨우 고개만 움직여 『선도체험기』를 읽으면서 기를 느끼고 운기조식이 되었고 그와 함께 전신불수가 차츰 풀려서 완치되었다는 내용을 읽었습니다. 그것이 정말 있었던 사실입니까?"

"믿고 믿지 않는 것은 듣는 사람의 자유지만 그건 지금으로부터 25년 전에 서울에서 있었던 틀림없는 사실입니다."

"『선도체험기』라는 책이 무려 26년 동안에 걸쳐서 110권이나 나왔다는데 그 책을 어떻게 하면 구할 수 있겠습니까?"

"책방에서 그 많은 책을 한꺼번에 구하기는 어려울 것이고 천상 그 책을 발행한 출판사에 알아보시면 구할 수 있을 것입니다."

"그건 그렇고요. 한 가지 의문이 있습니다."

"말씀해 보세요."

"책을 읽기만 했는데 전신불수가 풀렸다는 얘기를 상식적으로는 도저히 믿을 수가 없습니다. 어떻게 생각하십니까?"

"상식적으로 믿기 어려운 일이라고 해도 현실적으로 벌어진 일이니 그 사실만은 부인할 수 없는 것이 아닐까요? 왜냐하면 우리가 믿는 상식은 진실일 수도 있지만 진실이 아닐 수도 있으니까요."

"그럼 왜 그런 일이 일어났다고 보십니까?"

"그건 선도수련을 해 보지 않은 사람에게는 지금 내가 설명을 해 보았자 이해를 할 수 없을 것입니다. 『선도체험기』를 한 질 구해서 읽다가 기를 느낄 수 있게 되면 저절로 알게 될 것입니다. 나는 선도수련을 하다가 체험한 이야기를 작가로서 글로 진솔하게 표현했을 뿐입니다.

이 책이 세상에 나온 것은 1990년 초니까 어느덧 26년이 넘었습니다. 나는 나 자신이 쓴 책이지만 지금도 집필 중에 글이 잘 쓰여지지 않을 때는 영감이라도 얻을 수 있을까 하고 이 책의 전질(全帙)을 처음부터 읽곤 했는데, 어느덧 지금까지 세 번이나 읽었습니다.

읽으면서 그때마다 처음 읽는 책에서처럼 참신한 영감과 잊었던 정보를 되찾았고 많은 것을 깨닫곤 했습니다. 마치 나는 이 책을 대필만 했을 뿐 사실은 하늘의 소리를 옮긴 것이 아닌가 하는 느낌이 문득 들 때도 있습니다. 그렇지 않으면 내가 읽을 때마다 처음 읽는 책처럼 생소함을 느끼고 그때마다 새로운 감동을 받는 이유를 설명할 길이 없기 때문입니다."

"저자이신 선생님께서 그렇게 말씀하시니 저는 더욱더 호기심을 참을 수가 없습니다."

"그럼 어서 책을 한 질 구해서 읽어 보시기 바랍니다. 홍남식 씨는 참으로 꼼꼼하시고 빈틈이 없어서 무슨 일을 하셔도 실수하시는 일은 없겠습니다."

"과찬의 말씀이십니다."

"부디 이 책을 통해서 고질병에서 벗어나 건강을 찾으시고 새롭고 희망찬 미래가 열리기 바랍니다."

"선생님 정말 고맙습니다."

"『선도체험기』 전질을 구해서 다 읽으시면서 기운을 느끼시고 운기조식이 되어 반신불수가 풀리시면 다시 메일 보내시기 바랍니다."

"꼭 그러겠습니다. 그런데 아무래도 그 운기조식(運氣調息)이 문제인 것 같습니다."

"그렇습니다. 바로 그겁니다. 선도 수련인으로 성공하느냐 실패하느냐의 열쇠가 바로 운기조식을 성취하느냐의 여부에 달려 있으니까요."

"어떻게 하면 그 운기조식에 성공할 수 있겠습니까?"

"『선도체험기』를 한 질 구해서 읽기 시작하면 누구나 자상하게 알 수 있게 되어 있습니다."

"그래도 한말씀만 꼭 듣고 싶습니다."

"지성(至誠)이면 감천(感天)이라고 했습니다. 책에서 가르치는 대로 지극정성을 다한다면 누구든지 운기조식이라는 장벽을 뛰어넘을 수 있게 되어 있는 것만은 틀림없습니다."

"선생님, 그럼 책부터 구해서 읽겠습니다."

내 짝 찾기

2016년 5월 26일 목요일

동료들이 수련을 끝내고 다 자리를 비운 뒤에 나와 단둘이 남게 되자 직장에 다니는 28세의 방희주라는 여자 수련생이 말했다.

"선생님, 대단히 죄송하지만 오늘은 선생님께 제 일신상의 문제에 대하여 상의 좀 드려도 될까 해서 이렇게 남았습니다."

"그래요. 모처럼의 청인데 어서 말씀해 보세요."

"며칠 전에 부모님이 저를 보고 여자는 나이 30이 되기 전에 시집을 가야 된다면서 그전에 꼭 예비 신랑을 집으로 데리고 오라고 정색을 하고 말씀을 하셨습니다. 그러면서 사람이란 누구나 세 가지 덕을 가지고 이 세상에 태어난다고 하셨습니다."

"세 가지 덕이라니 처음 듣는 말입니다."

"제가 말씀드리겠습니다. 첫째가 부모덕, 두 번째가 배우자 덕 그리고 세 번째가 자식 덕인데, 그중에서 부모덕과 자식 덕만은 각자가 스스로 선택할 수 없지만 배우자만은 당사자가 스스로 선택할 수 있게 하겠다고 말씀하셨습니다."

"그 말을 듣고 보니 부모님의 자식 사랑이 보통 지극한 분들이 아닌 것 같습니다. 방희주 씨야말로 진정으로 부모덕을 타고났습니다. 형제는 몇이나 됩니까?"

"서른두 살 난 오빠가 하나 있습니다."

"무슨 일을 하시는데요?"

"모 국책회사 연구소 연구원입니다."

"결혼은 했습니까?"

"네. 3년 전에 결혼했는데 벌써 연년생으로 남매를 두고 있습니다."

"그럼 오빠도 배우자를 스스로 선택했나요?"

"그렇습니다. 결혼 전에 오빠는 사귀던 여자가 있어서 쉽게 결혼이 성사되었습니다. 그런데 저는 남자 친구가 없어서 오늘 선생님한테 어떻게 하면 배우자를 제대로 고를 수 있는지 그 요령을 알고 싶어서 이런 청을 드리게 되었습니다."

"그 정도의 청이라면 내가 평소에 이런 때를 대비해서 늘 생각하고 있던 것이 있어서 오히려 다행입니다."

"선생님께서 그렇게 말씀하시니 참으로 다행입니다. 그럼 어서 말씀해 주세요."

"그 말을 하기 전에 한 가지 다짐해 둘 일이 있습니다."

"말씀하세요."

"다른 게 아니라 지금처럼 우리나라 신생아 수효가 계속 줄어들면 인구는 계속 감소되어 백 년쯤 후에는 나라가 소멸될지도 모른다고 합니다. 결혼하면 아이는 몇이나 낳을 겁니까?"

"저는 생기는 대로 무조건 다 낳을 작정입니다. 그것이 우리 세대가 애국하는 시대정신이라고 생각합니다."

"그렇다면 우주의 진리이기도 하고 내가 가장 신뢰하는 음양오행 체질감별법을 자세히 알려드리겠습니다. 방희주 씨는 얼굴이 동그랗게 생긴 토형(土型)이니까 얼굴이 갸름한 미혼의 목형(木型) 남자라면 각자의 기운이 상부상조하여 천정배필(天定配匹)로서 백년해로(百年偕老)할 것입니다. 이왕이면 다홍치마라고 방희주 씨와 체격도 비슷한 건장한 청년을 고르면 금상첨화(錦上添花)일 것입니다."

"그것 외에 다른 것은 필요 없습니까?"

"스스로 살아갈 수 있는 생활력 외에 가문, 학력, 능력, 자격, 집안 환경, 재산 정도 같은 것은 고려 상황에서 제외해도 됩니다. 방희주 씨가 이러한 후보자를 부모님께 선보였을 때 어떻게 반응하실까 하는 것이 문제이긴 합니다만."

"제가 선택하는 남자라면 무조건 승낙하기로 했으니까 별문제는 없을 것 같은데, 선생님께서 말씀하신 목형 남자가 과연 저에게 적합할지 의문입니다."

"그건 염려하지 않아도 됩니다. 방희주 씨는 이미 수련을 통하여 기를 느끼고 운기조식을 하고 있으니까 목형 남자가 가까이 오면 두 사람의 기운이 상부상조하여 서로 마음이 편안해지고 기분이 좋아지고 피로가 회복되는 것을 실감하게 될 것입니다.

우주 에너지의 흐름

그런 목형 남자와 결합하게 되면 두 사람은 앞으로 무슨 일을 해도 우주 에너지 흐름의 도움을 받아 만사형통하게 될 것입니다. 두 남녀가 결혼 조건으로 이 이상 좋은 것이 어디에 있겠습니까?"

"그렇겠는데요. 그럼 저는 얼굴이 동그란 토형(土型)이지만 저와는 달리 얼굴이 역삼각형인 화형(火型)이나 네모인 금형(金型)이나 정삼각형인 수형(水型)이나 갸름한 목형(木型)인 여자는 어떤 남자와 기운이 맞을까요?"

"얼굴이 역삼각형인 화형(火型) 여자는 얼굴이 정삼각형인 수형 남자가, 얼굴이 네모인 금형(金型) 여자는 얼굴이 역삼각형인 화형(火型) 남자가, 얼굴이 갸름한 목형(木型) 여자는 얼굴이 네모난 금형(金型) 남자가, 얼굴이 삼각형인 수형(水型) 여자는 얼굴이 둥그런 토형(土型) 남자와 궁합이 맞습니다. 이로써 목화토금수 다섯 가지 유형의 남녀는 각기 어울리는 배우자를 선택할 수 있습니다."

"선생님, 실례지만 한 가지 물어봐도 되겠습니까?"

"그럼요. 어서 물어보세요."

"사모님은 얼굴이 무슨 형이죠?"

"우리 집사람은 목형입니다. 다행히도 얼굴이 금형인 나에게는 기운이 상부상조하는 형입니다."

"그럼 선생님은 처음부터 음양오행 체질감별법에 따라 사모님을 선택하셨나요?"

"천만에요. 순전히 우연히 맞선을 보다가 그렇게 되었을 뿐입니다. 내가 결혼할 때는 1964년도니까 지금으로부터 52년 전입니다. 내가 음양오행 체질감별법을 알게 된 것은 1992년 오행생식을 고안한 김춘식 생식원 원장님에게서였으니까 24년 전 일입니다."

"그러니까 결혼하신 지 24년 뒤에야 천정배필이라는 것을 아시게 되었다는 말씀이시군요."

"그렇습니다. 그래서 집사람은 지금도 부모복과 자식복은 몰라도 남편복 하나만은 타고났다고 노상 되뇌고 있습니다. 나 역시 아내의 의견에 전적으로 동감입니다. 내가 방희주 씨에게 오행 체질감별법을 자신 있게 추천하는 것도 이런 나의 실생활 체험이 바탕에 깔려 있기 때문입니다."

"그러시군요. 고맙습니다."

"방희주 씨가 좋은 배필을 만나 결혼에 골인하기 전에는 아직 고맙다는 인사는 적합지 않습니다. 그럼 지금까지 얘기한 것을 남자를 기준으로 다시 정리하면 목형 남자는 토형 여자가, 화형 남자는 금형 여자가, 토형 남자는 수형 여자가, 금형 남자는 목형 여자가, 수형 남자는 화형 여자가 가장 적합합니다."

"그럼 그 밖의 남녀의 결합 가령 목형 남자와 화형 여자, 화형 남자와 수형 여자의 경우는 어떻게 됩니까?"

"그 어떤 경우이든 위에 말한 것과 같이 남녀의 에너지가 상부상조하는 일은 없습니다. 그래서 결혼을 하면 남자는 쇠약해지고 여자는 강건해지는 경우도 있고 그 반대의 경우도 있습니다.

목형 남자와 화형 여자, 화형 남자와 토형 여자, 토형 남자와 금형 여자, 금형 남자와 수형 여자, 수형 남자와 목형 여자가 결혼할 경우에는 남자의 기운이 일방적으로 여자에게로 흘러들어 가기만 할 뿐 상대로부터 에너지를 받는 일은 없으므로 결혼생활은 불행해지고 남자의 수명은 짧아지게 됩니다.

그런가 하면 그 반대의 경우 즉 여자는 쇠약해지고 남자는 강건해지는 경우도 있습니다. 목형 남자와 수형 여자, 화형 남자와 목형 여자, 토형 남자와 화형 여자, 금형 남자와 토형 여자, 수형 남자와 금형 여자가 결혼할 경우에는 여자의 기운이 일방적으로 남자에게로 흘러 들어가기만 할 뿐 상대로부터 에너지를 받는 일은 없으므로 역시 결혼생활은 불행해지고 여자의 수명은 짧아지게 됩니다."

"그럼 똑같은 체형끼리 결혼을 할 경우는 어떻습니까?"

"같은 체형끼리 결혼을 하면 좋을 것 같지만 그렇지 않습니다. 친구나 동료나 동업자와 같이 사무적인 유대가 유지될 뿐 이성으로서 기운을 주고받는 일은 없으므로 결코 행복한 부부관계는 유지할 수 없게 되므로 불행해질 수밖에 없게 됩니다. 이보다 더 불행한 것은 남자와 여자가 거꾸로 된 경우입니다. 목형 남자와 금형 여자, 화형 남자와 수형 여자, 토형 남자와 목형 여자, 금형 남자와 화형 여자, 수형 남자와 토형 여자.

인간이라는 동물은 수컷이 암컷보다 몸집이 더 크고 힘도 강하므로 본능적으로 수컷이 암컷을 이기려고 하는 것이 자연의 이치입니다. 그러나 위의 경우 그와는 반대의 경우이니 파경에 이르지 않을 수 없는 경우입니다. 그러니까 결론적으로 말해서 가장 이상적인 결혼은 목형 여자는 금형 남자와, 화형 여자는 수형 남자와, 토형 여자는 목형 남자와, 금형 여자는 화형 남자와, 수형 여자는 토형 남자와 반드시 결혼해야 내외가 다 같이 무병장수하고 백년해로할 수 있습니다.

요컨대 음양오행의 에너지의 흐름대로 순응하는 것이 요령입니다. 우주의 기의 흐름은 목극토(木克土), 토극수(土克水), 수극화(水克火), 화극금(火克金), 금극목(金克木)으로 흐릅니다. 남녀 관계에서 극한다는 것은 상부상조(相扶相助)를 의미합니다.

그러나 목생화(木生火), 화생토(火生土), 토생금(土生金), 금생수(金生水), 수생목(水生木)으로 결합하게 되면 남녀 중 한 사람은 상대에게 늘 에너지를 빼앗기게 되므로 요절하게 됩니다. 순천자(順天者)는 성(盛)하고 역천자(逆天者)는 망(亡)한다는 『명심보감』에 나오는 이치와 합치됩니다."

"그런 것을 알면서도 남녀의 수효가 비슷하므로 음행오행 체질감별법대로 하면 결혼생활이 행복해야 할 터인데 사실은 행복하다는 사람들보다 불행하다는 경우가 더 많은 것은 무엇 때문일까요?"

"대개가 재산과 가문 같은 이해타산을 지나치게 따지든가 정략결혼을 한다든가 아니면 명중률이 신통치 않은 재래식 역학(易學)에 의한 궁합법을 따르든가 아니면 전생의 인과응보에 따라 자신들도 모르는 사이에 배우자를 선택함으로써 음양오행 체질감별법을 무시하기 때문입니다."

"무슨 말씀인지 이해는 하겠습니다만 지금 저에게 다급한 문제는 어떻게 하면 얼굴이 기름한 미혼의 목형 남자를 구할 수 있을까 하는 것입니다. 무슨 좋은 방법이 없을까요?"

"역시 방희주 씨는 토형답게 매우 현실적입니다. 관찰하고 생각하고 연구하다가 보면 좋은 방안이 반드시 떠오를 것입니다. 부모님의 재촉을 정 견딜 수 없을 때가 오면 그때 다시 나를 찾으세요. 그때쯤엔 무슨 좋은 수가 생길 것입니다."

"그러실 것 없이 쇠뿔은 단김에 빼랬다고 얼굴이 긴 결혼 후보자를 지금 제가 당장 만나기도 쉬운 일은 아니므로 그 마지막 카드까지 알려 주시는 것이 어떻겠습니까?"

"우물에 가서 숭늉 찾기군요. 그럼 조금 전에 문득 떠오른 생각이긴 하지만 말해 볼까요?"

"어서 말씀해 주세요."

"그저 문득 떠오른 아이디어일 뿐입니다."

"그래도 좋습니다. 말씀해 주세요."

"내외에 평판이 좋은 신용 있는 웨딩 업체나 결혼을 원하는 선남선녀들의 동호회나 클럽을 선정해서 일단 결혼 후보자로 신청을 해 놓는 것이 어떨까 합니다. 웨딩 업체의 운영 내막이 어떤지는 잘 모르지만 이미 등록되어 있는 후보자들의 영상 자료와 신상 기록을 열람할 수 있으면 예비 후보자를 어렵지 않게 선택할 수 있지 않을까 합니다. 웨딩 업체나 동호회를 잘못 만나면 사기를 당할 수도 있다 하니 신중을 기해서 접근해야 할 것입니다."

"좋은 아이디어를 가르쳐 주셔서 고맙습니다. 그런 일이라면 신문사 사회부 기자로 있는 친구가 있으니 그 친구에게 소개를 부탁할까 합니다."

"방희주 씨는 지금도 운기조식을 활발하게 하고 있으니까 목형 남자가 다가오기만 해도 금방 느낌부터 달라질 겁니다. 사귀기 시작하여 부모님께 선뵐 정도로 관계가 진전이 되면 그전에 나한테 꼭 먼저 데려 오기 바랍니다."

"꼭 그렇게 하겠습니다."

"여자는 여자가 알고 남자는 남자가 안다고 하니 꼭 그렇게 하시기 바랍니다."

"그럼요. 부모님에게 데려가기 전에 틀림없이 선생님께 먼저 인사시키겠습니다."

잇몸으로 살아가기

그로부터 일주일쯤 지난 뒤에 방희주 씨가 또 찾아왔다.

"선생님 제가 이렇게 선생님을 불쑥 찾아온 것은 저에게 적합한 신랑감을 발견했기 때문은 아닙니다."

"그럼 무슨 뜻밖의 일이라도 생겼습니까?"

23

"아무래도 풀리지 않는 수수께끼가 생겼기 때문입니다. 죄송합니다."

"괜찮습니다. 어서 말씀해 보세요."

"다른 게 아니고요. 이미 결혼하여 아이들을 낳고 사는 부부들 중에서 남녀가 기운이 상부상조하는 천생연분을 만나지 못한 부부들은 둘 중 하나는 기운을 상대로부터 빼앗기므로 기력이 나날이 쇠약해지거나 제 명을 살지 못하고 일찍 요절을 한다고 지난번에 선생님께서는 말씀하셨습니다.

그렇다면 이 세상에는 행복한 부부보다는 불행한 부부들이 압도적으로 많다고 할 수 있을 것입니다. 저는 제 예비 신랑을 구하는 일이 다급하다는 것을 잘 알면서도 이들 불행한 기존 부부들은 앞으로 어떻게 살아가야 하는가 하는 의문에 사로잡히게 되었습니다.

아이들 때문에 그리고 이미 들어 버린 미운 정 고운 정 때문에 불행을 참고 그냥 살아야 할지 아니면 생명의 법칙에 따라 과감하게 이혼을 하여 팔자를 고쳐야 할지 만 가지 생각이 저를 괴롭힙니다. 제 코가 석 자인데도 이런 생각을 하는 저 자신이 한심하다는 생각이 들지만 하도 궁금하기 짝이 없어서 이렇게 실례를 무릅쓰고 불시에 찾아왔습니다."

"나 자신의 안위보다는 천성적으로 이웃의 안위를 더 많이 생각하는 착한 마음씨를 가진 방희주 씨라면 그럴 수도 있다는 생각이 듭니다."

"선생님께서 그렇게 저를 그처럼 좋게 배려해 주시니 뜻밖입니다."

"그 심지가 갸륵해서 하는 말입니다. 사람 사는 세상에서는 앞길이 막히면 옆길이라도 뚫고 나갈 수 있는 방편이 생기게 마련입니다. 내 친구 중의 한 사람의 예를 들겠습니다. 신혼생활 때는 전연 몰랐는데 아이를 둘이나 낳고 결혼생활에도 권태기가 찾아왔습니다. 그런 어느 날 대학 동창회가 있어서 오래간만에 요정에서 자기도 모르게 만취가 되었습니다.

새벽 2시에 문득 깨어나 보니 낯선 방인데 옆에는 간밤의 요정 종업원 파트너였던 여자가 정신없이 곯아떨어져 자고 있었습니다. 그는 기겁을 하고 일어나자마자 팁과 함께 쪽지를 남겨 놓고 그 자리를 몰래 빠져나와 택시를 타고 집으로 달렸습니다.

입고 있던 복장으로 보아 비록 간밤에 그 파트너와의 사이에는 별일이 없었다 해도 결혼 후 한 번도 외박을 한 일이 없었던 자신을 기다렸을 아내를 생각하면 미안하기 짝이 없었습니다. 그러나 다행히도 새벽 2시 반에 귀가한 덕분에 아내와는 별 마찰 없이 그날 일은 잘 수습되었습니다.

그런데 그 요정 파트너를 만난 이후 가끔 그녀와 만나 단지 차를 한 잔씩 마시는데도 갑자기 기분이 좋아지고 마음이 편안해지고 건강도 좋아졌습니다. 후에 알고 보니 그의 아내는 체형이 금형인데 그 자신은 토형이고 요정 파트너는 수형이었습니다. 토생금(土生金)하여 아내한테서는 그동안 내내 기운을 빼앗겨 왔지만 요정 파트너와는 알게 된 지 얼마 안 되었고 같은 공간에 있어 본 지도 며칠 되지 않았건만 두 남녀 사이에는 많은 기운이 서로 상부상조한 것을 그 후 깨닫게 되었습니다.

요정 파트너는 그 후 다방을 차렸고 그 친구는 시간만 나면 그 다방에 나가 앉아서 그녀로부터 아내에게 빼앗겼던 에너지를 보충받을 수 있었습니다. 이 빠지면 잇몸으로 살아간다고 이생에 일단 생을 얻은 이상 사람은 어떻게 해서든지 한세상 살아가게 되어 있습니다.

더구나 도시 월급 생활자들의 경우 하루 24시간 중 가족과 같은 공간에서 생활하는 시간은 겨우 여덟 시간 내외에 지나지 않습니다. 그럼 그

나머지 16시간은 어떻게 될까요? 출퇴근 시간 외에는 거의 모든 시간을 직장과 그 주변에서 보내게 됩니다.

직장의 남녀 동료, 상사와 부하, 남녀 직원들 그리고 직장 주변의 다방이나 그 밖의 요식업소 종업원들과 늘 어울려 돌아가게 되어 있습니다. 불행하게도 천생연분을 만나지 못하여 배우자한테서 기운을 늘 빼앗기는 직장인은 이처럼 직장과 그 주변에서 어울려 돌아가는 이성들로부터 자기도 모르는 사이에 아내에게서 빼앗긴 기를 보충받아 살아가게 되어 있었던 것입니다.

그리고 조선왕조 시대에만 해도 왕족이나 권세가들은 으레 처첩들을 거느렸습니다. 대체로 그들 권세가 자녀들은 그들 부모 상호 간의 정략 결혼을 하였으므로 혼인 당사자들은 서로 배우자의 얼굴도 모른 채 부모가 정해 주는 대로 결혼식을 올려야 했습니다. 남존여비 시대였으므로 신부에게 만족하지 못하는 신랑은 합법적으로 첩을 얼마든지 거느릴 수 있었습니다."

"그러나 신분제의 혜택을 받아 다행히도 그렇게 안전한 곳을 찾아 살아가는 옛 사람들이나 현대의 도시 생활인들은 그렇다 쳐도 그러한 환경과 혜택을 받지 못한 도시나 농어촌 사람들은 어떻게 살아가죠?"

"결혼을 하고 아이들을 낳고도 이상하게도 가정에서 안정을 못 찾은 남자들 중에는 한 번 나가면 몇 년 또는 수개월씩 집에 못 돌아오는 원양어선을 타거나 외국에 취업을 하는 경우가 있습니다. 그래도 안정을 못 찾는 사람들은 끝내 이혼을 선택하는 수도 있습니다."

"그러고 보니 출퇴근 시간대의 만원 버스나 전철에서 남녀가 어울려 어쩔 수 없이 몸싸움을 벌이면서도 별 불평 없이 살아가는 것을 보면 이

들도 집안에서 배우자에게서 빼앗긴 기운을 그런 식으로나마 보충받는 즐거움을 무의식적으로 즐기고 있기 때문이 아닌가 하는 생각이 듭니다."

"돌 틈에도 용서가 있고 번갯불에도 콩을 구워 먹는다는 격언이 있습니다. 어쨌든 이 세상은 비록 어쩔 수 없이 역경에 처해지는 경우가 있다고 해도 사람은 죽으라는 법은 없고 무슨 수를 써서든지 살아 나갈 수 있게 되어 있는 것만은 틀림이 없는 것으로 보입니다."

배우자를 만나는 황금률(黃金律)

"선생님 얘기 듣고 적지 않게 안정을 되찾은 것 같습니다. 그럼 마지막 질문을 하겠습니다."

"어서 말씀하세요."

"제 사촌 오빠가 연애결혼을 한 지 20년이 되어 두 아들을 둔 50대 초반의 중년이 되었습니다. 그런데 연애결혼을 했는데도 항상 결혼생활이 화목하지를 못하고 사소한 일로 티격태격 다투기를 잘하고요, 늘 오빠 쪽에서 더 불만을 품고 있습니다.

게다가 오빠는 결혼 후에는 허리가 아프다는 등 건강이 시원치 않고 요즘은 유독 시들시들합니다. 물론 여러 병원을 돌아다녀 보았지만 제대로 치료가 되지 않습니다. 지금까지는 그저 그런 부부도 있겠거니 하고 심상하게 여겨 왔는데 지난번에 선생님을 만나 뵌 후로는 사촌 오빠를 보는 제 관점이 달라졌습니다. 선생님께서 말씀하신 음양오행 체질감별법을 적용해 보니 문제의 본질이 무엇인지 윤곽이 잡혀 왔습니다."

"혹 오빠와 시누이의 사진을 가져오지 않았습니까?"

"그렇지 않아도 여기 가지고 왔습니다" 하고 말하면서 그녀는 손바닥

만한 한 장의 사진을 내놓았다. 그녀의 사촌오빠의 얼굴은 네모로서 전형적인 금형이고 그의 부인은 얼굴이 삼각형으로서 수형이었다.

"부인의 얼굴이 갸름한 목형이었더라면 천정배필이었을 텐데 유감스럽게도 금생수(金生水)가 되어 여자는 남자의 기운을 끌어다 쓰기만 하고 되돌려 주는 것은 아무것도 없습니다. 따라서 한 공간에 같이 있으면 있을수록 여자에게는 유익하지만 오빠는 아내한테서 일방적으로 기운을 빼앗기기만 하여 건강이 점점 나빠져서 일찍 요절할 가능성이 있습니다."

"무슨 기발한 해결책은 없을까요?"

"본인들은 아무것도 모르고 그럭저럭 두 아들까지 낳고 그런대로 살아가고 있는데 방희주 씨가 갑자기 나타나 평지풍파를 일으키는 것도 그렇고 그런 일에는 신중을 기하는 것이 좋을 것 같습니다."

"만약에 선생님께서 오빠의 아버님이라면 어떻게 하시겠습니까?"

"그분들 내외가 연애결혼을 하여 그렇게 사는 것도 자기네들의 인과응보요 인연인데 아무리 부모라고 해도 갑자기 문제를 일으키는 것은 바람직스러운 일은 아닐 것 같습니다. 그러나 그들이 합의하여 이혼을 원한다면 두말없이 받아들일 수는 있겠지만 말입니다. 그 대신 지난 일은 이왕지사 그렇게 된 거고 앞으로 결혼할 예비 신혼부부를 만난다면 그들의 행복을 위해서 만난(萬難)을 무릅쓰고 배우자를 만나는 지름길이요 황금률인 음양오행 체질감별법을 도시락 싸 들고 쫓아다니면서라도 적극 권고할 것입니다.

이 길은 마치 달이 지구를 돌고 지구가 태양을 돌고 태양이 북극성을 돌 듯, 시작도 끝도 없이 자전과 공전 운동을 하면서 정해진 우주 에너지의 운동 법칙에 따라 움직이는 우주 자연의 법칙이기 때문입니다."

　이렇게 말하면서 나는 이런 경우를 위하여 늘 외워 놓은 그 문제의 황금률(黃金律)을 암송해 주고 그렇게 될 것을 권고했다.

　"목극토(木克土)하여 길쭉한 얼굴의 목형 남자는 얼굴이 똥그란 토형 여자를, 토극수(土克水)하여 둥그런 얼굴의 토형 남자는 세모꼴 얼굴의 수형 여자를, 수극화(水克火)하여 삼각형 얼굴의 수형 남자는 역삼각형 얼굴의 화형 여자를, 화극금(火克金)하여 역삼각형 얼굴의 화형 남자는 얼굴이 네모인 금형 여자를, 금극목(金克木)하여 네모난 얼굴의 금형 남자는 갸름한 얼굴의 목형 여자를 배우자로 삼을 것을 권고할 것입니다. 인류 역사가 지속되는 한 계속되어야 할 결혼으로 야기되는 온갖 문제들을 해결할 수 있는 근본적인 해결책은 바로 이 황금률을 이용하는 데 달려 있기 때문입니다."

　"이것 외에 다른 해결책은 없을까요?"

　"이것 외에는 내가 알기로는 누구나 오행생식을 하는 구도자가 되어 열심히 수련을 하여 자신의 얼굴을 표준형이나 상화형(相和型)으로 바꾸는 겁니다. 표준형이나 상화형은 어떠한 이성과도 서로 마찰을 빚지 않기 때문입니다. 그러나 그 일은 아무나 할 수 있는 일이 아니므로 대안이 될 수는 없을 것입니다."

　"무엇 때문입니까?"

　"위에 말한 황금률은 웬만한 사람은 누구나 다 지킬 수 있지만 구도자는 아무나 될 수 있는 것이 아니기 때문입니다."

　"왜 꼭 그렇게 될 것이라고만 생각하십니까?"

　"이 황금률에는 해당되는 남녀를 서로 끌어당겨서 서로 돕고 안정시키는 신비한 우주 에너지의 힘이 작용하고 있지만 구도자가 되는 길에는 그러한 신비한 힘 같은 것은 서로 작용하고 있지 않기 때문입니다."

【이메일 문답】

현묘지도 수련 체험기 (26번째)

김 희 선

2016년 2월 12일 금요일, 대주천 수련

대주천 수련을 마쳤다. 선생님께서 현묘지도 수련은 그동안 선배들이 쓴 글을 다시 한 번 읽고 때가 되었다 싶으면 말하라고 하신다. 그냥 화두를 달라고 했더니 일주일만 있다가 하라고 하신다. 집에 와서 책을 다 꺼내어 조금 읽다가 잤다.

2월 13일 토요일

그간 왼쪽만 기운이 잘 통하는 느낌이었는데 새벽 수련 중 갑자기 오른쪽 대맥에 따뜻하게 기운이 돈다. 빛의 속도로 지나간다. 천리전음이 들린다. 오른쪽에 미흡한 부분을 마저 열고 현묘지도 수련을 해야 할 것 같다. 빛의 속도로 지나가면 내가 잘 모를 것 같아서 선생님께서 선배들의 글을 읽고 가라고 하신 것 같다.

2월 17일 수요일, 현묘지도 1단계 천지인삼재

설 때문에 누적된 피로가 오늘에서야 풀리는 것 같다. 가만히 생각해 보니 백회가 열리고 난 후 빨리 정리되어 나간다. 삼공재 수련 시 선생님께서 현묘지도 화두 1단계 화두를 주신다. 기다리고 기다리던 수련인데 마음은 차분하다. 화두를 외우니 단전에 기운이 쌓이기 시작한다.

중단전에서 누군가 덩실덩실 춤을 춘다. 누굴까? 나의 자성이라고 한다. 한참 화두를 외우는데 천리전음이 들린다. "공이다... 공이다... 길고 짧은 것도 없다... 옳고 그름도 없다." 빛의 속도로 지나간다. 천리전음이 생각난다. 빠르고 느림도 없다. 중단전이 아프다. 나는 무엇을 잡고 인생을 살아가면서 힘들어했을까? 이 또한 무이다, 무이다.

0000 무엇을 뜻하는 것일까? 우주로 나가는 문이다. 우주 또한 내 안에 다 있다. 모든 것이 내 안에 다 있는데 무엇을 찾아서 이리도 떠돌아 다녔을까? 희미하게 끝났다는 소리가 들린다. 다른 사람들은 화면도 보고 하는데 별다른 점이 없어서 화두를 계속 외웠다.

2월 18일 목요일

자면서도 잠이 깨면 화두를 외웠다. 새벽에 백회에 기운이 들어온다. 온몸에서 땀이 난다. 오늘은 산에 가는 날이라 새벽에 산을 오르고 있었다. 어제 했던 수련을 다시 생각해 봤다. 공(空)이 무엇일까? 무(無)는 무엇일까? 천지인삼재를 뚫었다. 온몸에 전기가 온다. 끝났다. 끝났다. 끝났다... 강한 느낌이 전해진다.

2월 19일 금요일, 2단계 유위삼매

삼공재 수련 중 3시 20분, 1단계 수련이 끝났다고 말씀드리니 2단계 화두를 주신다. 1단계 수련에서는 빠르고 강렬하게 외워졌는데 2단계 화두는 느리고 천천히 외워진다. 천천히 정성을 다해 외우니 없다, 없다. 무엇이 없는 걸까? 시작도 끝도 없다. 길고 짧은 것도 없다. 정기도 사기도 없다. 끝났다. 끝났다. 끝났다.

4시 10분, 3단계 무위삼매

3단계 화두를 외우자 강렬한 진동과 함께 초집중 상태로 들어간다. 또 없다고 한다. 도대체 무엇이 없는 건지 나는 잘 모르겠다. 계속 화두를 암송하니 사랑, 사랑이라고? 사랑도 없다. 슬픔도 없다.

어둠 속에서 앉아 있는 내 모습이 보인다. 평생을 살면서 항상 겉으로는 웃으면서 마음속에서는 징징 울면서 살았다. 배고파서 울고, 못 배워서 울고, 가지고 싶은 것이 많아서 울고, 사랑받지 못해서 울고, 울고 또 울면서 살아온 내 모습이 느껴진다. 사랑도 슬픔도 없는 것인데 그것을 붙들고 살아온 내가 가엾게 느껴진다. 아무것도 없는 것을 붙들고 있었다. 없다. 없다. 없다. 끝났다. 끝났다. 끝났다.

시계를 보니 4시 35분이다. 선생님한테 말씀드리고 4단계 화두를 받아 가지고 왔다.

2월 20일 토요일, 4단계 무념처삼매

무념처삼매 수련은 11가지 호흡 수련이다. 오늘 새벽에 수련을 하려고 했는데 정신은 맑지만 몸이 말을 듣지 않는다. 삼매 수련을 하면 몸과 마음이 많이 바뀐다고 하더니 기몸살을 하는 것 같다. 그냥 누워 있다가 수련을 하지 못했다. 토요일, 일요일은 가족이 있어서 수련을 할 수가 없다. 일요일 저녁에 수련을 하니 여러 가지 호흡 중에서 8가지만 하고 4가지는 하지 못했다.

2월 22일, 산에 갔다 와서 집안일을 하고 수련을 했는데 이번에는 10가지 호흡이 되고 2가지가 잘되지 않는다. 2가지는 분간을 잘 못하겠다. 23일 새벽에도 수련을 했는데 끝났다고 하는데 또 2가지가 분간이 가지 않는다. 23일 삼공재 수련에서도 계속 진동은 하는데 2가지를 잘 모르겠다. 집에 갈 시간이 되어서 2가지를 잘 모르겠다고 말씀드리니 5단계 화두를 주신다.

2월 23일 화요일, 5단계 공처

화두를 외우니 두더지, 뱀, 주작, 현무, 북방의 신, 삼세의 도, 빛과 어둠, 하늘과 땅, 알파와 오메가, 시작과 끝, 끝났다고 한다. 나는 유일하게 수련 과정 중에 전생의 장면들을 보고 듣고 느끼고 하면서 수련을 해 왔다. 인간으로 태어나서 살아가는 중에 만났던 인연들을 알아 가면서 생명의 실상을 알아 왔다. 그런데 5단계 수련 중에 내가 보지 못했던 미물, 동물, 신의 세계를 보고 모르고 있었던 부분을 배우고 알게 되었다. 공처 수련도 끝났다고 한다.

2월 24일 수요일, 6, 7, 8단계 수련 (식처, 무소유처, 비비상처)

삼공재에서 5단계 화두가 끝났다고 말씀드리자 6단계 화두를 주신다.

화두를 외우니 없다, 없다, 없다, 또 없다고 한다. 계속 관을 해서 들어 가니 정기도 사기도 없다고 한다.

옆에 환자분이 왔는데 그의 기운이 느껴진다. 평소 같으면 답답하고 힘이 들면 짜증이 날 텐데 단전은 불같이 달아오르고 온몸이 뜨겁고 땀이 난다. 정기도 사기도 없다. 같이 가야 된다는 느낌이 오면서 가엾고 불쌍하다. 앞으로는 기운도 자애롭게 써야겠다는 느낌이 강하게 온다.

오고 감도 없다. '비무허공 - 있지도 않고 없지도 않으면서 어디나 있지 않은 곳이 없는 존재, 허공이면서 허공도 아니고 아닌 것도 아닌 그러한 존재', '용변부동본 - 쓰임은 바뀌어도 본바탕은 변하지 않는다.' 끝났다, 끝났다, 끝났다. 답이 온다.

선생님께 끝났다고 말씀드리니 7단계, 8단계 화두를 같이 주신다. 화두가 눈에 들어오는 순간, 가슴으로 느낌이 잔잔하게 전해진다. 없다, 없다, 없다고 한다. 가끔씩 보이던 화면도 들리던 천리전음도 없이 느낌으로 없다고 하니 '없다'에 대해서 관을 해야 될 것 같아서 수련을 마치고 집으로 오는 차에서 8단계 화두를 외우니 또 없다, 없다, 없다, 끝났다고 한다.

오늘의 일을 곰곰이 생각해 보니 아침부터 기분이 좋고 마음속에서 없다, 없다, 없다, 없다 노래를 지어서 즐겁게 부르는 내가 있다. 계속 관을 하면서 삼공재에 갔는데 나의 자성이 깨달음에 노래를 '없다송'으로 지어서 부른 것 같다. 그렇게 즐겁던 마음도 차분히 가라앉고 여느 때처럼 집으로 돌아오는 발걸음은 똑같다.

2월 25일 목요일, 현묘지도 수련 후기

산에 가는 날이다. 산에 가면서 '없다'에 대한 관을 해야 될 것 같다. 나는 아는 게 정말로 없다. 가끔 보이던 화면도 천리전음도 들리지 않고 느낌으로 바뀌었다. 6, 7, 8단계는 가슴에서 느낌으로 잔잔히 전해진다. 잠을 설쳐서 산을 못 갈 줄 알았는데 산은 잘 올라갔다. 사람들이 지나가면 힘이 들었는데 같이 가는 거야 하면서 잘 갔다.

하산 길에 지나가는 사람이 길을 묻는다. 순간 머리가 아프고 가슴이 답답했다. 그런데 가슴에 '상냥하게'라는 말이 강하게 박힌다. 부드러운 목소리로 상냥하게 대답했다. 내 자신도 조금 놀랐다. 오늘따라 사람들이 많이 지나가는데 지나가는 사람들의 느낌이 가슴에 와닿는다. 짜증, 즐거움, 노랫소리 등 여러 가지 감정이 가슴으로 느껴지면서 관을 하게 된다. 휘둘림이 없이 관이 되니 내 마음은 고요하고 평화롭다.

대주천 수련을 받고 빠른 시간에 현묘지도 수련을 마쳤다. 오랜 여행을 갔다 편안하고 안락한 집에 돌아와서 쉬는 느낌이다. 얼마 전에 10년 연속 아마존 베스트셀러인 에크하르트 톨레의『지금 이 순간을 살아라』를 읽었다. 깊은 감명을 받아 열심히 읽었는데 이번 수련에 많은 도움이 된 것 같다.

나는 초등학교 6학년 때 엄마가 돌아가셨다. 돌아가시기 전날 엄마가 설거지를 하라고 시켰는데 말을 듣지 않고 나가서 놀았다. 그런데 다음날 엄마가 돌아가셨다. 어린 나이인데도 지금 이 순간이 지나면 다 소용이 없다는 것을 깨닫고 그때부터 매 순간 최선을 다하는 삶을 살아가려고 노력했다. 지금 와서 생각해 보니 정말 멋진 삶인 것 같다.

【필자의 논평】

김희선 씨는 대학을 나온 지성인도 아니고 그저 서민의 딸로 태어나 전자회사에 다니다가 결혼하여 아들딸 남매를 둔 평범한 가정주부이건만, 무슨 연고인지 12년 전에 삼공재에 홀연 나타나 일주일에 두 번씩 시종일관 착실하게 수련에 임했다.

그러나 그녀의 수련 진도는 그동안 뚜렷한 변화 없이 늘 소강상태였다. 어떻게 하면 시원한 돌파구가 열릴까 하고 나에게는 늘 숙제가 되었다. 그런데 삼공재 수련 12년 만인 금년(2016년)에 들어 갑자기 그녀의 수련이 급물살을 타게 되었다.

대주천에 이어 현묘지도 수련까지 일사천리로 마치게 되었다. 지성이면 감천이라고 그동안 김희선 씨가 한눈팔지 않고 일편단심 수련에 전력투구하여 온 결과라고 생각된다. 그와 함께 그동안 내내 내 가슴 한 귀퉁이를 눌러 온 숙제라도 풀린 듯 한결 내 마음도 가벼워졌다. 동시에 수련이란 남이 보지 않는 곳에서 용맹정진하는 구도자에게는 반드시 그만한 보상이 따른다는 변함없는 이치를 모든 구도자들에게 일깨워 주고 싶다. 도호는 단산(丹山).

대주천 수련 이후의 변화

김 광 호

스승님 안녕하십니까? 항상 많은 도움을 주셔서 고맙습니다.

2015년 11월 14일 대주천 수련을 마친 후 다음 세 가지의 변화를 살펴보았다.

첫째, 기운의 변화이다.

이전에는 기운이 주로 노궁혈과 용천혈로만 느껴졌었다. 그런데 대주천 수련 이후부터는 백회로 기운이 폭포처럼 쏟아져 들어온다. 마치 박하사탕처럼 화한 느낌이 시원하다. 스승님의 체험을 활자를 통해 읽을 때만 해도 그런 건 스승님처럼 대단하신 분들에게나 허락되는 거려니 그저 부럽기만 했었다. 그런데 이런 기적이 드디어 미욱한 나에게도 주어진 것이다. 누구든지 열심히 수행하면 뜻을 이룰 수 있다고 하신 스승님의 신뢰와 격려의 힘이 아니었다면 불가능했을지도 모른다.

백회에 기운이 힘차게 들어올 때에는 나도 모르게 몸의 컨디션이 좋아진다. 무슨 일이라도 거뜬히 해낼 것 같은 의욕이 샘솟는다. 그러나 어찌된 일인지 백회에 무언가 묵직한 기운이 누르고 있을 때엔 영락없이 기력이 약해져서 하던 일을 멈추게 된다. 그럴 때는 가만히 명상을 하며 관을 하다 보면 탁기(빙의)에 의한 방해로 체감되어진다.

이 또한 끊임없는 수련으로 구도자의 길을 가란 뜻인 듯하다. 결국은 '상구보리'하고 '하화중생'을 해야 하는 것이다. 깨달음을 얻으면 중생을 위해서 쓰라는 말처럼 수련의 깊이가 더해 갈수록 자신보다는 타인을 자연스럽게 더 생각하게 된다.

조금만 집중해 보면 온몸의 경혈을 따라 운기되고 있음이 느껴진다. 때로는 머리 부분에 있는 경혈을 따라 조여지고 풀어지다가 다시 지속적으로 진행하며 막힌 경혈을 뚫어 준다. 무엇보다 신기한 건 예전에는 몰랐던 감지 기능이 생긴 것이다. 내 몸 어딘가에 아픈 곳이 생겼으면 저절로 기운이 운기되어 조여 주고 풀어 준다. 때론 진동으로 개혈을 시켜 주기도 하다가 곧 상단전, 중단전, 하단전을 하나의 원통 기둥 모양으로 연결되어 운기된다. 삼합진공이 이루어짐을 알 수 있다.

하루 일과 중 누군가 갑작스레 대문을 두드려오듯 백회로 유달리 강한 기운이 밀려들 때가 있다. 그럴 땐 나만의 해석으로 의미화시키는 습관이 생겼다.

1. 명상과 수련이 필요한가 보다.
2. 내 몸에 기운이 부족하니 천기가 자동 보충되고 있다.
3. 내게 어떤 큰 변화를 예시해 주고 있다.

이렇게 체감될 때마다 그냥 흘려버리지 않고 자성에 맡겨 관을 하고 좀더 신중하게 뜻을 살펴보아야 할 일이다.

2016년 1월에 21일 동안 단식을 했다. 보다 깊은 수련을 위해서는 반드시 한 번은 건너가야 할 강이란 생각을 해 오던 터였다. 주위에서 우려의 목소리가 많았지만 오래전부터 기회만 엿보던 차였기에 굳은 결심으로 시작할 수 있었다. 모두들 한 사나흘만 굶으면 누워서 꼼짝도 못

할 거라고 했지만 나는 여느 사람들보다 더 활기 있게 행동했더니 다들 특별한 사람 보듯이 하였다.

조금만 단전호흡에 대해 관심이 있었더라도 그리 놀랄 일도 아닐 텐데 아쉬운 마음이 든다. 나는 남들보다 천기를 받을 수 있는 혜택을 입었기에 끝나는 날인 21일째까지도 생생한 활력을 잃지 않았다. 매일 앞산에서 1시간가량 운동도 하고 학교도서관에서 10시간 동안 독서를 할 수 있었다.

사람이 밥을 안 먹어도 살 수 있는 것은 입으로 먹는 것처럼 하늘의 기운인 천기와 지기를 먹고 살아가기 때문이다. 예수님이 40일 단식한 얘기가 한때 내게는 허무맹랑한 말로 와닿았었다. 그런데 이 진리가 내 나이 오십이 훨씬 넘어서야 믿을 수 있게 되었다니 참으로 인간이란 어리석다고 아니할 수가 없다.

배 속을 비우게 되면 음식물을 소화하는 데 쓰는 에너지를 나 자신을 들여다보는 데 쓰이므로 정신이 더욱더 맑아지는 건 당연한 이치라고 할 수 있다. 단전에 기운이 모아져 축기가 되면 저축한 돈을 하나씩 빼서 필요한 곳에 쓰듯이 내 몸에 필요한 에너지로 활용할 수 있는 것이다. 기운들이 바닥이 나면 우리는 옷을 벗듯이 몸을 벗고 홀연히 세상을 떠나는 것이 아닐까 싶다.

아직 살아 계시는 할머니는 올해로 104세가 되었다. 평생을 잔잔히 살아오신 성품답게 하루하루를 그날의 마지막 날로 기다리시는 듯하다. "이제 기운이 딸리니 갈 날이 가까이 있구나" 하시는 말씀이 예사롭지 않게 들려온다.

둘째, 몸의 변화이다.

몸의 건강을 위해 중요한 것 중 하나가 섭생이라 본다. 대부분 사람들은 소식(小食)하기를 열망하지만 어지간한 결심 없이는 식탐에서 벗어나기란 결코 쉽지 않다. 나 역시도 직장에서 잦은 회식을 핑계 삼아 양껏 배를 채우고는 이게 다 먹고 살기 위해서라고 스스로 변명해 왔었다.

그렇게 몸을 위하면서 어떻게 자신의 뱃살 관리는 실패하는 거냐는 아내의 핀잔에도 쉽사리 빠지지 않는 체중 앞에서 좌절할 때가 많은 나였다. 그런 나에게 오행생식과의 인연은 나를 변화시키는 데 큰 역할을 해 주었다. 생식을 하다 보니 우선 식욕에서 벗어날 수 있었다. 식욕이 잡히고 나니 다른 욕심들은 하찮게 여겨지는 것 같다. 그만큼 먹는 욕심의 비중이 크다는 말도 되겠다. 무릇 식욕과 성욕에서 벗어나면 성인군자라는 말이 있다. 이 또한 쉽게 이룰 수 있는 일은 아닐 것이다.

생식을 통해 체중이 조절되어 현재 나의 키는 168센치인데 몸무게가 56킬로로 나름 흡족해하고 있다. 물론 가족들은 아직 측은한 눈으로 바라보며, 풍채 좋았던 옛날로 돌아가기를 틈만 나면 종용하지만 말이다.

대주천 이후 전신호흡이 되면서 등산을 해도 몸은 가볍고 피곤하거나 힘들지가 않다. 지리산 등산을 하는데 지친 기색 없이 단번에 천황봉까지 올랐다. 뒤처져 도착한 동료들의 놀라워하는 모습에서 내가 그동안 기량이 늘긴 늘었구나 싶어 안도했다.

등산을 하다 보면 집 안에서 명상할 때와는 사뭇 다른 느낌을 받게 된다. 대자연의 꿈틀거리는 기운을 마치 손이라도 되는 양 마주잡은 형상으로 한참을 몰입하며 걸을 때가 많다. 그럴 때면 거짓말처럼 나무가, 이파리가, 발밑의 흙덩어리가 살가운 애인이라도 된 양 말을 걸어오는 것이다.

이렇게 대자연과의 교류를 혼자만 즐기다가 나도 모르는 새 동행자에게 슬며시 발설할 때가 있다. 당연 상대방의 반응은 뜨악한 표정이지만 나는 아랑곳 않는 미소를 띨 뿐이다. 온몸으로 기운이 소통되면 몸은 자연 가벼워질 수밖에 없다.

지천명의 나이를 넘기면서 부쩍 시력이 약해져서 오랜 시간 책을 읽는 일이 버거워졌다. 안경을 바꿔 맞춰 쓰기만 한 것도 벌써 몇 번째였다. 그러던 내가 요즘은 세월을 돌리려는지 학교도서관에서 책을 10시간씩 내리 보아도 좀처럼 눈의 피로가 느껴지지 않고 있다. 단 한 시간만 지나도 글이 퍼져 보이고 흐릿해져서 책을 덮어야 했던 내가 말이다.

하지만 일부러라도 독서 중간에는 꼭 손을 비벼서 두 눈자위를 가볍게 굴려 주고, 가운데손가락으로 눈동자를 마사지해 주는 것을 잊지 않는다. 눈의 피로가 쌓이지 않게 미리 예방하는 것도 중요한 일일 것이다.

오행생식 요법과 경혈을 배우면서 인체의 오묘함을 새롭게 느꼈다. 육장육부가 거미줄처럼 온몸으로 연결되어 있는 것을 경혈도를 배우면서 알았다. 육장육부가 병들면 경혈로 아픈 증상이 나타나고, 신체의 일부분이 이상이 생기면 일단 육장육부에 병을 의심해 보아야 한다.

결국 내 몸의 육장육부를 관장하고 있는 주인은 다른 누구도 아닌, 바로 '나'인 것이다. 장수냐! 단명이냐!를 결정하는 자가 '나'이어야 한다. 대주천 수련을 한 후에는 천기와 지기를 활용하여 육장육부를 다스릴 수 있다. 운기하여 막힌 경혈이 소통되면 대자연의 생명력이 내 몸안에도 도도히 흐르게 할 수 있는 것이다. 『선도체험기』에서 알려 준 '오기조화신공'과 11가지 호흡의 오장육부의 진동의 방편을 활용하여 탁기는 배출하고, 부족한 기운은 보충하여 건강한 몸을 유지할 수 있게 되는 것이다.

셋째, 마음의 변화이다.

이는 곧 명상의 변화이다. 삼공선도 입문 전에는 음악을 틀어 놓고 5~10분 정도 명상을 했다. 입문 후에는 삼공재에서 단전 축기를 기본으로 2시간가량 명상을 해 왔다. 그러다가 대주천 수련을 하게 되니 백회로 기운을 받을 수 있고, 전신호흡이 되어 자동으로 운기조식이 이루어졌다.

최근 들어 명상을 하게 되면 곧바로 입정 상태에 들어간다. 그로부터 삼매호흡 경지까지 연결되어 고요함에 머무는 시간이 길어졌다. 스승님께서 던져 주신 하나의 화두를 부여잡고 수련하다 보면 예기치 않게 삶의 문제까지 한꺼번에 풀릴 때가 있다. 명상을 통하면 복잡하게 얽힌 어떠한 삶의 실타래도 어렵지 않게 풀린다는 경험을 했다.

화두수련이란 본질을 가장 투명하게 보아내는 것임을 온몸으로 체득하게 해 준다. 화두수련을 하면서 나도 모르게 관하는 능력이 향상되었음을 체감한다. 문제에 부딪혔을 때 퍼뜩 떠오르는 직감 또는 메시지가 대안으로 떠오를 때가 있는데, 내 스스로 감격할 때가 바로 이때이기도 하다.

그동안 내 욕심이 욕심인 줄도 몰라 가려졌던 나의 시야가 거두어진 장막처럼 시원하게 벗겨짐을 느낀다. 가아를 진아라 여기며 노심초사했던 것을 과감히 던져 버리고 진아를 덥썩 안게 된 순간이 있다. 만법귀일(萬法歸一)이요 일리만리(一理萬理)인 것이다.

아무리 좋은 예지나 직감 아이디어가 떠올라도 잊어버리면 그로써 그저 허무할 뿐이다. 맞는 표현일지 모르겠으나 '구슬이 서 말이라도 꿰어야 보배'인 것처럼 명상 중 떠오르는 생각을 나는 무조건 메모해 둘 생각이다. 없는 작문 실력일망정 자꾸 긁적이다 보면 적어도 오늘보다는 더 나은 글이 써지지 않겠나 하는 믿음이 있다.

사람은 누구나 존경하는 분을 흉내내고 싶어하는 속성이 있다고 본다. 스승님의 체험기를 백 권도 넘게 두세 번을 읽다 보니 자연스레 글쓰기도 흠모의 대상이 될 수 있다는 것을 깨닫게 되었다. 수첩을 이용하거나 이동 중에는 휴대폰을 이용하여 재빨리 메모하곤 한다.

평생 단 한 번도 느껴 보지 못했던 글쓰기의 즐거움에 시간 가는 줄 모를 때가 많다. 30년 전 내 나이에 선도를 시작하신 스승님이 문득 떠오른다. 이제 걸음마를 뗀 습작생으로서 감히 뭐든 닮고 싶어하는 이 제자를 스승님도 마냥 나무라지만은 않으실 줄 믿고 싶다.

하루에 수면 시간이 4시간이면 충분하게 되었다. 낮에도 특별히 피곤하지 않아 생활하는 데 큰 불편은 없다. 늘어난 시간을 독서나 명상 시간 등으로 유익하게 보낼 수 있게 되고 보니 수면 시간을 활용할 수 있다는 게 덤 같은 생각이 든다.

눈을 감고 의념을 하면 입정 상태에 들어간다. 눈을 감고 몰입하면 고리 형태 빛의 소용돌이가 보이고 머릿속에서 작은 풀벌레 소리가 들린다. 눈을 뜨고 있어도 풀벌레나 전파음 같은 소리가 계속 들린다.

대주천 수련 이후 나름 의미를 부여하고 싶어 3,000배에 도전한 적이 있었다. 밤 11시부터 아침 8시까지 쉼 없이 했던 경험은 나 자신과의 싸움이기도 했음을 부인하고 싶지 않다. 그 또한 운기의 힘을 빌리지 않았으면 결코 이뤄낼 수 없었음이 분명하다.

사람마다 각자 근기가 다르기 때문에 차이가 있을 수는 있다. 하지만 여러모로 부족한 나 같은 사람도 해내고 보니 누구라도 가능할 것이라는 믿음이 생긴다. 물론 한 치의 의심도 없이 아이처럼 순수한 마음이 바탕이 된다면 나보다 훨씬 시간 단축이 될 것으로 본다.

혹 이 졸필이 도움이 될까 하여 부끄럽지만 기록으로 남겨 보았다. 공자님 말씀에 "세 사람이 걸어가면 그중에 반드시 나의 스승이 있다"라는 말이 떠오른다.

사모님, 스승님 늘 건강하시길 기원합니다.

2016년 3월 18일
제자 김광호 올림

【필자의 회답】

김광호 씨의 체험담을 읽다 보면 꼭 30년 전 내 모습을 보는 것 같습니다. 수련이 쾌조를 보이고 있으니 계속 용맹정진하기 바랍니다. 현묘지도 수련 체험기도 계속 보내 주기 바랍니다.

현묘지도 수련 체험기 (27번째)

김 광 호

　금생에서 인연이 닿아 현묘지도 수련을 허락해 주신 스승님께 큰 감사를 드린다. 현묘지도 화두수련을 통하여 성통공완에 도달하는 것을 목표로 오매불망 화두를 붙들고 생즉사 사즉생, 조문도석사가의(朝聞道夕死可矣) 마음으로 이 세상 끝까지 가 보리라 다짐해 본다.

1) 천지인삼재(天地人三才)

2016. 01. 30. (토)

　삼공재에서 스승님으로부터 첫 번째 화두를 받아 명상 수련에 들어갔다. 기운이 상단전 인당 및 백회혈 부근을 강하게 압박하고 경혈이 열리는 작업을 계속 진행했다. 아문 옆도 기운이 조여진다. 한순간 기운이 대추혈 쪽으로 이동하더니 갑자기 허리가 바로 세워지고 올바른 자세로 된다. 상단전, 중단전, 하단전이 하나로 연결된 듯 편안하고 시원해진다. 기운이 중단전과 천돌 부근을 압박한다. 2시간이 훌쩍 지나갔다. 인사를 드리고 나왔다.

2016. 01. 31. (일)

새벽에 4시경에 배가 아파서 화장실에 가니 단식 23일 만에 숙변이 한 바가지 쏟아졌다. 그 뒤에도 설사를 2번 정도 더 했더니 장이 깨끗해졌는지 오랜만에 속이 시원하다. 오전에는 냉장고 음식물 청소, 정리 정돈 및 빨래 너는 것을 도와주었다.

오후에는 아내가 몸살감기 기운이 있는지 맥을 못 추는 것 같기에, 생강차에 고추장 한 숟갈 풀어 마시게 했더니 처음엔 손사래를 치며 거부를 한다. 얼마 못 가서 못 이기는 척 받아먹는 걸 보니 어지간히 아프긴 아팠던 모양이다. 이럴 땐 몸의 온도를 집중적으로 높여 땀을 빼 주는 것도 좋을 것 같아서 집 근처 찜질방으로 함께 갔다.

소금 찜질방에 자리를 잡고 명상, 화두수련에 들어가 30분 정도 했다. 갑자기 배가 거북하여 화장실에 갔더니 설사가 나온다. 배가 시원하지가 않았다. 이번에는 아로마방으로 자리를 옮겼다. 분위기가 아늑하여 올 때마다 주로 애용하는 곳인데 신선한 산소가 늘 충전되어선지 명상하기에 적당하다.

허브 향이 머리를 맑게 해 주어 명상에 곧 몰입할 수 있었다. 그러나 얼마 못 가 배 속은 또다시 요동친다. 화장실로 급하게 달려가 앉자마자 쏟아지는 설사에 순식간에 기진맥진해졌다. 몸속의 모든 찌꺼기들을 한꺼번에 청소를 해 대느라 그렇거니 여기며 이 또한 여여하게 받아들이기로 해 본다. 집으로 돌아와서 이왕 속을 비우는 거 제대로 해 보자 싶어서 장청소액을 복용했더니 대장 내시경 준비할 때처럼 속이 깨끗이 비워져 기분마저 가볍다.

2016. 2. 1. (월)

23시 ~ 02:00 명상, 화두수련하다. 백회, 중단전, 하단전에 기의 기둥이 하나로 연결되어 운기조식된다. 화두를 암송하니 척추가 꼿꼿이 세워지고 마음이 편안해진다. 내 얼굴의 두 눈이 잠깐 보이더니 호흡이 끊어질 듯 말 듯 하며 삼매에 들어갔다. 흰색, 붉은색 둥근 고리 모양이 소용돌이치는 화면이 보이고 강가 모습이 보인다.

2016. 2. 2. (화)

오전에 앞산에 등산하니 따스한 햇살이 좋다. 소나무에 등을 기대고 수목지기 하면서 호흡을 하다 화두를 암송하니 곧 선정에 들어갔다. 1시간가량 지났다. 호흡이 죽은 것처럼 고요해지자 우주만물과 내가 하나로 합해지는가 싶더니 마침내 내가 없어진다. 손의 중지로 기운이 들어오고 나가고 하는 운기가 강하게 느껴진다. 흰색, 분홍색, 연두색의 둥근 고리 모양이 나타난다.

18시 20분 ~ 19시 30분. 명상, 화두수련에 들어갔다. 단전이 뜨겁게 달아오르고 백회에 기운이 쏟아진다. 백회, 인당 부근이 강하게 조여지고 어찌나 센지 곧 터질 것만 같다.

2016. 2. 3. (수)

8시 ~ 9시. 해 뜨는 시간에 명상, 화두수련하다. 늘 그랬던 것처럼 허리가 똑바로 세워지고 선정에 들어갔는데 어느새 한 시간이 훌쩍 지나갔다.

23시 ~ 02시. 명상 수련에 들어가니 갑자기 목이 좌, 우로 세차게 도리도리 움직이기 시작한다. 곧이어 빠르게 진동이 일어나면서 목 관절이 저절로 우두둑~~ 소리가 나며 시원하게 풀리고 있다. 참으로 신기하다. 한편으론 내 서재가 방해받지 않는 2층 옥탑방인 것이 다행스럽기도 하였다. 이렇게 진동을 요란하게 하는 모습을 식구 중 누구라도 본다면 서로가 편치는 않을 것 같기 때문이다. 백회혈, 인당혈을 중심으로 기운이 압박되면서 혈을 뚫는 작업이 계속 진행 중이다. 중단전에도 기운이 돌면서 따뜻해진다.

2016. 2. 4. (목) 입춘대길

8시 ~ 9시. 거실에서 무등산 위로 뜨는 햇빛을 받으며 명상, 화두수련 하였다. 『천부경』, 『삼일신고』, 대각경을 암송하고 화두수련하니 바로 선정에 들어가 숨을 쉬는 듯 마는 듯 호흡이 멈추면서 시간의 흐름이 느껴지지 않는다.

황금색 작은 원이 보이고 화면이 초록색으로 넓게 펼쳐져 있다. 황금색 별이 반짝반짝 빛난다. 새벽 운동 시 밤하늘에서 보았던 가장 빛나던 별이 떠오른다. 별의 기운을 받는다고 참장공하던 그때의 내 모습도 보인다. 수련 후 무심코 거울에 비친 내 모습을 보니 한층 밝아진 낯빛과 뭔지 모를 빛나는 기운이 감싸고 있음이 느껴진다.

낮에 산행을 1시간 30분 하였다. 입춘이라 산 정상에서 봄의 기운이 느껴져서 참장공하며 내 몸속 깊이 운기해 보니 오행상 목의 기운이 강하게 느껴진다. 산행 후 중식은 아내와 입맛이 당기는 황태 해장국을 사 먹었다. 현재의 내 체질과 음식궁합이 맞아서인지 속이 확 풀리는 기분이다. 오장의 상태를 체크하며 무리하지 않게 복식을 진행해야겠다.

2016. 2. 5. (금)

05시 ~ 06시 30분. 『천부경』을 암송하고 화두수련으로 바로 들어갔다. 척추가 바로 세워지고 백회, 중단전, 하단전에 기운 기둥이 연결되고 운기된다. 선정에 들어가고 인당도 아직도 뻐근하게 조여진다. 흰빛 고리 모양이 소용돌이처럼 일어난다.

15시 ~ 16시 30분. 일부 구간은 호보법으로 산행을 하였다. 호보는 말 그대로 호랑이 걸음이다. 네 발로 걷는 짐승은 척추가 곧게 펴져 있어서 잔병이 안 든다고 한다. 그래선지 일부에서는 호보로 건강을 되찾은 사람이 종종 있다. 나도 이 호보법으로 한동안 고생했던 척추 통증을 이겨내고 보니 한때는 호보 전도사를 자처한 적도 있었다. 그래서 가끔 내가 호보 운동을 하는 것을 동영상에 담아 유튜브에 몇 편 올려놓은 바가 있다.

매일 산을 오르는 사람들이 처음에는 괴이한 눈빛으로 이상한 사람 보듯이 했었다. 그러나 이제는 나의 호보행을 보고도 일상적인 눈빛만 보내고 그냥 지나친다. 가끔씩 그 운동은 뭐가 좋으냐고 물어오는 사람들에겐 소상하게 지도해 주기도 하는데 대부분 긍정적인 반응이다.

햇살이 겨울 동안 얼어 있던 산기슭을 따뜻하게 비추고 있다. 추위를 이겨내고 늠름하게 서 있는 아름드리 참나무의 등에도 햇살은 골고루 쬐어 주고 있다. 나무에게 허락을 받듯 나도 조심스럽게 등을 기대고 수목지기를 시작했다. 단식 후 회복 중이라 오장육부가 균형을 잡을 수 있도록 오기조화신공을 했다. 이어서 화두수련을 하는데 황금색 빛이 펼쳐지며 유달리 밝은 별이 나를 향해 계속 깜빡깜빡 빛으로 신호를 보낸다.

2016. 2. 6. (토)

새벽 3시 30분 자다가 요의가 생겨 일어났다. 볼일을 보고 돌아와 불을 끄고 자리에 누우려는 순간 갑자기 거센 기운이 달려들어 나를 꼼짝 못 하게 한다. 고개를 돌려 보니 어린아이 영가가 내 곁에 바짝 붙어 있는 게 보인다. 어찌나 힘이 센지 그 거대한 기운에 눌려 나는 꼼짝달싹 못 하고 이대로 죽는 건 아닌가 하는 불안감이 엄습했다. 가족 중 누구라도 와서 도와주지나 않을까 싶어 고함을 고래고래 질렀다. 못 들었는지 아무 기척이 없다.

그 와중에도 나는 가만히 관을 해 보았다. 갑자기 내 앞에 웬 아기 영가일까? 불현듯 둘째 아이를 유산으로 잃었던 기억이 떠오른다. 첫째가 딸이라 둘째는 아들이라고 좋아했었던 우리 부부였기에, 그때의 유산 사건은 한동안 우리를 우울하게 만들었었다. 순간 강력한 텔레파시는 그 영가는 곧 나의 둘째 아이였을 거라고 암시해 준다.

측은지심이 생겨나자 숨이 막혀 옴짝달싹 못 했던 상태가 조금 편해지는 듯했다. 나는 곧 두려움을 밀어 올리며 차분히 『천부경』을 암송하기 시작했다. 쉬이 물러나 줄 것 같지 않은 아이 영가가 조금씩 반응을 보이기 시작하더니 서서히 물러나기 시작했다. 같은 시각 아내는 아래층에서 심한 몸살감기로 뒤척대고 있었다.

다시 잠이 들었는데 이번엔 꿈을 요란하게 꾸었다. 나는 평소에 별로 꿈을 꾸지 않는 편이다. 그런데 이날 꾼 꿈은 선명하게 남아 있다. 내가 자란 시골 고향이었는데, 무슨 대회가 열리고 있는 듯했다. 빨간 나무열매를 먼저 찾아오는 게임 같았는데 나도 질세라 논두렁 사이로 잽싸게 달려가다 보니 뽕나무 숲이 나타났다. 보통 뽕나무 열매는 오디라 해서 검정색인데 온통 빨강이라서 이상했다. 거기다가 열매가 얼마나 많이 달려 있는지 셀 수가 없을 지경이었다. 이건 또 무슨 의미일까? 화두수련의 끝에서 다시 한 번 되새김해 본다.

2016. 2. 7. (일)

설 명절을 맞아 우리 식구들 모두 남원 고향에 갔다. 식구라 해 봐야 입대한 아들을 제외하고 아내와 딸이 다지만 이렇게 다 모여 동행하는 것도 명절이 아니면 거의 불가능하다. 도착하자마자 며느리들은 앞치마를 두르고 전을 부친다, 떡을 해 온다 하여 부산하게 움직이는데 우리 남자들은 쓸데없이 주방만 기웃대다가 핀잔이나 들었다.

차례 음식을 다 준비한 후에 요양원에 입원 중이신 할머님을 만나러 갔다. 올해로 104세를 맞으신 할머니는 한 달 전 임종을 지키려고 각지에 흩어져 사는 자식들을 불러모은 적이 있었다. 그러나 또 한 번의 고비를 넘기시며 이렇게 요양원 신세를 지게 되신 것이다.

같은 방에 고령의 할머니들이 대여섯 분 보였다. 작년까지만 해도 지팡이에 의지해서 어디든 걸어 다니시며 노익장을 과시하신 할머니셨는데 오늘 뵈니 아기처럼 작아져 계신다. 이제는 기저귀에 의지해야만 하는 사실에 수치심을 느끼시는지 자식들과 손주들의 시선을 피하시는 모습이 애처롭기만 하다.

언제나 꼿꼿한 기개로 자손들을 이끄셨던 분이시니, 끝까지 깨끗한 권위를 잃지 않고 이별하고 싶으셨으리라... 떠나고 싶을 때 생명의 옷을 벗듯 홀연히 떠날 수 있는 것 또한 축복이라는 생각이 든다. 문득 '시해(尸解), 출신(出神)'이란 단어가 화두처럼 가슴에 박힌다.

16시 ~ 17시. 섬진강 강변도로 옆에 주차했다. 차 안에서 유유히 흘러가는 섬진강을 보면서 명상 수련을 시작하다.

21시 ~ 24시. 경혈 공부를 하다. 노래 가사에 경혈 이름을 붙여서 노랫말을 만드는 작업을 해 본다. 옛날 학교 다닐 때 자주 써먹던 방법이 생각나서다. 가령 '수태음폐경'을 '시골길'이라는 노래에 가사를 붙여 보면 꽤나 효과적이다.

원곡 : 내가 놀던 정든 시골길. 소달구지 덜컹대던 길. 시냇물이 흘러 내리던 시골길은 마음의 고향

개사 : 중부 운천 천부 협백길. 척택 공허 열결 경거길. 태연 어제 흘러내리던 시골길은 소상의 고향

내친김에 '수양명대장경'은 '흙에 살리라'로, '족태음비경'은 '들길 따라서'로, '수소음심경'은 '내 나이가 어때서'로 만들어 보니 슬슬 재미가 붙어 간다. '수태양소장경'은 '섬마을 선생님'으로, '족소음신경'은 '그때 그 사람'으로, '수궐음심포경'은 '꿈속의 사랑'으로, '수소양 삼초경'은 '산바람 강바람'으로, '족궐음간경'은 '비 내리는 호남선' 등으로 개사를 해 나가다 보니 그렇게도 암기가 더디던 내 머리에 착착 찰떡처럼 감기어 금방 외워진다. 순전히 나만의 방법이긴 하지만 혹시 나 같은 도우님들이 계시다면 이 방법을 적극 권하고 싶다.

2016. 2. 8. (월) 설날

성묘 마치고 12시부터 14시까지 산에서 명상, 화두수련을 실시하였다. 햇살이 따사로워 큰 소나무에 등을 기대고 『천부경』, 『삼일신고』, 대각경을 암송했다. 내 기운이 온 우주를 채우고 우주기운이 내 단전을 가득

채운다. 내 기운과 우주기운이 하나로 일치된다.

화두수련에 들어갔다. 몸의 척추가 곧바로 선다. 황금색 둥근 고리가 소용돌이친다. 은하계가 어렴풋이 보이고 황금색 둥근 점이 반짝인다. 중단전, 전중혈 부근이 뜨겁게 조여진다. 가슴이 곧게 펴지며 뜨거워진다. 시간이 흐르며 가슴이 시원해진다. 중단전이 열린 느낌이다.

산이 보이고 강이 보였다가 사라진다. 노궁, 백회, 용천 온몸으로 우주 기운이 하나됨이 강하게 체감되고 삼매에 계속 머문다. 시간이 멈추어지고 계곡 골짜기 물소리 흐르는 소리만이 마음을 채운다. "자성구자 하면 강재이뇌이다" 하고 계속 머릿속에 떠오른다. 내 자성에게 화두를 던져 본다. 天은 은하계의 가장 빛나는 별이다. 地는 만물인 산과 강이다. 人은 "자성구자하면 강재이뇌이다." 내 안에 자성, 하느님, 진리가 있음이 느껴진다.

명상 후에도 노궁혈과 용천혈로 우주기운의 강한 중력이 심장처럼 두근두근 뛴다. 운기가 계속 이어진다. 이처럼 강한 기운이 온몸으로 느껴지는 것은 처음 있는 일이다.

2016. 2. 9. (화)

5시 30분 ~ 6시 30분. 명상, 화두수련을 실시하였다. 우주기운을 백회, 인당, 중단전, 하단전 연결 후『천부경』,『삼일신고』, 대각경 암송 후 화두수련 들어가니 황금색 둥근 고리가 보인다. 삼합진공이 이루어지고 호흡이 끊어질 듯 말 듯 진행된다. "자성구자 하면 강재이뇌이다." 이 말이 계속 떠오른다. 자성에게 물어보니 천지인삼재 수련은 끝났다는 메시지가 온다. 단 아직도 화면이 선명하게 보이지 않지만 그것은 계속 수련을 해 나가라는 뜻으로 여겨진다.

23시 30분 ~ 1시까지 명상, 화두수련 실시하였다. 오늘 광주에 오기 전 할머님 계신 요양원에 어머님과 함께 방문했는데 그때 빙의가 된 영가가 계속 기운을 누르는가 싶었는데 이제 막 천도되었다는 것이 체감으로 확인되었다. 고개를 도리도리 흔드는데 목뼈와 어깨뼈가 우두둑우두둑 소리를 내면서 풀어진다. 나도 모르게 눈물이 계속 흐른다. 자성이 정화되고 있음이 느껴진다. 삼합진공이 운기되고 선정에 들어갔다. 계속 관해 본다. 이로써 첫 번째 화두는 끝났다는 메시지가 온다.

2016. 2. 10. (수)

8시 처제 집에 가니 주말부부로 떨어져 살고 있는 동서가 내려왔다. 다녀간 지 얼마 안 되었는데 명절이라 다시 내려온 거라고 했다. 그는 재작년 불의의 사고로 오른손을 잃었었다. 하지만 강한 집념으로 의수를 끼고서도 활발하게 사회생활을 해 오고 있어서 참 다행이다.

평소에도 기회가 닿으면 사우나라도 한 번 같이 가야겠다고 별렀던 일을 오늘 드디어 실행에 옮기게 되었다. 동서는 키는 작은 편이지만 총각 때부터 육체미 운동을 한 터라 한눈에 봐도 다부진 체격이 눈길을 끈다.

어떻게 몸 관리를 하는지 물어보니 식사량이 상상 이상이라 놀라웠다. 그보다 더 놀라운 건 비가 오나 눈이 오나 하루도 빠지지 않고 헬스장에서 몸을 만든다는 사실이다. 점심은 보통 밥공기로 5인분 먹고 저녁 식사는 운동 후 숙소에 가서 먹는데, 그때 또 5인분을 먹는다고 한다. 그러고도 간식으로 몇 개의 빵을 더 먹는단다. 저렇게 먹고도 지금껏 별탈이 없다는 게 이상할 정도다.

생식을 하고 있는 내 입장에서 보니 걱정이 이만저만이 아니다. 누구에게 보이려고 저런 위험을 감수하면서까지 외모를 만들어야 되는 걸까? 먹고 또 먹어 대는 이른바 먹는 기계 같은 삶을 사는 그가 부쩍 걱정이 된다. 건강 상태를 물어보니 고혈압에 뒷목이 자주 뻣뻣하고 소화불량에도 자주 걸린다고 한다. 아무래도 생식을 알려 특단의 조치를 취하지 않으면 큰일 날 것만 같다.

매주 수요일 오후 2시만 되면 출석하는 생식원에 도착했다. 오늘은 화형, 수형 체질에 대한 오행생식 강의를 들었다. 그 원장은 기공 쪽으로 탁월한 능력이 있어 그 부문에서는 나름 일가를 이루는 것 같지만, 아무래도 이론 강의는 『선도체험기』 8, 9, 10권의 내용을 따라가지 못하는 것 같다. 이론은 집에 와서 『선도체험기』로 반복 학습하고, 주로 체험 위주의 질문을 통해 학습의 깊이를 이어 나가야겠다.

23시 ~ 24시. 명상을 끝내고 나니 오늘따라 몸이 무척 피곤하다. 잠이 쏟아진다. 그다음 날 아침까지 푹 잤다.

2) 유위삼매(有爲三昧)

2016. 2. 11. (목)

4시 30분 ~ 6시. 명상하였다. 간밤에 꿈을 꾸었다. 도덕 시험을 보았다. 한 문제 한 문제씩 답을 찾아 맞추어 보니 다 맞았다. 신기한 일이네. 도덕 점수만 자신 있는 모양이다. 온몸에 별의 8만 4천 개의 기공이 연결된 듯 강하게 오싹오싹 운기된다. 목, 중단전, 복부에 진동이 와서 몸을 자동으로 풀어 준다.

오늘은 삼공재 방문이 있는 날이라 집에서 8시 40분에 출발하였다. 삼공재를 방문하여 스승님께 인사 올리고 그동안의 수련 성과를 말씀드렸더니 두 번째 화두를 주신다. 정좌하고 화두를 암송하자 노궁혈 위로 기운 덩어리가 운기된다. 천지인삼재보다 기운의 강도가 부드럽게 운기되어 옴을 느낀다. 몰입해 들어가니 연초록색 빛이 모여든다. 끝까지 밀어붙여 보자 하고 집중해 보지만 더이상 화면은 정지 상태를 풀지 않고 있다.

그래도 "거거거중지(去去去中知) 행행행리각(行行行裏覺)"하고 계속 몰입하였다. 인당이 조여지면서 머리가 도리도리되면서 진동이 온다. 기운의 흐름에 맡기고 계속 진동에 몰입해 본다. 한동안 계속되더니 서서히 잠잠해진다. 이어서 인당으로 시원한 기운이 들어온다. 인당이 열린 것이다. 조용한 침묵으로 도와주신 스승님의 손길을 나는 마음으로 깊이 느껴 본다.

강남터미널에 오는데 그동안 백회에서만 느껴지던 기운이 인당에서도 시원하게 느껴지고 온몸에 기운이 오싹오싹 운기되어 충만해지니 자연 발걸음은 춤을 추듯 가볍기만 하다.

23시 ~ 24시 30분. 명상 수련하였다. 인당에 기운이 조여지고 시원하게 운기된다. 선정 상태에 머물고 나니 두 볼에 눈물이 흘러내린다. 가슴에 환희가 채워진다. 눈물이 흐르면 흐를수록 정화가 가속되고 있음을 느낀다.

2016. 2. 12. (금)

9시 30분 ~ 11시. 학교도서관에서 『천부경』, 『삼일신고』, 대각경 암송

후 명상, 화두수련을 해 본다. 은백색 고리 형태 빛이 보여 계속 몰입하였다. 시간이 흘러 보니 머리가 약간 앞으로 숙여져 혼침이 온 모양이다. 다시 화두를 잡고 암송하고 집중해 본다. 삼매호흡이 되고 기공이 열려 몸은 미동도 하지 않는데 마치 죽어 있는 듯하다. 의자에 반가부좌 자세를 유지하고 몰입하니 온몸은 기운의 장이 형성되어 마냥 머무르고 싶어진다. 호흡도 끊어져서 전신호흡이 되고 또다시 몸은 죽은 듯 고요해진다. 아! 이것이 정말 삼매지경이구나! 하고 체득되었다. 가슴이 벅차다. 어느새 1시간 30분이 순간처럼 흘러갔다.

16시 ~ 18시. 학교도서관에서 명상, 화두수련을 하였다. 은백색의 빛 덩어리가 보여서 계속 명상에 몰입해 본다. 기운이 단전에 뜨겁게 달아올라서 요가의 1차크라, 2차크라, 3차크라, 4차크라, 5차크라, 6차크라로 서서히 운기되고, 백회까지 운기되고 다시 단전으로 이동된다.

단전에 달아오른 기운이 어느새 간담으로 올라와 뜨겁게 머물고 이어서 심소장, 비위장, 폐대장, 신방광으로 차례대로 뜨거운 기운이 운기된다. 신기한 일이다. 다시 단전에 머물던 기운이 중단전을 뜨겁게 하더니 간담부터 차례대로 신장방광까지 쭉 내려오더니 회음혈에서 머물다 다시 단전으로 온다. 마치 오장육부가 단전과 하나인 것처럼 한동안 호흡되고 시원해진다. 단전의 기운이 중단전, 양쪽 어깨를 타고 입천장에 혀가 달라붙어 운기되어 인당, 백회로 올라간다. 백회가 심장처럼 두근두근 계속 뛴다. 백회에 머물던 기운은 온양되어 다시 단전으로 모인다.

단전은 풍선처럼 뜨겁게 부풀어 계속 달아오르고 용천혈은 감전된 것처럼 찌릿찌릿하다. 오행생식법의 중요성이 『선도체험기』에서 이미 강조었듯이 뜨거운 기운이 오장육부에 차례대로 운기되면서 마치 밥솥

안의 쌀이 익으면 밥이 되듯이 오장육부를 건강하게 재생시키고 있음을 확신한다. 이제 저녁 생식을 먹었으니 잠시 휴식을 취할 일이다.

22시 30분 ~ 24시. 아내와 103배 절 운동 후 명상 수련하고 잠이 들었다.

2016. 2. 13. (토)

3시 30분 ~ 5시. 명상, 화두수련 실시하였다. 단전이 따뜻하게 데워지면서 진동이 와 머리가 앞뒤 좌우로 흔들린다. 계속 기운의 진동 흐름에 맡기고 몰입해 본다. 은백색 고리형 소용돌이 빛을 보면서 점점 몰입하여 본다. 우주의 8만 4천 별의 기운과 연결되어 삼매호흡이 되어 온몸을 기운이 감싸고 오싹오싹 운기되고 있다. 호랑이, 개, 염소, 닭, 오리, 돼지 마지막은 여우가 떠오른다.

서울에 일찍 도착하여 강남구청역 휴게 공간에서 30분 명상하였다. 의자에 앉아서 선정에 들어가니 오장의 기운이 따뜻해지고 중단전이 뜨겁게 달아오른다. 가슴이 앞으로 나오고 큰 원기둥처럼 하나로 호흡되고 압박되면서 따뜻해지고 시원해진다.

15시 ~ 17시. 삼공재에서 명상, 화두수련하다. 단전이 달아오르고 오장이 뜨끈뜨끈해지더니 중단전으로 기운이 올라온다. 한동안 뜨거워지더니 기운이 가슴을 자꾸 앞으로 밀어낸다. 원통형의 큰 구멍이 별안간 뻥 뚫린다. 호흡이 중단전에서 하단전으로 바로 내려가더니 가슴이 시원해진다. 한 시간 지나니 기운에 변화가 없고 자성에 물어보니 유위삼매가 끝났다는 메시지가 온다. 조용히 명상 수련 후 스승님께 경과를 말씀드리니 무위삼매 화두를 주신다. 잠시 후 인사를 드리고 삼공재를 나섰다.

유위삼매 수련 시 강하게 기억되는 것은 인간의 육체적인 생사 즉 장수 혹은 단명은 오장이 작용한다는 느낌이 왔다. 그래서 생식을 통한 오장의 균형을 잡아 주고 대주천 이상 운기가 되는 사람은 유위삼매 수련 또는 오기조화신공(목, 화, 토, 금, 수 기운) 수련을 하여 오장의 넘치는 기운과 부족한 기운을 조정해 주면 장수하리라 생각된다.

『선도체험기』14권 206쪽의 내용에 "간에는 혼이 있고 혈액을 걸러서 정화하는 일을 하고, 심장에는 신이 있고 혈액을 순환하는 일을 하고, 비장에는 의지가 있어 위장이 자율적으로 움직여 음식물 소화하는 역할을 하며, 폐장에는 백이 있어 호흡을 관장하고, 신장에는 정이 있어 배설 기능과 생식 기능을 한다. 이렇게 오장은 각각 서로 독립하여 작용하고 있는데 오장의 주인은 심장에 깃들어 있는 마음이다." 가슴에 새길 일이다.

3) 무위삼매(無爲三昧)

2016. 2. 14. (일)

9시 30분 ~ 10시 30분. 그동안 아내도 바빴는지 세탁물이 많이도 쌓여 있다. 지체 없이 나는 세탁기에 세탁물을 넣어 돌리고 나서 내친김에 설거지까지 해 버렸다. 젖은 손을 닦고 나서야 나만의 여유를 누려 본다. 곧 명상, 화두수련에 들어갔다. 백회, 노궁, 용천혈로 기운이 오싹오싹 강하게 들어온다. 여러 산들이 포개어 놓은 듯한 모습이 보인다. 산에 구름다리도 보인다. 은백색 빛이 온누리에 밝아지면서 내 몸에 기운이 쏟아져 들어온다. 내가 밝은 빛의 기운과 하나가 된다. 우주와 내가 하나로 합일되고 있는 것이다.

11시 20분 ~ 13시. 중단전이 뜨거워지고 천돌 부근과 양어깨에 운기된다. 환한 은백색 빛이 온누리에 퍼지더니 내 몸속으로 쑥 들어온다. 단전이 따뜻해지고 내 몸이 산산이 부서지고 사라져 버린 것 같다. 대추혈 부근이 따뜻해지더니 명문혈이 뱃가죽에 딱 달라붙어 호흡이 되고 곧이어 척추가 곧바로 세워진다.

대추혈에서 회음혈까지 원통이 생기더니 위아래로 마치 엘리베이터가 급하게 오르내리듯이 호흡이 한동안 계속된다. 그러다가 갑자기 척추가 뻥 뚫린 느낌이 들어 놀랐다. 이어서 척추 위아래로 좌우로 진동이 온다. 양손이 옆으로 나란히 한 것처럼 저절로 올라간다. 어깨 부근을 따스하고 묵직한 기운이 운기된다.

척추가 앞뒤로 움직이고 고개도 앞뒤로 움직인다. 오장이 앞뒤 좌우 자동으로 움직이며 주걱으로 휘젓는 것처럼 진동한다. 고개가 좌우로 자동으로 도리질한다. 계속 진동에 몸을 맡기니 독맥(대추혈에서 회음혈까지)에 커다란 원통형 모양으로 뻥 뚫렸고 11가지 호흡이 자동으로 된다. 처음 체험하는 것이라 얼떨떨하다. 책에 명시되어 있었던 호흡이 지금 내게 일어나고 있는 것이 마냥 신기하기만 하다. 몸과 마음이 편안하게 풀어지고 있다.

21시 30분 ~ 23시. 『천부경』, 『삼일신고』, 대각경 암송 후 명상, 화두수련을 실시하였다. 기운이 하단전 중단전에서 천돌, 양어깨에 운기되면서 따뜻해진다. 낮 수련과 같이 명문호흡이 되면서 뱃가죽이 척추에 찰싹 달라붙는다. 척추에 좌우 진동이 오고 오장이 주걱으로 휘젓는 것처럼 자동으로 요동친다. 저녁에 과식을 한 것을 소화시키려고 하는 모양이다.

중단전에 진동이 되면서 트림이 나오고 위가 시원해진다. 어깨가 상하로 흔들리고 머리가 앞뒤 상하로 자동으로 진동이 된다. 이후 11가지 호흡이 되었다. 다리가 저려서 앞으로 쭉 펼쳤더니 발끝치기 운동이 된다. 내 몸이 기운의 자기장으로 빙 둘러싸여서 기분 좋은 중력감이 느껴진다.

무위삼매 화두에 몰입하니 "일체유심소조"가 메시지로 전해 온다. 이 세상 모든 것은 마음이 만들어 내는 것이다. 아 결국은 마음공부구나! 마음의 주인은 하느님이요 진리요 자성이요 주인공이니 여여하게 흔들리지 말고 중심을 잡고 생활해 나가리라 다짐해 본다.

2016. 2. 15. (월)

5시 30분 ~ 6시 30분. 화두 명상에 들어가니 "무위삼매는 성(性)을 위한 공부다." "나와 우주는 하나다"라는 메시지가 온다. 황금색 빛 덩어리가 보였다가 사라진다. 온누리가 황금색으로 채워지고 의식이 끊어지듯 몸도 사라지고 오직 텅 비어 있다. 공(空)이다. 텅 비어 있는데 무언가가 있다. "진공묘유"가 전음으로 들린다.

'무위삼매는 성통공완(性通功完)할 때 성(性)을 알려 주는 공부다!' 그리고 '내가 일상생활에서 분별을 일으키는 마음이란 것은 원래 없는 것이다!'라는 마음의 소리가 들려온다. 『선도체험기』에서 늘 강조되었던 "일체유심소조, 삼계유심소현"이 이렇게 내게 다가오는 걸 느끼겠다. 모든 것은 결국 마음의 장난이다. 과거, 현재, 미래는 오직 현재의 내가 의식하고 있으므로 존재한다. 고로 현재가 중요하다.

21시 30분 ~ 22시 30분. 심법 수련을 통하여 화면을 불러 본다. 얼마간 집중을 하다가 인당 부근에 공사를 하고 있다는 느낌이 온다. 인당이 조여지고 욱신거린다. 무위삼매 화두를 암송하자 어깨가 좌우로 흔들리며 요동을 친다. 쏴 하고 박하사탕 같은 기운이 온몸으로 밀려들어 온다. 백회에서 하단전까지 삼합진공이 이루어지고 있다. 백회, 노궁, 용천혈로 강한 기운이 계속 스며들고 있다.

4) 무념처삼매(無念處三昧)와 5) 공처(空處)

2016. 02. 16. (화)

5시 30분 ~ 6시 30분. 우주기운과 백회가 구름 기둥처럼 연결되어 청신한 기운이 계속 들어온다. 인당이 압박되고 조여진다. "역지사지" 메시지가 떠오른다. 밝은 빛이 나타나는 것은 어둠을 제거하면 된다. 화두 수련 중 장애물을 만나면 심법을 활용하여 자성에게 답을 구해 보자. 나는 아직 화면이 뚜렷하게 보이지 않는데 수련에 계속 집중하면 이루어질 것 같다.

15시 ~ 17시. 삼공재 방문하여 스승님께 무위삼매와 무념처삼매 11가지 호흡 수련 경과 내용 말씀드리고 나서 공처 화두를 받았다. 화두를 암송하자 회음 부위에 기운이 모이면서 따뜻해진다. 인당에도 기운이 들어오고 압박하고 풀어진다. 인당 부근이 개혈되고 있는 것이다. 단전이 남산처럼 부풀어 오르고 뜨거워진다. 스승님이 늘 보이지 않게 이심전심으로 이번 수련을 도와주시는 것을 알 수 있다.

스승님께 "아직 화면이 안 보인다"고 말씀드렸더니 성급하게 서두르지 말고 자연스런 흐름에 따라가라 하신다.

2016. 02. 17. (수)

5시 30분 ~ 6시 30분. 월봉산에 올랐다. 해가 뜨기 전 가장 어둡다 하더니 역시나 깜깜했다. 매일 해가 뜨고 어둠은 밀려가고 빛의 세상이 되지만 새벽 인시에는 달빛, 별빛이 밤하늘을 밝히고 있다. 어둠이 사라지면 빛의 세상이 되고 빛이 사라지면 어둠의 세상이 된다.

내가 인식하는 세상은 빛과 어둠의 둘이 아니고 하나인 것이다. 단지 오감의 세계에서 볼 때만이 보이는 대로 보여질 뿐이다. 대각경의 "하나님과 나, 남과 나, 우주와 내가 하나로 되는 실체 속에 살고 있다"와 같은 하나의 의미라고 볼 수 있다.

9시 ~ 10시. 학교도서관에서 명상 수련하였다. 은백색 빛이 보였다 사라진다. 내 몸이 빛 덩이 속으로 들어가 사라져 버린 느낌이다. 백회, 인당, 노궁, 하단전, 용천혈로 심장이 뛰듯 강하게 운기되고 있는 것이다.

13시 30분 ~ 16시. 오후에는 오행생식법 강의를 들었다. 아직은 맥진법으로 맥을 볼 때 6가지 맥의 차이를 구분한다는 건 역시 어려운 일이다. 언제쯤이나 익혀질는지 갈 길이 멀다는 생각이 든다. (현맥, 구맥, 홍맥, 모맥, 석맥, 구삼맥) 내 것은 만져 보니 현맥이고 목형 체질이다. 앞으로 더 노력하다 보면 다른 맥도 자연스럽게 알 날이 오리라 희망해 본다.

활을 쏠 때 과녁이 크게 보이는 방법을 맥진법 진단하는 데 활용하면 좋겠다는 생각이 문득 떠오른다. 역사적인 명사수의 사례를 살펴보면 이치가 같다는 생각을 해 본다. 서산 대사는 활을 쏠 때 과녁을 보기는 하는데 의식은 단전에 두었다고 한다. 그러면 과녁은 실제보다 훨씬 크게 보여서 명중률이 높을 수밖에 없는데, 이것이 곧 내관법이라 하겠다.

백발백중의 고사가 있는 명사수 기창 이야기도 있다. 스승 비위는 기창에게 "작은 것을 보더라도 큰 것처럼 보이고 희미한 것을 보더라도 뚜렷이 보이거든 오너라" 했다. 기창은 머리카락으로 벼룩을 잡아매어 달아 놓고 밤낮으로 끊임없이 보았다. 보일 듯 말 듯 하던 벼룩이 점점 커지고 3년 후에는 수레바퀴처럼 크게 보였다. 작은 물체들도 언덕이나 산처럼 크게 보였다. 마침내 기창은 화살을 쏘아 벼룩의 심장을 관통하였다. 나도 서산 대사의 방법을 활용하여 의식을 단전에 두는 내관법을 활용하여 미세한 맥을 크게 느끼는 방법을 터득해 봐야겠다.

2016. 02. 18. (목)

06시 월봉산을 등산하였다. 산행하면서 공처 화두에 자나 깨나 몰입해 보자! 마음먹었다. 산을 오르면서 우주기운을 백회, 상단전, 중단전, 하단전, 용천혈까지 3번 의념하고 기운을 연결하였다.

문득 2002년부터 마라톤에 4년 동안 몰입할 때가 떠오른다. 마라톤에도 중독성이 있어서 한 번 빠지면 헤어 나올 수 없다고 하는데 그만큼 몰입의 쾌감은 크다고 할 수 있겠다. 매년 한두 차례씩은 꼭 큰 대회에 참여를 해 왔었다. 한 번은 섬진강 마라톤 대회에 출전하여 풀코스를 달리고 있었다. 한참을 뛰다가 보면 목이 타고 다리에 피가 통하지 않아 뛰는 도중에 앞가슴에 붙어 있던 옷핀을 떼어내 허벅지를 마구 찔러댄다. 그렇게 힘들게 계속 뛰다가 30킬로 지점에 이르면 어느 순간 무아지경에 빠지게 된다. 분명 뛰고 있는 건 나인데 나는 없고, 없는 나는 계속 달리고 있음을 마치 경치를 구경하듯이 나를 볼 때가 바로 그 지점이다. 거기엔 고통도 없고 호흡도 끊어진 듯 고요가 둥둥 떠 있을 뿐이다.

아마 이런 황홀경을 체험한 이들이 마라톤 마니아를 자처하는지 모를 일이다. 생각해 보면 명상 또한 정신의 마라톤이 아닐까 생각해 본다. 마음을 모아 한곳을 향해 부지런히 달리다 보면 어느 순간 무아의 경지에 도달한다는 의미에서 묘한 공통점을 발견했다.

오늘 산행하면서 우주기운과 연결하고 자나 깨나 화두에 몰입하며 걸었다. 산 중턱쯤 갔을 때 갑자기 내 몸이 없는 것처럼 느껴진다. 그래서 인적이 드문 구석으로 자리를 옮겨 참장공 자세로 명상을 시작했다. 한참의 시간이 흘렀을까 어디선가 꼬끼오! 닭 소리가 아득하게 들려온다. 산 아랫동네에서 들려왔을 터이지만 평소에는 의식하지도 않았던 닭 울음소리가 오늘따라 내 마음속에 크게 들어와 박히는 의미는 무엇일까?

나는 순간 저 닭이 내게 말을 걸어온 것이라는 믿음이 생겼다. 그렇다. 전생에 내가 닭이었었구나! 갑자기 용변부동본이란 생각이 떠오른다. 조금 있으니 이번에 개 짖는 소리가 쩌렁 울리며 내 가슴으로 파고든다. 곧이어 새의 지저귐이 시끄러울 정도로 귓가에 쟁쟁거린다. 나의 전생은 닭이었다가 개였다가 새였다가 아직도 내가 미처 인식하지 못한 수많은 나를 한꺼번에 만나 본다.

'용, 변, 부, 동, 본' 활자가 해체되었다가 내 눈앞에서 천천히 한 자씩 모아지며 내게 깨달음을 던져 준다. 본래 진리(자성)는 변함없는데 수천 가지 쓰임으로 변하여 나타나는 것을 이론이 아닌 체험으로 체득한 시간이었다.

백회, 인당, 중단전, 하단전, 용천으로 우주기운이 쏟아져 들어온다. 하단전이 고무풍선처럼 빵빵하게 달아오른다. 정상을 향해 호보로 올라가다 보니 흙냄새가 코끝으로 스며든다. 나도 한 마리 짐승처럼 네발로 바닥을 오르다 보니 땅에서 피어오르는 봄기운을 저 나무보다도 먼저 내가 접수하는 듯해 우쭐한 기분이 들기도 했다. 몸을 낮춘다는 것은 이렇게 남들이 모르는 특혜를 뜻밖에 누릴 수도 있는 것이다.

고개를 들어 보니 하늘 저쪽으로 아침 해가 붉은 이마를 막 드러내고 있다. 아직 아무도 와 있지 않은 쉼터 벤치에 반가부좌를 하고 명상에 들어갔다. 황금빛 태양이 중단전으로 쏙 들어온다. 황금빛 태양 기운을 인당으로 받아 하단전에 축기해 본다. 하단전이 고무풍선처럼 둥글게 달아오른다.

백회, 인당, 노궁, 용천 부근 주위로 에너지의 장이 찌릿찌릿 온몸을 감싼다. 하산 길에 광개토대왕, 원효 대사, 을지문덕, 서산 대사, 대조영, 을불(미천왕), 인도의 간디가 떠오른다. 이 중에 나의 전생도 있는 것 같다.

12시 ~ 13시 30분. 집에서 상무지구에 모임이 있다는 아내를 차로 데려다주고, 나는 학교로 향했다. 주차장에 차를 대고 돌아서는데 매화꽃이 눈에 들어온다. 순간 매료된 내 발길은 한참을 매화꽃에 머물러 있다. 요즘은 꽃봉오리만 봐도 자꾸 말을 걸고 싶어진다. 아내는 이런 나를 두고 남자가 늙으면 여성 호르몬이 생긴다더니 당신 얘기 같다며 웃지만, 나의 자성은 동의할 수 없다. 명상을 통해 삼라만상에 깃든 자애심을 느끼기 때문이라는 생각에 더 무게가 실린다.

매화를 들여다보고 있으니 백회와 단전과 용천혈로 기운이 찌릿찌릿 감전되듯 운기되어 차 안에서 명상을 하였다. 최근 들어 부쩍 느끼는 것이지만, 무슨 이유로든지 기운이 강하게 들어온다 싶으면 그 자리에서 나도 모르게 명상으로 몰입되어 간다. 곧바로 백회로 폭포 물줄기처럼 연결되어 들어오고 단전은 조개탄으로 땐 난로처럼 뜨거워지며 노궁, 용천은 맥박이 뛰는 것처럼 용솟음친다. 여여하게 기운의 흐름에 맡겨 본다.

봄의 기운에 대해 김춘식 선생의『오행생식요법』책에서 발췌해 보면, '봄은 목기에 해당하는데 음전기와 양전기가 중화작용으로 서로 균형을 이루는 상태이다. 마치 처녀와 총각이 서로 잘 보이려 팽팽하게 맞서는 상태이다' 하여, 봄의 목기인 우주의 기운과 내 몸의 경혈이 하나로 연결되어 생전 처음으로 제대로 된 대자연의 봄기운을 온몸으로 체감하고 있다. 백회와 단전, 오장육부, 용천, 노궁도 뜨거운 기운이 온몸을 휘감는다.

16시 30분 ~ 18시 30분. 학교도서관에서 화두, 명상 수련을 하였다. 백회로 기운이 쏟아지고 단전이 부풀어오른다. 은백색 빛이 보였다가 사라진다. 정신은 맑아지고 척추가 바로 세워지고 삼합진공이 된다. 고양이가 쥐를 노려보듯이 일 초도 방심하지 않고 자나 깨나 끝까지 화두에 집중하고 또 몰입해 본다. 화두를 붙들고, 들여다보고, 더 잘 보이도록 더 가까이 고개를 박고, 무언가 희미하게 보일 무렵이면 초고도의 집중력을 발휘해 몰입하고, 몰입하고 또 몰입해 본다.

백회, 인당이 압박되고 뻥 터질 것 같다. 밝은 빛이 보였다가 다시 검어진다. 더 깊이 들어가 본다. 아무것도 없다. 더 깊이 더 속으로 들어간다. 역시 텅 비어 있을 뿐이다. 블랙홀 속으로 빨려들 듯이 불안을 걷어내고 힘차게 들어간다. 여전히 없다. 강도 높은 집중력으로 다시 한 번 깊이를 파 들어간다. 없는 것을 파고 또 파도 없는 것만 나올 뿐 더이상 없는 것조차 없어진다.

공처 화두는 끝까지 몰입하고 집중해 봐도 역시 텅 비어 있다. 전음으로 "진 공 묘 유"라고 또렷하게 들린다. 내 자성은 참으로 텅 비어 있는데 묘하게 존재하는 것이다. 나는 공처 화두를 통하여 전생에는 수천 가지 모습으로 존재했었고(用變不動本) 현재는 끝없이 텅 비어 있는 공(空)의 모습으로 존재하는 것으로 체감되었다. 진공묘유(眞空妙有).

2016. 02. 19. (금)

4시 ~ 5시 30분. 새벽 산행을 하였다. 산행 시 새벽 별빛에 의지하며 호보(虎步)로 정상까지 올라갔다. 쉼터 의자에서 새벽의 기운을 받으며 명상 수련을 했다.

16시 ~ 16시 30분. 학교 운동장에서 태극권 운동을 했다. 역시 봄의 기운이 온몸으로 강하게 운기되며 무아지경에 빠진다. 동작이 멈춰지듯 이어지고 노궁혈에 몽글몽글한 기운을 담아서 앞으로 나아가고 물러서고 운기를 해 본다. 이어서 참장공을 하며 몸의 탁기를 용천혈로 배출하고 단전에 우주의 기운을 축기해 본다. 대주천 이상 수련하고 선정에 들면 몸이 아픈 사람은 자가 진동을 하든지 운기가 되어 자가 치료가 되어 몸을 건강하게 유지할 수 있는 것이다.

2016. 02. 20. (토)

4시 30분 ~ 6시. 오늘은 삼공재 방문하는 날이라 새벽 등산을 했다. 산행 중 큰 아름드리 도토리나무에 등을 기대고 수목지기 수련을 하였다. 새벽녘의 달과 별의 기운 및 숲속의 맑은 기운이 내 몸과 운기가 된다. 백회에는 북두성단의 기운이 들어오고 명문혈로는 나무의 기운이 몸으로 들어온다. 천기와 지기가 순환되어 천·지·인의 기운이 하나로 운기되는 것이다.

이어서 호보법 수련을 정상까지 했다. 『몸의 혁명』 책 표지에 보면 "가슴을 펴라! 그러면 우리 몸에 오는 병의 90%는 예방할 수 있다"고 저자는 주장하고 있다. 호보법 운동은 가슴과 척추를 활짝 펴 주는 데 효과가 있는 운동이라 생각된다.

15시 ~ 17시. 삼공재 수련을 하였다. 오늘 수련생은 4명이 참석하였고, 송인기 도우가 457번째로 대주천 수련을 통과하였다. 대기만성형으로 열심히 노력하였고 스승님이 침묵으로 늘 보살펴 주신 은혜라 생각되었다.

오늘 스승님한테 공처 수련 결과를 말씀드리고 식처 화두를 받았다. 오늘 수련은 기운이 센 빙의령을 천도하는 데 집중하였다. 대추혈과 양 어깨를 큰 기운이 한동안 짓누르더니 서서히 앞 목으로 이동하여 조이기 시작한다. 다시 목에서 입 속으로 이동하더니 이빨이 부딪치고 혀가 마구 돌아간다. 큰 기운은 서서히 인당 쪽으로 이동하여 잠시 머무르더니 백회에서 서서히 빠져나가기 시작한다. 스승님한테 문의드렸더니 전쟁터에서 죽은 원한 관계에 있는 역사(力士) 빙의령이 들어왔는데 천도되는 것이라 하신다. 빙의령 천도도 상구보리 하화중생의 중요한 일 중에 하나일 것이다.

6) 식처(識處)

2016. 02. 21. (일)

7시 30분 ~ 9시. 백회, 상단전, 중단전, 하단전, 용천혈 기운을 운기하

고 산행을 시작하였다. 산길의 흙내음이 너무 좋아 호보법 운동으로 산
을 올라갔다. 정상의 소나무에 척추를 대고 운기를 했다. 조금 있으니
명문에 진동이 와서 흐름에 맡기니 대추혈 부근으로 진동이 이동하여
자동으로 몸의 탁기가 제거되고 독맥이 시원하게 소통되었다. 진동이 멈
추자 명문호흡이 되면서 단전이 명문에 달라붙었다 떨어졌다 하는 호흡
이 되더니 선정에 자연스레 들어간다.

　우주기운, 땅의 기운, 나의 기운이 함께 운기되며 천·지·인 합일 호흡
이 되는 것이다. 그동안 산행하면서 한 번도 해 보지 못한 삼매호흡이
자연스럽게 이루어지고 있는 것이다. 어느 책에서 삼매호흡, 태식호흡이
이루어지면 옛 선도인들은 신선의 경지라 하였다. 신선의 경지란 무아의
경지라고도 할 수 있는데, 최근에는 명상 수련하면서 나도 이 삼매호흡
으로 무아의 경지를 체험해 보며 환희를 느껴 본다. 내가 이런 경지를
체험할 수 있었다는 자체가 내게는 기적 같기만 하다. 새삼 스승님께 고
개 숙여 감사드리고 싶다.

　선도인이 매일 산에 가서 운동하여야 되는 이유를 알아보면, 91년 노
벨의학상 수상자인 독일의 네허 박사와 자크만 박사는 "세포막에는 전하
를 띠는 입자(음이온, 양이온)가 드나드는 통로가 있고 인체 내의 음이
온이 감소하면 여러 가지 질병(각종 신경통, 신경장애 등)이 유발한다"
고 하였다. 공기 중 1cc당 음이온 발생수를 조사한 연구보고서에 의하면
"실내 또는 시내 중심가에는 30~70개, 산이나 들에는 700~800개, 깊은
산속이나 폭포, 바닷가에는 1,000~2,000개 분포한다"고 하였다.

　우리가 산에 가면 기분 좋아지는 이유를 알 수가 있는 것이다. 또 소
주천, 대주천 수련자는 등산하면서 운기하면 숲속의 무한한 생명력과 하

나 되어 내 몸은 자연치유가 이루어지는 것이다.

다리가 불편하신 장모님의 소원은 앞산 정상에 오르는 것이라 하셨는데, 다리가 성할 때엔 산에 오를 생각은 귀찮아서 못 해 보셨다고 한다. 이렇듯 닥쳐 보지 않으면 귀한 줄 모르는 게 인생이 아니런가 싶다. 그러나 우리들의 다리가 아직 성하여 산이든 바다든 가려는 마음만 먹으면 갈 수 있으니 이 얼마나 축복받은 인생인가!

앙드레 지드가 『지상의 양식』에서 "저녁을 바라볼 때는 마치 하루가 거기서 죽어 가듯이 바라보라. 그리고 아침을 볼 때는 만물이 거기서 태어나듯이 바라보라. 그대의 눈에 비치는 것이 순간마다 새롭기를. 현자란 모든 것에 경탄하는 자이다." 현재 삶을 영위하면서 작은 것에도 만족하고 감탄할 수 있으면 누구나 현자가 될 수 있는 것이다.

16시 ~ 18시. 아내와 앞산을 갔다. 근처 숲속에서 제일 큰 참나무와 수목지기 수련하였다. 참나무에 등을 대고 생체지기를 교류한다. 독맥이 진동이 되어 명문혈, 대추혈 부근을 나무와 가볍게 마찰하며 소통된다. 진동이 끝나고 삼매호흡에 들어가 숲속의 맑은 에너지를 교류하였다.

장소를 옮겨서 두 개의 소나무가 1.5m 간격으로 떨어져 있는 곳에서 아내와 등을 마주대고 앉아서 발과 팔은 앞의 소나무에 대고 운기조식을 했다. 조금 있으니 독맥이 따뜻해지며 상호 운기가 된다. 약한 진동이 일어나며 등이 마찰된다. 막힌 경혈이 소통되는 것이 느껴진다. 기운이 운기되니 갑자기 양물도 커진다. 의념하여 정을 기로 변환하고 우주와 숲속의 맑은 에너지가 아내의 간으로 흘러 막힌 경혈을 소통하고 심기혈정이 되길 강하게 의념해 본다.

21시 ~ 22시. 103배 절 운동 수련하고 명상하였다.

23시 ~ 24시 30분. 화두, 명상 수련을 하였다. 11가지 호흡이 이루어져 몸의 굳은 경혈을 풀어 주었다. 주로 머리, 목, 어깨 부위와 오장이 있는 배 부위에 진동이 오며 풀어진다.

2016. 02. 22. (월)

6시 20분 ~ 8시. 산에 오르며 호보법 운동을 하였다. 정상에서 소나무에 등을 대고 명상 수련을 했다. 조금 있으니 진동이 온다. 명문, 대추혈이 소나무와 가볍게 마찰을 한다. 오장과 왼발, 오른발이 흔들리고 진동이 되면서 막힌 경혈을 소통시킨다.

산의 평탄 구간에서 천천히 걸으며 산보, 화두에 집중해 본다. 육신은 부모 - 조부모 - 증조부모 - 시조한테서 받아서 생긴 것이다. 마음은 부모미생전 본래면목이다. 마음은 내 몸이 태어나기 전에 존재하고 있는 것이다. 전생, 윤회, 인과응보의 법칙과 인연에 의해 수천 가지 모습으로 태어나는 것이다.

소나무 위에 담비가 보인다. 담비는 나무 위에 길이 있는 것처럼 나무와 나무 사이 경계를 두지 않고 자유자재로 뛰어다닌다. 담비는 한 마리지만 수많은 나무를 건너뛰고 다니듯이 나 또한 수천 가지 형상으로 나타나는 것이다.

17시 ~ 20시. 커피 한잔하고 저녁 식사도 잊은 채 화두 명상에 몰입하여 삼매호흡 속에 빠졌다. 화두 암송하고 조금 있으니 양어깨를 짓누르는 힘이 있어서 관하였다. 지난번 삼공재 수련 시는 강한 역사 빙의가 들어와 힘들게 천도되었는데 '오늘 또 들어왔구만. 이것도 인연인데' 하면서 관하니 노궁혈로 천도하라는 메시지가 온다. 계속 의념하니 양팔이 앞으로 나란히 하는 것처럼 위로 올라간다. 묵직한 기운이 어깨에서 양 팔로 이동하더니 점점 아래로 내려와 노궁혈을 통하여 빠져나갔다. 누구일까 하고 관해 보니 장인어른이 떠오른다.

또 한참 있으니 양어깨를 짓누른다. 관을 지속하여 팔을 통하여 노궁혈로 바로 빠져나갔다. 또 백회에 짓누르는 기운이 있어 관을 집중하니 서서히 빠져나갔다. 빙의령 천도를 통하여 수련도 한 단계씩 성장하리라 생각된다. 조금 있으니 척추가 바로 세워지고 독맥의 명문이 압착판처럼 달라붙어 명문호흡이 되고 백회에서 상단전, 중단전, 하단전까지 기운이 시원하게 소통이 된다.

화두에 집중하여 들어가니 화면은 깊은 밤처럼 깜깜하다. 지리산 정상 천왕봉을 올라가는 것처럼 다시 또 힘내어 깊이 집중해 본다. 그래도 역시 깜깜하다. 한순간도 화두를 붙잡고 화면도 놓지 않고 또 깊이 몰입해 본다. 역시 깜깜하다. 더 깊이 몰입해 본다. 텅 비어 있고 깜깜하다. 아직은 체력이 있으니 또 깊숙이 나아가 본다.

가다가 힘이 없으면 기어서라도 낮은 포복이라도 끝까지 집중해 보자. 멈추면 다시 출발하고 정상을 향하여 계속 가고 또 가고 또 가 본다. 이윽고 정상에 도착하면 아침 해가 떠오르듯이 밝은 빛이 보일 것 같은데 역시 깜깜하다. 또 출발하여 가 본다.

깜깜한 밤하늘에 작게 반짝이는 것이 보인다. 좀더 가 보니 수많은 은하수 군단이 반짝인다. 좀더 깊이 들어가 보니 밝은 북극성이 보인다. 아! 나의 마음 즉 자성은 북극성에서 공(空)으로 머물다가 인연이 되어 현재의 나로 태어났구나! 하고 메시지가 온다.

조금 있으니 북극성과 은하수 군단이 나의 몸속으로 쏟아져 들어온다.

고개는 뒤로 젖혀지고 양손은 가슴 높이로 벌어지고 용천혈 포함하여 온몸으로 엄청난 기운이 스펀지처럼 흡수된다. 한동안 계속하여 기운을 받고 있었더니 내 방은 일시에 에너지장으로 가득 채워졌다.

가장 깊은 삼매호흡이 되면서 몸은 미동도 하지 않고 호흡은 쉬는 듯 마는 듯 우주와 내가 하나로 된 것처럼 느껴진다. 이게 "우아일체구나" 하고 텔레파시가 온다. 너무 행복하여 계속 머물러 있었다. 내 몸이 우주기운의 흐름에 맞추어져 들숨과 날숨 호흡하듯이 흔들린다.

정좌 자세에서 몸은 뒤로 삼분의 일이 기울어져 있는 상태로 우주기운과 동조되어 앞뒤로 서서히 흔들린다. 한동안 머물러 있었다. 이 뭐꼬! 한 번 더 끝까지 들어가 보자! 하고 또 몰입하여 본다. 조금 있으니 황금빛 해가 뜨고 산과 산 사이로 넓은 산길이 보인다. 특별히 변하는 게 없어 조금 머물러 있었다. 시간을 보니 3시간이 훌쩍 넘었다. '식처화두'를 깨달았다는 메시지가 온다.

2016. 02. 23. (화)

7시 ~ 9시. 산의 기운이 좋아 산 정상에 올라갈 때는 호보법으로 등산을 하니 몸도 기운도 마음도 수련이 잘된다. 산 정상에서 나무에 등을 대고 명상 수련을 해 본다. 인당에 기운이 계속 운기가 되고 있어 인당 천목혈에 일념하여 몰입하여 본다.

한참 동안 집중하고 또 집중하고 다시 집중하여 들어가 본다. 황금색 고리형의 빛이 보인다. 계속 또 몰입하자 환하고 넓은 황금색 바탕이 나타난다. 산과 강이 보인다. 중년 아줌마 얼굴이 잠깐 스치듯이 사라진다. 바탕은 연초록색인데 화면은 잘 보이지 않는다.

18시 ~ 19시 30분. 저녁 식사를 하는데 백회에 기운이 강하게 쏟아져 들어온다. 어 이게 뭐지? 서둘러 식사를 마무리하고 명상에 몰입해 본다. 명상하는 동안 계속하여 심장이 뛰듯 기운이 백회에 강하게 쏟아지고 인당도 움찔움찔해진다.

21시 30분 ~ 22시 30분. 103배 절 운동과 명상을 실시하였다. 명상할 때 최근에 가장 강한 기운이 백회로 들어오고 있음을 느낀다. 아내와 함께 절 운동 및 명상을 함께할 수 있으니 얼마나 좋은 인연이고 도반인가.

아내가 아직은 축기 단계지만 현생에서 대주천 수련까지 할 수 있도록 아낌없는 지원을 해야 하겠다. 하지만 잔무를 핑계로 내가 흡족할 만큼은 따라 주지 않는 것 같아 답답할 때가 많다. 아직 때가 안 되어선가 싶기도 하다. 말을 물가에까지 데리고 갈 수 있어도 물을 먹는 것은 스스로 할 일이다. 인생사 마음으로 생각하는 것은 다 이루어진다고 했다. 심상사성(心想事成)인 것이다.

23시 ~ 24시. 오늘처럼 기운이 세게 들어오는 것은 큰일이 이루어질 것이란 생각이 든다. 인당, 천목혈이 열리려 오싹오싹 들먹거린다. 서두르지 말고 여여하게 지켜볼 일이다. 기침이 약간 있어 수태음폐경인 양손의 태연혈, 열결혈에 압봉을 붙여 보았다.

2016. 02. 24. (수)

7시 ~ 8시. 산행하였다. 산에 오를 때 호보 걸음으로 올라갔다. 정상에서 소나무에 기대어 수목지기 명상 수련을 하였다. 어제저녁 절 운동시 왼쪽 무릎이 아팠는데 명상에 들어가자 왼쪽 다리에 진동이 오고 기운이 운기된다. 이어서 우측 다리로, 척추로, 대추혈로 오더니 오장에도 진동이 와 탁기는 제거해 주고 부족한 기운은 자동 보충해 주었다.

오후에는 오행생식 강의를 들었다. 교육을 하는 오행생식 원장은 티 벳 스님한테 기공을 전수받아 고객들 상태에 따라 기공 치료와 마사지 및 오행생식을 처방한다고 한다. 특히 암환자들은 방사선 치료할 때 오 행생식이 체력과 생명력을 복원하는 데 큰 힘이 된다는 것이다. 그나마 선택받은 사람이 오행생식을 할 수 있다는 생각이 든다.

21시 ~ 22시. 학교 열람실에서 명상하였다. 은백색 고리 형태의 빛이 보였다 사라진다. 어깨 부근을 무거운 기운이 누르고 있어 의념 집중하 니 양 노궁혈로 빠져나갔다.

2016. 02. 25. (목)

7시 ~ 8시. 등산 운동하였다. 호보 걸음 운동하고 가볍게 산행하였다. 오늘은 큰딸 아영이의 대학 졸업식이 있다. 중국 유학까지 다녀오다 보 니 졸업도 자연 늦춰졌다. 이제 26살이다. 그래도 자신의 적성에 맞는 직업을 찾아 신나게 다니는 것을 보니 한편 다행스럽기도 하다. 부모가 대학교 과정까지는 마치게 해 주었으니 이제부터는 자기 인생은 본인이 책임을 지고 스스로 삶을 찾아야 하겠다.

딸에게는 두 가지를 전해 주고 싶다. 하나는 거래형 인간이 되라는 것 이다. 『선도체험기』에서 늘 강조한 말이다. 백 번 천 번 공감 가는 말이 다. 이 세상에는 공짜는 없다. 부모 간이든 친구 간이든 사회의 모든 인 간관계는 주고받는 것이 기본인 것이다. 타인에게 먼저 줄 수 있는 이타 형 인간이 되길 바라는 것이다. 둘째는 심상사성(心想事成)이다. 『선도 체험기』에서 늘 강조한 심기혈정과 같은 맥락이라 생각된다. 마음으로 생각한 것은 이룰 수 있다는 말이다. 항상 모든 상황에서 긍정형 인간으로 적극적인 사고로써 원하는 목표를 성취하길 바라 마지않는다.

2016. 02. 26. (금)

15시 ~ 17시 삼공재 수련이 있었다. 스승님께 문안 인사드리고 무소유처 화두를 받았다. 기침감기 기운이 있어 약을 구입하여 아침과 점심에 먹었더니 수련 시 집중이 잘 안된다. 더구나 백회를 짓누르는 기운이 있어 일단 빙의령 천도에 집중해 본다. 삼공재 수련이 끝날 때쯤 되니 백회가 들썩거린다. 스승님이 안쓰러운지 도와주신 것이다. 빙의가 서서히 빠져나가기 시작한다.

7) 무소유처(無所有處)

2016. 02. 27. (토)

9시 ~ 10시. 산행 대신 103배와 명상 수련을 하였다. 수련 내내 노궁혈로 기운줄이 연결되어 움찔움찔 느껴지고 운기된다.

11시 30분 ~ 13시. 영산강 강변에 주차하고 차창을 내리고 명상해 본다. 봄의 기운이 온몸을 감싼다. 기운 공부를 하고 나서 봄의 기운을 체감할 수 있으니 이 얼마나 행복한가? 봄철 목의 기운을 모든 식물들도 받아서 새잎이 돋아나고 성장할 것이다.

19시 ~ 20시. 학교 열람실에서 명상 수련하였다. 인당을 계속 압박하는 것이 느껴진다.

23시 ~ 24시. 103배 절 수련하고 명상 실시하였다. 이번 화두수련은 특히 인당이 많이 움찔움찔 자주 운기된다. 노궁혈로도 많이 운기됨을 알 수 있다.

2016. 02. 28. (일)

7시 ~ 8시. 새벽 비 온 뒤의 산행은 상쾌하다. 새들이 여기저기서 지저귄다. 저 새들도 과거 언젠가 전생의 나였을 때가 있었는데 오늘 나한테 전하고 싶은 말이 있어서 저렇게 지저귀는 걸까? 새들이 반갑게 느껴진다. 산 정상에서 참장공 자세로 봄기운을 운기해 본다. 들숨과 날숨을 깊이 천천히 느껴 본다. 편안해진다.

학교도서관에서 책을 보고 있는데 도림 양정수 사형한테 문자 연락이 왔다. 시간이 되면 농장으로 놀러오란다. 그렇잖아도 적적하던 차에 점심시간 맞추어 갔다. 통화는 몇 번 했지만 첫 만남에도 반갑게 맞아 주신다. 백양사 근처라 공기도 상큼하고 좋다. 농장을 둘러보니 고로쇠나무, 매실나무, 개복숭아나무, 복분자나무 등이 자라고 있다. 토종벌집도 보인다. 토종벌은 2년 전인가 전국적으로 병균이 감염된 적이 있었는데 그때 몰살되어 현재는 키우지 않는다고 한다. 우리가 먹는 꿀은 대부분 양봉이란다. 밤꿀, 아카시아꿀 등이 양봉이다.

작년까지만 해도 주말농장 5평을 나도 분양받아 열심히 가꿔 본 경험이 있다. 상추, 고추, 가지 등을 재배할 때 주말에 한 번은 꼭 가 봐야하는 등 일손이 많이 들고 신경쓸 것도 생각보다 많아서 농사일이 결코 쉬운 일이 아니란 걸 알았다.

그런데 저리도 많은 나무를 기르고 관리하면서 어떻게 산을 지켜내고 있을까 싶자 존경심마저 들었다. 농장에서 먹는 점심은 몇 배로 식욕을 돋운다. 식후 차도 한잔하면서 지나온 구구절절 인생 이야기, 수련에 대한 이야기로 우리는 처음 만났음에도 시간 가는 줄 모르고 대화에 푹 빠졌다. 역시 공통 관심사가 있다 보니 오랜 벗과도 같은 친근함이 즐거웠다. 수련에 관해서는 많은 도움을 받았다. 앞으로 주말에 시간이 되면 종종 방문하여 산행도 하고 일손도 돕고 상부상조하여야겠다.

18시 40분 ~ 20시. 저녁에 학교에서 생식 식사 후 책 보고 있는데 백회에 기운이 쏴 하고 들어와서 명상 수련해 본다. 기운은 백회와 인당 부근을 계속하여 조이고 소통하는 작업을 진행 중이다. 정신은 청아하게 맑은데 텅 비어 있는 것이다. 이 뭐꼬! 화두에 계속 집중하여도 역시 비어 있는 것이다.

23시 ~ 24시. 명상 수련을 하였다. 한참 동안 선정에 들었는데 인당 앞쪽이 뜨거워지면서 큰 기운이 연결되어 계속 들어오고 있는 것이다. 큰 공사를 하는 것 같은데 여여히 지켜볼 뿐이다.

2016. 02. 29. (월)

8시 ~ 9시. 산행 중에 화두를 자나깨나 생각해 본다. 그제부터 백회보다 인당으로 기운이 많이 운기된다. 이 뭐꼬~ 등산 중에 계속 화두에 몰입하여 본다. 전음으로 '진공묘유'가 떠오른다. 그래! 나는 본래 텅 비어 있는 공이었구나!

12시 ~ 13시. 학교도서관에서 명상하였다. 단전이 뜨거워지고 인당이 오싹오싹, 기운이 쏟아져 의자에 반가부좌하고 명상을 해 본다. 명문이 뜨거워진다. 화두수련에 계속 집중하자 동그란 빛이 보인다. 좀더 집중하니 빛이 밝아지면서 산과 들이 보인다. 인당으로 기운이 오싹오싹 운기되니 조만간 뭔가 변화가 있을 것 같다. 단전, 명문이 뜨겁게 달아오른다.

13시 ~ 14시. 휴게실에서 생식 식사 간단히 하고 태극권으로 간단히 몸을 푸는데 진동이 와서 참장공 자세로 진동에 몸을 맡기고 탁기를 배출해 본다. 진동이 왼발, 오른발, 허리, 어깨, 목 차례대로 진행된다. 기운을 백회, 상중하 단전, 용천혈까지 연결하고 자연스런 진동에 몸을 맡겨 본다. 밖에는 세찬 바람에 때아닌 하얀 눈발이 날리고 있다. 이렇게 기운 운동을 하고 있으니 마음은 평화롭고, 몸은 따뜻한 기운이 휘감고 있으니 말 그대로 신선이 따로 없다고 생각하였다.

15시 40분 ~ 16시 30분. 화두에 집중해 본다. 텅 비어 있고 아무것도 없는 느낌이다. 마음은 맑아지는데 오직 無다. 또 깊이 들어가도 역시 無다. 좀더 깊이 화두에 집중해 보아야 하겠다. 베르나르 베르베르가 쓴 『신』이란 책 내용 중에 "우리는 無에서 태어난다. 하늘에서 우리를 살피거나 관심을 갖는 존재는 없다. 우리의 현실 세계 위쪽이나 아래쪽에 아무것도 존재하지 않는다. 우리가 죽은 뒤도 마찬가지다. 우리는 다시 無로 돌아간다." 또 이런 글도 있다. 수호천사(보호령)가 인간에게 5가지 방편으로 알려 주는데 우매한 인간이 그걸 잘 모른다는 것이다. 즉 "꿈, 직감, 영매, 징표, 고양이"를 이용하여 인간에게 영향을 미친다고 한다. 수련 중이건 일상생활을 하든 늘 주변을 관하면서 수호천사(보호령)가 알려 주는 것은 알아차리는 지혜가 필요하리라 생각된다.

이순신 장군의 23전 23승 전략에서 중요한 한 가지는 늘 주변을 관찰하고 이길 수 있는 환경을 만들어 놓고 전투를 한다는 것이다. 『선도체험기』에서 늘 강조하신 관하는 능력이 아닐까 생각된다.

20시 30분 ~ 21시 40분. 인당이 오싹오싹하여 명상에 집중하여 본다. 계속 집중, 집중해 보아도 인당이 계속 오싹오싹한다. 이 뭐꼬! 화두에 집중해 본다. 공(空)이다. 공(空)이다. "부모미생전 본래면목"이 메시지로 떠오른다. 부모가 내 몸을 만들기 전 본래부터 공(空)으로 존재하고 있었던 것이다.

2016. 03. 01. (화)

5시 ~ 6시 30분. 명상 수련하니 몸에 진동이 오며 11가지 호흡이 이루어진다. 특히 고개가 자동 도리도리되고, 오장이 진동되고, 척추도 좌우로 진동되며 탁기를 배출한다. 척추가 똑바로 세워진다. 상중하 단전이 하나의 원통 기둥으로 연결되며 삼합진공이 이루어진다. 계속 몰입하여 나아가니 은백색 빛이 밝게 보인다. 또 나아가니 어두운 것도 아니고 환한 것도 아닌 상태에 계속 머문다.

이 뭐꼬! 텅 비어 있고 없는 것이다. 아! 空인 것이다. 색즉시공 공즉시색 할 때의 空이구나! 부모미생전 본래면목의 空으로 존재한 것이다. 진공묘유의 空인 것이다. 내가 空으로 존재한다. 인과응보의 법칙에 의하여 현재의 내 모습으로 존재하는 것이구나! 삼위일체 사상이구나! 성부와 성자와 성령은 결국 하나로 다 같은 것이다. 정기신도 마찬가지인 것이다. 즉 용변부동본인 것이다. 본질인 진리는 변하지 않지만 쓰임은 계속 변하는 것이다.

15시 ~ 16시 30분. 모처럼 오후에 아내와 따뜻한 햇살을 받으며 산행을 하였다. 산의 정상 부근의 아름드리 큰 참나무에 등을 대고 명상을 하면서 우주와 산의 기운과 호흡해 본다. 등의 명문혈로 운기되어 따뜻함과 떨림이 전해져 온다. 정상 부근의 공터에서 내가 호보 운동을 하니 아내도 따라서 한다. 영락없는 호랑이 부부인 것 같아 슬며시 웃음이 입가에 물린다. 아내와 나이도 같고 호랑이띠 동갑이고, 호보(虎步) 운동도 같이하니 우리 부부는 호랑이와 인연이 참 많은 것 같다.

17시 30분 ~ 19시. 일본군 종군 위안부 내용의 〈귀향〉이란 영화를 보았다. 영화를 보면서 화두에 집중할 수 있을까? 해서 실행해 보았는데 삼분의 일 정도는 집중할 수 있었고 백회에 운기됨을 알 수 있었다. 특별한 체험이다. 주변의 상황에 휘둘리지 않고 의념을 하여 화두에 몰입하고 삼매의 경지까지 갈 수 있는 수련도 해 보아야 하겠다.

2016. 03. 02. (수)

8시 ~ 9시. 산행하면서 오르는 구간은 호보 운동을 하면서 올라갔다. 산 정상에서 소나무에 등을 대고 아침 해를 보면서 명상을 하였다. 진동이 오면서 몸의 탁기를 배출하였다. 조식 운기되면서 솔향의 따뜻한 기운이 풍선처럼 단전을 부풀어오르게 한다. 산행 시 늘 다니던 길에 노란색 개가 꼬리를 흔들며 반긴다. 전생에 인연이 있었던 모양이다.

오후에는 오행생식 교육을 받았는데 같은 교육생이 호두과자를 사 왔단다. 본인이 먹고 싶어 샀는데 한 개 먹어 보니 입맛이 안 맞는다 한다. 해서 진짜 안 맞는지 왼손에 호두과자를 들고 오른손을 오링테스트를 해 보았는데 힘없이 벌어진다. 과일이나 식품이 본인 체질과 맞는지 안 맞는지 궁금할 때는 오링테스트도 하나의 방편이 될 것이다.

딸이 집에 왔는데 체해서 저녁도 못 먹었다 한다. 침으로 피를 빼 주려 했더니 무서워서 안 한다며 펄쩍 뛴다. 겁 많은 것은 아기 때부터 안 고쳐진다. 하는 수 없이 양쪽 소상혈을 세게 마사지해 주고 압봉침을 붙여 주고 꿀을 두 숟가락 먹도록 해 주었더니 잠자리에 든다. 부디 오늘 밤 안으로 아픈 기운일랑 다 날려 버리려무나.

23시 ~ 24시. 기운이 손끝, 발끝까지 찌릿찌릿 강하게 운기되고 있다. 백회, 상중하 단전 연결하고 삼합진공이 이루어진다. 삼매호흡에서 화두 명상 수련을 하였다. 어제 보았던 영화 〈귀향〉에서 위안부 소녀가 남이 아닌 나의 한 모습이었구나! 하고 떠오른다. 단전이 부풀어오르고 따뜻하다.

2016. 03. 03. (목)

4시 30분 ~ 6시 30분. 체험기 정리하고 명상을 하였다. 새벽 인시와 묘시는 양의 기운이 가장 세어 발끝까지 짜릿짜릿 운기된다. 11가지 호흡이 이루어지고 탁기가 제거된다. 머리에서 쐐 하는 전파음 소리가 계속 들린다.

11시 30분 ~ 12시 30분. 학교 열람실에서 명상 수련하였다. 쐐 하는 소리가 계속 들린다. 조용히 삼합진공 상태에 머물며 호흡해 본다.

20시 30분 ~ 21시 30분. 백회와 인당이 오싹오싹해진다. 명상 수련하라는 뜻인 것 같다. 우리가 수련 시 활용하는 『천부경』은 최치원의 글이, 『삼일신고』는 을지문덕의 글이, 『참전계경』은 을파소의 글이 현재까지 전해진다 한다(네이버 조회). 세 분의 선도 선배에게 큰 감사를 드린다.

8) 비비상처(非非想處)

2016. 03. 04. (금)

5시 30분 ~ 6시 30분. 몸의 발끝, 손끝의 모세혈관까지 기운이 강하게 운기된다. 전파음이 쐐 하고 들리며 백회에는 심장처럼 팔딱팔딱 강약으로 운기된다. 척추가 바로 세워지고 선정에 들어서 화두를 암송해 보며 집중해 본다. "부모미생전 본래면목, 색즉시공 공즉시색, 진공묘유, 성부와 성자와 성령, 정기신"이 메시지로 떠오른다. 나는 본래 空인 것이다. 용변부동본의 本인 것이다. 수천 가지의 모습으로 변하지만 (광물, 식물, 동물, 인간, 현자, 천사, 신) 본래는 하나인 것이다.

삼공재 수련하러 고속버스 타고 가다가 불교의 음기요법인 "옴마니밧메훔"을 암송해 보니 백회, 인당, 노궁혈로 강한 기운이 운기됨을 알 수 있었다.

15시 ~ 17시. 스승님께 인사드리고 비비상처 마지막 화두를 받았다. 암송하니 척추가 바로 세워지고 온몸으로 강한 운기가 되어 손끝, 발끝이 감전된 것처럼 찌릿찌릿 느껴진다. 마지막 화두가 유종의 미를 거둘 수 있도록 오매불망 매진하여야겠다.

23시 ~ 24시. 103배 절 운동하고 명상 수련해 본다. 특별히 천목혈이 열릴 수 있는 심법 수련을 해 보았다. 심기혈정으로 가능한 것이리라. 눈에서 살며시 눈물이 흐르는 것은 아직도 자성이 정화되어 맑아지고 있는 것이다.

2016. 03. 05. (토)

8시 ~ 8시 30분. 앞산을 산행하였다. 아침부터 까치가 왜 저렇게 크게 울까? 화두를 암송해 본다. 산 정상 부근에서 참장공을 하고서 봄의 목 기운을 온몸으로 운기해 본다. 찌릿찌릿 강하게 느껴진다. 빗방울이 한 방울씩 떨어진다. 이 뭐꼬! 표징으로 나에게 알려 주는 것이다. 내가 무시하든 안 하든 선택은 내가 하는 것이다. 무엇을 선택할까? 우산도 없고 하니 빠르게 집으로 복귀하자! 집에 거의 다 오자 비가 쏟아지기 시작한다.

19시 30분 ~ 20시 30분. 백회에 기운이 폭포처럼 쏟아진다. 상중하 단전에 의념하고 삼합진공을 해 본다. 단전이 따뜻하게 달아오른다. 눈가에 눈물이 고이는 것은 계속하여 자성이 정화되고 있음이다. 하늘이 기운을 폭포처럼 보내 주는 것은 왜일까? 백회에 심장처럼 두근두근거리며 기운이 쏟아진다. 쏴 하는 전파음도 계속 들린다.

23시 ~ 24시. 103배를 아내와 함께하였다. 절 운동 후 명상 수련을 하는데 백회에 기운이 폭포수처럼 쏟아진다. 큰 무엇인가가 일어나려고 하는 것이다. 인당 주위로 기운이 몰리고 시원하게 소통되고 있는 것이다. 일제 시절 독립군은 목숨을 초개와 같이 버리며 일본군과 싸웠다. 어느 자료 보니 그 당시 독립군은 작은 노트에 『천부경』과 『삼일신고』를 적어 가지고 다니면서 읽고 외우면서 싸웠다는 기록이 있다. 현시대를 살아가는 난 어떤 모습으로 살아가야 될까?

2016. 03. 06. (일)

5시 ~ 7시. 기운이 온몸을 휘감으며 손끝, 발끝까지 찌릿찌릿 운기된다. 기운이 인당에서 움찔움찔 움직인다. 계속 몰입 집중해 들어간다. 호흡도 사라지고 몸도 사라지고 의식만 남아 있는 삼매호흡 속으로 빠진다. 우주의 별 기운이 인당 속으로 빨려 들어온다. 고개가 전후 앞뒤 자동으로 흔들린다. 기운의 흐름에 몸을 맡긴다. 호흡과 몸이 텅 비어 있고 전신호흡이 이루어지고 의식만 남아 있다.

아, 생사일여가 이런 것이구나! 메시지가 온다. 옛날 선도를 배운 장군이 참수될 때 눈 하나 깜짝하지 않는 경지가 체감된다. 호흡은 끊어져 있는 것 같고 명문호흡 및 전신호흡이 이루어지고 정신이 아주 맑아진다. 아, 신선의 경지가 따로 있는 것이 아닌 것 같다. 머리로만 아는 것은 아는 것이 아니다. 마음으로 체득되어야 확실히 아는 것이다.

9시 ~ 10시 산행길에 아내에게 살면서 언제가 가장 행복했느냐 물어보았다. 아들 준학이가 대학교 합격했다는 소리를 들었을 때 가장 행복했다 한다. 왜 그러냐 하고 물으니 초, 중, 고등학교까지 학교 방송반에 들어 공부보다도 방송 활동에만 몰입하니 대학에 갈 수 있다고 생각조차 못한 것이다. 다행히 모 예술대학교에 수시면접으로 어렵게 합격하였으니 그 기쁨을 말로 표현하기 어려운 것이리라. 부모란 자식에 대한 내리사랑인가 보다.

시골에 계신 어머님도 자식을 위해서 모든 것을 다 나누어주신다. 쌀, 배추김치, 무우(겨울에 구덩이 파고 땅에 묻었다 올 적마다 주신다), 장, 된장, 고추장, 호박, 멸치 등등. 우리 세대가 어머니만큼 늙어지면 내 어머니가 그랬듯이 나도 자식들한테 어머님의 반이라도 베풀 수 있을까? 또한 저 자식들은 우리가 부모에게 효도한 만큼이나 할 수 있으련가? 모호하다.

하늘에 덕을 쌓으려면 부모에 대한 효도를 실천해야 하는데 말이 쉽지 제 살기 바쁘다는 핑계로 어렵기만 하다. 모든 자식들이 그러하듯이 살아 계실 때는 모르고 있다가 돌아가시고 난 다음에나 알게 될 것이다. 그것은 아마도 대대손손 대물림을 할 수밖에 없는 현실이다. 그렇더라도 난 아직 부모님이 살아 계시니 부모에게도 거래형 인간이 되어 후회를 남기지 않는 마지막 자식이라도 되어 보고 싶다.

16시 ~ 17시. 할머님이 계신 요양원에 다녀오는 길에 섬진강 강변의 정자에서 명상을 해 본다. 예부터 강물은 변함없이 흐르는데 그 사람은 간 곳이 없구나! 산은 자태가 그대로 있건만 만물은 변하기도 변하지도 않는 것 같고, 사람 마음은 나이를 먹지 않는데 모습만 변한다. 강물은 예전의 강물이건만 그 옛날의 나는 어디에도 없구나!

2016. 03. 07. (월)

10시 ~ 16시. 고향 근처에 있는 동악산을 오랜만에 6시간 동안 등산하였다. 중식은 윗주머니에 생식을 넣어 가서 정상에서 먹으니 무척 편리하였다. 등산하는데 유달리 새 울음소리가 많이 들린다. 동악산은 음악소리가 들리는 산이란 뜻이다. 산이름을 누가 지었는지 잘도 지었다는 생각이 든다.

산의 기운이 거대한 화산처럼 솟아오른다. 산에 올라서 이처럼 강한 기운을 느낀 적이 있었던가? 이처럼 봄의 기운이 강하게 흐르니 대자연속의 나무는 생명력을 키울 수밖에 없고 수많은 봉우리에서 꽃잎이 터지는 것일 게다. 보통 봄이 되면 으레 꽃이 피는구나 했었는데 운기조식이 되면서 내가 나무가 된 양 꽃잎이 간지럽다. 풍경이 멋있는 바위가 있는 곳에서 정좌 수련 했는데 바로 선정으로 들어갈 수 있어서 행복했다.

오늘은 산행하면서 내일 면접시험이 있는데 직장생활을 어떻게 할 것인가? 화두를 삼아 보았다. 느낀 점은 첫째, 저만큼서 뿌리째 뽑혀 쓰러진 소나무를 보니 조직의 가장 말단이 병들거나 썩으면 그 조직은 무너지겠구나! 최접점 현장이 튼튼하고 건강해야 그 조직이 생명력 있겠구나!란 생각이 강하게 밀려든다.

둘째는 비 온 뒤라 계곡물이 많아져 강한 에너지로 흐르는 것을 보았다. 조직이 강한 에너지로 활력을 가지려면 물처럼 원활한 소통이 필요할 것이란 생각이 든다. 그러려면 조직 상하 간의 소통이 필수가 되어야 할 것이다.

셋째는 목표를 정했으면 정상 정복이 필요하다. 물론 힘든 장애물도 있지만 극복해서 가야만 하는 것이다. 중간에서 보는 시야하고 정상에서 바라본 세상은 분명히 차이가 있다. 조직의 핵심 목표는 반드시 달성해야 한다.

마지막으로 새들이 유쾌한 울음소리는 산행 시 피로를 덜어 주었다. 직장생활할 때 일을 놀이처럼 활력 있게 즐기면서 한다면 훨씬 능률이 오를 것이다. 이제 생활 속에서 이슈되는 주제는 화두 삼아 관하여 대안을 찾는 노력을 계속해 보아야 하겠다. 진정한 선도는 생활 속의 조화를 통해 완성되어지는 것이라고 설파하신 스승님의 말씀에 크게 공감하며, 혹여라도 잊지 말아야겠다.

2016. 03. 08. (화)

오늘은 5시 30분 일어나 세면하고 아침은 생식으로 간략히 하고 수원에 갔다. 면접 보고 점심을 먹고 내려왔다. 현묘지도 수련 이후 직장생활을 한다면 주변에 휘둘리지 않고 본래면목을 찾아 즉 본질을 찾아서 업무를 개선하고 조직이 성장하는 데 기여할 수 있을 것이다. 조직 속에서 타인과 내가 따로따로가 아닌 하나인 것이다. 늘 『선도체험기』에서 강조한 이타형 인간, 거래형 인간, 역지사지 방하착을 머리로만 알고 있는 것이 아닌 실지 생활 속에서 실천해 볼 일이다. 또한 풀리지 않는 문제들은 화두 삼아 자나깨나 몰입하면 반드시 해결책이 나올 것이다.

나 개인보다는 조직을 위한 삶을 실천할 때 지역사회, 나아가 우리나라, 세계 인류를 위하여 공헌하게 되는 것이다. 수신제가치국평천하가 되는 것이다. 맹자는 "궁즉독선기신(窮則獨善其身) 달즉겸선천하(達則兼善天下)"라 했다. 즉 무슨 일이 잘 안 풀려 궁색할 때에는 홀로 자기 몸을 닦는 데 힘쓰고, 일이 잘 풀릴 때에는 세상에 나아가 좋은 일을 한다는 뜻이다.

2016. 03. 09. (수)

13시 ~ 15시. 오행생식 요법 공부하였다. 사람을 보는 관점이 많이 향상된 것 같다. 기존에는 상대방의 성격, 능력을 경험한 바에 의하여 보았는데 오행체질로도 볼 수 있으니 알수록 관점이 넓어지는 것을 알 수 있다. 목형, 화형, 토형, 금형, 수형, 상화형 체질을 알 수 있으므로 인간관계 시 활용하면 상대방을 이해하는 데 큰 도움이 될 수 있을 것이다.

또한 변의 모양을 보고도 원인을 예측할 수 있으니 오행생식 요법이 대단한 것 같다. 현맥이고 목의 병이면 변이 가늘고 길게 나온다. 구맥이고 화의 병이면 염소똥같이 나온다. 홍맥이고 토의 병이면 변이 퍼진다. 모맥이고 금의 병이면 역시 변이 퍼진다. 석맥이고 수의 병이면 돌처럼 단단하게 나온다. 구삼맥이고 상화의 병이면 변을 누고 나서도 잔변감이 있다. 나는 구맥으로 변이 딱딱하고 염소똥처럼 나온다. 화의 병이니 쓴맛(커피)을 먹어 원인 치료를 해 보아야 하겠다.

저녁에는 학교 열람실에서 『소설 손자병법』(작가 정비석)을 보았다. 주요 내용을 보면 "인류의 모든 역사 공통점은 분열과 통합이 상호 간에 연쇄적인 작용을 일으키면서 끊임없이 반복되어 온 것이 인류 역사이다. 자기 보존과 자기 확장을 위한 통합적인 작용이라 볼 수 있다." "고전장(古戰場)에서 배우다. 손자는 10년 이상 고전장을 탐방하고 연구하면서 병법을 만든 것이다. 지피지기면 백전불태다." 우리가 알고 있는 만 시간의 법칙을 통과하여 도의 경지까지 올라 오늘날까지 사랑받는 『손자병법』이 탄생한 것이다.

2016. 03. 10. (목)

7시 ~ 8시 30분. 산행 시작하면서 "수호천사(보호령)는 산책하는 사람에게 영감을 알려 준다"가 떠오른다. 우주기운을 백회, 상중하 단전, 용천혈까지 3번 연결하고 화두를 암송하면서 산행을 한다. 오르막 산길이다. 주위에 사람이 있건 없건 자연스럽게 호보 걸음으로 오매불망 화두를 붙들고 올라가 본다. 왼발 나가고 왼손 짚고 오른발 나가고 오른손 짚고 처음에는 손바닥으로 다음에는 손등으로 또 다음에는 손가락으로 땅을 짚고 지기(地氣)와 교류하면서 올라간다.

기어서 올라가는데 갑자기 "원융무애… 원융무애… 원융무애…" 네 글자가 갑자기 전음으로 들린다. 아하! 이게 마지막 화두의 답이구나!

하는 느낌이 온다. 그런데 이건 또 무슨 뜻이란 말인가? 머리를 굴려 봐도 도통 알 수가 없다. 정확한 뜻을 알아보고 자성한테 관해 보아야 하겠다. 뜻을 알아보니 "막힘과 분별 대립이 없으며 일체의 거리낌 없이 두루 통하는 상태를 말한다"는 내용이다. 떠오르는 해를 마주하고 아름드리 소나무에 등지고서 명상에 들어가 본다.

비유상(非有想) 비무상(非無想) 뜻이 생각이 있는 것도 아니고 생각이 없는 것도 아닌 상태인 것인데 이게 뭐꼬! 진공묘유(眞空妙有)이다. 참말로 텅 비어 있는데 묘하게 있는 것이다. 묘하게 있는데 또한 텅 비어 있는 것이다. 모든 법은 하나로 통한다. (萬法歸一이다.) 하나의 이치는 만 가지로 통한다. (一理萬理이다.) 색즉시공 공즉시색인 것이다.

『선도체험기』에서 늘 강조하였던 생즉사요 사즉생인 것이다. 또한 일체즉일(一切卽一)이고 일즉일체(一卽一切)인 것이다. 우주만물은 사리(事理)가 통하여 일체의 거리낌과 경계가 없이 두루 통하는 것이다. 즉 원융무애(圓融無碍)한 것이다. 자성에게 관하니 베리 굿이라 한다.

송나라 선승이 쓴 시가 떠오른다.

> 흐르는 물이 산 아래로 내려감은
> 무슨 뜻이 있어서가 아니오.
> 한 조각구름이 마을에 드리움은
> 본디 무슨 마음이 있어서가 아니라.
> 사람 살아가는 일이 구름과 물 같다면
> 쇠나무에 꽃이 피어 온누리에 가득 봄이리.

19시 ~ 20시 30분. 학교에서 저녁을 생식으로 먹고 있는데 백회에 강한 기운이 쏟아진다. 자리로 돌아와 의자에 정좌하고 있으니 폭포수처럼 백회에 운기된다. 이 큰 기운이 올 때는 특별한 변화가 있을 것 같았다. 오매불망 몰입해 본다. 정충기장신명(精充氣壯神明)이라 했다. 정이 충만하고 기가 장해지면 신이 밝아진다는 뜻이다. 정충기장했으니 신명 즉 상단전을 개발하여 완성하라는 메시지가 다가온다.

이렇게 큰 기운이 받을 수 있어 행복하다. 상단전, 중단전, 하단전으로 운기해 본다. 정기신 삼원조화신공을 운기해 본다. 묵직하고 중량감 있는 기운이 삼각 편대를 형성하면서 힘차게 운기된다. 상단전 즉 인당에 의념하고 몰입해 본다. 가고 가 보고 또 계속하여 집중해 나간다. 은백색 고리 모양의 빛이 보인다. 산과 강이 보인다. 초가집이 희미하게 보인다. 계속 몰입해 본다. 더이상 진보는 없다. 눈가에는 눈물이 소리없이 흘러내린다. 아직 자성이 정화할 게 남아 있는 것이다. 백회는 아직도 기운이 연결되어 한없이 쏟아진다.

이번에 왜 이렇게 큰 기운을 보내 주었을까? 관해 본다. 하나, 현재에 만족하지 말고 무소의 뿔처럼 구도자의 길을 생명이 다하는 날까지 끝까지 가라. 둘째는 직장생활을 하여 경제적인 안정을 해결하면서 도를 계속 공부하라는 메시지가 들려온다.

2016. 03. 12. (토)

오늘은 삼공재 수련하는 날이어서 새벽에 목욕재계를 하고 평소보다 30분 먼저 집에서 아침 8시에 출발하였다. 토요일이고 주말이니 차가 막힐 수 있기 때문이다. 스승님한테 인사드리고 비비상처 화두수련에 대하여 말씀드렸다. 그동안 고생했다고 말씀하시고 후배를 위하여 현묘지도 체험기를 기록하여 제출하라 하신다.

오늘은 4명이 함께 수련하였다. 모두 일취월장하여 목표하는 모든 것이 이루어졌으면 하는 바램이다. 현묘지도 화두수련은 마무리하였지만 아직은 많이 미흡함을 느낀다. 자나깨나 어디에 머물든지 어떤 일을 하든지 어떤 상황에 처하든지 항상 관을 일상화하고 금생이 마무리하는 날까지 구도자로서 수련의 끈을 놓지 않고 무소의 뿔처럼 나가리라 다짐해 본다.

현묘지도(玄妙之道) 수련을 마치며

먼저 나의 인생을 이야기해 보고자 한다. 나는 62년생으로 전라도 남원에서 3남 중 장남으로 태어났다. 삼성전자에 입사하여 2015년까지 30여 년간 회사생활을 하였다. 장기간 한 회사에서 생활할 수 있었던 것은 수많은 귀인의 도움이 있었기에 가능한 일이라 생각되며 그분들에게 감사를 드린다.

회사 다닐 때에 초반부는 조직 운영을 계획하는 관리 업무를 했고 또 결산과 세금을 관리하는 경리 업무를 경험하였다. 중반부와 후반부는 물류 업무를 하였다. 물류 업무는 생산되는 전자 제품을 공장 물류센터에 보관하고 있다가 대리점에서 판매가 되면 전국 물류센터를 경유하여 고객(구입자)에게 제품을 배달 설치한다. 고객이 제품을 사용하는 데 불편이 없도록 하는 업무를 주로 담당했다. 우리가 집에서 사용하는 냉장고도 작은 원자재 생산에서 완제품 조립생산, 판매 단계, 물류 단계의 여러 단계를 통하여 이루어지는 것이다.

기운 공부는 1993년 삼성에서 7·4제를 시행(7시 출근하고 오후 4시 퇴근)하였는데 그 당시 여가 시간을 활용하는 방편으로 취미 활동을 지원해 준 적이 있었다. 그 당시 회사 내에 태극기공 강좌가 있어서 3개월 동안 배운 적이 있었다. 그때 경험한 것을 돌이켜보면 기감을 느끼게 해주는 손뼉치기 등 도인체조, 단전호흡, 임맥과 독맥으로 운기하기, 태극권 18식을 배웠었다. 생각해 보면 그때부터 어떤 강력한 기운이 나를 선도의 첫 옷고름을 풀기 시작하게 했던 것 같다.

그 이후는 회사생활하면서 개인적으로 책을 구입하여 혼자서 자가 수련을 했는데 노궁혈로 기운을 느끼는 단계에 머무르고 있었다. 또한 우연히 텔레비전에서 호보법을 하는 것을 보고 2000년부터 주말에 호보법을 하고 있으며 호보 전도사로 전하려고 노력하고 있다.

또한 2014년 유튜브에서 기공 지도사 난강 윤금선 할머님의 동영상을 보고 느낀 점이 많았다. 하루살이가 힘들어 끼니를 해결하려고 중국 팔로군 간호병에 들어가서 끼니를 해결하고 전쟁이 끝나고 나서 의사가 되어 생활하였다. 몸이 안 좋아 기공을 배웠던 것이다. 나이 들어 한국에 오셔서 수련을 지도하신다.

양의 기운이 가장 강한 인시에 매일 일어나서 1시간 명상 수련하고 식사는 1일 1식 하시는 당시 85세이신 할머님의 모습이 내 마음속에 스며든다. 나는 무엇인가? 강한 의문이 일어나면서 무엇이든 시작을 하고 싶어졌다. 해서 2014년 9월부터 매일 4시 30분에 일어나 집 앞에 있는 월봉산을 산행하고 운동하기 시작하였다. 운동 내용은 산행, 호보법 수련

(호랑이 걸음걸이), 상하좌우 손뼉치기, 태극권 기본 동작, 참장공(달, 별 기운 축기), 수목지기(참나무)를 하였다. 이 새벽 수련으로 노궁혈과 용천혈 기감이 향상되었다.

2015년 4월경에 고향 친구의 부탁으로 『선도체험기』를 인터넷 서점에서 구입하여 갖다주면서 나도 3권을 구입하여 보았다. 『선도체험기』가 100권이나 출판된 것을 알고 김태영 작가가 대단하다는 생각이 들었다. 보통 사람은 책 한 권 쓰기도 힘든데 근 30년이 되도록 집필을 끊지 않으신 그 열정 앞에 무조건 고개가 숙여졌다.

책을 읽어 보니 술술 잘 읽히고 재미있었다. 『선도체험기』를 읽다 보니 정식으로 배워 보자는 생각이 들어서 집 근처의 단학 수련원에 5월 등록하여 한 달 동안 다녔다. 6월 14일 스승님과 전화 통화하고 『선도체험기』 책 전체를 구입하여 보기 시작하였다. 메마른 대지에 비가 스미듯이 선도의 기운 공부 내용이 스펀지처럼 쭉쭉 빨려 들어왔다. 뒤늦게 인연이 된 것은 나에게 크나큰 하늘의 축복이 아닐 수 없다.

2015년 8월 3일 삼공재 첫 수련을 시작으로 지금까지 계속 이어지고 있다. 2015년 11월 14일 대주천 수련을 455번째로 인가해 주셨다. 그리고 현묘지도 수련은 2016년 1월 30일부터 시작하여 2016년 3월 12일까지 수련하였다.

대작가이신 삼공 김태영 스승님한테 배울 수 있었던 것은 금생에서 가장 큰 축복이며 인연이라고 생각된다. 미욱한 이 제자에게도 단비를 골고루 뿌려 주신 스승님의 은혜에 고개 숙여 큰 감사를 드린다. 그 가르침을 늘 기억하여 상구보리 하화중생할 수 있도록 매진하여야 하겠다.

이번 현묘지도 수련에서 배운 점을 요약해 본다.

1. 화두수련 방편이 체득되었다.
2. 명상 수련 능력(입정, 선정, 삼매호흡)이 향상되었다.
3. 관하는 능력이 향상되었다.
4. 운기 능력이 향상되었다.
5. 글쓰기가 향상되었다.

첫 번째. 현묘지도 수련을 하면서 화두가 무엇인지 알 수 있었다. 평소의 삶 속에서 해결하기 어려운 이슈들은 화두 대상이 될 수 있는 것이다. 화두를 자나 깨나 붙들고 집중하고 몰입하면 반드시 해결책이 나온다는 것을 알 수 있었다. 내 삶 속에서 화두를 찾고 오매불망 몰입하는 방편을 계속해 나갈 것이다.

두 번째. 종전에는 명상을 운기조식 위주로 진행하였다. 현묘지도 수련하면서 명상하고 화두 대상에 깨달음을 얻기 위하여 오매불망 몰입하였다. 명상이 체질화되어 내가 머무는 장소에 상관없이 입정 상태로 들어갈 수 있었다. 특히 삼매호흡 경지까지 도달할 수 있어 수행의 큰 보람이 있었다.

세 번째. 『선도체험기』의 관한다는 것을 머리로만 알고 있었는데 이번 수련으로 마음으로 체득되었다. 화두를 정하고 명상 수련이나 등산, 산책할 때 계속하여 끝까지 몰입하여 관하면 응답이 온다. 꿈, 직감, 징표, 영매를 통하여 알 수 있는 것이다.

네 번째. 종전에는 단전에 축기 및 백회 기운 소통 위주로 운기했는데 이번 수련을 통하여 상, 중, 하단전이 하나로 통합되는 삼합진공이 이루어졌다. 또한 몸의 손끝, 발가락 끝 모세혈관까지 기운이 강하게 운기되고 있는 것이다. 등산하면서 수목지기 수련 시에도 진동이 일어나 천기와 지기가 찌릿찌릿 강하게 운기되는 것을 체감할 수 있었다. 대자연과 함께 지속 수련하여 하늘의 뜻을 받아 상구보리 하화중생하여야 하겠다.

다섯 번째. 현묘지도 수련 체험기를 매일 기록하면서 글쓰기 능력이 향상되었다. 김태영 사부님이 『선도체험기』 글쓰기를 통해 혼자만 알고 사장될 수도 있었던 소중한 체험 내용을 세상 밖으로 끌어내어 주신 덕분에, 지금 이 시간까지도 시공을 뛰어넘어 살아 숨쉬고 있는 것이다. 나는 이번 현묘지도 수련 체험기 글쓰기를 통해 나의 내면과 세상과의 소통을 하고 있는 것이라 생각된다. 나는 구도자, 수행자로서 '명상, 운동, 글쓰기'라는 도구를 이번 계기로 얻게 되었다. 이제부터는 이 도구를 얼마나 요긴하게 부리느냐가 나의 수련 과제가 될 것이다.

오늘도 변함없이 등산한다. 산새들의 노랫소리가 유달리 크게 들린다. 담비 한 쌍이 저 높은 나뭇가지 위가 놀이터인 양 거리낌 없이 두루 뛰어다닌다.

그동안 내 주인인 진아보다 가아가 내 삶을 운전해 왔다는 것을 인정한다. 삶 속에 어려운 난관도 있었지만 다행히 낭떠러지로 떨어지지 않고 오늘날까지 존재하는 것은 선계의 스승님이 보살펴 주신 덕이라 생각된다. 앞으로의 삶도 여전히 가아가 운전하려 들겠지만 내 주인공(진아)이 내비게이션처럼 안내하여 도(道), 정선혜(正善慧)의 길을 갈 수 있도록 늘 관을 일상화해야 하겠다.

이번 현묘지도 수련을 통하여 내 존재의 주인공인 본래면목을 만날 수 있었다. 선배 구도자처럼 오랫동안 수련한 것도 아니고 단기간에 수련한 탓에 아직 내 자신이 부족함을 느낀다. 이제 남은 생을 더욱더 열심히 보림하면서 금생이 나한테 준 사명을 받아 구도자의 삶을 호보법처럼 한 발 한 발 걸어가야 하겠다.

구도자 길을 가고 있는 선배님, 후배님들에게 미흡한 경험담이라도 혹여 도움이 되신다면 하는 생각으로 부끄러움을 무릅쓰고 기록을 남긴다. 아무것도 아니었던 나 같은 사람도 이 정도는 한다는 것을 알림으로 작은 격려가 된다면 오히려 감사한 마음일 것 같다. 더욱 일취월장하시길 응원해 본다. 끝까지 지도해 주신 선계 스승님, 김태영 스승님, 지도령(보호령), 주인공(자성), 도우님, 또한 삼공재 방문 시마다 따뜻하게 맞이해 주신 사모님에게도 깊이 머리 숙여 감사를 드린다.

"처음으로 하늘을 만나는 어린 새처럼 처음으로 땅을 밟는 새싹처럼,
우리는 하루가 저무는 추운 겨울 저녁에도 마치 아침처럼 새봄처럼,
처음처럼 언제나 새 날을 시작하고 있다.
산다는 것은 수많은 처음을 만들어 가는 끊임없는 시작이다."

- 신영복 님, 처음처럼 -

2016년 3월 21일
제자 김광호 올림

【필자의 논평】

현묘지도 수행은 2011년 25회째를 기하여 지원자가 없어서 사실상 중단 상태에 빠져 있었는데 2015년 6월에 김광호 씨가 삼공재에 나타나고 김희선 씨가 현묘지도에 도전해 옴으로써 다시 활기를 띠게 되었다. 삼공재에는 뜻밖의 경사가 아닐 수 없다.

김광호 씨는 1962년생으로서 1932년생인 나보다 꼭 30년 연하지만 수련에 대한 열기는 대단하다. 30여 년 동안 삼성전자에서 일하다가 퇴직한 그는 등산 시에 특이하게도 호랑이 걸음을 본딴 보법을 이용한다고 한다. 그래서 도호는 호보(虎步)로 정했다.

생활 속의 선도수련 이야기

김 광 호

사모님, 스승님 안녕하십니까? 늘 많은 도움을 주셔서 감사드립니다. 금년 초의 내 인생에서 중요한 세 가지 이슈가 진행되었다. 4개월간의 휴직기 동안 첫째 21일 단식 체험을 무사히 마쳤고, 둘째 현묘지도 화두수련을 마무리한 후에, 셋째 정년퇴임 후 새 직장에 취직하였다. 몇 개월의 휴식 이후 직장생활을 다시 시작하면서 그전의 나와 일정한 수련 과정을 거치고 난 후의 나의 변화를 관찰해 보며, 실생활에서도 과연 올바른 구도자의 길을 가고 있는지 스스로 점검해 보는 시간을 갖고자 한다.

첫 번째는 다시 시작한 직장생활 이야기를 먼저 해 볼까 한다. 회사에 입사하여 미팅 때 무엇을 말할 것인가? 화두 삼아 등산 시나 산보 시에 자나깨나 몰입해 보았다. 문득 이곳 광주는 야구의 고장이니 야구와 관련하여 사자성어를 만들어 보면 사람들이 기억하기 쉽지 않을까 하는 생각이 떠올랐다. 야구하면 먼저 떠오른 단어는 홈런과 안타이다.

회사의 본질적인 역할과 야구의 단어를 조합해 보았다. 곧 "정통안타"가 텔레파시로 떠오른다. 야구공을 방망이로 정통으로 맞추어 안타를 때린다는 의미이다. 회사에서 일하는 동안 행동지침으로 삼을 수 있도록 해 보아야 하겠다고 생각했다. 현재 이 "정통안타" 네 글자를 전술로 활용하여 적용해 보곤 한다. 정은 정리정돈, 통은 소통문화, 안은 안전, 타

101

는 타이밍의 의미를 적용하여 보았더니 나름 괜찮아 보인다. 이것을 전술로 활용해 보기로 한다. 정통안타를 때려라! 기억하기도 쉽다.

산행하면서 떠오르는 망상은 흘려버리고 풀어야 할 과제는 화두 삼아 관해 본다. 회사 업무상 리모델링한 창고를 사용하고 있는데 늘 안전이 문제이다. 안전사고 예방에 대해 고민하다 보니, '미니 안전기원제' 아이디어가 떠오른다. 안전의식, 정신교육도 고취하고 먹거리도 지원할 수 있는, 피자로 미니 기원제를 해 보면 좋겠다는 생각이다.

시행은 피자 다섯 판을 사서 미니 안전기원제를 했는데, 근무하는 직원의 안전의식도 좋아지고 피자 파티도 하고 일석이조라 생각되었다. 안전기원제 지내면서 축문을 낭독하는데 한줄기 묵직한 기운이 백회로 들어오는 것이 체감된다. 아마 그곳에 머물고 있는 지박령이란 느낌이다. 이후 사고가 현저히 줄어들었다.

이제 생활하면서 발생되는 모든 문제는 관을 통하여 해결할 수 있으리라 자신감이 생긴다. 해결해야 할 문제를 자성에 놓고 자나깨나 몰입하거나 명상을 통하여 해결책을 찾을 수 있는 훌륭한 방편 무기가 생긴 것이다.

두 번째는 선도수련이다. 새벽 인시(3시~5시)에 양의 기운을 받으며 일어난다. 모자를 쓰고 장갑을 끼고 등산화를 신고서 집 앞 월봉산을 오른다. 새벽의 상큼한 기운을 느끼면서 심법으로 백회, 상단전, 중단전, 하단전, 용천혈까지 연결하고 새벽 기운을 소통하면서 올라간다.

오르막길에서는 호보 운동 즉 호랑이 걸음처럼 걸어가는 것이다. 회사에는 젊은 친구 중에 의외로 허리 아픈 사람이 많이 있다. 운동은 게을러서 못 하고 식탐으로 몸은 점점 비대해지다 보니 자연히 허리가 아픈 것이다. 산 정상에서 명상을 20분 정도 한다. 달과 별의 기운과 교류하는 시간이다. 내 기운은 우주기운, 우주기운은 내 기운. 우주와 나는 하나이다. 이렇게 되새기며 새벽 산행을 한다.

회사 안에 연못이 있다. 커다란 잉어들이 몰려다니는 모양을 보면 저것들도 살기 위해 애를 쓰고 있다는 생각이 든다. 내가 지나가면 신기하게도 내 발걸음을 향해 몰려든다. 그 큰 입을 벙긋거리며 따라붙는 통에 나는 하는 수 없이 멈춰 서게 된다. 녀석들도 덩달아 동작을 멈추는데 그 모양이 우습기도 하고 애처롭기도 해서 한참을 들여다본다.

별달리 줄 것도 없는 나는 내가 쓸 수 있는 기운을 모아 녀석 하나하나에게 던져 줘 본다. 신기하게도 뻐끔거리며 받아먹는 폼이 그럴싸하다. 매일 같은 시간에 눈을 맞추다 보니 이제 녀석들과의 소통도 자연스럽게 이어지는 듯하다. 출근길에는 먹이를 찾듯이 사람 발걸음을 쫓아다니지만, 퇴근길 저녁에는 녀석들도 명상을 하는 듯 연꽃 아래에 자리를 잡고 고요히 숨을 죽인다. 비단잉어의 수명이 무려 60여 년이나 되는 이유가 하루 중 명상 시간을 가져서인가 싶어 혼자 웃는다. 다 제 눈에 안경으로 보여지는 것이니 모르는 사람이 들으면 나를 이상하게 볼지도 모를 일이다.

처음 이 연못을 발견하고 산책 코스로 정말 좋겠다는 생각이 들었다. 아침 출근길에 날씨에 상관없이 비가 오나 눈이 오나 바람 부나 매일 다섯 바퀴씩 돌자 마음먹은 뒤로 하루도 빠짐없이 실행하고 있다. 이곳을 산책할 때는 그날 할일이 자동으로 떠오르고 정리가 된다.

특히 그때 백회, 인당, 용천, 노궁, 명문, 신도 등으로 운기됨을 알 수 있다. 특히 두 바퀴째 돌면 허리가 세워지면서 명문, 신도혈 등으로 고무 압착기로 붙이듯 피부호흡이 되는 것을 체감할 수 있어 온몸에 기운이 충만하게 느껴진다.

저녁 명상 시에 특별히 호흡이 쉬는 듯 안 쉬는 듯 이루어진다. 기운이 온몸으로 마른 스폰지에 물이 빨려오듯 흡수된다. 단전이 달아오르고 백회, 인당에 운기가 강하게 느껴진다. 허리가 반듯이 세워지고 삼합진공이 되어지고 백회, 인당이 폭발할 것 같은 느낌이 온다.

호흡이 멈춰지듯 하면서 전신으로 기운이 운기된다. 또한 발바닥 호흡이 된다. 용천혈에 구멍이 뚫린 것처럼 기운이 들어오고 나감이 자동차 타고 가다 문을 열고 손을 내밀어 바람을 온몸으로 느껴 보는 것처럼 강하게 온다. 곧이어 기운이 장대하게 느껴지면서 심법의 경지를 배우라는 전음이 온다. 아무래도 큰일이 벌어질 것 같은 예감이 든다.

내심 영안이 트이려고 그럴까? 하는 생각이 든다. 수련은 계속 진보하고 있다고 확신이 온다. 한번은 목욕탕에서 문득 피부호흡이 될까 싶은 호기심이 들어 나는 기어이 확인에 들어가 보았다. 곧 냉탕으로 들어가서 물속 깊이 잠수하여 숫자를 마음속으로 천천히 세어 보았다. 하나, 둘, 셋... 삼십까지 세 보고 물 밖으로 나왔는데 호흡이 전혀 가쁘지가 않다. 아! 이거야말로 말로만 듣던 피부호흡이로구나! 사람이 코로만 호흡해야 살 수 있는 게 아니라 피부호흡도 병행하여 살아가는 거라는 상식을 이제야 체험해 보다니 놀랍기만 하다.

이렇게 깨닫게 된 피부호흡이니만큼 어떻게 잘 활용해야 할 것 같은데 차차 생각해 보아야겠다. 수련이 향상되고 기운이 충만해지면서 내 모습이 우러러보인 탓이 크다. 따라가기엔 하늘과 땅만큼의 차이인 줄 알지만 첫 삽질이 중요하기에 나는 오늘도 끄적거려 보는 것이다.

　세 번째는 수행에 필수인 등산 체험에 관한 이야기이다. 토요일 삼공 재에서 명상 수련하고 집에 도착하니 22시였다. 오늘따라 칠흑 같은 밤 하늘을 올려다보니 별이 유난히 반짝인다. 불현듯 지리산 천왕봉이 간절 히 그리워지는 건 왤까?

　나는 두 번 생각할 틈도 없이 등산 장비를 챙기기 시작했다. 잠깐 눈 을 붙이고 나서 새벽 1시에 집을 나섰다. 광주에서 지리산까지는 총 2시 간 30분이 걸린다. 중산리 매표소에 도착하니 3시 30분이다. 한 치 앞도 안 보이는 지리산 숲은 칠흑처럼 캄캄하다. 고요한 밤에 두 팔을 벌리고 선 채 우주의 기운을 통째로 받아들이는 듯 울창한 나무들의 기운도 팽 팽하게 감지된다.

　몇 걸음 더듬대며 걷다가 돌부리에 걸려 넘어질 뻔했다. 그러고 보니 급히 나오느라 헤드랜턴도 빼먹고 두고 왔다. 아쉬운 대로 스마트폰 후 래쉬를 이용하려는데 배터리마저 간당간당했다. 생각보다 오래 버텨 주 는 통에 날이 밝을 때까지 무사히 나를 이끌어 주었다. 이 또한 감사할 일이다.

　앞에 두 명의 여성이 올라가고 있다. 요즘 사건 사고가 등산할 때 많 이 나고 보니, 저 여성들에게도 내 인상이 혹시 불안감을 조성하는 건 아닐까 염려스럽기도 한다. 짐짓 밝은 목소리로 인사를 먼저 건네니 자 연스럽게 말이 오갔다. 서울에서 왔단다. 서울에서 전날 22시 30분 버스 를 타고 와서 새벽 산행을 즐기는 것이었다.

　여자들이 겁도 없나 싶기도 했지만 그 열정에 박수를 보내고 싶었다. 등산 사고 뉴스가 나온 뒤로 앞산 산책 가는 것도 벌벌 떠는 아내에 비 하면 그 용기가 대단한 것 같다. 저만큼서 단체로 등산하는 무리들이 보인다. 얼마 안 가 가볍게 추월하며 앞질러 갔다. 산행하는 또 다른 등산 객들을 앞질러 갔다.

수련 후 나의 등산 행보는 대부분 이러하다. 우스갯소리로 축지법을 쓰노라고 농을 하곤 하지만 실제로 그만큼 체력이 많이 길러졌다. 앞만 보고 한참을 오르다 보니 지리산에는 돌계단이 많다는 것을 새삼 느낀다. 중산리 매표소에서 천왕봉까지 5.3km이니 등산로가 가파르고 돌계단이 많음을 알 수 있다.

등산 중에 문득 『선도체험기』에 나와 있는, 경허 스님이 제자한테 마음공부를 가르치는 방편이 생각났다. 경허 스님은 제자와 함께 탁발을 나갔는데, 그날따라 시주가 많아서 걸망이 무거웠다. 제자가 걸망을 지고 무거운지 자꾸 뒤처지며 투정을 한다. 스님은 무언가 가르침을 줘야겠다고 생각했다.

그때 물동이를 이고 가는 아낙이 걸어가는 게 보였다. 스님은 다짜고짜 달려들어 아낙에게 순식간에 뽀뽀를 해 버렸다. 그걸 본 동네 사람들이 죽일 듯이 쫓아오고 두 스님은 꽁지가 빠지게 도망갔다. 그렇게 전력으로 달려갔던 제자는 얼마나 혼이 빠졌는지 등에 진 짐은 무거운지도 몰랐음을 뒤늦게야 깨달았던 것이다.

이때 스님은 제자에게 "일체유심소조(一切唯心所造)"를 몸으로 체득하게 했다. 일체는 마음이 지어낸 것이라는 말이다. 그래서 이 마음의 방편을 활용해 보고자 생각되었다. 돌계단 올라가는 것이 어찌나 힘이 들던지 살짝 꾀가 생기려고 할 무렵 경허 스님의 제자 마음이 되어 보기로 했다.

이제부터 나는 평지를 걷고 있다고 몇 번 중얼거리고 나서 마음을 바구어 보았다. 얼마간 시간이 흐르자 어느 순간 가파른 돌계단은 평지가 되어 내 발밑을 받쳐 주는 듯 날아갈 듯이 걸을 수 있었다. 휙휙 자신들의 앞을 가볍게 지나치는 나를 기인을 바라보는 듯한 등산객들의 시선을 뒤로하고 나는 처음으로 가장 빠른 등산을 경험했다.

일체유심조! 책 속에나 있던 활자가 체화되는 순간을 경험하게 해 준 지리산이 형제처럼 느껴진다. 드디어 지리산 천왕봉에 도착하니 오전 6시 30분. 3시간 만에 올라온 것이다. 여름철 새벽 등산은 덥지도 않고 산행하기에 안성맞춤이다. 생각이 있는 곳에 몸도 따라가게 된다.

마음만 먹는다면 새벽 등산의 또 다른 묘미를 느낄 수 있다. 천왕봉 정상에서 사진 몇 장 찍고 나서 명상과, 먹거리로 가져간 생식을 간단히 먹고 나서 하산을 시작하였다. 내려오면서 풍경이 좋은 곳에서 여유 있게 잠시 좌정하여 즐겼다. 마음에 여유가 있으니 눈에 보이는 자연천지가 그렇게 아름다울 수가 없다. 신선이 별거인가 싶었다.

내려오다가 우리나라에서 가장 높은 곳(해발 1450m)에 있는 법계사에 들렀다. 법계사는 서기 544년(신라 진흥왕 5년)에 인도에서 건너오신 연기 조사가 부처님 진신사리를 봉안하면서 창건하였다고 한다. 불상을 모시지 않고 부처님 진신사리를 향해 예배드리는 법당인 적멸보궁이다. 법당에 들어가서 한 시간 동안 명상을 하였다. 이 법당을 창건한 연기 조사를 의념하고 하산하면서도 역시나 많은 돌계단을 어떻게 극복할까 하는데 옆을 지나가던 등산객이 하는 말이 걸작이다. 지리산 돌계단이 얼마나 지루하게 많았으면 산이름이 지리산이었겠느냐 한다. 우리는 한편처럼 같이 웃었다.

나는 그래도 선도씩이나 배운 사람인데 나약할 수야 없지 않은가. 그래서 이번엔 학창 시절 소풍 가서 추고 놀았던 디스코가 떠올라서 이용해 보기로 했다. 돌 하나 밟을 때마다 슬쩍 허리를 꺾으며 스텝을 밟으니 신기하게도 박자까지 맞춘 듯 금세 몇 개의 계단을 뛰어 넘어갈 수 있었다. 마치 춤추는 소년이 되어 신바람나게 단숨에 하산을 했다. 이렇게 즐거운 방법을 쓸 때에는 주위의 묘한 시선 또한 즐길 줄 알아야 하는 건 기본이다. 『선도체험기』에서 늘 강조한 "일체유심소조"요 "삼계유심소현"이 바로 이것이다.

글쓰기는 쓰면 쓸수록 어렵긴 하지만 재미 또한 쏠쏠하다. 현묘지도를 마친 지도 벌써 4개월이 지났다. 누구나 목표를 향하여 매진할 수는 있다. 하지만 그 목표를 이루고 나서 얼마나 실생활에 접목시킬 수 있느냐가 더 중요할 것 같다. 기운을 받은 만큼 소명의식도 같은 크기로 활용해야 한다고 생각한다. 도의 길은 올바르고 선하고 지혜로움을 행하는 것이다. 관하면서 늘 내면의 전음에 귀를 기울여야 할 것이다.

고구려의 조의선인은 평소에 고구려의 상징인 검은색의 도복을 입고 신선도를 수련하며 몸과 마음을 닦았다고 한다. 수나라 양제가 113만 대군을 이끌고 고구려를 침공해 왔을 때, 을지문덕 장군은 살수에서 이들을 대파하여 살아 돌아간 자가 2,700인에 불과했다고 하는데 그 유명한 살수대첩이다. 이때 을지문덕 장군이 이끈 병사들도 바로 검은색 옷을 입고 신선도로 단련되었던 20만 조의선인 군사였다.

우리민족의 역사에서 잃었던 영토 중에서 가장 넓은 영토를 회복한 고구려는 신선도를 수련하여 국가 위기 시에 나라를 구하였다. 오늘날 우리는 선도수련을 어떤 방편으로 활용하여 공익에 기여할 것인지, 생활 속에서 어떻게 활용할 것인지 관을 생활화하며 참구해 보아야겠다. 사모님, 스승님 늘 건강하시길 기원합니다.

2016년 8월 6일
제자 김광호 드림

【회답】

인내천(人乃天)이요 인중천지일(人中天地一)이다. 사람이 곧 하늘이며, 사람 속에 하늘과 땅 즉 우주 전체가 하나 되어 들어 있다. 일체유심소조(一切唯心所造)요 삼계유심소현(三界唯心所現)도 결국은 같은 뜻이다. 무슨 일이든지 우리들 마음먹기에 따라 이루어진다는 뜻이다. 그 마음이 곧 하느님이요 사람인 것이다.

중요한 것은 이것을 수련 중에 깨닫고 어떻게 실천하느냐 하는 것이다. 깨달은 진리 자체를 그대로 믿고 실천하면 누구나 그렇게 된다. 이 믿음의 정도가 만사를 결정한다. 가파른 계단도 마음먹은 대로 평지처럼 걷게 된다. 이 글을 읽는 여러분도 김광호 씨처럼 자기가 깨달은 진리를 그대로 믿고 실천하여 보기 바란다. 수련 중에 깨달은 진리를 그대로 믿고 실천하는 사람이 바로 하느님이다. 그래서 사람은 누구나 다 하느님인 것이다.

이것이 유달리 한민족의 조상들의 믿음이 되어 지금까지 우리에게 이어져 내려오고 있는 데는 무슨 이유가 있을 것이다. 인내천(人乃天)에서 내(乃)자는 무엇은 곧 무엇이다라는 것을 시인하는 동사이다. 이왕에 깨

109

달음을 얻었으면 층계 같은 지엽적인 것보다는 더욱더 근원적인 것을
거머잡아야 하지 않겠는가?

대주천이 되기까지

저는 나이는 31세이고 현재 헬스센터에서 트레이너로 일하고 있는 성민혁입니다. 작년 초부터 다니기 시작한 삼공재 수련이 1년이 넘었고 어느새 대주천까지 올라가게 됐네요. 글솜씨가 별로 없어서 잘 쓰지는 못하지만 제가 처음 수련을 접하기 시작한 시점부터 대주천이 되기까지의 과정을 글로 한번 적어 볼까 합니다.

저는 어릴 때부터 단전호흡이나 기에 대해서 관심이 많았던 편이었습니다. 투시를 한다거나 삼매에 드는 그런 여러 가지 부분들 그리고 내가 왜 태어났는지에 대하여 의문이 가는 부분이 있었기 때문에 그에 관련된 책자나 선도수련 방법들을 공부해 보곤 했습니다. 그런데 장심에 기가 느껴지는 것까지는 되는데 중요한 과정인 단전에는 기가 느껴지지도 않고 호흡 부분도 부자연스럽다 보니 머리만 아파서 며칠 하고 새로운 책이 보이면 다시 해 보고를 반복했습니다.

그러다 대학교를 가면서는 이 부분에 대해서는 한동안 잊고 지내다가 즐겨 읽던 칼럼 중에 『선도체험기』에 나온 내용을 인용한 부분이 있었는데 권수가 70 중반으로 표기됐던 듯합니다. 그 순간 어떤 책이길래 이렇게 권수가 많은가 하는 호기심과 함께 그동안 잊고 지냈던 단전호흡에 대한 것들이 생각나면서 『선도체험기』를 접하게 되었습니다.

그동안은 단전호흡에 관한 책자를 보면 이론적인 부분과 그에 따른 효과만 기술되어 있고 실생활에서 하기 힘든 부분도 있어서 막연했으므로 끝까지 해 나가기가 힘든 것이 보통이었습니다. 하지만 『선도체험기』는 그런 개괄적인 내용보다는 선생님이 직접 단전호흡을 하게 되면서 나타나는 반응부터 생활상의 애로 사항 등을 자세하게 적어 주셨기 때문에 멀게만 느껴지던 선도가 우리 생활과 밀접하다는 것을 알게 됐습니다.

그리고 처음은 건강상의 이유로 시작하셨지만 수련이 진행됨에 따라 인생의 궁극적인 깨달음을 위한 방편으로 단전호흡이 진행되는 것을 보고 선도는 나에게 선택이 아닌 필수라는 생각이 들었습니다. 처음에는 선생님을 바로 찾아뵈었으면 하는 생각이 있었지만 그 당시엔 시간적으로 힘든 부분도 있었고 단전에 기를 잘 느끼지도 못하면서 선생님을 찾아뵙는 건 실례인 듯하여 주변에 있는 도장을 찾아서 다니게 됐습니다.

그렇게 시작한 지 시간은 1년이 넘었고 단전에 어느 정도 기를 느끼기는 했지만 장심처럼 확 느껴진다기보다는 어딘가 퍼져서 두리뭉실한 느낌이고 수련적인 부분이 행공에 많이 치우친 느낌이었습니다. 그래도 감각적인 부분이 예민하다 보니 다른 도우들과 얘기하다 보면 수련 진행이 제가 빠르다는 건 느꼈는데, 수련에 대한 궁극적인 목표가 제가 생각한 것과는 다르고 어느 정도 다니다 보니 크게 나아지는 듯한 느낌이 들진 않아서 그만두려고 얘기를 했습니다.

그래도 1년 넘게 다녔고 그쪽에서도 저한테 많이 신경써 준 것을 알기 때문에 직접적으로 얘기하지는 않고 비용적인 부분 때문에 쉬어야 될 것 같다고 했습니다. 전 거기서 알았다고 할 줄 알았는데 비용적인 부분이 문제라면 회비를 받지 않을 테니 수련을 열심히만 해 주는 조건으로 회비를 받지 않겠다고 했습니다.

고마웠지만 이미 마음은 정해졌기 때문에 도장을 나오고 반년 정도는 독자적으로 수행을 진행했습니다. 뭔가 조금씩 변화가 생기는 것 같긴 하지만 확실하게 이렇다 할 만한 건 없고 2년 정도 수련을 했다고 하는데도 단전에 기운도 확실하게 느끼지 못하는지라 선생님을 만나 뵙고 가르침을 받고 싶다는 생각이 강하게 들었습니다.

그동안은 일하는 시간이 선생님의 수련 지도 시간과 안 맞는지라 독자적으로 해 보려고 했지만 이대로 가면 나중에 후회할 거 같아서 일단 만나 뵙고 나서 생각해 보자는 마음으로 메일을 드리게 되었습니다. 일단 방문해 보라는 답장이 왔고 이때 이메일을 보는 순간 단전이 따뜻해지는 느낌을 받았는데 글로만 봤을 때는 저게 기분상 그런 거 아닌가라는 생각을 했는데 직접 겪어 보니 참말로 설명이 안 되는 부분이었던 거 같습니다.

그리고 삼공재에 처음 방문하게 되었는데 덥다는 느낌이 들었습니다. 그 당시 날씨가 추웠기 때문에 실내로 들어와서 그런가 보다 했는데 혹시나 해서 방바닥을 만져 보니 크게 덥혀진 느낌은 아니었습니다. 가볍게 몇 마디 나누다가 가부좌하고 일단 보자고 하시길래 집중을 해 보는데 선생님 쪽에서는 훈훈한 기운이 느껴지지만 그 외에 나머지 부분에서는 조금 차다는 느낌이 들었습니다.

그 순간 선생님의 기 때문에 이런 느낌이 드는구나 하는 생각이 들었고 가부좌하고 집중을 해 보니 단전에 명확하게 잡히는 느낌은 아니지만 몸통 전체에 열이 올라오면서 몸이 미묘하게 떨리는데 수련하면서 경험한 첫 번째 진동이었습니다. 어느 정도 시간이 지나고 선생님께서 단전에 느낌이나 여러 가지를 물어보시는데 안 된다고 하시면 어쩌지 하는 걱정이 있었는데 다행히도 삼공재에 방문해서 수련하는 걸 허락해 주셨습니다.

　원래는 토요일까지 6일 근무를 하다 보니 삼공재에 찾아갈 수 있는 시간이 평일 빨간 날밖에는 안 되고 선생님께서도 기라는 건 어느 한순간에 깨칠 수도 있다고 말씀하셨지만, 그렇게 해서는 진도가 더딜 것 같아 근무 시간을 조정해서라도 한 달 2번씩은 나오기로 선생님에게 약속을 드리고 삼공재 수련을 시작하게 됐습니다.

　그동안 글로만 보다가 직접 선생님에게 가르침을 받을 수 있기에 기뻤고 제대로 된 수련을 할 수 있다는 생각에 하루하루가 즐거웠습니다. 수련을 받아보면서 느끼는 게 기가 쎈 사람하고 있으면 뭔가 찌릿찌릿하면서 확확 오는 그런 느낌들을 많이 받았는데, 선생님 앞에 있으면 오히려 평상시보다 더 조용한, 어떻게 보면 좀 나른한 그런 느낌까지 들었습니다.

　하지만 그날 수련을 마치고 집에서 다시 수련을 해 보면 평상시보다 진동이나 단전에 느껴지는 여러 가지 느낌들이 많이 강해진 걸 보면 오늘도 선생님한테 엄청 기운을 많이 받았구나 하는 생각이 들었습니다. 그렇게 수련을 진행하다 보니 처음에는 몸이 단순히 떨리기만 하던 진동에서 팔과 목이 휙휙 돌아가는 것부터 시작해서 주먹 지르기부터 검도 비슷한 동작까지 한 번 지나가고 나면 그 부분으로 기가 확 들어오는 그런 것들이 너무 좋았습니다.

　그렇게 수련을 하는 도중에 같이 다니시는 도우 중에 한 분이 수련 점검을 하면서 대주천으로 넘어가는 과정을 보게 되었고 그걸 보면서 나도 여기 와서 많이 나아진 거 같은데 한번 해 볼까 하는 생각이 들었습니다. 원래는 축기에만 전념해야 되는데 기가 가는 방향을 생각하니 그대로 기가 흘러가는 게 느껴져서 앞뒤로 임맥과 독맥을 한 번 다 돌려보고 저도 축기 점검을 해 달라고 했습니다. 그때 점검을 해 주시더니 아직은 축기가 덜 됐다고 하시면서 축기에 더 전념하고 기는 임의로 돌리지 말라고 하셨습니다.

그 뒤로는 축기에만 전념하되 가끔 수련이 잘 안된다 싶으면 가끔 돌려 보긴 했는데 느낌이 강하게 오는 것은 아니라서 가급적 기본에만 충실했던 것 같습니다. 그러다 어느 순간부터 단전에 느낌이 강하게 오기 시작했는데 단순히 기가 있다는 걸 느끼는 게 아니라 단전으로 복부가 오그라든다는 느낌이 들 정도로 강하게 힘이 들어갔습니다.

그러다가 기가 통로를 따라 돌아가기 시작하는데 예전에는 개울가에 물이 졸졸 흘러가는 느낌이었으면 이때는 막혀 있던 둑에 고였던 물이 터지면서 길을 뚫고 지나가는 느낌이었습니다. 그러다 보니 예전에 지나갔던 길임에도 불구하고 통로를 확장하는 느낌으로 기가 치고 올라가는데 아프다는 느낌이 들 정도로 쎄게 올라왔습니다.

이 정도라면 그대로 한 바퀴 돌아가겠구나 하는 생각이 들었는데 막상 독맥의 대추혈 쪽에서 막혀 가지고 거기서 아무리 애를 써도 넘어가지를 않는 겁니다. 이때 축기의 중요성을 실감하게 됐습니다. 그 이후는 크게 좋아지는 느낌도 나빠지는 느낌도 없이 한동안은 그냥 축기에만 전념하면서 지냈습니다.

원래는 단전에 집중해야 조금씩 자리잡히는 느낌이 들면서 조금씩 확장이 되는데 어느 날 일하던 중이었는데 순간적으로 단전에 힘이 들어가기 시작하더니 임맥으로 기가 치고 올라갔는데 한참 상담 중이라 중간에서 멈춰 버렸습니다.

그래도 어느 정도 축기가 되어서 기가 돌아가는구나 싶어서 수련에 조금 더 박차를 가하니 막혔던 부분이 뚫리면서 전체적으로 임독을 한 바퀴가 돌아가게 됐습니다. 그렇게 몇 주 정도 지켜보니 단전에 축기나 임독맥의 순환이 안정권에 접어든 것 같아서 선생님께 축기 점검을 요청하게 됐습니다. 전에는 바로 점검을 해 주셨는데 이번에는 단전에 느낌이나 여러 가지를 물어보시더니 다음에 날을 잡아서 해 주시겠다고 하셨습니다.

다음 방문에서는 점검과 동시에 대주천을 인가받게 되었습니다. 선생님의 기를 인당으로 받을 때 묵직하면서 뜨뜻한 기운과 벽사문이 설치될 때에 묵직한 뭔가가 덧씌워지는 느낌이었습니다. 영안이 뜨이지는 않아서 보이진 않지만 이런 느낌들을 통해 대주천이 되었다는 게 실감이 됩니다.

대주천을 기점으로 수련에 더 박차를 가해야겠지만 이 과정까지 오도록 알게 모르게 신경써 주신 삼공 선생님께 감사하다는 말씀드리고 싶고 앞으로도 열심히 하도록 하겠습니다.

2016년 6월 4일
성민혁 올림

【회답】

헬스센터 트레이너답게 키도 헌칠하고 건장한 성민혁 씨가 여러 가지 곡절 끝에 삼공재에 찾아와 대주천 수련을 통과하는 과정이 실감나게 묘사되어 있습니다. 이왕 대주천까지 왔으니 현묘지도 수련까지 용맹정진하기 바랍니다.

백회 쪽이 간질간질하면서

안녕하세요? 선생님. 화두수련한 지 두 달 정도 되어 가는데 수련 상황에 대해서 말씀드려야 될 것 같아서 메일 적게 되었습니다. 수련 초반에는 백회 쪽이 간질간질하면서 기운이 들어온다는 느낌은 들었지만 그 느낌이 강하다고 느껴지진 않았고 기운도 들어왔다 막혔다를 반복했습니다.

그리고 다리 쪽으로는 흐르는 감각은 잘 느끼지 못했는데 어느 순간부터 걷거나 운동을 하다 보면 다리가 뜨뜻미지근한 느낌이 들면서 기운이 전신으로 주천되는 것을 느꼈습니다. 그리고 삼공재 방문 전주부터 해서 백회의 기운이 이전보다 강하게 느껴지기 시작했는데 가끔은 너무 정신없이 들어와서 백회에 관이 박힌 듯한 느낌이 이런 걸 말하는구나라는 생각을 했습니다.

어제는 삼공재 방문을 위해 강남구청역에서 내렸는데 그 순간부터 백회가 간질간질하기 시작하더니 삼공재에 들어서부터는 기운이 점점 쎄게 들어오는데 너무 직접적으로 기가 들어오는 느낌이 들어서 놀랐습니다. 나중에는 그냥 묵직하게 고정이 되어서 화두에 집중하지 않아도 그 기운이 느껴질 정도였는데 수련 막바지가 되어서는 그 기운이 백회부터 하단전으로 뚫고 내려가면서 온몸이 찌릿찌릿했습니다.

그 이후 집에 와서도 지속적인 기운이 들어오는 게 느껴지고 책을 읽을 때 기운의 유입이 더 강해지는 것이 느껴집니다. 워낙 많은 기운이 들어오다 보니 이전과는 신체 리듬이 바뀌어서 한동안은 적응하는데 시간이 걸릴 듯합니다.

아직은 화면이나 이렇다 할 만한 건 잘 모르겠지만 삼공재 방문 시마다 화두수련 시 들어오는 기운이 강해지고 있으며 백회 위주로 들어오던 기운이 이제는 인당까지 뻗쳐 나가 묵직하다는 느낌이 많이 들고 있습니다. 아직은 화면이나 이런 부분에 대해서는 느낀 게 없기 때문에 언제 끝날지는 모르겠지만 변화 생길 때마다 종종 메일 드리도록 하겠습니다.

2016년 6월 4일
성민혁 올림

【회답】

수련은 잘되고 있습니다. 계속 용맹정진하기 바랍니다. 수련이 잘될 때는 물 단지를 머리에 이고 시골길을 가는 옛날 아낙네처럼 조심스러워야 한다는 것을 항상 잊지 말아야 할 것입니다.

한순간도 참나를 잊지 않고

김태영 스승님께.

별고 없이 잘 지내시길 항상 마음으로 염원하고 있습니다. 제가 스승님께 받은 은혜 이 세상에서 갚을 수 없다는 것도 알고 있습니다. 오래 전부터 대행 스님의 폭이 없는 가르침에 일이 끝난 후 정말 많은 눈물과 저의 부족함을 보완하며 지내고 있습니다. 이러한 것도 모두 선생님과의 만남으로 가능했다고 알고 있습니다.

수많은 빙의령으로 저도 모를 정도의 신기로 사람들을 놀라게 하며 살던 그 얕음에서 벗어나 인생의 깊이를 조금씩 알아 가는 것 같습니다. 저를 마주한 선생님의 마음이 얼마나 다급하고 안타까웠을까 하는 생각을 하면 제가 지금 환자를 보면서 느끼는 그런 느낌에서 조금은 알 수 있지 않을까 합니다. 많이 힘드셨던 우리가 처음 만났던 그때의 그 기억이 떠오릅니다. 참으로 제가 맑게 되었습니다만 그때는 제가 준비가 덜 되었던 것 같습니다.

지금 아들이 둘이나 돼서 정말 힘들지만 저와 제 와이프 모두 한순간도 우리의 참나를 절대 잊지 않고 스승님의 가르침을 잊지 않고 실행하려고 노력하고 있습니다. 제가 잊고 있으면 제 와이프가 각성시키고 제 와이프가 잊고 있으면 제가 각성시키고 그렇게 하고 있습니다. 그러다 보니 선계 스승님들께서 그 노력만은 잊지 않으시는지 기회가 될 때마다 기운을 보내 주십니다.

119

스승님 현재 제 상황이 돈은 잘 벌지만, 미국에서의 신분이 쉽지 않을 것 같습니다. 하지만 최선을 다해서 선생님께 갈 수 있도록 노력하겠습니다. 뵙고 보고 싶습니다. 정말 보고 싶습니다. 항상 감사합니다.

2016년 7월 4일
미천한 제자 김종완 드림

【회답】

오래간만에 보는 메일입니다. 아무래도 미국 생활에 정착하기가 어려운 것 같습니다. 그러한 것은 이민을 떠날 때 이미 각오한 일이 아니겠습니까? 김종완 유정희 부부는 슬기로운 사람들이니 어떠한 난관도 잘 극복해 내리라 생각됩니다.

가능하면 구체적인 사례를 보내 주면 회답할 때 이야깃거리가 되어 다소나마 도움이 되지 않을까 합니다. 부디 6년 전 2010년에 미국으로 떠날 때의 그 씩씩한 각오와 예지를 살려 나가시기 바랍니다.

가장 중요한 하나를 놓으니

김태영 스승님께,
가장 중요한 하나를 놓으니 참으로 많은 것이 보이고 넓어지는 것 같습니다. 그리고 신이 더욱 밝아지는 것 같습니다. 감사합니다.

저의 수련은 한국을 떠난 후, 전과 다름없는 방법으로 하고 있으며 꾸준히는 못 했지만 일상생활에서 틈틈이 하고 있습니다. 예를 들면 103배, 호흡 그리고 관입니다. 화두는 『천부경』, 대각경 그리고 『삼일신고』입니다. 요즘 거의 대부분을 차지하는 것은 일상에서 계속 호흡을 하고 있고 전보다 관을 더 많이 깊이 하고 있다는 것입니다. 그리고 시간이 날 때마다 『선도체험기』를 다시 읽고 수련의 끈을 놓지 않고 있습니다.

관의 경우 일상생활에서 빙의령에 의해 비이성적인 행동을 하는 사람, 습에 의한 행동을 하는 사람 그리고 인간으로 환생한 지 얼마 안 되어 거친 사람 등등을 볼 때면 제 자성에 맡겨서 그러한 것들이 좋아져서 앞으로는 저런 행동이 바뀌기를 간절히 바라며 관을 하고 있습니다.

스승님께서 "대주천 수련자는 하화중생하라"는 2년 전의 말씀이 크게 작용했고 대행 스님의 가르침도 크게 영향을 주었습니다. 보이는 것과 안 보이는 모든 것, 즉 알게 모르게 제 안에서 다방면으로 실천하고 있습니다.

시간의 흐름에 우리의 존재가 너무나도 슬프고 모든 동식물들을 더 깊고 넓게 사랑한다는 것이 전보다 발전된 사항입니다. 그리고 관을 하면 그 인과를 알 수 있게 된 것도 발전된 사항입니다. 힘든 과제가 계속 주어지는 것도 발전된 사항입니다.

이곳에서 기쁜 일 중 하나는 한국 전통 무예인 태껸의 마지막 맥이라고 하는 고용우 선생을 만나 가르침을 받고 있습니다. 참으로 배우기 어렵고 힘든 무예 같습니다만, 제가 우리 한민족의 한침을 배운 이후 본의 아니게 한침의 맥을 잇게 되면서 맥을 잇는다는 것이 얼마나 힘들고 고통스러운 것인지를 알게 되었습니다.

그래서 온몸을 움직이고 배워 가며 제 몸을 통해 태껸을 연구하고 또한 한 명이라도 더 배워서 맥이 끊어지지 않도록 해야겠다는 마음으로 시작했습니다. 제가 열의를 가지고 적극적으로 하니 많이 가르쳐 주십니다. 현재까지의 느낌으론 태껸이라는 무예에 씨름, 유도, 주짓수, 쿵후, 아이키도 등 세계의 모든 무술이 들어있는 것을 볼 수 있습니다. 한국 TV에서 보여지는 태껸과는 많은 차이가 있습니다. 제가 처음으로 한침의 그 신비함을 접했을 때 왔던 감동의 눈물이 전통 태껸 맥에서도 같이 느낄 수 있었습니다.

『선도체험기』는 제가 105권까지 읽었습니다. 106권부터 111권까지 구입하여야 합니다. 운송비 포함 책값과 계좌번호를 알려 주시면 바로 입금하겠습니다. 그리고 생식은 한상윤 사장을 통해 산 것이 아직 남아 있습니다. 그 생식을 마무리하고 다음부턴 스승님께 전처럼 구했으면 합니다.

수련의 가장 큰 애로 사항은, 한국에 있을 때는 삼공재에 다니면서 수시로 저의 상태에 대해 점검도 받고 스승님의 기운도 받을 수 있었으나 이곳에서는 아무래도 한계가 있어서 안타까운 점이 있습니다. 그리고 삼공재에서 수련할 때면 같이 격려해 주시던 도반님들 또한 수련에 많은 도움이 되었으나 같이 수련할 그런 분들이 여기엔 없는 것이 안타깝습니다. 혼자 사막에 떨어져 나온 것 같은 느낌이 들 때도 있지만 그래서 수련에 목말라하는 것 같습니다.

언제라도 항상 삼공재로 가고 싶지만 못 가는 상황 이해해 주시고 도반님들께 제 안부를 대신 전해 주십시오. 언제나 감사합니다.

2016년 7월 12일
미국에서 제자 김종완 드림

【회답】

김종완 씨 나름으로 열심히 수련하는 모습이 손에 잡힐 듯 느껴집니다. 부디 계속 용맹정진하기 바랍니다. 유정희 씨의 근황도 알려 주시기 바랍니다. 『선도체험기』는 지금 111권까지 나왔습니다. 가능하면 그곳 서점에서 구입할 수 있는 길은 없는지 알아보아 주시기 바랍니다.

【김종완 씨의 회답】

반디북 유에스에서 확인해 보니 책을 판매하여 6권 모두 다 구입했습니다. 빠르면 이번 주말에 받아 볼 수 있을 것 같습니다. 서점에서 『선도체험기』를 다시 구입할 수 있게 되어 다행입니다.

정희 씨는 요즘 아이들이 방학하여 여유 없고 힘들어합니다만, 엄마로서 최선을 다하고 있습니다. 한 애는 유치원 종일반에 보내어 그래도 주중엔 첫째 애만 보면 되기에 저랑 같이 클리닉에도 같이 가고 항상 붙어 있습니다.

참으로 다행스러운 것은 이렇게 같이 수련을 할 수 있게 되어 서로 잘못되고 잘된 점을 수시로 논할 사람이 서로에게 있다는 것입니다. 저와 항상 동일하게 수련을 하고 소통하고 서로를 채찍질하고 있습니다. 저보다는 바람 속에서도 흔들림이 없는 사람인 것 같습니다. 시간 내서 편지 보내라고 얘기하겠습니다.

그리고 요즘 관을 하면서 어떠한 사람이나 장소에 집중하게 되면 인당 부분이 몹시 무겁고 또한 이물감 같은 것이 꽉 차면서 뭔가 두드리는 듯한 느낌이 계속 듭니다. 스승님께서 겪으셨던 현묘지도 전에 나타났던 딱딱딱 때리는 것처럼 소리는 나지 않지만 부리 같은 것으로 약간 쪼아대는 듯한 계속 신경쓰이는 느낌이 오래 지속됩니다.

요즘은 관을 하든 안 하든 약간 더 심해졌습니다. 저만 그런 줄 알았더니 정희 씨도 그런다고 합니다. 약간 묵직하며 느낌이 묘하고 눈이 떠지는 느낌 같다고 합니다. 요즘 수련에서 나타나는 변화 중 특이 사항입니다. 빠른 답장 항상 감사드리고 계속 연락드리겠습니다.

2016년 7월 13일
김종완 드림

【회답】

한 쌍의 부부가 다 함께 구도자가 되어서 상부상조하면서 산 설고 물 선 이국땅에서 잘 적응해 나가는 모습이 대견합니다. 다행히 선계의 스승님들도 김종완 부부를 돕고 있는 것 같아 마음 든든합니다. 나 역시 수련이 어려움 없이 잘 진행되기 바랍니다.

준비된 구도자가 되려는 14년 세월

선생님! 안녕하십니까? 지난주 금요일 비 내리는 날 찾아뵈었던 서광렬입니다. 선생님께 말씀드리고 싶은 것도 있고 저에 대해서 알려 드리는 게 예의일 것 같아 메일 올립니다.

14년 전에 선생님에게 메일로 인사드리고 취직을 하는 대로 준비된 구도자로 찾아뵙겠다고 다짐했었는데, 세월이 많이 흐른 후 지난주 금요일 처음으로 인사드리고 생식처방을 받고 "매주 찾아와 수련하겠다"고 말씀드렸습니다.

외교부에 2년 남짓 다니다가 회계사가 되어야겠다고 마음먹고 1999년경 퇴직 후 공부를 하였으나 수중에 돈이 떨어져 어머니에게서 돈을 가져다 쓰는 데다 결혼한 여동생 집에 얹혀사는 입장이다 보니 오랫동안 공부할 입장이 안 되어 회계사의 꿈을 접고 2003년 공무원 시험을 보아 합격하여 2004년부터 국세청에서 일하게 되었습니다.

경제적 자립이 갖춰지면 본격적으로 수련을 하겠다던 다짐은 구체적인 계획으로 이어지지 않은 채 차일피일 미뤄졌고, 10여 년의 기간 동안 한 여자를 만나 결혼하고 두 아이를 낳아 키우는 그저 그렇고 그런 평범한 무명중생으로 살아왔습니다.

그러나 구도자의 길을 잊은 것은 아닙니다. 항상 마음속에 숙제처럼 남아 있었으며 구도에 대한 미련은 마음속에서 지워지지 않았습니다. 그러던 중 2014년 가을부터 2015년 겨울까지 1년 3개월 정도 파주세무서

강당에서 점심시간을 이용한 국선도 수련에 참여하여 도인체조, 단전호흡 등을 배웠습니다. 국선도 수련을 하면서 다시 선도수련에 대한 열정을 키우기 시작했으며『선도체험기』를 2015년 초부터 다시 1권부터 읽기 시작하였고 자연스럽게 등산과 달리기를 하기 시작하였습니다.

『선도체험기』87권을 읽다가 선생님이 이향애 정형외과에서 고관절 교정을 받는 내용을 보고 저도 목과 등이 구부정하다는 얘기를 평소 많이 듣던 차에 교정을 받아 볼 심산으로 지난 금요일 회사에 연가를 내고 이향애 정형외과에 방문하여 교정 치료와 서양침(IMS) 치료를 받았습니다. 서양침은 동양침과는 그 원리가 달라 근육 사이에 놓는다고는 하는데 뒤쪽 목과 어깨 사이에 침을 맞는 순간 손가락 끝까지 감전된 듯 쩌릿쩌릿하였습니다.

원래 삼공재에는 최근에 나온『선도체험기』까지 다 읽고 나서 방문할 계획이었습니다. 그런데 금요일 아침에 이향애 정형외과 방문차 집을 나서려는데 '더이상 늦출 수는 없다'는 생각이 들었습니다. 이걸 자성의 목소리라고 해야 되나요? 메일을 먼저 드리는 게 예의일 것 같아 컴퓨터를 켜려고 했지만 하필 컴퓨터가 켜지질 않는 겁니다. 선생님께 생식을 처방받으러 왔다고 하면 방문을 허락해 주실 것으로 믿고 일단 출발하였습니다.

『선도체험기』104권에 기재되어 있던 주소지인 강남구 삼성동의 아파트로 방문하였으나 통로에 아기 유모차 등이 있는 걸로 보아 '이사를 가셨을 수도 있겠다'란 생각이 들어 출판사에 전화하여 선생님 댁 주소와 전화번호를 알아내어 전화드렸습니다. 사모님의 전화상 목소리는 카랑카랑하셔서 풍채가 있으실 것으로 예상했는데 실제로 뵈니 아담하시더군요.

드디어 선생님과의 대면의 시간! 순간 큰절을 드려야 하나 생각했었는데 스승과 제자 사이에 절하는 방법을 배운 적도 없고 용기도 나지 않아 겸연쩍은 얼굴로 고개만 숙여 인사만 드렸습니다.

"전에 메일을 몇 번 드린 적이 있습니다"라고 말씀드렸는데 선생님께서는 "그러냐"고 말씀하시고 별다른 말씀이 없으셨습니다. 편안한 표정으로 몇 가지 물어보시고 단전호흡을 30분 정도 해 보라고 하셨는데 약간 긴장한 상태로 단전호흡을 해서 그런지 단전에 미미한 열감만을 느꼈습니다.

반가부좌 상태로 20분 정도 지났을까 다리가 저려 오는데도 억지로 참고 그 상태로 있었더니 나중에는 일어설 수조차 없어 선생님이 진맥을 하기 위하여 "가까이 와 보라"고 했을 때도 일어서지 못하고 기어서 갔습니다.

진맥 결과 석맥이 나오고 인영이 촌구에 비해 4·5성이라고 말씀하시고 표준 2통, 상화 1통, 수 생식 1통을 처방해 주셨습니다. 15년 전에 당시 오행생식대리점 김또순 원장님에게 생식 처방 시에도 인영이 4·5성으로 촌구에 비해 크다고 하셨는데 당시에는 홍맥과 모맥이 나왔었습니다. 제가 폐와 위장 등이 약해 이번에도 비슷한 결과를 예상했는데 석맥이 나와 의외다 싶었습니다. 15년의 세월이 흘렀으니 제 몸도 많이 변했을 거라고 생각하고 처방해 주신 대로 꾸준히 생식을 먹도록 하겠습니다.

하나 궁금한 점이 있는데 인영이 촌구보다 큰 경우 들숨을 날숨보다 길게 해야 한다고 되어 있는데 4·5성이면 들숨을 날숨보다 4배 내지 5배로 길게 해야 하나요? 생식 처방받고 나서 다시 정좌하여 단전호흡한 30

분은 쏟아지는 빗줄기 소리를 들으며 비교적 편안한 마음으로 임해서 그런지 단전호흡도 더 잘되는 것 같았습니다.

선생님께 인사하고 지하철과 버스를 갈아타며 집에 오는 중에 14년 전에 선생님께서 메일로 저에게 하신 말씀 중 "서광렬 씨와 나와는 누생에 걸쳐 수련을 함께한 경험이 있다"고 하신 게 떠올랐습니다.

선생님께서는 선생님 본인에게 수련 도움을 받는 사람들은 거의 대부분 전생에 선생님과 인연이 있는 사람들이라고 하셨고 평소에 선생님께서는 수많은 사람을 상대할 터이니 메일로 몇 번 안부인사 드리고 궁금한 점을 몇 가지 질문한 사실밖에 없는 저와 같은 독자에 대하여는 기억이 안 나시는 것이 어찌 보면 당연하다는 생각이 들었습니다.

하지만 선생님이 『선도체험기』를 통해 저에게 미친 영향은 실로 엄청나다고 하겠습니다. 일례로 직장생활을 함에 있어서 『선도체험기』에서 늘 강조하신 역지사지 정신을 적용해 보고 있습니다. 직장 상사, 동료들과 생길 수밖에 없는 갈등 상황에서 상대방의 입장에서 한 번 더 생각해 보고 '그럴 수도 있겠다'고 이해를 하려고 노력하고 있습니다.

2016년 초 인사이동 이후 최근 6개월 동안은 세무 조사 업무를 하고 있는데 생소한 업무다 보니 내 딴에는 열심히 한다고 하는데 상사 입장에서 또는 동료 입장에서는 못 미덥고 조사 베테랑에 비해서 시간과 노력의 투입 대비 결과물도 미미한 실정입니다.

조사 실적 때문에 상사로부터 추궁당할 때마다 '나도 열심히 하고 있는데 어쩌면 저 사람은 나에게 이럴 수 있지?' 하는 억울한 심정이 드는 것은 어찌할 수 없더군요. 그래도 서운한 마음을 추스려 나를 추궁한 사람 입장에서 다시 생각해 보면, 그분도 윗분에게 조사 실적 보고를 해야 하니 나에게 실적을 좀 내라고 하는 것은 어찌 보면 당연하다는 생각이 드는데 머릿속으로만 이해할 뿐 가슴으로 와닿지는 않습니다. 어느 정도 수련을 해야 자타일여의 경지에 오를 수 있을지... 그 경지를 하루빨리 느껴 보고 싶습니다.

지난주 선생님으로부터 처방받은 생식은 하루 두 끼 이상 실천하려고 노력하고 있습니다. 직장생활 및 가정생활을 원활하게 하려면 동료 및 가족들하고 식사하는 것을 피하기가 어려운 것 같습니다. 그래서 점심 한끼는 화식을 겸하기로 하고 회사에서는 점심 식사 하러 가기 전에 생식을 한끼 분량의 절반 정도(2스푼 정도)를 먹고 점심(화식)을 들고, 집에서는 반찬은 그대로 먹고 밥 대신 생식을 먹고 있습니다.

한 가지 위안이 되는 것은 배우자가 생식을 먹어 보더니 괜찮다면서 아내도 하루 한끼 정도 표준으로만 생식을 하고 있습니다. 제가 생식을 하는 것을 반대하지도 않을뿐더러 생식을 해 보더니 속이 편하고 좋다고 하니 참으로 다행입니다.

제 수련 상황을 말씀드리고자 합니다. 몸공부 측면에서는 선생님으로부터 생식을 처방받은 지난주 금요일 저녁부터 생식을 하고 있으며 날마다 1시간에서 1시간 30분가량 달리기 또는 걷기를 실천하고 있으며, 도인체조는 국선도에서 배운 기혈순환 유통법을 20분가량 하고 있고 최근 이향애 정형외과에 배운 양반걸음 및 방석 숙제를 하고 있으며, 등산은 최근 1년 동안 매주 주말을 이용하여 도봉산에서 5시간 정도 하였으나 현재는 정형외과 교정치료 중이라 심한 운동을 하지 말라 하여 못 하고 있습니다.

기공부 면에서는 단전호흡을 하면 얼마 되지 않아 아랫배에 갓 찐 고구마를 올려놓은 것처럼 단전에 따뜻한 열감을 느끼는 편이며, 단전호흡을 의식적으로 하지 않을 때에도 가끔씩 단전이 따스해지는 느낌을 갖곤 합니다. 요새는 정수리에 바람이 스치는 것 같은 느낌 등을 받을 때도 있고 걸을 때 정강이나 발에 따뜻한 물이 흘러내릴 때의 촉감과 비슷한 느낌 등을 받기도 합니다. 제 판단에는 기문이 열린 상태로 보입니다. 당분간은 축기에 전념할까 합니다.

마음공부를 위하여는 『선도체험기』를 2015년 초부터 1권부터 읽기 시작하여 현재 91권째 읽고 있습니다. (1권부터 60권까지는 2000~2003년 동안 1번 읽은 적이 있습니다.) 『선도체험기』 외에 다른 책은 거의 읽지 않았으나 최근에는 칭하이 무상사가 지은 『즉각 깨닫는 열쇠』란 책을 읽기 시작하였습니다. 읽어 보고 버릴 것은 버리고 취할 것은 취할 생각입니다.

선생님! 경제적으로 자립을 이룬 후에 준비된 구도자가 되어 선생님을 찾아뵙겠다는 다짐을 해 놓고도 10여 년이 지난 후에야 나타난 못난 제자를 꾸짖어 주시기 바랍니다. 출발이 늦은 만큼 허송세월한 시간을 벌충하기 위해서라도 수련에 매진할 것입니다. 선생님의 많은 지도와 편달을 부탁드립니다. 방문을 허락해 주시면 지난번에 말씀드렸듯이 이번 주 토요일 오후 3시에 찾아뵙겠습니다. '독자'란 용어를 떼어 버리고 '제자'란 문구를 넣을 수 있어 기쁩니다.

2016년 7월 7일
파주에서 제자 서광렬

【회답】

수련은 잘되고 있습니다. 호흡을 몇 초 들이쉬고 내쉬고 하는 것은 굳이 하지 않아도 됩니다. 그렇게 하지 않아도 서광렬이라는 소우주가 알아서 호흡 조절을 하고 있으니까요. 무엇보다도 부인이 생식하는 데 협조적이라니 다행입니다. 지난 토요일에 혹시 서광렬 씨가 오지 않나 하고 기다렸습니다.

아내를 사형(師兄) 삼아

스승님을 뵌 지도 벌써 2주가 다 되어 갑니다. 7월 9일(토) 두 번째로 선생님을 찾아뵈었을 때 맨 처음 하신 말씀이 "서광렬 씨. 내가 착각했습니다"였습니다. 7월 1일 처음 뵙고 방문을 나서면서 제가 "다음주 토요일에 수련하러 오겠다"고 말씀드렸으나 선생님께서는 이번 주 토요일인 7월 2일(토) 오겠다는 것으로 알아들으신 것입니다. 제가 크게 말씀드려야 하는데 제 목소리가 작다 보니 의사전달이 제대로 되지 않은 것인데 그렇게 말씀하시니 선생님께서 정말 겸손하시다는 생각이 들었습니다.

주말이어서 그런지 다른 도우분들도 계시고 하여 마음이 편하여 단전호흡이 더 잘되는 것 같았습니다. 아마 도우님들의 기운을 제가 빼앗아 갔을 수도 있구요. 선생님은 찾아온 손님에 대하여 진맥을 하고 생식을 처방하는 것 이외에는 별말씀은 없으셨으나 2시간 내내 찾아온 도우들의 상태를 일일이 점검해 보고 계시다는 것을 눈치로 알 수 있었습니다.

저는 반가부좌 자세가 익숙하지 않아 20분마다 다리를 풀었다 오므렸다 하느라 '삼매지경'은 꿈도 꾸어 보지 못할 수준이지만 단전에 의식을 두고 있는 시간만큼은 '푹푹 찌는 삼복더위에도 삼공재에 가서 수련하는 이유가 있다'는 것을 실감할 수 있는 시간이었습니다.

지하철, 버스를 갈아타고 파주 집에 7시 넘어 도착했더니 아내가 가방을 메고 현관을 들어서는 제 모습을 흘겨보더니 "거기 가서 수련하면 뭐가 달라?" 하는 겁니다. 저는 아무 생각 없이 "기운이 다르지" 했는데 아내는 기다렸다는 듯이 "다르긴 뭐가 달라? 그냥 집에서 단전호흡하면 되지. 토요일 아침에 나가 이향애 정형외과인가 뭔가 하는 데 가고, 수련하러『선도체험기』저자에게 가고, 서울 바닥을 헤집고 다니다 해 질 무렵에야 들어오고 말이야. 평일에는 사무실 일 바쁘다고 새벽에 나가 밤 10시 이후에나 들어오고, 주말에는 애들은 뒷전이고 자기가 좋아하는 등산이다 수련이다 쏘다니고... 앞으로도 매주 갈 거예욧?" 하는 겁니다. '아차' 하는 생각이 들었습니다. 제가 제 생각만 했던 것입니다.

아내도 세무 공무원인데 두 딸아이(9살, 7살) 취학 때문에 휴직하고 집에서 애들 뒤치다꺼리하느라 바쁜데 남편이란 작자는 평일에는 꼭두새벽에 나가 밤늦게 들어오고 주말에는 혼자 가방 메고 나가 버리니 화가 날 법도 합니다. 역지사지, 여인방편 자기방편 등 숱하게『선도체험기』에서 보아 왔지만 생활 속에서 적용하여 그 묘미를 살리지 않으면 다 소용없는 것이 아닐까 하는 생각이 들었습니다. 머릿속으로 아는 것과 실생활에 적용하는 것은 하늘과 땅 차이가 난다고 할까요.

솔직히 이럴 때는 결혼하지 않고 혼자 사는 것이 부러울 때도 있습니다. 그러나 결혼하고 같이 살면서 배운 점도 많은 것 같습니다. 저는 평소에는 잘 지내다가도 저도 모르게 열이 받치거나 팩 토라져 갑자기 큰 소리를 지르기도 하는 못된 버릇이 있었는데 아내에게 수십 번 지적을 받았습니다. "『선도체험기』만 읽으면 뭐해요? 행동은 다른 사람하고 똑같은데..." 하는 핀잔도 많이 받았고요.

하지만 『선도체험기』를 꾸준히 읽고 나 자신의 행동에 대해 곰곰이 관찰하다 보니 저의 자격지심 내지 속 좁은 마음에서 그런 행동이 나온다는 것을 알고 나서는 자연히 그런 행동을 하는 횟수도 줄고 또 그런 괴팍한 행동을 미처 제어하지 못해 나오는 순간 '내가 다시 그런 행동을 하고 있구나'라는 것을 감지하게 되더라구요. '제 아내가 저의 가아의 모습을 비춰 주는 거울의 역할을 하고 있구나' 하는 생각을 자주 하게 됩니다.

한집에서 살면서 배우자의 의견을 경청하는 것이 가정생활에 무리가 없을 것으로 보여 삼공재를 방문하여 수련하는 것은 매주 가기는 어려울 것으로 판단하고 있으며 2주에 1번 배우자의 허락을 얻어 방문할까 합니다. 그리고 평소에 아내에게 점수를 좀 따야겠습니다. 이번 토요일에 찾아뵙는다고 말씀드렸는데 토요일에는 가족행사가 있어 뵙기 어려울 것 같고 다음주 토요일에 찾아뵐까 합니다. 자주 찾아뵈어야 하는데 죄송합니다.

저는 여름휴가를 극성수기인 7월 말 ~ 8월 초를 피해 남들보다 좀 빨리 다녀왔습니다. 작년에 이어 다시 제주도를 아내와 두 딸 아이와 함께 찾았는데 제주도 숙소 근처를 아침 운동 삼아 걷다 보니 우연히 제주시

조천읍 북촌리 마을에 가게 되었습니다.

마을 주위 표지판을 보다 보니 제주 4.3 사건 당시 군 토벌대에 의하여 마을 주민들이 대학살을 당한 곳이라는 것을 알게 되었고 '이곳에는 원혼들이 많이 있겠구나' 하는 생각이 들었습니다. 저는 기감이 둔한 편인지 빙의가 된다는 느낌이 어떤 것인지 잘 알지 못합니다.

다만 '선도수련을 꾸준히 하여 수준이 높아져서 억울하게 죽어간 영혼들을 천도할 수 있다면 하화중생할 수 있으니 보람을 느낄 수도 있겠다'는 생각이 들었습니다. 경험한 내용도 아닌데 저 혼자 상상의 나래를 펴는 것 같아 쑥스럽기도 하지만 선도수련에 새로운 자극이 된 것 같아 선생님께 말씀드립니다.

요즘은 『선도체험기』를 읽다 보면 선생님께서 "기력이 떨어진다" 하시고 "떠날 때가 되면 미련 없이 훌쩍 떠나 버린다"고 하시는 내용을 읽을 때마다 아직 걸음마 단계인 제 입장에서는 조바심이 나는 건 어쩔 수 없는 것 같습니다. 제자들을 공부시키기 위한 하나의 방편으로 그런 말씀을 하시는 것으로 알아듣고는 있는데 허투루 하시는 말씀은 아니신 것 같아 불안한 마음을 감출 수가 없습니다. 그럴수록 하루하루 헛되이 보내는 일이 없도록 수련에 박차를 가하도록 하겠습니다. 감사합니다. 스승님! 연락드리고 조만간 찾아뵙겠습니다.

단기 4349(2016)년 7월 20일
파주에서 제자 서광렬 올림

【회답】

아내를 사형으로 여기는 습관을 서광렬 씨가 나보다 훨씬 일찍 체득하여 생활화하고 있는 것 같아 무척 대견하게 생각합니다. 앞으로도 내내 그러한 겸손한 자세로 일관한다면 조만간 반드시 크게 한소식하게 될 것입니다. 그리고 수련하는 데 정성만 집중할 수 있다면 삼공재 출입을 자주 하는 것만이 능사는 아닙니다. 부인과 잘 타협하여 가정생활에서 부디 마찰을 빚지 말기 바랍니다.

그리고 서광렬 씨는 글솜씨가 깔끔하니 수련과 관련된 진솔한 내면의 이야기들을 자주 나에게 써 보낸다면 무슨 일이 있어도 회답을 보낼 것입니다. 그러한 이야기들이 오가는 사이에 수련도 비약적으로 발전하게 될 것임을 의심치 않습니다.

끝으로 새삼 부탁하고 싶은 것은 부디 배우자의 의견을 존중하고 이 세상에서 가장 믿음직스러운 사형으로 알고 존중해야 한다는 것입니다. 평생을 같이하는 아내의 존경을 받지 못한다면 수련이 다 무슨 소용이 있겠습니까? 북촌리나 원혼에 관한 이야기는 따로 할 기회가 있을 것입니다.

〈113권〉

모든 것이 내 탓

2016년 10월 11일 화요일

우창석 씨가 말했다.

"어제 우연히 집에서 『선도체험기』1권을 뒤져 보다가 선생님께서 지금도 하고 계시는 선도수련을 시작하신 날이 1986년 1월 28일이라는 것을 알게 되었습니다. 그러고 보니 그때가 지금으로부터 꼭 30년 전 일이었습니다. 그동안 온갖 우여곡절을 겪으면서도 『선도체험기』시리즈가 112권이나 시중에 나갔습니다.

선생님은 그 시리즈를 읽은 많은 독자들에게 그동안 수없는 개안(開眼)과 깨달음을 선물해 주었을 것이라고 생각됩니다. 독자들은 그렇다 치고 그동안 그 책을 직접 써 오시는 동안 선생님께서는 어떠한 변화를 겪으셨는지 간단하게 한 말씀해 주실 수 있겠습니까?"

"이런 종류의 모든 책이 그렇듯 이 책도 인간의 변화하는 삶의 내용들을 기록한 것입니다. 한 말로 나와 남 사이에서 벌어지는 인간관계의 내용을 기술한 것에 지나지 않습니다. 이렇게 볼 때 지난 30년 동안의 선도수련에서 내가 얻은 가장 뚜렷한 성과라면 대인(對人)관계에서 나에게 과해진 불리한 모든 여건은 알고 보면 모두가 다 내 탓이었다는 것입니다."

"그래요? 어쩐지 그 말씀은 누가 들어도 수긍이 갈 만큼 보편타당성이 있는 말씀으로는 들리지 않습니다."

"아니, 왜요?"

"만약에 선생님이 오래간만에 찾아가시는 손주에게 주시려고 요 앞 수퍼에서 과자를 한 상자 사 들고 나오시다가 오토바이 날치기범에게 낚아채였다면 그것도 선생님 탓입니까?"

"그렇고말고요."

"왜요?"

"오토바이 날치기범을 미리 대처하지 못했기 때문입니다."

"만약에 어떤 점잖은 신사가 전철칸에서 선생님 발등을 밟고도 깜짝 놀라서 쳐다보는 선생님에게 미안하다는 사과는커녕 도리어 두 눈을 부라렸다면 어떻게 하시겠습니까?"

"그가 내 발등을 밟게 만든 내 발이 하필이면 그 시간에 그곳에 있었기 때문에 그가 보기에 그건 내 책임으로 생각될 수 있으므로 내가 먼저 겸허하게 사과할 것입니다."

"역시 모든 것이 내 탓이시군요. 그렇게 생각하면 그 한마디에 모든 수행자들이 수천 년 동안 추구하여 온 구도의 핵심이 농축되어 있는 것 같습니다. 그리고 덧붙여서 모든 것은 마음먹기나 생각의 차이에 달려 있다는 말 역시 맞는 것 같습니다."

"그렇고말고요. 만사를 남의 탓으로만 돌린다면 남들에 대한 원망은 자꾸만 눈덩이처럼 커져서 마침내 하늘을 찌르게 될 것이고 불편한 심사 역시 한없이 쌓여만 갈 것입니다. 그렇게 되면 원망하는 사람은 무엇보다도 마음이 편치 못할 것입니다.

이것은 분명 마음의 평안을 추구하는 구도의 목적과도 어긋나게 됩니다. 따라서 이 문제를 해결할 수 있는 유일한 길은 대인관계에서 나에게 불리한 일체의 사건은 전부 다 내 탓으로 돌릴 수밖에 다른 방법이 없습니다."

"선생님, 이것을 대인관계뿐만 아니라 국가 대 국가나 남북 관계에 적용하면 어떻게 될까요?"

"국가를 비롯한 모든 이익 집단은 이익 추구를 목표로 하기 때문에 구도와는 다릅니다. 이익 추구를 위해서는 마음의 평안 같은 것은 고려의 대상이 될 수 없기 때문입니다. 그러나 개인 대 개인, 개인 대 집단의 관계는 그렇지 않습니다."

"그럼 어떻게 다릅니까?"

"그런 때는 이 우주 내의 모든 것을 하나로 보면 됩니다. 사실이 그렇습니다. 하나는 전체고 전체는 하나니까요."

건강은 어떻습니까?

2016년 10월 22일 토요일

참선하던 한 수련생이 물었다.

"선생님 요즘 건강하시죠?"

"왜 그런 걸 묻습니까?"

"그렇지 않아도 어딘가 요즘 좀 수척하신 것 같기도 하고, 선생님의 건강을 걱정하는 수련생들도 있어서 여쭈어보았을 뿐입니다."

"요즘 수련생들 중에는 내 건강을 걱정하는 분들이 있는 모양인데 난 아직은 아무 일 없습니다."

이때 다른 수련생이 말했다.

"머리 위에 백회가 솟아오르고 미릉골(眉稜骨)이 앞으로 튀어나오고 관자놀이가 선생님처럼 옆으로 불거진 사람은 무병장수한다는 말이 있는 걸 보면 분명 오래 사실 것입니다. 선생님께서는 어떻게 생각하십니까?"

"그러한 관상 얘기는 자주 들어 왔지만 사람의 수명은 관상보다는 그 밖의 여러 가지 요인들이 작용한다고 봅니다."

"어떤 요인들이 있을까요?"

"첫째로 건강을 위하여 각자가 스스로 얼마나 노력하는가, 즉 인과응보와 자업자득의 이치를 일상생활화 하는 것이 수명에는 결정적인 원인으로 작용한다고 봅니다. 그것은 생활수준이 높은 나라일수록 평균 수명이 긴 것만 보아도 알 수 있습니다."

"왜 그럴까요?"

"생활수준이 높을수록 국가와 개인들이 건강에 깊은 관심을 기울일 것이기 때문입니다. 둘째로는 하늘의 사명을 받고 이 세상에 태어난 사람은 그가 사명을 완수하면 떠난 자리로 되돌아간다고 합니다. 이것 역시 큰 틀에서 보면 인과응보입니다. 이렇게 볼 때 수명이 길고 짧은 것은 다른 누구의 탓도 아니고 바로 각자 자신에게 달려 있습니다."

이때 한 여자 수련생이 말했다.

"삼공재에 규칙적으로 나오는 수행자들은 혹시 선생님께서 타계하신다면 삼공재 수련은 어떻게 되나 하는 현실적 문제를 제일 우려하는 것 같습니다."

"구도자는 내가 이 세상에 태어나기 전에도 있었고 지금도 있고 앞으로도 있을 것입니다. 내가 떠나 버린다면 삼공재 수련자들에게 당장은 아쉽겠지만 시간이 흐르다 보면 나보다 더 나은 대타(代打)가 등장할 수도 있을 것입니다. 공부할 의지가 중요한 것이지 배우려는 제자가 있는 한 스승이야 언제든지 그들을 맞이할 준비를 하고 있을 것입니다."

우아일체(宇我一體)

2017년 1월 14일 토요일

우창석 씨가 말했다.

"선생님, 깨달음이란 간단히 말해서 무엇입니까?"

"깨달음이란 수련 도중에 어느 날 문득 난데없이 수행자의 자성의 중심이 우주의 중심이고 그것이 바로 자기의 중심과 일치한다는 것을 피부가 전깃줄에 닿았을 때처럼 찌르르 느껴지는 것을 말합니다."

"우주의 중심이란 무엇을 말합니까?"

"그것이 바로 『천부경』 첫머리에 나오는 하나 즉 시작도 끝도 없는 하나를 말합니다."

"그렇다면 그 구도자는 바로 그 순간부터 우주와 하나가 되어 그야말로 우아일체(宇我一體)가 되는 것이 아닙니까?"

"그렇습니다. 그리고 바로 그 순간부터 하느님의 분신에서 하느님 자신과 하나가 되는 것입니다."

"그렇다면 당장 하느님 자신이 된다는 말씀인가요?"

"물론 그 순간부터 하늘 기운으로 온몸이 은은하게 달아오르긴 하지만 은인자중할 줄 알고 있으므로 당사자는 남들에게 그 사실을 소리쳐 알리는 짓은 하지 않고 하느님이면서도 지금까지 살아온 개체로서의 삶을 그대로 살아가게 됩니다."

"그럼 속으로는 하느님과 한 몸이면서도 겉으로는 평소와 똑같은 삶

을 살다가 자신을 필요로 하는 순간이 오면 주저 없이 달려 나가게 된다
는 말씀이군요."

"그렇습니다."

"그럼 하느님의 선택에 따라 예비역에서 현역도 되고 현역에서 예비
역도 된다는 말씀입니까?"

"맞습니다."

"그러니까 깨달은 사람은 누구나 다 그 사실을 알고 있으므로 위급할
때를 위해 스스로 준비하고 대기 상태에 있다가 소명을 받았을 때 일 초
의 지체도 없이 우주의 중심인 하느님의 뜻에 따라 일사불란(一絲不亂)
하게 움직이게 된다는 얘기군요."

"그렇게 보아도 됩니다."

연정화기(煉精化氣)

2017년 2월 10일 금요일

한 달에 두 번씩 바쁜 시간을 내어 꼭꼭 찾아오는, 부산에서 중소기업을 운영하고 있다는 55세의 박현석 씨가 말했다.

"선생님 저는 지난 10년 동안 『선도체험기』를 112권까지 반복해서 읽어 오면서 제 나름대로 단전호흡, 등산, 달리기, 도인체조를 열심히 하면서 몸공부, 기공부, 마음공부를 바탕으로 삼공선도를 수련해 왔습니다. 다행히 수련 초기에 기문이 열리고 나서 얼마 안 되어 대맥이 통하고 뒤이어 소주천, 대주천까지 수련이 호조로 진행되었습니다. 그런데 연정화기에서 딱 걸리어 더이상 진전이 없습니다. 마치 배가 난바다에서 잘 나가다가 암초에 걸린 것처럼 꿈쩍 안 합니다."

"그처럼 암초에 걸린 지는 얼마나 되었습니까?"

"벌써 2년이 되었습니다. 어떻게 하든지 저 혼자 힘으로 뚫고 나가 보려 했지만 역부족입니다."

"부인과의 부부생활에는 이상이 없습니까? 그렇지 않으면 무슨 문제라도 있습니까?"

"사실은 연정화기(煉精化氣) 즉 접이불루(接而不漏)가 뜻대로 안 됩니다."

"그래요?"

나는 당혹해하는 그의 얼굴을 지긋이 지켜보다가 말을 이었다.

"마음이 느긋해야 되는데 내가 보기에 박현석 씨는 그렇지 못하고 좀

143

성급한 것 같습니다. 그렇다고 해서 남들이 하는 일상생활을 하면서도 선도수련을 성공시켜 보자는 것이 삼공선도의 생활신조인데 이제 와서 부부생활을 하지 말라고는 하지 않겠습니다."

"달리 무슨 방법이 있을까요?"

"심기혈정(心氣血精)이 무엇인지 아시죠?"

"『선도체험기』를 읽어서 잘 알고 있습니다."

"요컨대 마음을 어떻게 먹느냐에 달려 있습니다. 마음을 항상 느긋하고 편안하게 갖고 배짱이 두둑해야 합니다. 내일 지구의 종말이 온다 해도 오늘 나는 사과나무를 심겠다는 태평한 마음으로 자기 자신의 기(氣)와 혈(血)과 정(精)에게 명령을 내려 사정(射精)을 마음대로 조종할 수 있게 해야 합니다. 성급함과 조급증은 절대 금물입니다.

일단 소주천을 거쳐 대주천을 할 수 있게 되면 합방이 계속되어도 사정량(射精量)은 계속 단계적으로 줄어들다가 결국은 나오지 않게 됩니다. 그리하여 수행자는 10단계에 걸쳐서 심신에 현저한 변화가 일어나게 되어 수련의 보람을 만끽할 수 있습니다. 선도의 선배들은 부부생활은 하면서도 다음과 같은 방중술(房中術) 10단계를 무리 없이 소화해 냈다고 고서(古書)에도 기록되어 있습니다.

10단계

한 번 동하되 내지 않으면 기력(氣力)이 강해지고

두 번 동하되 내지 않으면 이목(耳目)이 총명해지고

세 번 동하되 내지 않으면 지병(持病)이 사라지고

네 번 동하되 내지 않으면 오장(五臟)이 편안하고

다섯 번 동하되 내지 않으면 혈맥(血脈)이 좋아지고

여섯 번 동하되 내지 않으면 허리가 튼튼해지고

일곱 번 동하되 내지 않으면 다리 힘이 강해지고

여덟 번 동하되 내지 않으면 몸에서 광택(光澤)이 나고

아홉 번 동하되 내지 않으면 장수(長壽)를 누리고

열 번 동하되 내지 않으면 신명(神明)이 밝아진다.

또한 연정화기를 제대로 성취하려면 정신 똑바로 차리고 진지한 자세로 지극정성을 다해야 합니다. 그러자면 단지 색을 즐긴다는 저질 속물 인식에서 벗어나야 제대로 지도령의 도움을 받게 되어 있습니다."

"발기는 하되 사정만 안 하면 과연 1단계에서 10단계까지 수련이 진행하는 동안 기력(氣力)이 강해지고, 이목(耳目)이 총명해지고, 지병(持病)이 사라지고, 오장(五臟)이 편안하고, 혈맥(血脈)이 좋아지고, 허리가 튼실해지고, 다리 힘이 강해지고, 몸에 광택(光澤)이 나고, 장수(長壽)를 누리고, 신명(神明)이 밝아질까요?"

"그렇고말고요. 얼마나 담담한 자세로 지극정성을 다할 수 있느냐에 성패는 달려 있습니다. 100세 수명 시대를 말하던 때가 엊그제 같은데 벌써 120세 또는 150세 시대가 거론되고 있습니다. 연정화기 10단계 수련을 제대로 마친 사람이면 앞으로 500세, 900세의 무릉도원 시대에도 수련의 선두 주자가 될 수 있을 것입니다. 장래에는 연정화기 통과 여부가 노화를 역전시켜 수련의 성패를 가름하는 지표가 될 것입니다. 부디 분발하기 바랍니다."

"자세한 가르침 고맙습니다."

【이메일 문답】

사는 게 힘들다는 핑계로

안녕하십니까? 스승님 저는 수차례에 걸쳐서 찾아뵙고 발길을 끊고를 반복했던 어리석은 제자 정영범입니다. 사는 게 힘들다는 핑계로 스승님께 많은 도움을 받았음에도 불구하고 삼공재에서 수련을 지도받을 수 있는 천재일우의 기회를 발로 차 버리고 사람들 속에서 보통 사람으로 퇴화하고 있었습니다.

경제적 문제, 주변의 어려움 등 많은 문제가 있었지만, 다행히 『선도체험기』는 신간이 나올 때마다 꾸준히 읽어 왔습니다. 단전호흡에 대한 생각은 계속하고 있었으며, 금년 초부터는 따로 일정 시간을 내어 호흡을 실천하고 있습니다.

근래에는 가슴 부위부터 목 부분의 답답함을 스스로 빙의라고 느끼고 있으며, 보통의 경우는 빙의령 여부와 상관없이 단전의 따뜻함은 계속되고 있습니다. 강한 원령의 경우 간혹 차가울 때도 있고, 일주일 이상 갑갑함이 지속될 때도 있지만 어떻게 하든지 열감을 찾으려 노력하고 있습니다.

용천이나 노궁 또는 임맥, 독맥으로의 기감은 뚜렷하지는 않지만 단전 주위로 따뜻한 열감이 가득하고 생식이나 따뜻한 음식을 먹을 때는 확실히 기운이 쌓이는 것을 느낄 수 있습니다. 가끔, 백회가 찌릿한 느낌도 있지만 계속 지속되지는 않습니다.

올해 4월 중순경에 김또순 원장님 생식원에서 토, 금, 생, 육기 4통을 구입해 왔습니다. 그 생식을 아직도 먹고 있습니다. 몸공부는 방석 숙제를 거의 매일 5분 정도씩 하고 있습니다. 따로 시간을 내어 걷기를 하지는 않지만, 평상시 하루에 7,000걸음 이상을 걸으려고 노력하고 있습니다. 계단도 가능하면 오르려고 하고 있고, 평일에는 누적 60층을 목표로 오르고 있습니다.

주말에는 등산을 하는데 조금 짧은 것 같다 할 경우는 그다음 주에 시간을 조금 더 늘리고 있습니다. 암벽을 타지는 않고 약간 경사가 있는 암릉을 포함하여 등산 스틱을 이용, 상체 운동을 병행하거나, 등산 시간을 늘릴 때는 산들을 연결하여 종주를 하고 있습니다.

마음공부는 가족 간의 화목에 집중하고 있으며, 주변 사람들과의 관계에서 화를 내지 않으려고 노력하고 있습니다. 근래에는 딸아이가 사춘기에 접어들어 갈등이 많이 생기고 있는 문제와 일을 하고 돈을 못 받는 문제가 있는데 이 두 개의 문제가 근래에 가장 큰 화두 중 하나입니다.

부족한 부분은 경제적 자립을 이루지 못한 것, 생식을 꾸준히 먹지 못하는 것과 명상 시간을 따로 오래 가지지 못하는 것, 운동이 부족한 것, 사람들과의 사이에 갈등이 있거나 해소하지 못하는 것, 삼공재를 지척에 두고도 방문하지 않는 것 등입니다.

많은 갈등과 방황을 하고 있지만 다행히 블로그와 밴드에서 여러 선배님들의 말씀과 조언을 참조하여 그럭저럭 버티고 있습니다. 다시 명상 자리에 들겠다고 생각하고 근근이 호흡의 끈을 놓지 않고 지낸 지 일 년이 지날 무렵 갑자기 '인연이 궁금하다'라는 화두가 떠올랐습니다.

명상의 깊이가 깊지 못하니 당연히 열심히 수련에 매진해야 할 것이라고 생각했습니다. 가장 좋은 방법은 삼공재에서 생식 처방을 받고 발전소에 전깃줄을 연결하는 것이라고 생각합니다. 요즘 삼공재에 가시는 분들은 동창회라고도 하시더군요. 많은 갈등이 있었지만, 작은 노력이나마 조금은 자리도 잡혀가는 듯하니 다시 열심히 수련을 하고자 합니다.

어중이떠중이로 중간에 그만두지 않고 열심히 노력하여 자성을 보고 거울을 닦아 가며 살아가고자 합니다. 허락해 주신다면 삼공재에 방문하여 생식을 처방받고자 합니다. 갑자기 메일을 보내 드려서 죄송합니다. 스승님의 메일을 열심히 기다리겠습니다. '새로 고침' 열심히 누르고 있겠습니다.

제가 '삼공빌딩'에 계실 때까지만 인사를 드려서 그 이후의 주소와 수련 시간 그리고 생식 가격에 대해 잘 모르고 있습니다. 가능하시면 회신 주실 때 같이 알려 주시면 감사하겠습니다.

2016년 12월 27일
정영범 올림

【회답】

자신에 대하여 나름대로 많은 관을 해 오셨군요. 자신의 약점이 무엇이라는 것도 명확하게 파악했습니다. 이제 남은 것은 오직 그 약점들을 제거하는 일을 실천하는 것뿐입니다. 물론 실천이 관보다 더 어려울 수도 있습니다. 그러나 관으로 자신의 약점을 다 알아 놓고도 그대로 내버려둔다면 처음부터 시작을 하지 않는 것이 좋았을 것입니다. 정영범 씨는 절대로 그렇게 어리석은 사람이 아니라는 것을 잘 알고 있습니다. 끝까지 지켜볼 것입니다.

제사지내는 사람은?

존경하는 스승님께.

생식을 주문할 때쯤 메일을 드리게 되네요! 자주 연락을 드려야 하는데 죄송합니다. 마음으로는 자주 기별을 해 드려야 하는데 제 손이 게으른 건지 쉽게 실행에 옮기기가 쉽지가 않습니다. 요새 기온이 변동 폭이 심해서 영상과 영하를 오르락내리락하고 있어 컨디션은 어떠신지 걱정이 됩니다. 항상 건강하셔서 후배 양성에 힘써 주셨으면 하는 바램입니다.

전남 나주에 계시는 제 어머니는 허리 디스크로 병원에 입원하셨습니다. 척추의 연골에 해당하는 추간판이 제자리에 있지 않고 삐져나와 신경을 건드리는 통에 허리 통증과 다리 저림 등을 유발한다고 합니다. 젊은 시절 건강하셨지만 가난한 제 아버지에게 시집와서 네 자녀를 부양하느라 농사일, 집안일에 밤낮없이 일하셨고 20년 전 아버지가 교통사고로 돌아가신 후에도 농사일을 놓지 않으시고 홀로 배 과수원을 운영하다 보니 몸을 혹사시켰던 것이지요.

자식들이 "늙어서 고생하니 농사를 그만하시라"고 수없이 말씀드렸지만 "땅이 있는데 어떻게 놀리냐"고 하시면서 부득불 하시더니 몸이 고장이 나고서야 배 밭을 정리하게 되었습니다. 문제는 모레가 제 할아버지 제삿날인데 제사를 누가 모시느냐를 두고 논쟁이 벌어졌습니다.

할아버지에게는 세 아들이 있었습니다. 첫째 아들은 젊어서 고향인 나주를 떠나 인천으로, 둘째 아들은 광주광역시로 갔고, 셋째 아들은 선산이 있는 고향을 지키면서 농사를 지었습니다. 첫째 아들은 사망하였고, 둘째 아들은 살아 있으며, 셋째 아들 또한 사망하였습니다. 그동안 할아버지의 제사는 셋째 아들이 계속 모셔 오다가 20년 전 사망 후 셋째 며느리인 제 어머니가 줄곧 제사를 모셔왔습니다. 이젠 몸이 말을 듣지 않아 병원에 몸져누워 있는데 할아버지의 둘째 아들인 제 큰아버지는 병원에 문병 와서는 "그래도 할아버지 제삿날만큼은 퇴원해서 나주집에서 제사상을 차려야 한다"고 했다는 것입니다. 어머니는 그 말씀이 서운했지만 싫다고는 못 하시고 "알겠습니다"라고 했다고 합니다.

어머니의 자식 된 제 입장에서 보면, 당연히 할아버지 제사는 첫째 며느리가 지내거나 둘째 아들인 큰아버지가 지내야 마땅하건만, 큰아버지는 왜 병원에 입원해 있는 제수씨에게 제사상을 준비하라고 하시는 건지 모르겠습니다. 요즘은 뭐 첫째, 둘째 이런 거 안 따지고 형편 되는 사람이 제사를 지내는 가정도 많이 있다고는 하지만, 지금까지 제사를 지내 왔다는 이유만으로 이번에도 제사를 지내라고 한다는 것 자체가 너무한 것 아닌가 하는 생각이 듭니다. 더욱이 몸이 불편한 사람보고 제사 음식을 준비하라니, 이건 아닌 것 같은데 짜증이 많이 납니다.

그런 얘기를 어머니에게 하면서 "이번 제사는 지내든지 말든지 저는 모르겠다고 하시지 왜 그러셨어요?"라고 어머니에게 물어보니 어머니 왈, "니 큰아버지가 그렇게 말씀하는데 어떡하냐. 그렇게 해야지" 하십니다. 제 어머니는 그동안 제사를 도맡아 지내온 세월이 억울하셨을 테지만 불편한 기색을 드러내지 않으시고 꾹 참으신 것 같습니다.

제 큰아버지는 본인이 사망할 경우 시신이 들어갈 가묘(빈 석관을 묻고 분봉을 함)까지 이미 선산에 만들어 놓은 상태입니다. 유교적 생활

방식에 젖어 있는 큰아버지 입장에서는 제사를 지내는 것은 아주 중요한 일임은 불을 보듯 뻔한 일입니다. 제가 큰아버지에게 "이번만은 제어머니가 몸이 불편하니 제사 음식을 업체에 주문해서 상을 차리는 게 어떨까요?" 하고 말을 꺼냈지만 답을 안 하시더라구요.

스승님은 이런 경우 역지사지 방하착하여 상대방의 입장을 고려해 보고 내가 조금 손해 본다고 생각하고 마음이 편한 쪽을 택하면 정답이라고 하셨는데 그게 그리 쉽지는 않은 것 같습니다. 더 나아가 남과 내가 따로 존재하는 것이 아닌데 남과 내가 따로 있다고 생각하고 이해득실을 따지는 것 자체부터가 불행의 시작임은 명백할 것인데... 머릿속으로는 정답이 나오는데 감정적으로는 수긍이 가질 않습니다. 아직 마음공부가 많이 부족한 것 같습니다. 이 문제를 화두 삼아 마음공부를 하도록 하겠습니다.

저는 마음공부도 한참 멀긴 하지만 세 가지 공부 중에서 기공부가 제일 부족한 것으로 생각되어 현재는 단전호흡에 중점을 두면서 수련에 임하고 있습니다. 지난달에 파주 세무서로 발령받은 후부터는 출퇴근 시간이 많이 줄어들어 그 시간을 명상 수련에 할애하고 있습니다. 퇴근 후에 집에서 가족들과 함께 저녁(저는 생식을 함)을 먹고 도인체조를 한 후 가부좌하여 『천부경』등을 암송하고 단전호흡을 하고 있습니다. 아직도 30분 이상 앉아 있으면 다리가 저리기는 하지만 하다 보면 점차 나아질 것으로 생각합니다.

하단전이 따뜻해지면서 가끔씩 간지럽다거나 약간 따끔거리기도 하는데 이것이 '이물감'을 의미하는 것인지요? 단전에 기방을 형성하여 축기를 한 후 소주천을 달성하는 것이 올해 상반기 목표입니다. 그렇다고 하여 너무 목표에 집착하지 않는 마음을 가지는 것도 중요하다고 생각하여 그냥 매일 꾸준히 밥 먹듯이(생식하듯이) 하면 달성 가능할 것으로 생각합니다.

지난번 알려 주신 계좌로 생식값을 입금하였습니다. 표준 4봉지 발송 부탁드리겠습니다. 추운 겨울을 버티며 봄을 준비하는 목련 꽃봉오리처럼 수련에 매진하여 따뜻한 봄이 오면 스승님을 찾아뵐까 합니다. 감사합니다.

단기 4350년 2월 25일
파주에서 제자 서광렬 올림

【회답】

죄는 짓는 대로, 공은 쌓는 대로 따라가게 되어 있습니다. 할아버지 제사는 이유야 어찌되었든지 선친 때부터 지내 오던 것이니 능력이 허하는 한 어머니의 의향대로 따르는 것이 좋겠습니다. 할아버지의 자손이 여럿일 때는 누구든지 먼저 나서는 분이 제사 모시는 것을 조상님들도 흡족해하십니다. 이런 때는 서열보다는 정성이 우선이니까요.

단전 축기는 아직 진행 중입니다. 단전 속에 담뱃갑만한 크기의 이물질이 자리잡았다는 확실한 느낌이 들어야 합니다. 계속 정진하기 바랍니다.

생활 속 선도수련 이야기

만물은 끊임없이 변한다. 어느새 아파트 옥상의 매실나무에도 하얀 매화꽃이 함박 미소를 짓는다. 올겨울은 작년에 비하여 그다지 춥다고 느끼지는 않았으나 그래도 실외에서 일하시는 분들은 동절기에 고생을 많이 하였으리라 생각된다.

생활 속의 선도수련 체험기를 오랜만에 적어 본다. 직장에서 퇴근하여 방송대 도서관에서 『윤홍식의 용호비결 강의』라는 책을 보았다. 『용호비결』의 핵심 내용은 폐기(閉氣) - 태식(胎息) - 주천화후(周天火候) 3단계로 설명되어 있다. 삼공선도와 비교하면 폐기는 '기의 방'을 만드는 축기 단계이고, 태식은 복식호흡, 영적인 호흡으로 선도의 피부호흡, 삼매호흡 단계이고, 주천화후는 소주천, 대주천 단계라 할 수 있을 것이다. 누구나 꾸준히 수련하면 그 경지로 올라설 수 있을 것이다. 책의 내용 중 불성무물(不誠無物)이 마음에 새겨진다. "도를 이루느냐 못 이루느냐는 각자의 정성에 따라 차이가 난다."

문득 책을 보고 있는데 하단전이 따뜻하게 데워지고 백회로 기운이 쏟아진다. 명상 수련의 신호로 받아들여져서 명상 수련을 시작해 본다. 하단전이 임산부 배처럼 마냥 부풀어오른다. 따스한 기운이 중단전까지 올라온다. 하단전에서 중단전까지 텅 빈 공간처럼 느껴지며 중단전, 하단전이 하나로 연결되며 숨은 쉬는 듯 마는 듯 삼매호흡이 이루어진다.

중단전에 머물던 기운이 올라간다. 독맥의 대추혈 부근에 머물다 서서히 올라간다. 백회가 압박되고 인당이 벌렁벌렁거린다. 입안에 가득 옥침이 고여 꿀꺽꿀꺽 삼킨다. 하단전과 중단전이 하나의 공간으로 느껴진다. 기운이 하, 중단전에서 척추의 대추혈, 백회, 인당으로 흐르고 다시 입안에 가득 침이 고인다. 옥침을 꿀꺽 삼키며 임맥을 통하여 하단전으로 보낸다. 아하 이게 수승화강이구나! 순간 환희를 느낄 수 있다.

삼공재에서 명상 수련하면 사부님의 옥침 삼키는 소리가 꿀꺽꿀꺽 들리는데 수승화강의 경지에 도달하면 입안에 침이 항상 생긴다. 선도수련으로 수승화강이 잘 이루어지면 백세 인생은 넉넉히 살 수 있을 것이다. 누가 알랴? 세계 최고의 장수자인 이청운은 256살까지 살았는데 이 기록을 깰지! 네이버에서 자료를 찾아 공유한다.

"이청운은 1677년에서 1933년까지 무려 256살을 살았다. 그는 스무 살 무렵에 깊은 산속으로 약초를 캐러 갔다가 한 선인을 만나서 불로장생의 도를 배웠고 그것을 일생 동안 실천하였던 까닭에 장수할 수 있었다고 한다. 그는 늘 평온한 마음을 유지하고 거북이처럼 앉으며 참새와 같이 움직이고, 개처럼 잠을 자는 것이 장수의 비결이라고 하였다.

그는 또 자신이 장수한 원인 3가지가 있다고 했는데 첫째, 일생 동안 채식을 하는 것이고 둘째, 마음을 밝고 평온하게 하는 것이며 셋째, 일생 동안 연잎, 결명자, 나한과, 구기자, 병풀, 참마 같은 약초를 달여 마시는 것이라고 하였다. 또 그는 사람은 혈통, 요통, 변통의 3통을 유지해야 건강하고 장수할 수 있다고 했는데 이는 혈액과 소변, 대변이 잘 통해야 한다는 뜻이다."

삼공선도에서 배우고 실천하는 오행생식, 산행 또는 달리기 즉 몸 운동, 기 운동, 마음 운동을 꾸준히 하면은 장수할 수 있을 것으로 생각된다.

어머님의 무릎 연골이 닳아 한 발자국도 걷기 힘들다고 하소연하신다. 하루도 미룰 수가 없어 곧바로 입원하여 무릎 수술을 하시게 되었다. 자식들이 간병하기 편하게 집 부근의 병원에서 하기로 했는데 4주간이나 입원 치료를 해야 한단다. 그동안 시골에서 농사일에 몸도 많이 망가지신 것 같다. 불행 중 다행인 것은 입원 치료하는 동안 손녀, 며느리, 자식들이 잘 돌보아 주어 간병인 쓰지 않고 입원 치료를 무사히 마치었다.

내가 아파서 병원에 입원해 보면 그동안 내가 어떤 인생을 살아왔는지 반성해 볼 시간을 얻는 듯하다. 수행인의 입장에서 보면 몸의 고통을 통하여 한 단계 영적인 성장을 할 수 있는 기회가 될 수도 있을 것 같다.

어머님이 수술한 무릎이 아프신지 "아이고 아파라! 아파 죽겠네!" 하고 자꾸 푸념하신다. 어느 날은 진통제를, 어떤 날은 참을 만하다 한다. 그래도 "아이고 아파서 나 죽겠네" 하고 평소 말 습관대로 하신다. 그럴 때마다 "아이구 아파라" 대신에 "감사합니다"로 바꿔 말해 보시길 종용해 본다. 처음에는 "아픈 걸 아프대야지 어찌 너는 자꾸 반대로 말하라 하느냐"고 버럭 짜증을 내비치기도 하며 아들놈 다 소용없다는 눈치시다.

어머니는 6형제 중 둘째 딸이다. 그런데 집안이 명이 짧은지 이들 중 벌써 절반은 유명을 달리하셨다. 젊은 나이에 그리되고 보니 늘 어머니의 마음 한구석은 쓸쓸한 기운이 남아 있다. 나는 짐짓, 그리 말씀하시는 어머니께 먼저 가신 외삼촌과 이모 이야기를 꺼내어 봤다. 먼저 가신 형제들은 이미 아픔을 모르시지 않겠냐고! 아프다는 건 생생하게 살아 있다는 증거가 아니겠냐고! 아프니까 감사해야 하는 게 맞는 거라고! 열심히 설명을 했더니 그제서야 눈물이 글썽거리며 고개를 끄덕이신다. 아마도 먼저 가신 형제들이 울컥 그리우셨으리라.

그런데 재미있는 건 그다음에 일어났다. 5인실이다 보니 작게 말해도 다 들리기 마련인데 모두들 내 이야기에 귀를 쫑긋 세우고 계셨던가 보다. 할머니 환자분들의 눈이 나를 향해 집중되어 있었다. 효과는 기대 이상이었다. 그때부터 어머니를 비롯해 병실 안 모든 환자분들은 통증이 올 때마다 '아프다'는 말 대신 '감사합니다'는 말로 끙끙 앓을 때조차 사용한다. 평생의 카르마가 깨지는 역사적인 순간이다. 나도 모르게 '감사합니다.' 진심이 배어 나온다. 그러면서 스스로도 웃겼는지 웃기 시작하면 웃음은 금방 전염이 되어 온 병실 안에 웃음이 가득 떠돌아다닌다.

순식간에 병실은 꽃실로 바뀌어 건강한 기운으로 넘실댄다. 기적이 별것인가! 이처럼 단어 하나 바꿔 말했을 뿐인데 마음이 바꿔지고, 그 마음은 또 통증을 가라앉혔으니 거창한 기적을 멀리서 찾을 필요가 있겠는가 말이다. 그때부터였는가 싶다. 퇴원하기까지 몇 주일 동안 내가 등장하기만 하면 그들의 찡그렸던 얼굴은 웃을 준비부터 하는 것이, 마치 내가 웃음 전도사라도 된 양 의기양양해진다.

퇴원 마지막 밤에 저녁 9시에 들렀더니 병실에 있는 분들이 모두 주무신다. 조용히 정좌하고서 명상을 해 본다. 백회, 인당, 노궁, 용천으로 폭포수처럼 운기된다. 양손 안의 기운을 느껴 보니 기운이 점점 확장되어 병실 전체를 채운다.

'오호라 이게 공간을 에너지 장으로 채운다는 것이로구나' 생각이 스친다. 병실에 있는 환우들 병세가 호전되기를 강하게 의념해 본다. 머리를 조여지는 기분 좋은 압박감, 백회 인당으로 폭포수 같은 기운이 쏟아진다. 단전은 따뜻하고 용천혈도 기운이 통한다. 내 몸이 강한 전류가 흐르는 전도체가 된 듯한 체험이다.

일어나서 어머님 무릎에 손을 대니 따스한 기운이 스며든다. 가볍게 근육 경련을 일으키더니 맥박이 뛰는 것이 손바닥에 체감되어진다. 수술한 무릎에 맥박이 뛰는 것은 혈액이 소통하고 있는 것이다. 영양분이 공급되면 조만간 수술한 무릎은 치료될 것이다. 즉 심기혈정(心氣血精)인 것이다. 병원에서 무릎 연골을 수술하면 15~20년을 쓸 수 있다고 한다.

이번에 인공 연골로 무릎 수술하고 교체하는 것을 보면서 우리 몸이 자동차와 같다는 생각이 문득 떠오른다. 고장난 부위는 자동차 부품처럼 교환하여 사용할 수 있으니 백세 인생 살아가는 데 도움이 될 것 같다.

최근 체험한 내용을 적어 보았다. 매일 맞이하는 일상이지만 새로운 의미를 부여하고 삼공 스승님이 늘 강조하시는 "역지사지 방하착" 관법을 행하며 머무는 곳에서 삼공선도의 향기를 전하도록 일심으로 가 보려 한다.

2017년 3월 5일
제자 김광호 올림

【회답】

나 역시 김광호 씨의 수련 진행 상황을 열심히 지켜볼 것입니다. 부디 좋은 성과가 있기를 기대합니다.

⟨114권⟩

욕심과 양심

자영업을 한다는 60대의 손대영이라는 수련자가 손을 들었다.

"저도 질문이 하나 있는데 말씀드려도 되겠습니까?"

"좋습니다. 어서 말씀하세요."

"저는 요즘 유독 다른 어느 때보다도 꿈자리가 사나워서 잠을 설치고 나면 단잠을 이루지 못하고 뜬눈으로 밤을 지새는 일이 자주 일어납니다. 이렇게 잠을 설치고 난 다음날에는 도대체 되는 일이 없습니다. 머리가 흐리멍덩하니까 엉뚱한 실수를 자꾸만 저지르게 됩니다. 이런 때 무슨 대책이 없을까요?"

"대책이 왜 없겠습니까! 있습니다."

"그럼 그 대책을 좀 말씀해 주시겠습니까?"

"그러죠. 한마디로 말해서 사욕(私慾)을 없애 버리면 됩니다."

"사욕이 무엇입니까?"

"욕심입니다. 그러니까 욕심에서 떠나 버리면 누구나 깊고 단잠을 잘 수 있습니다. 나는 5십 대 중반까지만 해도 손대영 씨처럼 단잠을 이루지 못하고 늘 악몽에 시달리곤 했습니다. 그러다가 선도수련을 하게 되었고 악몽에 대해서도 연구를 좀 했습니다. 결론적으로 말해서 악몽은 깨어 있을 때 이루지 못한 욕망, 욕심, 사욕을 충족시켜 주지 못한 데서 야기된 잠재의식의 반발 작용이 그 원인이라는 것을 알게 되었습니다.

원인을 알았으니까 그 악몽의 원인인 욕심만 없애 버리면 된다는 것을 알았습니다. 이제 나에게 남은 과제는 어떻게 하면 욕심을 없애 버릴 수 있을까 하는 것이었습니다. 나는 그 방법을 열심히 연구하기 시작했습니다. 그러자면 욕심이 무엇인가를 우선 알아야 했습니다. 욕심이란 내가 일상생활을 하면서 남들과 상대할 때 그들보다 재물이나 명예에서 우월해지고 싶은 욕망을 말합니다.

그러나 대개의 경우 남들 역시 나와 똑같은 욕망을 가지고 있으므로 그것을 성취하기 어렵습니다. 사람들이 서로 남에게 지지 않고 자기 욕심을 채우려고 애쓰는 한 그리고 서로가 그 욕심을 줄이지 않는 한 누구든지 영원히 그 욕망을 성취하기는 불가능합니다. 사람들이 꾸는 악몽은 현실 생활에서 이루지 못한 욕심을 이루려는 잠재의식의 허황된 몸부림이기 때문입니다."

"요컨대 악몽을 없애는 방법은 욕심을 없애거나 줄여 나가야 한다는 말씀이시군요."

"그렇습니다."

"저도 그 말씀에 찬성합니다. 그러나 그 욕심을 줄이는 특이한 방법이라도 있는지요?"

"물론 처음부터 욕심을 없애 버리라고 말한다면 누구나 실천하기 어려울 것입니다. 그러나 남과의 거래를 빈틈없이 하여 평소에 신용을 구축해 놓으면 누구나 욕심을 부리지 않아도 이웃과의 사이가 불편해지는 일은 없어지게 될 것입니다. 이웃과의 불편한 관계가 바로 악몽의 원인 제공자니까요.

따라서 부지런하고 검소한 생활에 익숙해지면 욕심 따위 부리지 않아도 능히 이 세상을 편안하게 살아갈 수 있다는 것을 알았습니다. 이러한 생활을 누구나 다 실행하게 해 보려면 이웃과 이권 문제로 말썽이 생겼을 때 나는 이유 여하를 막론하고 속으로 모든 것은 내 탓이라고 생각하기로 했습니다.

마음을 그렇게 먹으니까 처음엔 손해를 보는 것 같아도 의외로 일이 수월하게 술술 잘 풀려나갔습니다. 여기서 한발 더 나아가 여인방편자기방편(與人方便自己方便) 즉 남에게 잘해 주는 것이 나에게 잘해 주는 것이다라는 격언을 거울삼아 살아가고 있습니다. 나는 이렇게 일상생활하는 방법을 바꾼 뒤로는 그전까지 지속되어 오던 꿈자리가 사나워서 잠을 설치는 일이 일체 없어졌습니다."

"이웃과 이권을 놓고 문제가 발생했을 때 일체가 내 탓이라는 겸손한 자세와 남에게 잘해 주는 것이 나에게 잘해 주는 것이라는 격언은 꼭 가슴에 새겨 놓겠습니다."

"가슴에 새겨만 놓고 일상생활에 실천을 하지 않는다면 무슨 소용이 있겠습니까?"

"아뇨. 저도 선생님께서 30년 전에 하신 대로 꼭 실천을 해 보겠습니다."

"그래요. 고맙습니다. 반드시 손대영 씨의 후일담을 기다리겠습니다."

과연 그로부터 석 달쯤 뒤에 찾아온 손대영 씨가 말했다.

"과연 선생님이 말씀해 주신대로 매사에 내 이익에 앞서 상대의 이익을 먼저 생각해 주니까 모든 일이 뜻밖에도 술술 잘도 풀려나갔습니다. 남에 대한 배려가 이렇게도 좋은 이웃을 만들어 주다니 정말 놀랐습니다.

나보다도 남을 먼저 생각해 주었는데 무엇 때문에 이웃간의 사이가 이렇게 금방 부드러워졌는지 놀라울 지경입니다. 그 이유가 무엇일까요?"

"원래 나와 남은 하나였기 때문입니다. 그렇기 때문에 이웃과 피를 흘리며 싸우던 사이라도 이 진리를 깨달은 사람이 먼저 사과를 하고 우리 이웃간에 잘해 봅시다 하고 말하면 바로 그 '우리'라는 말 한마디에 자기도 모르게 불끈 힘이 솟는 것은 우리는 원래 하나였기 때문입니다."

"무슨 말씀인지 알 것 같기도 하면서도 알쏭달쏭합니다."

"하나이면서 전체고 전체이면서도 하나인 이치를 깨달으면 이상할 것도 없습니다."

"그럼 그 하나와 전체는 무엇입니까?"

"그것은 아무것도 아닙니다."

"아무것도 아니라뇨? 아무 보잘것없는 존재라는 말씀입니까?"

"물론입니다. 아무것도 아닌 허공이면서도 그 속에 우주 전체가 다 들어 있습니다."

"너무나도 귀중한 말씀 같아서 저도 좀 연구를 해 보아야 할 것 같습니다. 아무래도 하나가 전체라는 말에 무슨 비밀이 숨겨져 있는 것 같습니다."

"옳게 보셨는데요. 뭘. 이제 조금만 더 나아가면 견성(見性)을 하시게 될 것 같습니다."

"과찬의 말씀이십니다. 견성이라면 저 같은 속물이 하는 것이 아니라고 봅니다."

"그렇지 않습니다. 견성이란 알고 보면 진솔한 사람이면 누구나 다 할 수 있는 것으로서 바로 하나와 전체의 관계 속에 숨어 있는 것이 사실입니다."

"견성이 무엇인데요?"

"글자 그대로 성(性)은 진리고 견(見)은 보는 것이니까 진리를 보는 것을 말합니다."

"진리가 무엇인데요?"

"진리가 바로 양심입니다."

"양심이 무엇인데요?"

"양심이 바로 하늘입니다."

"그럼 견성은 자기 자신 속에서 양심과 하늘을 동시에 보았다는 말인가요?"

"그렇습니다."

"그럼 양심과 하늘은 어떤 차이가 있습니까?"

"본질은 같고 쓰임이 다를 뿐입니다. 견성과 성통(性通)이 본질은 같지만 쓰임이 다른 것과 같습니다."

"그럼 양심(良心)은 어떻게 됩니까?"

"양심은 사람의 바른 마음입니다. 그래서 우리 조상들은 아득한 옛날부터 사람은 곧 하늘이라고 하여 인내천(人乃天)이라고 했습니다."

"그렇다면 사람의 바른 마음인 양심이 곧 하늘이라는 뜻이 되는군요."

"그럴 수밖에 더 있겠습니까?"

"결국은 욕심이 문제였습니다. 욕심을 없앤 사람은 어디서든지 누웠다 하면 곧 잠에 떨어지는 이유를 이제야 확실히 알 것 같습니다."

"그리고 욕심을 없애는 방법도 양심대로만 살면 누구나 금방 터득할 수 있다는 것도 알 것 같습니다."

"그렇고말고요."

"그럼 평생 사업이나 인생의 성패가 달려 있는 심복이나 동업자나 배우자를 구할 때도 어떤 구실을 붙여서든지 하룻밤 같이 자 보면 욕심과 양심의 유무를 알 수 있겠군요."

"그렇고말고요. 단지 미래의 배우자와는 결혼도 하기 전에 같이 자 볼 수 없으므로 누나나 친척 여자를 시켜서 어떻게 하든지 같이 자 보게 하면 될 것입니다."

"그럼 열 길 물속은 알아도 한 길 사람 속은 알 수 없다는 격언도 믿을 것이 못 되겠는데요."

"과연 그렇겠습니다."

"그중에서도 동업자와 미래의 동반자를 선택해야 할 사람은 양심과 욕심의 유무나 수련의 정도를 알아볼 수 있는 지름길로써 어떻게 해서든지 하룻밤 함께 자 보는 것이 좋을 것 같습니다."

【이메일 문답】

천안의 안진호입니다

선생님 안녕하세요.

저는 천안에 살고 있는 안진호입니다. 선생님, 제가 작년에 메일을 보낸 것을 『선도체험기』 113권에 실어 주셔서 진심으로 감사드립니다.

『선도체험기』를 택배로 신청하여 받아서 차례를 보고 있는데 이메일 문답란에 왠지 제가 보낸 메일이 있는 것이 아닌가 생각이 들었습니다. 첫 번째 메일 185페이지 '담배를 못 끊어서'와 195페이지 '뜻밖의 전화' 이 두 이메일이 올라온 것을 보고 놀라기도 하고 신기하기도 하고 조금은 부끄럽기도 하고 많은 느낌이 들었습니다. 그리고 실명으로 올라와서 더 놀라기도 했습니다. 다른 분들 이메일 문답을 볼 때 실명이 아니라 가명으로 올라오는 줄 알았거든요.

글솜씨도 없고 아직 삼공선도도 정성으로 하지 못하는 못난 저에게 이런 큰 기쁨을 주셔서 다시 한 번 감사드립니다. 『선도체험기』의 아주 소중한 지면에 제 이메일이 올라왔다는 게 크나큰 영광이며 감동입니다. 저번에 선생님께서 직접 전화 주셨을 때처럼 『선도체험기』를 같이 보고 있는 친구들에게 바로 연락하여 자랑하였습니다. 친구들도 부러워하면서도 정신 차려서 더 열심히 수련하라고 올려 주셨을 거라면서 다 같이 기쁨을 나누었습니다.

165

선생님 제가 다시 한 번 마음을 잡고 삼공선도 공부를 시작하려고 합니다. 겨울이라고 춥다고 게을러지고 나태해졌던 제 모습에 후회도 되지만 다시 일어서서 더욱더 열심히 삼공선도 공부를 시작하려고 합니다.

저번 주에는 등산을 하면서 천지신명, 보호령, 지도령, 조상령, 삼공 선생님, 주변 모든 분들에게 감사하다는 염원을 보내고 『천부경』을 계속 외웠습니다. 잠시 시간이 지나자 머리 전체에 강력한 기운이 느껴지고 기운의 보호막 안에 들어가 있는 느낌을 받았습니다.

그리고 정확하지는 않지만 정수리 부분에서 뭔가 빠져나가는 느낌 혹은 잡아당기는 듯한 느낌이 지속됐습니다. 잠시 후 기운이 점차 사라지면서 마음은 평안해지고 나무 한 그루, 바위, 흙 등 모든 것에 감사한 마음이 들었습니다. 그리고 머릿속에 계속 맴도는 글귀가 있어 메모장에 적어 보았습니다.

"내가 지금 여기 존재할 수 있는 이유는 보이든 보이지 않든 느껴지든 느껴지지 않든 모든 분들의 도움을 받아 존재할 수 있다는 것을 깨닫게 되고, 감사한 생각이 기운으로 가득하고 마음으로 가득하다."

이런 감사한 마음으로 산행을 하니 항상 힘들고 두려웠던 가파른 산길이 그저 덤덤하게 느껴졌습니다. 그리고 수양을 하면서 기운으로 체험을 해야 『선도체험기』에 쓰여진 내용들이 더욱더 마음 깊이 이해하게 되는 것을 느낍니다.

선생님 생식도 다시 시작하려고 합니다. 생식도 꾸준히 먹고 『선도체험기』도 모두 독파하고(91권째 읽고 있습니다.) 단전에 기운도 느끼고 선생님 찾아뵙고 싶습니다. 항상 가르침을 주심에 감사드립니다. 건강하시길 기원드립니다.

감사합니다. 선생님.

질문 : 선생님 제가 제대로 설명을 한 건지는 모르겠으나 혹시 위에 현상이 어떤 현상인지 궁금합니다.

【필자의 회답】

'위에 현상'은 안진호 씨를 아끼는 사람과 하늘의 보호령들이 돌보아 주고 있다는 것을 말해 주는 겁니다. 계속 수련에 용맹정진해 주기 바랍니다.

〈115권〉

행복합니까?

우창석 씨가 말했다.

"사람들은 요즘 걸핏하면 행복해요? 그래 그렇게 해 보니 행복합니까? 하고 일상 대화에서도 말하기를 좋아합니다. 기분이 좋으냐고 물어야 할 말을 행복하냐로 바꿔치기한 것 같은 느낌이 들 정도입니다. 이러한 말투의 변화에 대하여 선생님께서는 어떻게 생각하십니까?"

"기분 좋으냐고 물었어야 할 말 대신에 행복하냐?라고 물으면 어쩐지 기분이 행복으로 한 계단 뛰어오른 것 같은 느낌이 듭니다. 시대와 그때그때의 패션에 따라 변하는 언어 구사에 대하여 시비할 것 없이, 구도자들끼리는 행복이란 말뜻을 견성했을 때의 황홀한 감정을 표현하는 데 이용하는 것이 좋지 않을까 하는 생각이 듭니다.

그렇게 되면 견성하십시오 하고 인사하는 대신에 행복하십시오 하는 인사를 들을 때마다 견성의 경지로의 뛰어넘기를 맛보게 될 것입니다. 견성하십시오 하면 어쩐지 견성을 강요하는 것 같은 거부감이 들지만 행복하십시오 하면 거부감 대신에 세속을 초월하는 포근함을 느끼게 될 것이기 때문입니다.

개체가 전체 속으로 뛰어넘어 들어갈 때, 그렇게 된다면 기분 좋으냐가 행복하냐로 상승함으로써 언어상으로나마 세속과 생사를 초월한 절대의 경지를 한순간이나마 맛볼 수 있지 않을까 생각해 봅니다. 전체 속으로 뛰어들어가는 개인의 행복감은 겪어 보지 않으면 알 수 없습니다. 그 편안함은 견성보다는 확실히 행복이라는 표현이 수승하고 탁월합니다."

"견성을 하고 전체 속으로 뛰어들어가려면 어떻게 해야 됩니까?"

"나보다 남을 먼저 배려하는 사람은 누구나 바로 그 자리에서 전체와 하나가 될 수 있습니다."

"언제 어디서 그렇게 됩니까?"

"전체에는 생사와 시공(時空)이 없으니까 지금 있는 그 자리가 전체입니다. 그 전체가 바로 하늘나라요 니르바나입니다."

"그럼 개인 즉 개체는 어디에 있습니까?"

"개체는 전체 속에, 전체는 개체 속에 있는데 그것이 바로 변함없는 행복이라고 할 수 있습니다."

깨달음의 문제

우창석 씨가 말했다.

"선생님, 견성을 한 구도자는 흔히 생(生)과 사(死)는 따로 없다고 말합니다. 그것을 흔히 생사일여(生死一如)라고도 말합니다. 그러나 생사의 문제는 그렇게 간단하게 정리하고 넘어갈 문제는 아니라고 봅니다."

"왜요?"

"그러한 문제는 언어나 논리로 입증하기 지극히 어려운, 그리고 오감을 초월한 깨달음이 있어야 하기 때문이 아닌가 합니다. 그러한 깨달음 중에서도 우리가 손쉽게 이용할 수 있는 것으로 어떤 것이 있을 수 있을까요?"

"우아일체(宇我一體)를 들 수 있습니다."

"왜요?"

"우주란 전체(全體)이면서도 무일물(無一物)이기 때문입니다."

"무일물이란 무엇입니까?"

"글자 그대로 아무것도 아닌 것, 영어로 말해서 Nothing입니다. 아무것도 아니면서 그 안에 우주만물이 다 들어 있습니다. 다시 말해서 사람은 아무것도 아닌 개체이면서도 우주 전체이기도 합니다. 따라서 부모미생전본래면목(父母未生前本來面目)이 있기 전 아득한 옛날부터 끝없는 미래까지 영원무궁토록 존재할 실체입니다.

왜 그러냐 하면 개체는 전체를 이루고 전체는 개체를 이루기 때문입니다. 따라서 우주는 영원하고 생사를 초월할 수밖에 없습니다. 우리는 바로 그러한 우주의 분신(分身)입니다. 그리고 그 분신은 우주 전체의 한 부분이면서 전체를 이루고 있습니다. 아무것도 아닌 것은 허공이고 그 허공은 우주만물을 이루고 있으므로 진공묘유(眞空妙有)라고 합니다.

보이는 것은 우리들 각자가 오감으로 분별하는 색(色)이고 보이지 않는 것은 직감과 깨달음으로만 감지할 수 있는 공(空)인데, 이것은 공과 색의 개념을 제일 먼저 이용하기 시작한 2천 5백 년 전 불교식 표현 방법일 뿐이고 현대 물리학에서는 소립자(素粒子)의 발견으로 이미 입증되었습니다."

"그럼 깨달음을 얻을 수 있는 지름길은 무엇입니까?"

"나와 우주와의 일체감을 느끼는 것입니다."

"우주와의 일체감을 어떻게 하면 가장 빨리 느낄 수 있을까요?"

"나보다도 남을 먼저 배려하는 습관을 기르면 됩니다."

"남을 배려하는 습관은 어떻게 하면 기를 수 있습니까?"

"내가 우주다 하고 늘 생각하면서 어떠한 난관에 처해도 모든 것을 내 탓이라 생각하면 이외에도 만사가 순조롭게 해결될 것입니다. 나보다 남을 먼저 생각하고 어려운 문제가 발생했을 때는 모든 것을 내 탓으로 돌리면 해결 안 되는 것이 없을 것입니다. 이른바 역지사지방하착(易地思之放下着)입니다."

"전인미답(前人未踏) 즉 아무도 가 본 일이 없는 곳을 찾아가다가 길을 잃었을 때는 어떻게 해야 합니까?"

"그럴 때는 관(觀)을 하면 됩니다. 구도자에게 관으로 해결되지 않는 것은 아무것도 없습니다."

죽음은 없다

삼공재에 나온 지 오래된 중년 남자 수련자 고성택 씨가 고3생인 아들을 모처럼 데리고 와서 말했다.

"선생님 제 아들놈입니다. 최근에 동창생 하나가 공부하기 싫다고 자살을 하는 바람에 큰 충격을 받고 죽음의 문제로 하도 고민을 하기에 제 짧은 실력으로는 자살의 부당함을 해명하는 데 역부족이어서 실례를 무릅쓰고 선생님과 직접 한번 대화라도 해 보라고 데려왔습니다."

먼저 고교생인 그의 아들이 말했다.

"선생님의 제자이신 아버지는 죽음이란 없다고 말하십니다. 선생님께서는 그것이 진실이라고 보십니까?"

"그렇고말고요."

"그럼 지금도 매일같이 각종 사고로 죽어 나가는 남녀노소의 죽음은 어떻게 된 것입니까?"

"그것은 우리가 살고 있는 시간과 유무와 공간의 지배를 받는 현상계에서의 착각일 뿐이지 진정한 의미의 죽음은 아닙니다."

"그 이유를 알고 싶습니다."

"어떤 사람이 죽는 것은 이유 여하를 막론하고 그의 몸에서 그를 관리해 오던 마음 즉 영혼이 떠났기 때문입니다. 이것은 몸의 생사를 관장하는 영혼이 그대로 있는 한 진정한 의미의 죽음은 있을 수 없음을 말해 줍니다. 그러므로 영혼이 육체를 떠난 것은 진정한 죽음이 아닙니다."

"영혼이 그가 관리하던 몸에서 떠난 것은 어떻게 알 수 있습니까?"

"영혼이 떠남과 동시에 시신은 싸느랗게 식으면서 부패 작용이 시작 되는 것으로 알 수 있습니다."

"그럼 몸을 떠난 영혼은 어떻게 됩니까?"

"그거야 그가 살아온 금생의 인과응보에 따라 다음 생이 결정됩니다. 그리하여 그 영혼은 정자와 난자의 결합으로 포태(胞胎)되어 여자의 자 궁 속에 정착함으로써 새로운 생을 시작하게 됩니다. 마치 고교생이 고 교를 졸업한 뒤에는 3년 동안의 공부 성적에 따라 그의 장래가 결정되는 것과 같습니다."

"그럼 최근에 자살한 제 친구는 어떻게 됩니까?"

"자살도 엄연히 살인행위이므로 그 벌을 피할 수 없게 되어 있습니다. 기존의 인과응보에다가 자살이라는 가중처벌(加重處罰)까지 받게 됩니 다."

"그럼 인과응보니 가중처벌이니 하는 것은 누가 관장합니까?"

"우주, 우주의식(宇宙意識), 하늘 또는 하느님, 하나님입니다."

"그럼 사람은 그 하늘과 어떤 관계입니까?"

"인심과 양심이 바로 하늘의 마음인 천심 그 자체입니다."

"그럼 양심과 천심은 같다는 뜻인가요?"

"그렇습니다. 좀더 상세히 말하면 사람은 우주의 한 부분이면서도 우 주 전체를 품고 있기 때문입니다."

"자살자는 가중 처벌을 받게 된다고 말씀하셨습니다. 그렇다면 지구촌 사람들은 범죄자라는 말씀인가요?"

"그렇습니다."

"그럼 지구촌 사람들은 왜 범죄자가 되었습니까?"

"탐진치(貪嗔癡) 즉 탐욕, 성냄, 어리석음 때문입니다. 이것이 죄가 되고 인과응보가 되어 지구촌이라는 시간과 공간의 장벽이라는 교도소 안에 갇히게 된 것입니다."

"그럼 어떻게 하면 지구라는 교도소에서 벗어날 수 있겠습니까?"

"지구에서 사는 동안에 자기 잘못을 참회하면 지구를 벗어나 시공을 초월한 고차원의 세계에 환생할 수 있게 됩니다. 그러니까 자살 따위 어리석은 짓은 하지 말아야 합니다. 그것보다도 더 중요한 것은, 없는 죽음이 있다고 제멋대로 상상하는 것은 금물입니다."

"그건 왜 그렇습니까?"

"죽음이 있다는 말은 사실도 진실도 아니니까요."

"바로 그 점을 이해할 수 없습니다."

"사람들은 자기가 타고 다니는 자동차가 오래되어 고장이 자주 나면 폐차 처분을 하고 새 차를 사들입니다. 그러나 차 주인은 그대로 살아 있는 것과 같이 우리 몸은 비록 죽어서 없어져도 그 몸의 주인이었던 마음은 죽는 일이 없이 양심으로 남아 천심과 같이 영원무궁토록 존재한다는 것이 이해가 안 된다는 겁니까?"

우주와 사람은 하나다

"우리의 양심이 하늘의 마음인 천심과 같이 영생한다는 것은 알 것 같습니다. 제 몸은 죽어도 그 주인인 마음은 죽는 일이 없을 것 같이 느껴집니다. 이런 선생님의 말씀 처음 들어 보는데 저도 모르게 제 마음도 하늘 높이 붕 떠오르는 것 같습니다."

"그게 바로 인심과 천심이 같다는 증좌가 아니고 무엇이겠습니까? 이 래도 죽음이 있다고 말 할 수 있겠습니까?"

"그럼 자살한 제 친구의 영혼은 어디로 갔을까요?"

"방금 전에 말한 대로 인과로 인한 기존 죄업에 자살로 인한 가중처벌 로 인한 인과응보에 따라 지구에서보다도 더 못한 곳에 태어나게 될 것 입니다."

"지구보다도 못한 곳이라면 어떤 곳입니까?"

"밤하늘에 떠 있는 수많은 별들 중의 하나일 것입니다."

"그런 일은 누가 관장합니까?"

"우주를 주관하시는 우주의식 즉 하느님입니다."

"선생님께서는 방금 전에 사람은 우주의 일부이면서도 우주를 품고 있다고 하시지 않았습니까?"

"그랬죠."

"그럼 사람이 바로 우주이고 하느님이라는 말씀과도 같지 않습니까?"

"그럼요."

"어찌 그런 자가당착(自家撞着)이 있을 수 있습니까?"

"우주 속에 내가 있고 나 속에 우주가 들어 있다는 것이 진리입니다. 이러한 진리는 사색이나 논리나 연구의 결과로 알 수 있는 것이 아니고 오직 관찰을 통한 깨달음으로만이 도달할 수 있는 경지입니다. 이것을 성통공완(性通功完), 견성 해탈(見性解脫)이라고 합니다. 지금 고 군이 직면한 자가당착을 뚫으려면 깨달음 즉 견성 해탈의 길밖에는 없습니다."

"선생님, 그럼 저도 이곳에 일주일에 한 번씩 와서 수련할 수 있을까요?"

"그럼요."

"그럼 당장 내일부터라도 나와서 공부할 수 있습니까?"

"그렇지는 않습니다."

"그럼 무슨 조건이 있습니까?"

"있습니다."

"대학을 졸업하고 경제적으로 자립을 한 후에라야 합니다."

"그런 법이 어디에 있습니까?"

"구도자는 경제적 자립이 전제 조건이고 그것이 불문율이 되어 있기 때문입니다."

"그럼 꼭 대학을 졸업하고 취직을 해야 합니까?"

"그렇습니다."

"그럼 고교를 졸업하고 취직한 후에 다시 찾아뵙겠습니다."

【이메일 문답】

현묘지도 수련 체험기 (28번째) :
김우진 현묘지도 수행기

　안녕하세요? 삼공 선생님 김우진입니다. 마침내 지난 5월 3일 현묘지도(玄妙之道) 수련을 모두 완수하였습니다. 간단히 말해서 깨닫고 보니 제가 부처였습니다.

　7단계는 10분 만에, 마지막 8단계 화두는 선 채로 읽는 순간 천리전음으로 그대로 끝이 났습니다. 총 12일간의 수련을 끝내고 달력을 보니 공교롭게도 부처님 오신 날이네요. 그날은 하루 종일 백회로 맑고 청아한 기운이 흘러 들어와 어느 정도 예상은 했지만 8단계까지는 미처 예상하지는 못했습니다.

　모두가 선계의 스승님들과 삼공 선생님의 도움이 있어 가능했습니다. 특히나 단 세 번째 만남에 현묘지도 화두를 모두 건네주신 선생님에게 진심으로 감사드립니다. 처음 화두를 건네주실 때부터 너무나 당연히 성공할 것처럼 말씀해 주셨던 이유를 이제야 알 것 같습니다. 선계의 스승님들과 지도령과 보호령 그리고 삼공 선생님에게 삼배를 올립니다.

　돌아보니 이미 공처 단계에서 제 자신이 부처라는 체험을 하였습니다. 더 정확하게 말하자면 이미 단독 수련 시 연신환허 단계에서 초견성을 한 것으로 보입니다. 수련 중에 금빛으로 빛나는 불상을 본 적이 있는데 아마도 그 시기로 보입니다.

선생님 말씀처럼 이번 현묘지도 수련을 통해 지난 몇 년 동안 단독 수련한 내용을 총정리하고 다시 한 번 명확하게 해 주는 계기가 되었습니다. 다시 한 번 고맙고 감사드립니다. 아울러 이번 현묘지도 수련을 통하여 새롭게 배운 점과 변화한 것이 있습니다. 11가지 호흡의 실체와 선계의 스승님들. 유위삼매 시 경험한 태식호흡 등 너무나 신비롭고 경이로운 경험을 많이 하였습니다.

누가 현묘지도(玄妙之道)라는 이름을 정하였는지는 모르겠으나 그야말로 오묘하고 신비한 수련법이었습니다. 더 놀라웠던 건 현묘지도(玄妙之道) 수련은 신과(神科) 수련이 아니었습니다. 이번 수련을 통하여 확실하게 깨달았네요. 현묘지도(玄妙之道) 수련은 본성을 밝혀 주는 자성수련법(自性修練法)이었습니다.

선계 스승들의 도움을 받지만 결과적으로 내 안의 본성(本性)을 만나게 해 주는 자성 수련입니다. 천리전음도 결국 내 안의 자성의 목소리를 수련 중에 듣는 것이었습니다. 사실 현묘지도 수련을 시작하기 한 달 전부터 이미 11가지 호흡 중 일부가 되고 있었습니다.

이 11가지 호흡을 면밀하게 관찰한 결과 현묘지도 수련은 신과(神科) 수련이 아니라는 것을 알았습니다. 현묘지도 수련을 시작하기 전에는 이 11가지 호흡에 분명 신명들의 간섭작용이 있는 것으로 추론하였습니다. 어떻게 화두 하나만으로 저절로 몸이 흔들리고 호흡이 될까? 도대체 무슨 원리로 11가지 호흡이 가능한 것일까? 현묘지도 수련 단계 중에서 늘 이 무념처 단계가 이해가 가지 않았고 이 부분이 항상 나의 또 다른 화두로 다가왔습니다.

현재의 제 수련 상태로는 가까이 다가오는 영적인 존재를 거의 90% 이상은 감지할 수 있습니다. 이번 현묘지도 수련 중에 체험한 11가지 호흡 중에 영적인 존재가 다가오는지 혹은 간섭작용을 일으키는지 집중해서 지켜보았지만 전혀 그런 존재나 영향은 없었습니다.

면밀히 관찰한 결과 이 11가지 호흡의 비밀은 머리 위의 기적인 장치인 헤일로와 한쪽 귀의 관음법문 음류 장치처럼 나 자신의 내면에서 일어나는 본성(本性)의 반응이었습니다. 이로써 선도 수련자에게는 총 세 가지의 길잡이가 있는 것으로 확인하였습니다. 헤일로, 관음법문, 11가지 호흡. 만약에 잘못된 답이라면 절대로 이 11가지 호흡이 반응하지 않는 것도 알게 되었습니다.

반대로 올바른 답이라면 이 11가지 호흡이 서서히 반응하기 시작했습니다. 관음법문의 파장음보다는 한 박자가 느리게 반응이 옵니다. 관음법문 파장음이 먼저 반응하고 11가지 호흡이 일어났습니다. 어떤 의문이 들 때 기적인 흐름을 보라고 하신 선생님의 말이 새삼 가슴 깊이 다가왔습니다. 위의 세 가지 장치가 자신의 내부에 있는 자성의 반응이라는 것을 항상 명심하고 수련의 길잡이로 삼도록 하겠습니다.

특이한 것은 기운과 호흡의 변화인데 이번 현묘지도 수련 시에는 대주천이나 삼합진공 시에 느꼈던 뜨겁고 강렬한 기운이 아니었고 맑고 청아한 기운이 지속적으로 들어왔습니다. 이런 기운이 백회와 단전으로 항상 포근하고 잔잔하게 흘러 들어왔습니다.

호흡은 유위삼매 단계에서 태식호흡을 경험하고부터 수식관 호흡법에서 완전히 자연식 호흡법으로 바뀌었습니다. 선생님이 늘 말하시던 자신의 폐활량에 맞게 자동으로 호흡이 되고 있습니다. 등산이나 아무리 가파른 언덕을 올라가도 이제는 거의 숨이 차지 않습니다. 다리가 아파서 못 올라가지 더이상 숨이 차서 오르지 못하는 일은 없는 것으로 보입니다.

또 한 가지 새로운 발견은 이번 현묘지도 단계에서 가장 힘들었던 순간이 공처 화두를 깨트릴 때였습니다. 그런데 바로 이 시기부터 지도 신명이 본격적으로 와공 수련을 반복하도록 여러 번 파장을 보내왔습니다. 기운이 필요한 순간에는 와공 수련을 하게 했고 등산 후에도 운기가 강해지면 어김없이 와공 수련을 시켰습니다.

새삼 느낀 새로운 발견이지만 축기를 하고 기운이 강해지는 수련법 중에 하나가 바로 이 와공 수련이 아닌가 합니다. 그야말로 와공(臥功)의 재발견 및 하단전 축기가 그만큼 중요하다는 것을 뼈저리게 느끼고 경험하였습니다.

마지막으로 이번 현묘지도 수련을 통하여 선계의 존재와 스승들 그리고 지도령과 보호령이 항상 선도 수련자들에게 너무나 많은 도움을 주고 있다는 것을 다시 한 번 깨달았습니다. 항상 고맙고 감사하게 생각하며 앞으로는 수백 생을 통하여 쌓아 온 아상(我相)과 습기(習氣)를 제거하는 보림에 집중하도록 하겠습니다.

다시 한 번 선계의 스승님들과 지도령과 보호령 그리고 삼공 선생님에게 삼배를 올립니다. 조만간 강화도 마니산에 다녀올 예정입니다.

1단계 천지인삼매 (4월 22일 ~ 4월 24일)

4월 22일 토요일 오후 수련

오전 수련에 일주일 동안 중단을 누르고 있는 빙의령에 집중했더니 갑자기 인당에 섬광이 번쩍인다. 언제나 그랬듯이 이 현상이 일어나면 주변이 2~3배 정도 더 환하게 밝아지면서 영안이 작동한다.

요즘에는 거의 화면이 보이질 않았는데 삼공재 방문 날 다시 켜지는 것을 보니 역시나 영안은 선계의 의지가 작용하는 것으로 보인다. 눈부신 햇살이 내리쬐는 고급스러운 한옥이 보이는데 꼭 평창동이나 성북동 같은 부자들이 사는 동네로 보인다.

오전 수련을 끝내고 오후가 되자 서서히 삼공재로 갈 차비를 하였다. 화두를 주신다고 한 날이 한참이 지났건만 그동안 일에 치이다가 오늘에서야 겨우 찾아뵙게 되었다. 삼공재에 가기 전에 샤워를 하고 새 옷으로 갈아입고 자성 수련법 세 분 스승님과 천지신명들에게 삼배하였다.

환웅천황, 석가모니 부처, 예수, 선계의 스승님들, 지도령과 보호령, 선조님들에게 고맙고 감사한 마음으로 절을 올렸다. 삼배를 하고 일어서자 갑자기 가슴이 벅차오르고 목이 메어 온다. 그동안 이 순간을 얼마나 기다려 왔던가? 꼭 잃어버린 나를 다시 찾으러 가는 기분이다.

삼공재에 2시 30분경에 도착 후 선생님에게 큰절을 올렸다. 이리 와서 가까이 앉으라고 하신다. 수련 체험기 잘 읽었고 든든한 후배가 생긴 거 같아 뿌듯하다고 하신다. 화두를 줄 테니 현묘지도 수련을 해 보라고 하신다. 그런데 갑자기 총 7개의 편지봉투를 꺼내시고 편지봉투마다 일일이 순서대로 번호를 매긴 것이 보인다.

　김우진 씨가 너무 바쁜 거 같아서 매번 삼공재로 오라고 하기가 어려울 거 같다고 하신다.

　그래서 편지봉투마다 각 단계에 해당하는 화두를 손수 적어 넣으셨다고 한다. 2단계부터 8단계까지 총 7개의 화두로 이루어져 있고 첫 번째 화두는 직접 주셔야 도맥을 받을 수 있다고 하신다.

　첫 번째 화두는 'ㅇㅇㅇㅇ'이라고 하시는데 아, 이 화두는 내가 이미 단독 수련 시 알고 있던 화두이다. 만약에 현묘지도 전수자분이 내 블로그를 보았다면 화들짝 놀랐을 것이다. 첫 번째 화두부터 수련을 시작하고 각 단계마다 완전히 끝났을 때 다음 단계의 화두를 열어 보라고 하신다. 마지막 8단계의 과정이 모두 끝났을 때 이 봉투들은 모두 태워 버리라고 하신다.

　화두가 잘못 전달되면 큰일난다고 하신다. 아울러 내 현묘지도 수련기를 읽어 보았는데 현묘지도 수련은 그렇게 아무렇게나 그런 식으로 한다고 되는 것이 아니라고 하신다. 즉 화두를 모두 안다고 해도 수련이 되는 것이 아니며, 화두를 모두 주었으니 이제 혼자서 스스로 풀어 보라고 하신다.

　궁금한 것이 있다거나 도저히 깨지지 않는 것은 언제든 전화나 이메일로 물어보라고 하신다. 현묘지도 수련이 끝나면 후배들을 위해서 글로 정리하라고 하신다. 글을 작성하는 방법도 직접 설명해 주셨는데 한 문장에 15단어 이상 사용하지 말고 같은 단어는 2번 쓰지 말라고 하신다.

　그리고 이번에 내 단독 수련기를 교정하시면서 마침표를 찍어 놓지 않아 일일이 손보시느라 힘드셨다고 한다. 빙의령이라는 단어를 쓸 때 령이라는 단어를 두음법칙을 적용해 문장 맨 앞에서는 꼭 "영"이라고 쓰라고 하신다. 이렇게 불과 몇 분 동안 대화를 끝내고 선생님이 바쁠 텐데 어서 가 보라고 하신다.

일어서는 길에 『선도체험기』113권을 사서 선생님 사인을 받았다. 선생님에게 삼배를 올리고 현묘지도 수련을 꼭 성공해서 세상에 도움이 되겠다고 말하자, 선생님이 다정한 미소와 함께 친근하게 말씀하신다.

"그래."

오늘 선생님과 대화하는 동안 처음부터 끝까지 너무나 자애로운 표정을 하고 계신다. 꼭 부처님의 염화미소를 보는 느낌이다. 이 미소를 이웃님들과 함께 보았으면 참 좋았겠다는 생각이 든다. 운전을 하고 돌아오는 길에 문득 현묘지도 화두가 든 봉투를 보니 갑자기 눈물이 왈칵 올라온다.

연로하신 선생님이 후배를 위해 직접 일일이 적어 갔을 장면을 상상하니 가슴이 뭉클해져 왔다. 집에 도착하여 곧바로 첫 번째 화두를 암송하기 시작했다. 화두를 암송하는 중간중간 환희지심이 일어난다.

15~20분경이 지나자 조선 시대의 전형적인 선비 복장의 남자 모습이 떠오른다. 이분은 이전에 수련할 때에도 영안으로 종종 보이던 분이신데 바로 앞 전생의 모습으로 보인다. 그런데 일주일째 버티고 있는 원령 때문인지 화면이 흐릿하다.

희한한 것은 이 화두를 암송하자 상단전, 아니 머리가 단단해지는 느낌이다. 자세도 꼭 돌부처가 된 느낌이다. 화두를 좀더 암송하자 우주공간 같은 것이 보이고 난생처음 보는 동물들이 보인다. 상어 같기도 하고 어떤 것은 용처럼 생겼는데 이 화면이 계속 바뀐다. 잘 모르겠다.

아파트 방송으로 목소리가 나온다. 지금 우리 동에 불이 났으니 모두

계단으로 대피하라는 내용이다. 일단 아쉬움을 뒤로하고 수련을 마쳤다. 기적인 변화는 빙의령 때문인지 아직 못 느낀 상태이다.

4월 23일 일요일 오전 수련

간밤에 꿈을 꾸었는데 돌아가신 아버님이 환하게 웃고 계신다. 고급스러워 보이는 복장에 40대가량의 젊은 모습으로 나타나셨다. 아마도 좋은 곳에 계시나 보다. 심하게 빙의가 되어 있는데도 어젯밤에 일찍 잠에 들어서 그런지 비교적 컨디션이 좋다.

좌선하고 앉자마자 화두를 암송하기 시작하였다. 그런데 빙의령 때문인지 화면이 전혀 보이지 않는다. 특이한 것은 화두의 힘인지 상당히 강한 빙의령인데 앉아 있기가 전혀 힘들지 않다. 이전 같으면 호흡이나 앉아 있기조차 힘든 수준의 강한 영인데 나름 자세가 안정적이다. 몇몇 장면이 일렁거리다가 사라진다. 40분을 넘자 수련을 마무리하고 등산 갈 차비를 하였다.

오늘은 작년부터 벼르던 서울 둘레길 제1코스를 완주해 보기로 하였다. 벌써부터 둘레길 스탬프용 용지와 지도를 받아 왔었는데 그동안 도봉산만 다니느라 아직 가 보지 못했다. 도봉산역 2번 출구로 나와 서울창포원으로 도착하였는데 도무지 어디로 가야 할지 이정표가 보이지 않는다.

수락산 입구까지 가는데 한참이나 걸려서 결국 1시간 만에 둘레길 입구로 들어섰다. 결론은 창포원에서 상도교를 지나 수락교 아래로 빠지면 되는 길인데 여기까지 찾기가 상당히 힘들다. 이정표가 잘 보이지 않아 얼마나 고생했는지 모른다. 친절한 할머니 한 분이 아니었으면 1~2시간

더 헤맸을 것이다.

그러나 일단 수락산 입구까지 들어서면 이후부터는 이정표가 비교적 잘 표시되어 있다. 한 달에 세 번은 도봉산을 빡세게 돌고 마지막 네 번째는 편하게 둘레길을 돌아 볼 참이었는데 이것이 판단 미스였다. 서울 둘레길 1코스가 둘레길 중에 가장 힘든 코스라고 한다. 아... 정말 오늘 죽는 줄 알았네. 뭐 도봉산에 비하면야 새 발의 피지만 쉽게 보고 갔다가 뒤통수 맞고 내려온 기분이다. 둘레길을 우습게 보면 안 된다. 오늘 산을 두 개나 넘어왔네. 수락산을 거쳐 불암산까지.

발걸음에 맞춰 화두를 암송하는데 저절로 암송되는 느낌이다. 오늘 등산 내내 현묘지도 제1화두 암송을 했는데 정말 징글징글할 정도로 암송했다. 현묘지도 수련이 끝나면 이 단어를 쳐다보지도 않을 것만 같다. 그런데 더 웃긴 건 그렇게 암송하는데 중간중간에 문득 생각이 나지 않는 순간이 있다. 벌써 치매가 오는지, 참 큰일이다.

오늘 화두를 그렇게 외웠건만 기적인 변화는 전혀 없다. 곰곰이 생각해 보니 제1화두의 화면을 이미 작년 여름 단독 테스트 시 보았던 것이 생각난다. 음... 아무튼 한 주 정도는 더 정성껏 암송해 보고 반응이 없으면 일단 다음 화두로 넘어가야 할 것으로 본다.

아무리 생각해도 지금 현재의 내 수련 상태로는 이 정도로 화두를 암송했는데 화면이 보이지 않을 리 없다. 기적인 변화는 하산하는데 하단전으로 포근한 기운이 스며들고 살포시 주천화후가 돌아간다. 그러나 이것이 화두의 힘인지 원래의 내 기운이 자연적으로 돌아가는지 잘 모르겠다. 일단 내일 오전 수련에 좀더 집중해 봐야 할 것으로 본다.

그런데 기분 탓인지 등산객이 점점 줄어드는 느낌이다. 작년에 비해서 조금 차이가 나는 것으로 보인다. 개인적인 생각으로는 일주일에 하루 정도는 건강을 위해서라도 걷기나 조깅, 등산 하나쯤은 해야 한다고 본다.

4월 24일 월요일 오전 수련

어제 등산을 조금 무리하게 했더니 삭신이 쑤시고 온몸이 무겁다. 어찌어찌해서 세수를 한 후 좌선을 하고 앉았는데 조금 걱정이 앞선다. 몸이 피곤하면 앉아 있기가 힘든데, 그래도 확신을 가지고 현묘지도 수련을 해야겠다는 생각이 든다.

호흡을 가다듬고 기운을 돌려 보니 일주일째 눌러 있던 빙의령이 어느샌가 천도되고 또 다른 원령이 들어와 있다. 빙의령들의 레벨이 이전과 다르다. 아마도 지금의 내 수련 상태가 아니었다면 홀로 수련하기가 상당히 힘들었을 것이다. 천지인삼매 화두에 집중하고 이 화두를 하단전의 자성에 녹여 넣고 절실하게 암송하였다.

주말에 천지인삼매 화두를 암송하면서 왠지 내 것 같지 않은 느낌이 들었는데 오늘은 착착 입에 감긴다. 역시 무엇을 하든지 정성과 노력이 필요한 것으로 보인다. 모든 것이 쉽게 그냥 거저 되는 것이 없다라는 삼공 선생님의 말이 자꾸만 뇌리를 스친다.

화두 암송을 15분 정도 했을까? 갑자기 상체가 앞뒤로 끄떡끄떡 움직이기 시작한다. 사실 얼마 전부터 좌선 중에 종종 몸이 흔들렸는데 그냥 대수롭지 않게 넘어갔다. 이러다 말겠지. 워낙 특이 체질이라 그런지 진동이나 기몸살을 전혀 경험한 적이 없어 대수롭지 않게 생각한 것이다.

오늘도 뭐 한두 번 이러다 말겠지 하는데, 그 순간 엄마야~ 내 몸이 왜 이러지? 처음에는 앞뒤로 끄덕끄덕하더니 다음엔 아예 동작을 바꿔 팽이가 돌아가는 모양으로 슬슬 돌아가기 시작한다. 그런데 이 동작의 강도가 점점 더 강해진다.

윙윙윙 무슨 모터가 돌아가는 거마냥 한쪽 방향으로 힘차게 돌아간다. 마치 진동이 없기는 왜 없냐는 듯이, 똑똑히 보란 듯이 세차게 돌아간다. 평소 좌선할 때 방석 2개를 접어 상체를 조금 앞으로 숙인 채 선정에 드는데 어느새 방석 하나가 밀려나 있다. 다음엔 서서히 동작을 바꾸더니 목이 도리도리 끄떡끄떡 빙글빙글 회전하기 시작한다. 아... 11가지 호흡. 11가지 호흡이 시작된 것이다.

현묘지도 4단계 무념처 화두 단계인 11가지 호흡의 일부이다. 세상에 이렇게 오묘하고 신비한 수련법이 어디 있을까? 그 순간 이제야 알았냐는 듯이 다시 동작을 바꿔 앞뒤로 끄떡끄떡 윙윙윙 오른쪽 방향으로 더 세차게 돌아간다. 이렇게 계속 돌다가는 꼭 방바닥에 내동댕이쳐질 것만 같다.

참 희한한 일이네. 그야말로 신비하고 오묘한 수련... 현묘지도 수련이다. 누가 이름을 지었는지 참 절묘한 이름이다. 평소에 수식관 호흡을 하는데 이 호흡을 유지하기가 힘들 정도이다. 한참을 돌아가는데 마음이 너무나 평온하다. 나중에는 저항하지 않고 그냥 이 동작의 흐름에 맡기고 호흡도 아예 자연식 호흡으로 바꿨다.

그렇게 얼마나 시간이 흘렀을까? 갑자기 내 마음 깊은 어느 곳에서 본성의 목소리가 들려온다. "다 풀어 버려라... 다 풀어 버려라." 아, 순간적으로 드는 직감이 천리전음, 천리전음이다. 연이어 "다 놓아 버려라. 다 놓아 버려라." 모든 걸 다 놓아 버리라고 한다. 급기야는 "다 풀어 버려라. 다 놓아 버려라." 이 두 문장이 합창으로 들려온다.

한참을 암송하던 천지인삼매 화두는 어느샌가 사라져 버렸다. "다 풀어 버려라. 다 놓아 버려라." 이 두 문장이 자꾸만 내 마음속에서 끊임없이 메아리친다. 11가지 호흡과 이 두 문장이 하나가 되어 일정한 박자를 타고 한 편의 노래처럼 흘러가고 있다.

얼마나 이 상태로 있었을까? 상체가 마지막에는 끄떡끄떡 점점 동작이 작아지더니 "다 풀어 버려라. 다 놓아 버려라." 이 두 문장도 서서히 아련하게 들려온다. 고개를 돌려 시계를 보니 어느새 40분이 훌쩍 지나 있다.

오전 수련을 마치고 곰곰이 생각해 보니 꼭 한바탕 신명나게 춤을 춘 기분이다. 일단 1단계 화두를 뚫은 거 같은데 이 단계에서 아직 기적인 변화를 경험하지 못하여 약간 아쉽다. 급하게 가지 않고 하루이틀 더 1단계 화두를 암송해 볼 예정이다. 선계의 스승들에게 삼배하였다.

2단계 유위삼매 (4월 25일 ~ 4월 26일)

4월 25일 화요일 오전 수련

현묘지도 수련을 시작하고 두 번째 강한 빙의령이 들어왔다. 아침에 일어나서 너무 피곤할까 봐 걱정했는데 좌선하기에는 전혀 지장이 없다. 신기한 일이다. 아직 무엇인가 더 남아 있을 거 같아 어제에 이어 오늘도 천지인삼매 화두를 암송하기 시작하였다.

15분 정도가 지났을까? 또다시 11가지 호흡 중 좌우로만 흔들거리는 동작이 자동으로 반복된다. 좌우로 흔들흔들, 이 박자에 맞춰 화두 암송이 자동으로 이루어진다. 그러나 별다른 반응은 없고 20분 정도가 지나자 서서히 동작이 멈추고 기운이 딱 끊긴다.

순간적인 직감이 1단계가 끝났으니 2단계로 넘어가라는 파장이 전해져 온다. 자리에서 일어나 천지신명에게 삼배를 하고 삼공 선생님이 주신 2번째 화두가 담긴 봉투를 열었다. 그런데 이제까지 7개의 봉투가 모두 열려져 있는 줄만 알았는데 2단계 화두 봉투를 보니 철두철미하게 봉합되어 있다.

이 빈틈없이 잠겨져 있는 화두 봉투를 보고 있자니 삼공 선생님의 성격을 알 수 있었다. 봉투를 뜯는 중에 다시 한 번 선생님 얼굴이 떠오르며 목이 메어 온다. 항상 겸손하고 자중해서 실망시켜 드리지 말아야지.

2단계 화두가 한눈에 확 들어온다. 선생님의 친필이 들어 있다. 좌선하고 앉아서 다시 2단계 화두를 암송하기 시작했다. 그러자 기다렸다는 듯이 관음법문 파장음이 요동치기 시작한다. 연이어 11가지 호흡 중 좌우로만 흔들거리는 동작이 또다시 시작된다.

특이한 것은 평소 버릇 중에 하나가 몇 분까지만 해야지 하고 수련에 드는데 그 시간에 맞춰서 이 동작이 자동으로 멈추는 것이다. 아... 참 이 현묘지도 수련은 참으로 신비하고 오묘한 수련이다. 출근 시간이 얼마 남지 않아서인지 10분 정도 지속하다가 서서히 멈추기 시작한다. 선계의 스승님들에게 삼배하고 출근 준비를 하였다.

4월 25일 화요일 오후 수련

평상시에는 요즘 일도 많고 퇴근 후에는 졸음이 밀려와 저녁 수련을 하지 않는데 현묘지도 수련을 하고부터는 사정이 달라졌다. 오전이나 오후나 수련하기에 별다른 지장이 없는 상태이다. 샤워를 하고 곧바로 좌선에 들었다. 오늘은 30분 정도만 하자 하고 시작하였는데 역시나 그대로 되었다. 이제는 좌선하고 앉자마자 상체가 흔들거리기 시작한다. 11가지 호흡 중 일부가 자동으로 시작되고 있다.

오전에 이어 2단계 화두를 11가지 호흡에 맞추어 암송하였다. 그러나 별다른 변화는 없고 호흡을 편안하게 하기 위하여 수식관을 버리고 자연식으로 하였다. 관음법문 파장음이 힘차게 흐르고 있다. 아무래도 현묘지도 수련을 하는 동안 호흡하는 방식이 송두리째 변할 것만 같다.

20분 정도가 지났을까? 갑자기 모든 동작이 멈춘다. 그 순간 머리 위로 긴 그림자 같은 기운이 내려온다. 허공에 신명이 떠 있는 거 같다. 순간적으로 나도 모르게 "모든 수련을 선계의 스승님들에게 맡깁니다"라는 본성의 소리가 들려온다. 그때였다. 앞으로 조금 숙이고 있던 나의 머리와 상체가 마치 누가 끌어당기는 것처럼 서서히 하늘 방향으로 이동한다.

꼭 팔동작만 다르고 영화 〈쇼생크 탈출〉의 포스터처럼 완전히 하늘을 바라보는 자세가 된 것이다. 다음 순간 허리까지 꼿꼿이 세워진다. 주위의 소리가 아련하게 들려온다. 적막에 가깝다. 세상이 순간적으로 멈춘 듯이 고요하다. 꼭 내가 망부석이 된 느낌이다. 마음은 한없이 평안하다.

아... 호흡이 너무나 깊은 상태이다. 호흡을 하고는 있는데 꼭 멈춘 상태로 보인다. 이 호흡이 무슨 상태인지 도무지 모르겠다. 꼭 갓난아기가 엄마 배 속에서 숨쉬는 태식호흡 같은 느낌이다. 이 상태로 10~15분 정도가 지속되다가 수련이 마무리되었다.

선도수련 후 처음 체험하는 신기한 경험이었다. 한 가지 특이한 것은 11가지 호흡의 동작이 시작되면 꼭 음악 같은 소리가 들려온다. 아련하게... 이 음악 소리에 박자를 맞추게 된다. 그런데 이 소리가 나의 내면에서 나는 소리이다. 최근 『선도체험기』를 읽을 때면 가끔 비슷한 음악 소리가 아련하게 들려온다.

경전을 보면 석가모니 부처가 설법을 할 때면 천상의 노랫소리가 들렸다는 말이 진실로 보인다. 이 천상의 노랫소리라는 것이 결국은 내면의 본성 즉, 진리에 대한 자성의 반응이기 때문일 것이다. 이런 말을 어디에서 어느 누구에게 말을 할까? 말한다 한들 이해하기나 할까? 아는 만큼 보이고 아는 만큼 들린다는 말이 최근 들어 자꾸만 떠오른다. 선계의 스승님들에게 삼배하고 수련을 마무리하였다.

4월 26일 수요일 오전 수련

좌선 후 앉자마자 관음법문 파장음이 세차게 요동을 친다. 고개가 서서히 하늘을 바라보고 상체가 꼿꼿이 세워지는데 아마도 척추를 바로 잡으려는 것으로 보인다. 이 상태로 유위삼매 화두를 암송하기 시작하였으나 11가지 호흡의 진동은 일어나지 않았다.

이 상태로 얼마나 지났을까? 대략 20분 뒤 11가지 호흡이 서서히 발동이 걸리기 시작한다. 점점 더 강해진다. 한참을 돌다가 다리가 저려 잠시 두 발을 앞으로 펴고 있는데 전혀 개의치 않고 더 세차게 상체가 돌아간다. 좌측으로 윙윙윙 앞뒤로 끄떡끄떡, 우측으로 윙윙윙 앞뒤로 끄떡끄떡, 번갈아가며 세차게 돌아간다.

하단전에 꼭 무게 추가 달려 있듯이 넘어질 듯 말 듯 쓰러질 듯 말 듯 하면서도 잘도 돌아간다. 내면에서는 음악 소리가 들려온다. 쿵쿵쿵, 이 박자에 맞춰 왼쪽 오른쪽 번갈아가면서 회전하고 있다. 시간이 얼마나 흘렀는지 11가지 호흡의 진동이 정지한다.

허공에서 어제 느낀 긴 그림자 같은 기운이 감지된다. 그 순간 너무나 신기한 상황이 전개된다. 고개가 서서히 뒤로 넘어가고 있다. 너무나 자연스럽게 몸 전체가 뒤로 넘어간다. 도무지 이해할 수 없는 장면이 펼쳐지고 있다. 자리에 누운 상태로 고개가 슬로우 비디오처럼 서서히 오른쪽으로 돌아간다.

그런데 이 고개가 움직이는 속도가 어떻게 말로 표현하기가 힘들다. 너무나 특이한 슬로우 모션이다. 머리가 오른쪽으로 정지한 상태로 유지되고 다시 서서히 반대 방향으로 돌아간다. 다시 머리가 왼쪽으로 정지한 상태로 유지되고 서서히 반대 방향으로 돌아간다.

똑같은 상황이 한 번 더 반복되는데 이번에는 고개의 각도가 조금 낮아졌다. 이 과정이 반복되다가 도리도리 동작이 시작된다. 이 과정이 다시 한동안 반복된다. 거의 한 시간이 넘어가고 있다. 출근 시간이 다가와 일어나 앉았지만 상체가 자동으로 다시 뒤로 넘어간다.

마지막에는 도저히 안 되겠다 싶어서 지도신명에게 이젠 회사에 출근해야 하니 그만해야 할 거 같다고 파장을 보냈지만 전혀 개의치 않는다. 결국 마지막 동작을 끝내지 못하고 오전 수련을 마무리하였다. 곰곰이 생각해 보니 평소 지병인 목 디스크를 치료하려는 것으로 보인다. 시간이 너무 늦어 자리에서 일어나 경이롭고 감사한 마음에 천지신명에게 삼배하였다.

화두는 수련을 시작할 때 처음 선계의 문을 두드리는 암호로 보인다. 이후부터는 별로 의미가 없어 보이고 다음 동작이나 수련이 자동으로 진행이 된다. 그냥 모든 것을 선계의 스승들에게 맡기고 기운의 흐름을 따라가면 될 것으로 본다.

4월 26일 수요일 오후 수련

좌선 후 앉자마자 관음법문 파장음이 세차게 일어나며 상체가 자동으로 뒤로 넘어간다. 그런데 다음 동작이 전혀 일어나지 않는다. 다시 일어나 화두를 암송하였지만 다시 상체가 자동으로 뒤로 넘어간다. 아무래도 누워서 수련하라는 의미로 알고 누운 채로 와공(臥功)을 시작하였다. 이 상태로 편하게 한 시간만 수련하자 의식했는데 어느덧 한 시간 15분이 지났다. 별다른 증상은 없었고 와공 상태에서 하단전 축기만 하고 수련을 마무리하였다.

와공(臥功)의 중요성에 대해서는 이미 『선도체험기』초기에 삼공 선생님이 여러 번 설명한 것으로 알고 있다. 그러나 개인적으로 단전호흡학원을 다니거나 별도의 스승이 없었기 때문에 그동안 와공 수련은 신경쓰지 않았다. 『용호비결』을 보며 맨 처음 좌선하자마자 하단전에 너무나 뜨거운 열감을 느꼈기 때문에 필요성을 못 느낀 것이다.

그러나 이번 현묘지도 수련을 지도하시는 선계의 스승님들이 기운이 필요한 단계에서 와공을 여러 번 반복해서 시키고 있다. 좌선하고 앉으면 자동으로 상체가 뒤로 젖혀지며 본격적으로 와공 수련을 하도록 파장을 보낸다. 새삼 느낀 것이지만 기 수련에 있어서 얼마나 하단전의 축기가 중요한 것인지 다시 한 번 알 수 있는 대목이다.

3단계 무위삼매 (4월 27일 ~ 4월 28일)

4월 27일 목요일 오전 수련

좌선하자마자 관음법문 파장음이 요동치고 잠시 후 11가지 호흡 중 상체가 팽이처럼 돌아가는 진동이 시작된다. 이 동작을 10분 정도 유지하다가 모든 동작이 멈춘다. 다음 반응이 남아 있나 싶어 더 기다려 보았지만 전혀 기적인 반응이 없다. 다음 단계인 3단계 무위삼매의 화두를 보라는 파장이 전해져 온다.

선계의 스승들에게 삼배하고 3단계 화두를 개봉하였다. 화두를 암송하자마자 자동으로 서서히 고개가 하늘을 바라본다. 상체가 꼿꼿이 세워지고 백회로 잔잔한 기운이 들어온다. 이 상태로 화두 암송을 하며 20분 정도를 유지하였으나 별다른 진동은 없다. 잠시 후 모든 동작이 멈춘다.

서서히 오른쪽으로 상체가 기울어지다가 완전히 옆으로 누운 자세가 된다. 이 상태로 옆으로 누운 채 하단전 축기를 하였다. 10분 뒤 상체가 좌측으로 이동하여 바르게 펴진다. 이대로 와공 10분을 더 하였다. 일어나 좌선하였지만 다시 자동으로 상체가 뒤로 넘어간다. 조금 더하라는 의미로 보고 와공 지속 후 화두 암송을 하다가 10분 정도 후에 마무리하였다.

4월 27일 목요일 오후 수련

좌선하자마자 관음법문 파장음이 요동치고 고개가 하늘을 바라본다. 상체가 꼿꼿이 세워지고 이 상태로 20분 정도 잔잔하고 뜨거운 기운이 들어온다. 이전 두 단계보다 비교적 기운이 강하게 느껴진다. 고개가 원래대로 돌아오고 한쪽 방향으로 서서히 상체가 움직인다. 동작이 상당히 커진 느낌이고 커다란 원을 그리며 상체가 오른쪽 왼쪽으로 번갈아가며 돌아간다.

다시 관음법문 파장음이 요동치고 고개가 하늘을 바라본다. 상체가 꼿꼿이 세워지고 이 상태로 10분 정도 포근하고 뜨거운 기운이 들어온다. 서서히 고개가 원래대로 돌아오고 한동안 11가지 호흡 중 일부가 유지된다. 다시 상체가 꼿꼿이 세워지고 이 상태로 호흡을 하는데 중단전에 관세음보살 같은 분이 보이고 이분 앞쪽에 연꽃 같은 것이 피어 있다.

이 장면이 바뀌고 영안으로 상, 중, 하단전에 기운이 회전하는 것이 보인다. 이 순간 빠르게 회전하는 이 기운의 소용돌이에 나의 파장이 동조하려고 한다. 나의 본성이 기운의 흐름에 일치하려는 듯이 회전하는 팽이처럼 빠르게 돌아간다. 서서히 진동이 멈추고 상체는 고정된 상태로 고개만 뒤로 완전히 젖혀진다. 통증이 온다. 목 디스크 치료를 시작하는 것으로 보인다.

한참을 이 자세로 있다가 다시 11가지 호흡 중 일부가 다시 반복된다. 다시 진동이 멈추고 상체는 고정된 상태로 고개만 뒤로 완전히 젖혀진다. 통증이 온다. 목 디스크 치료가 지속되고 있다. 자세가 원래대로 돌아오고 고개가 도리도리 강하게 왼쪽으로 오른쪽으로 빠르게 돌아간다. 동작이 멈추고 상체가 앞으로 바짝 숙여진다. 방바닥에 엎드린 채 이 상태로 한동안 멈춰 있다.

상체가 원래대로 돌아오고 팽이가 돌아가듯 목과 상체가 동시에 돌아간다. 왼쪽 오른쪽을 번갈아가며 반복한다. 다시 진동이 멈추고 고개가 오른쪽으로 최대한 젖혀진다. 이 상태로 한참을 고정되어 있다. 원상태로 돌아오고 서서히 상체가 뒤로 완전히 젖혀진다. 그대로 바닥에 누워 고정... 잠시 휴식하다 선계의 스승들에게 삼배하고 수련을 마무리하였다.

4월 28일 금요일 오전 수련

좌선 후 앉자 5분 정도 뒤 서서히 고개가 하늘을 바라보며 척추가 꼿꼿이 선다. 이 상태로 화두를 암송하니 잔잔하고 뜨끈한 기운이 순환한다. 호흡이 점점 안정되고 길어지는 느낌이고 잠깐 지난 거 같은데 어느새 40분이나 지나 있다. 잠시 후 서서히 자세가 원래의 상태로 돌아오고 팽이돌기 자세가 상당히 느리게 왼쪽 방향으로 크게 원을 그리며 돌아가고 있다.

신기해서 눈을 떠 보니 금방이라도 넘어질 듯한 동작을 하고 있다. 몸이 꼭 피사의 사탑처럼 한쪽으로 기울어져 있다가 다시 반대 방향으로 서서히 돌아간다. 중간중간 작은 동선의 팽이돌기 동작이 반복된다. 이 상태가 약 10분 정도 지속하다가 상체가 점점 뒤로 젖혀진다. 급기야는 완전히 누운 자세가 되었다. 10분 정도 유지하다가 일어났는데 더이상 특별한 변화가 없다.

기운도 끊겨져 있는 걸 보니 다음 단계로 넘어가라는 의미로 보인다. 선계의 스승님들에게 삼배하고 4단계 화두의 봉투를 개봉하였다. 『선도체험기』14권 225페이지에 실려 있는 11가지 호흡을 참고하라는 내용이다. 오전 생식을 먹으며 11가지 호흡에 대한 내용을 숙지하였다.

출근 후에 이따금씩 목 디스크가 있는 부위가 콕콕 아파 오는데 명현현상으로 보인다. 현묘지도 수련을 본격적으로 시작하기 전 이미 피부호흡이 극대화되었는데 그래서인지 무위삼매 단계에서는 별다른 현상은 없었다.

4단계 무념처삼매, 11가지 호흡 (4월 28일 ~ 4월 29일)

4월 28일 금요일 오후 수련

퇴근길에 11가지 호흡이라는 화두 암송을 반복하였더니 엄청난 기운이 머리와 어깨 위로 내려온다. 그래서인지 집에 도착해서 좌선하고 난 후 앉자마자 상체가 끄떡끄떡 빙글빙글 팽이처럼 회전한다. 좌우 번갈아 돌다가 모든 동작이 정지한다. 고개가 하늘을 바라보고 척추가 꼿꼿이 선다.

다시 고개가 도리도리, 상체가 크게 원을 그리며 좌우 방향으로 회전한다. 한참을 돌다가 상체가 앞쪽 바닥으로 바짝 엎드린다. 한참을 이 자세로 있다가 다시 원래대로 돌아온다. 상체가 바로 서더니 고개가 왼쪽으로 최대한 돌아간다. 이 상태에서 갑자기 우측에서 뜨거운 태양 같은 기운 덩어리가 솟아오른다. 이 이글거리는 기운 덩어리가 강렬하게 내리쬔다. 우측 어깨와 머리가 너무 뜨거워진다.

다시 원래대로 돌아오고 이전 단계들을 반복한다. 너무나 신기한 체험이었다. 꼭 작은 태양이 왔다가 간 느낌이다. 중간에 한 무리의 학이 소나무 위에 앉아 평화롭게 놀고 있는 장면이 보인다. 상체가 왼쪽으로 서서히 숙여진다. 이 상태에서 상당히 깊은 호흡이 천천히 번갈아가면서 진행된다.

다시 반대쪽으로 상체가 기울어지더니 깊은 흡과 호가 진행되는데 나의 정확한 폐활량에 맞춰서 자동으로 숨을 쉰다. 더이상 수식관이 필요가 없을 것으로 보인다. 기운이 한동안 상단전으로 몰린다. 11가지 호흡 중 1~2가지만 빠지고 나머지 모두가 반복된다. 이런 반복되는 패턴으로

2시간 30분가량이나 수련이 지속되다가 최종 상체가 뒤로 넘어간다. 잠시 누워 있다가 선계의 스승들에게 삼배하고 수련을 마무리하였다.

4월 29일 토요일 오전 수련

오늘은 진동은 줄어들고 주로 호흡과 좌선 위주의 수련이다. 특이한 것은 어제부터 수련 중에 45도 각도로 종종 상체가 숙여지는데 이때 호흡과 집중이 잘된다. 호흡이 수식관을 하지 않아도 저절로 나의 폐활량에 맞게 흡과 호가 이루어진다.

고양이, 개, 독수리, 닭 등의 모습이 보인다. 독수리가 상당히 거대한 모습인데 절벽 위의 소나무 위에서 커다란 날개를 펄럭이고 있다. 닭이 상당히 선명하게 보인다. 노려보는 닭의 눈빛이 아주 강렬하다. 그런데 볏이 없는 아주 이쁘게 생긴 암탉이다.

수많은 인물상이 빠르게 지나간다. 아, 그런데 다음 순간 기가 막힌 장면이 펼쳐진다. Oh My God. 파노라마처럼 바로 앞 전생의 인물상이 맨 앞에 나타나고 그 뒤에 끝도 없이 나의 전생이 늘어져 있다. 그야말로 몇백 생은 되는 것으로 보인다.

수련 중에 가끔 드는 생각이 대체 이 징글징글한 빙의령들은 언제까지 들어오는 것인지 궁금했는데 과연 이번 생에 저 수많은 인물들로 살았던 인과를 다 풀어낼 수 있을런지 의문이다. 석가모니 부처가 오백 생을 통하여 부처가 되었다는 말이 새삼 실감나는 순간이었다. 그러니 이번 생에 부지런히 용맹정진해서 이 윤회의 고리를 끊고 자유를 찾아야 할 것이다.

잠시 후 장면이 바뀌고 영안으로 이순신 장군의 투구 같은 것이 보인다. 수많은 전투를 치러 낸 흔적이 보인다. 이 화면과 거의 동시에 '武' 자가 떠오른다. 뜬금없이 이순신 장군의 투구가 왜 보였는지 모르겠다.

다시 장면이 우주로 바뀌고 우측 화면 아래로 지구가 보이고 잠시 후 우주공간에 작은 구멍이 생긴다. 이 구멍이 점점 회전하면서 꼭 사람 하나 들어갈 정도의 크기로 변한다. 아무래도 이것이 블랙홀인 거 같다. 그 구멍 안에서 하늘과 땅, 동식물 등 여러 차원이 보인다. 그 순간 그 구멍 속으로 의식이 빠르게 빨려 들어간다.

수많은 차원을 거쳐서 지나가는데 중간중간에 여러 개의 땅과 하늘 같은 장면도 지나친다. 이따금씩 처음 보는 기하학적인 디자인이 다양하게 보이는데 무슨 의미인지는 잘 모르겠다. 여러 차원을 거쳐 최종 어느 특정 행성에 도착한다. 하늘에 우주선 3대가 떠 있다. SF 영화에서 보는 UFO와 상당히 비슷하게 생긴 모습이다.

잠시 후 다음 차원으로 이동한다. 이곳은 전쟁이 일어났는지 완전 폐허의 행성이다. 우주선 여러 대가 부서진 채 허공에 떠 있다. 다시 다음 차원으로 이동한다. 수백 개의 로봇 같은 작은 기계들이 집단으로 이동한다. 꼭 지구의 바닷게 모양으로 생겼다. 로봇인지 생명체인지 잘 모르겠다.

이런 식으로 여러 행성을 더 돌아다니다가 수련을 마무리하였다. 많은 곳을 지나쳤는데 정작 수련이 끝나고 기록하려 하니까 기억에 남는 건 몇 개 없다. 희한한 것은 다리가 너무 저리고 왼쪽 허리가 저려 왔는데 갑자기 자동으로 스트레칭이 된다. 역시나 좌선과 스트레칭이 자동으로 함께 병행되고 있다.

마지막 자세는 항상 똑같은 동작이다. 상체가 뒤로 서서히 완전히 드러눕게 되는데 이때 모든 기운이 딱 끊긴다. 오늘 수련은 모두 끝났으니 쉬라는 의미로 보인다. 선계의 스승님들에게 삼배하고 삼공 선생님이 주신 다섯 번째 화두 봉투를 개봉하였다.

5단계 공처 (04월 29일 ~ 05월 02일)

4월 29일 토요일 오후 수련

다섯 번째 화두를 암송하니 좌선 후 호흡이 자동으로 이루어진다. 11 가지 호흡 중 상체가 팽이 돌아가듯이 회전이 시작된다. 잠시 후 고개가 하늘을 바라보는데 인당 부분을 드릴 같은 것이 확장하고 있다. 한참 동안 인당혈 공간을 넓히는 작업이 진행되더니 하늘에서 연꽃 위에 앉아 있는 부처님 같은 분이 내려온다. 여러 갈래의 빛들과 이 황금빛 부처님이 인당으로 내려온다.

모든 작업이 끝나고 보니 인당의 구멍이 이전보다 몇 배가 더 커진 느낌이다. 그 공간 위로 보이는 파란 하늘이 끝없이 펼쳐져 있다. 이전에 영안으로 보던 하늘보다 상당히 넓어진 느낌이다. 이 화면이 지속되고 인당에서 하늘을 지나 우주공간이 끝없이 펼쳐진다. 광활한 우주 벌판에 수많은 별들이 반짝이는데 유난히 별 하나가 반짝인다.

다시 11가지 호흡이 자동으로 진행된다. 허리와 목 부분의 근육을 풀어 주는 스트레칭이 자동으로 진행된다. 위의 좌선과 호흡, 스트레칭의 패턴이 한동안 반복되다가 갑자기 상체가 완전히 뒤로 젖혀진다. 안개 같은 기운이 누워 있는 내 몸 위로 발끝부터 서서히 중단을 지나 머리끝까지 덮쳐 온다.

그 순간 중단전이 쥐어짜듯 경직된다. 숨이 막혀 죽을 지경이다. 숨이 꼭 끊어질 것만 같아 나도 모르게 비명소리가 나온다. 이 동작이 2~3회 더 반복하는데 강력한 경직으로 온몸이 뒤틀리는 거 같다. 첫 번째가 가장 고통스러웠는데 누가 보면 꼭 발작이라도 하는 것처럼 보였을 것이다. 고개가 왼쪽 오른쪽을 번갈아 또다시 온몸이 쥐어짠 듯 아파 온다.

가슴 위로 양손이 자동으로 올라간다. 꼭 숨이 막혀 죽을 것만 같다. 금방이라도 중단전이 터질 것만 같다. 이 동작들이 끝나고 다시 좌선과 호흡, 스트레칭이 패턴이 한동안 반복되다가 갑자기 상체가 완전히 뒤로 젖혀진다. 더이상 관음법문 파장음도 들리지 않고 모든 기운이 끊어져 있다. 선계의 스승님들에게 감사의 삼배를 올리고 오후 수련을 마쳤다. 시계를 보니 총 2시간 30분이나 지나 있다.

4월 30일 일요일 오전 수련

오늘은 진동이 많이 약해진 상태이다. 5단계 화두를 집중적으로 암송하였다. 얼마나 지났을까? 수련 중에 숲속에 거대한 고릴라 한 마리가 나를 노려보고 있다. 이 장면이 바뀌고 돌계단이 길게 하늘로 이어져 있다. 푸른 하늘에 구름이 뒤엉킨 채 돌계단이 끝도 없이 이어져 있다.

다시 화면이 바뀌고 방금 계란을 깨고 부화한 듯한 병아리 한 마리가 아장아장 걷고 있다. 너무나 귀여운 모습이다. 한참을 바라보다가 장면이 바뀌는데 웬 조선 시대 황후 같은 여자분이 다소곳이 의자에 앉아 있는 모습이 보인다. 복장으로 보아 상당한 지위와 권력을 가진 분으로 보인다.

특이한 것은 영안으로 집중할 때 꼭 쌍안경으로 살펴보듯이 머리가 약간 앞으로 이동한다. 마지막 장면에 내 머리 위에서 문이 열리더니 작은 우주선 한 대가 푸른 하늘 위로 날아간다.

곰곰이 생각해 보니 이 우주선이 오래전 대주천이 시작될 무렵 머리 위로 날아든 그 비행접시로 보인다. 벌써 떠났어야 하는데 내가 중간에 수련을 10년 넘게 중단하는 바람에 가야 할 곳으로 미처 가지 못하고 있었던 거 같다. 이젠 사명을 다했다는 듯이 뒤도 돌아보지 않고 떠나가는 모습을 보니 너무나 미안한 마음이 들었다.

모든 화면이 사라지고 상체가 뒤로 젖혀진다. 누운 채로 어제에 이어 갑자기 중단을 쥐어짜는 현상이 반복된다. 그러나 어제보다는 상당히 강도가 약해진 상태이다. 간단한 자동 스트레칭이 반복되고 오전 수련을 마무리하였다.

4월 30일 일요일 오후 수련

오후 수련 시간이 다가오면 뜨거운 열풍 같은 기운이 상체로 쏟아진다. 이것을 신호로 알고 본격적으로 오후 수련을 시작하고 있다. 오전에 이어 오후 수련에서도 거의 진동을 하지 않았다. 그러나 한 가지 특이한 것은 오늘 등산 중에 운기가 강해져서인지 바위에 앉아서 쉬는데 자동으로 11가지 호흡이 진행되었다.

희한한 일이다. 지금까지 일사천리로 진행되었던 수련이 공처 단계에서 한 박자 느려지는 것으로 보인다. 화두를 암송하자 자동으로 상체가 뒤로 젖혀진다. 오늘 등산 후 강력해진 기운을 와공으로 축기하라는 의미로 보인다. 거의 한 시간가량이나 와공으로 하단전에 축기를 하였는데 중간에 중단전을 쥐어짜는 증상이 약하게 반복되었다.

상체가 세워지고 약간의 11가지 호흡의 진동 후 화두를 암송하자 도저히 이해할 수 없는 분이 화면에 보인다. 지금껏 단독 수련 시 단 한 번도 보지 못했던 분이다. 대체 이 상황을 어떻게 받아들여야 할까? 어제부터 '武' 자가 자꾸 떠오르고 이분의 갑옷 중 일부인 투구가 보였다.

그런데 오늘은 화두를 외우자 호롱불 아래 책을 넘기는 장면 후에 이순신 장군의 얼굴이 보인다. 붉은 관복을 입은 모습이 보이다가 다시 조선 시대 사또 같은 복장이 오버랩된다. 다시 화면이 바뀌고 혼비백산하여 배 위를 우왕좌왕하는 왜군들의 모습이 보인다. 이분의 얼굴이 여러 번 반복되어 보인다. 도무지 이해할 수 없는 장면들이다.

다시 화면이 바뀌고 노랑색 용포를 입은 분과 빨강색 용포를 입으신 분이 보인다. 화면이 자꾸만 여러 가지 색으로 일렁이는데 정작 중요한 것은 선명하게 보이지는 않는다. 진동이 약하게 45도 좌우로 아래로 약간씩 일어나다가 한쪽 방향으로 고정된 상태로 화면에 집중되고 있다. 여러 번 이런 상태가 반복되다가 최종 자동으로 상체가 뒤로 젖혀지고 오후 수련을 마쳤다.

아이러니하게 수련을 마치고 TV를 켰는데 이순신 장군에 관한 다큐멘터리가 시작한다. 일본에 살고 있는 누님도 매형의 휴가로 함께 집에 와 있는데 매형은 일본 사람이다. 아무래도 누님과 매형과의 인과관계가 얽혀 있는 것으로 보인다. 새삼 이순신 장군에 대해 궁금해져서 간단한 일대기를 읽는데 유독 한 가지가 눈에 들어온다. 아무리 윗사람이라도 바르지 않으면 역린하게 만드는 기질이 너무나 닮아 있다.

05월 01일 월요일 오전 수련

5단계 화두를 암송하였지만 별다른 진동은 없다. 잠시 뒤에 좌우, 위아래 45도 각도로 상체가 기울어지는 패턴이 반복된다. 화두를 계속 암송하자 영안에 커다란 행성이 보이는데 지구가 아닌 전혀 생소한 행성이다. 회색빛을 띠고 있고 우측에 열 배 정도 작은 행성이 떠 있다.

화면이 바뀌면서 순간적으로 초대 단군 같은 분이 보인다. 다시 화면이 변하고 노랑색 용포를 입으신 분이 앉아 있다. 이분은 단독 수련 시 자주 보던 분이시다. 고려 시대의 전형적인 각이 진 황제의 모자를 쓰고 있다. 누구냐고 물었더니 태조 왕건이라는 파장이 아주 강하게 전해져 온다. 이분은 이전에도 단독 수련 시에 여러 번 본 적이 있어 전혀 낯설지가 않았다.

상체가 자동으로 뒤로 젖혀지고 스트레칭 후 수련을 마무리하는데 공처 화면들에 대한 불안감이 일어난다. 내가 보는 장면들이 정말 맞는 것인지? 그 순간 천리전음 같은 내면의 소리가 들려온다. "의심하지 마라. 수련이 잘 진행되고 있으니 선계의 스승들에게 모든 것을 믿고 맡겨라."

05월 01일 월요일 오후 수련

오후에도 5단계 화두를 암송하였지만 별다른 진동은 없다. 잠시 뒤에 좌우, 위아래 45도 각도로 상체가 기울어지는 패턴이 반복된다. 10분 정도가 지났을까? 상체가 자동으로 뒤로 젖혀진다. 이 상태에서 40~50분 동안 와공이 진행되었다. 어느 정도 시간이 지나자 서서히 중단전이 쥐어짜듯 경직되어 간다.

오늘은 유난히 강도가 세고 반복적이다. 꼭 중요한 체험을 할 것만 같다. 여러 차례 반복하다가 서서히 상체가 자동으로 세워진다. 앉자마자 등 뒤에서 커다란 기운이 느껴진다. 불상 뒤에 보이는 타오르는 후광 같은 기운이 등 뒤 전체에서 느껴진다. 지속적으로 5단계 화두 암송을 하자 천길 낭떠러지 중턱에 자리잡고 있는 수행자가 보이는데 그야말로 뼈와 가죽만 앙상하게 남아 있다.

이 화면을 보자마자 형언할 수 없는 복잡한 심정에 가슴이 복받쳐 오른다. 나도 모르게 눈물이 왈칵 쏟아진다. 수련 중에 눈물이 흐르고 복받쳐 울기는 선도수련하고 처음 있는 일이다. 전생에 저렇게 처절하게 진리를 구하였구나. 대체 무엇을 위해서 저렇게 절실하게 수련을 했을까?

그 순간 온몸으로 잔잔하고 따뜻한 기운이 흐르고 환희지심이 일어난다. 영안으로 여러 갈래 빛줄기와 함께 눈부신 황금빛 불상이 보인다. 화두를 계속 암송하자 천둥소리 같은 천리전음이 들려온다. "내가 부처다. 내가 부처다." 끊임없이 화두와 천리전음이 들려온다. "내가 부처다. 내가 부처다."

멈추지 않는 천리전음과 함께 부드럽고 잔잔한 11가지 호흡과 진동이 한동안 지속된다. 서서히 상체가 완전히 뒤로 젖혀지고 간단한 좌우 목 스트레칭 후 수련이 종료되었다. 선계의 스승들에게 삼배하고 앉아 있는데 가슴이 한동안 먹먹하였다.

아마도 낭떠러지 중턱에 자리를 잡은 것은 답을 얻기 전에는 절대로 일어서지 않겠다는 굳은 의지로 보인다. '내가 저렇게까지 수행을 했었구나'라는 생각이 들자 나 자신에게 숙연해진다. 이번 현묘지도 수련이 모든 것을 송두리째 변화시키고 있는 것이 느껴진다. 지금까지의 단독 수련은 어린애 장난 같다는 생각이 든다.

05월 02일 화요일 오전 수련

어제 본 마지막 화면을 좀더 확실하게 보고 싶어서 5단계 화두를 암송하였지만 더이상 반응이 없다. 고개가 하늘 방향으로 완전히 젖혀지고 좌우, 위아래 45도 각도로 상체가 서서히 진동한다. 한 동작마다 5~10분가량 정지된 상태로 호흡이 진행된다. 화두를 지속적으로 암송하였지만 별다른 반응이 없다.

어제 손기가 되어서인지 기운이 따뜻하게 중단으로 지속적으로 들어온다. 잠시 후에 파장으로 빙의령의 말이 전해져 오는데 살아생전 형부와 처제 간에 바람이 난 상황이다. 육체적인 관계를 즐겼던지 그 순간 강한 성욕이 나에게로 전달된다. 음욕을 관하고 하단전에 내려 간단히 소멸하였다.

화두 암송 중이라 영안으로 집중하지 않았지만 이런 식으로 빙의령에 관한 스토리가 전해지기도 하나 보다. 선도수련 후 처음 경험하는 특이한 경우였다. 5단계 화두가 끝난 것으로 보고 자리에서 일어나 선계의 스승들에게 삼배하였다. 삼공 선생님이 주신 6단계 식처 화두를 보는 순간 가슴이 철렁 내려앉는다. 이 화두는 수련 시작하고 항상 궁금해하던 내용이라 잘됐다는 느낌이 들었다.

6단계 식처 (05월 02일 ~ 05월 03일)

05월 02일 화요일 오후 수련

6단계 식처 화두를 암송하자 기운이 들어온다. 5단계에 접어들고부터는 진동이 상당히 줄어든 상태이다. 집중된 상태로 더 지속되고 있다. 화두를 더 암송하자 "하늘이다. 하늘이다"라는 천리전음이 들려온다. 좀 더 수련하려 하였으나 몸이 너무 피곤하여 일찍 잠에 들었다.

05월 03일 수요일 오전 수련

6단계 화두를 암송하자 진동은 없고 집중된 상태로 지속된다. 여러 가지 꽃이 보이고 다른 행성의 도시 같은 것이 보인다. 커다란 호랑이가 보이고 처음 보는 식물 같은 것들이 보인다.

갑자기 수련 중간에 선계의 스승을 부르고 싶다는 생각이 든다. 그 순간 내 머리에서 기다란 관이 우주로 뻗어나가 스승과 연결된다.

시간이 어느 정도 지나자 진동이 시작된다. 상체가 팽이 돌듯 좌우로 돌아가고 목이 좌우로 빙글빙글 회전한다. 잠시 후 자동으로 상체가 뒤로 젖혀지고 와공이 시작된다. 중단전을 쥐어짜는 동작이 또다시 시작되는데 이젠 거의 통증이 없는 상태이다. 이 동작을 몇 번 반복하다가 다시 상체가 세워진 뒤 수련을 마무리하였다.

5단계 공처에서 너무 강렬한 느낌을 받아서인지 6단계는 조금 싱거운 느낌이 든다. 오후에 한 차례 더 6단계를 진행해 보고 별다른 반응이 없다면 7단계로 넘어갈 예정이다. 오늘은 하루 종일 백회로 맑고 청아한 기운이 내려온다. 아무래도 큰 변화가 있을 것만 같다.

어젯밤 꿈속에 상당히 특이한 꿈을 꾸었는데, 내가 죄를 짓고 감옥에 갔는데 거기 간수가 20년 전에 헤어진 군대 동기였다. 너무나 반가워 한동안 얼싸안고 감격에 겨웠는데 참 희한한 꿈이다.

7단계 무소유처 (05월 03일 ~ 05월 03일)

05월 03일 수요일 오후 수련

오늘은 빙의령의 파장도 상당하지만 하루 종일 백회로 맑고 청아한 기운이 흘러 들어온다. 안정된 기운에 유유히 흐르는 관음법문과 11가지 호흡... 아무래도 오늘 무슨 변화가 있을 것만 같은 느낌이 들었다.

6단계 화두의 끝자락을 잡고 남아 있는 것이 더 있는지 한동안 화두를 암송하였다. 한참을 지났는데 별다른 느낌이나 화면이 안 보인다. 최종 본성에게 물어보았다. 남아 있는 것이 더 있나? "없다. 없다." 천리전음이 들려온다. 6단계 화두가 모두 끝난 것으로 보고 선계의 스승들에게 삼배를 하였다.

7단계 화두를 열어 보고 암송을 시작하였다. 5분이나 지났을까? 영안으로 좌선하고 있는 현재의 내 모습이 선명하게 보인다. 화두를 5분 정도 더 암송하자 이번에는 금빛 불상이 좌선하는 모습이 보인다. 연이어 천리전음이 들려온다. "부처다. 부처다." 7단계 화두를 지속적으로 암송하자 화두와 함께 자동으로 천리전음이 들려온다. "부처다. 부처다. 부처다..." 5단계 공처 단계에서 전생에 수행하던 모습을 보자 복받쳤던 감정이 또다시 일어난다. 온몸에 전율과 함께 눈물이 흘러내린다. 11가지 호흡과 함께 백회로 맑고 청아한 기운이 끊이지 않고 들어온다.

이 상태로 온몸에 안정된 기운과 함께 10분 정도가 그대로 흐른다. 화두를 계속 암송하자 천리전음이 지속적으로 들린다. "부처다. 부처다." 진동이 안정되자 본성에게 물었다. 7단계가 더 남아 있나? 천리전음이 들려온다. "없다. 없다." 천지신명에게 삼배하고 마지막 8단계 화두 봉투를 열어 보았다.

8단계 비비상처 (05월 03일 ~ 05월 03일)

8단계 화두를 선 채로 읽는 순간 나도 모르게 염화미소가 지어진다. 연이어 그 자리에서 천리전음이 들려온다. "공이다. 공이다." 곧바로 앉자마자 자동으로 11가지 호흡이 빠르게 진행된다. 8단계 화두와 천리전음의 답이 자동으로 11가지 호흡과 한 박자로 흘러간다. "공이다. 공이다." "공이다. 공이다..."

진동이 멈추고 자동으로 상체가 숙여진다. 앉은 채로 스승들에게 절을 올린다. 나의 내면에서 자동으로 "도맥을 받았으니 바르게 펴겠습니다"라는 말이 흘러나온다. 다시 상체가 바로 서고 백회로 엄청난 기운이 흘러 들어온다. 한동안 입정 상태가 유지되고 돌부처의 자세가 지속된다. 이렇게 총 8단계의 현묘지도 수련이 끝이 났다.

8단계 화두가 끝나고 나서도 머리 위에 신령한 기운이 떠 있고 백회로 기운이 들어오고 있다. 수련이 모두 끝나고 체험기를 쓰는데 공교롭게도 오늘이 부처님 오신 날이다. 돌아보니 이미 5단계 공처 단계에서 견성을 체험한 것으로 보인다. 아니 이미 단독 수련 시 초견성을 한 거 같은데 이번 현묘지도 수련을 통하여 확실하게 재정리된 느낌이다.

【필자의 독후감】

현묘지도 수련은 수행자 자신의 존재의 실상을 선계 스승님들의 교육 스케줄에 따라 이수하는 수련 과정이다. 그 일에 선발된 우리들 구도자는 말할 것도 없고 모든 사람들의 존재의 실상은 무엇인가?

공이고 색이고 하나이고도 전체이고 하느님이고 부처님임을 수련 과정을 통과하는 동안 누구나 스스로 깨닫게 되어 있다. 그러나 구경각을 한 사람에게는 그 자신이 부처일 뿐 아니라 이 세상에서 가장 하찮은 노숙자일 수도 있다.

김우진 씨 역시 자신이 바로 공이고 부처이고, 구체적으로는 군왕이고 장군을 지낸 일도 있었음을 말해 주고 있지만 그 반대로 가장 하찮은 거지일 수도 있다. 그것도 우리가 늘 보는 텔레비전의 음향과 동영상과는 차원이 다른 기운의 조화로 이루어진 시청각 교재를 통해서 더욱더 생동감 있게 말이다.

스승님들은 무엇 때문에 그런 일을 했을까? 그분들은 그렇게 함으로써 현묘지도 수련을 받는 우리들에게 그분들이 우리들이 해야 할 일을 넘겨준 것이다. 이제 스승님들의 바통을 이어받은 김우진 씨는 자신이 직접 뛸 차례임을 명심해야 할 것이다. 삼공재 현묘지도 수련 28회째 통과자인 김우진 씨의 도호는 대봉(大奉).

그동안 수련 결과 말씀드립니다

선생님 안녕하십니까? 사모님께서도 안녕하신지요? 김해 제자 이원호입니다.

오늘은 어버이 날입니다. 한편으로는 아버지 같으신 선생님 존경하고 사랑합니다. 항상 선생님 은혜 감사드리며 그동안의 수련 결과를 말씀드리고자 합니다.

『선도체험기』 113권 이메일 문답에 두 번이나 소개되어서 저에게는 한없이 영광으로 생각합니다. 작년 12월 24일 17년 만에 인사드리며 두 번째 방문 이후 올해 4월 29일 일곱 번째 방문 때 선생님께서 459번째로 백회를 열어 주시고 벽사문도 달아 주셨습니다. 감사합니다.

그동안 몸에 지병(B형 간염 바이러스에 의한 간경화 초기)이 있었지만 작게나마 백회가 열려 있어 미진하게나마 연정화기와 삼합진공이 진행되고 있었던 것 같습니다. 백회를 열기 전 삼공재 수련은 저에게는 잊을 수 없는 시간들이었습니다.

2~4번째 방문 때는 기운이 많이 들어와 상, 중, 하단전이 순서대로 달아오르고 온몸이 뜨거워졌습니다. 집으로 내려가는 기차 안에서도 기운이 백회로 들어왔습니다. 5번째 방문 때는 3월 18일인데 그날은 잊을 수가 없습니다. 그날은 선생님 처남이 미국에서 오신 지 2주 되셨다며 잠시 계시다가 가신다며 선생님께서는 배웅하시고 제가 수련하고 있는 삼공재 문 앞에 오시며 약 1분가량을 서 계시곤 자리에 앉으셨습니다.

그 뒤로 얼마 지나지 않아 온몸과 상, 중, 하단전이 달아오르고 백회와 어깨, 등에서 기운이 쏟아져 들어왔습니다. 이건 마치 부채로 금가루를 뿌리는 듯한 느낌이었고 몸에 닿는 순간 물엿이 녹아내려 몸에 흡수되는 듯했습니다. 한마디로 경이로움 그 자체였습니다. 그리고 연이어 기운 기둥이 생겨 어깨, 간(지병), 엉덩이 부분을 관통하며 지나갔고 또 반대편 심장(별로 안 좋음)도 똑같이 관통하며 지나갔습니다.

약 50분가량 기운이 들어오는데 제가 감당하기 힘들어지니 나중에는 방바닥에 눕고 싶었습니다. 그때 선생님께 말씀드려야 했는데 신경쓰실까 봐 말씀 못 드리고, 6번째 방문 수련 시 온몸이 용광로처럼 달아오른다고 말씀드리니 "왜 이제야 말하냐면서 다음 방문 때 백회를 열자"고 말씀하셨습니다.

백회를 열기 며칠 전 저에게 온몸이 몽둥이로 두들겨 맞은 것처럼 심하게 기몸살이 왔고 며칠 지나선 빙의령이 연이어 들어오는 바람에 머리도 아프고 눈도 아프고 온몸이 쑤시고 아파서 선생님께 메일로 빙의령 때문에 힘들다고 말씀드리고, 선생님께 메일 답장이 오고 몇 시간 만에 빙의령들이 천도되어 나갔습니다. 그리곤 거짓말처럼 몸이 정상으로 돌아왔습니다. 선생님께 심려 끼쳐 드려서 죄송합니다. 제힘으로 해결했어야 했는데 그러지 못했습니다.

오늘은 백회를 열고 9일째입니다. 그동안 몸공부는 걷기 1시간 이상, 도인체조 30분 이상, 오행생식 하루 세끼, 육체적인 노동을 하는 관계로 점심때 소량의 화식을 하고 있습니다. 생식도 7개월째 하고 나니 식욕이 많이 생기진 않습니다. 등산은 몸이 회복되지 않아 3시간가량 소요되는 산을 타고 있습니다.

기공부는 명상을 하루 1시간 이상 하며, 성욕은 몇 달간 거의 생기지 않습니다. 연정화기가 조금씩 되고 있는 것 같습니다. 마음공부는 역지사지 방하착, 남과 나는 하나다라는 생각을 늘 가지며 대인 관계에 짜증 나고 화가 나더라도 많이 참으려고 노력하고 있습니다.

시간 나는 대로 『천부경』, 『삼일신고』, 대각경을 암송하고 있습니다. 9일 동안 백회에서 강하고 뜨거운 기운이 한동안 들어오고 아픈 부위에 붉은 반점이 생기고 명현 현상이 생겨 간(지병)이 타들어 가는 느낌이 이틀가량 지속되었습니다. 선생님께서 명현 현상에 당황하지 말라고 하신 말씀이 생각나 꾹 참았습니다. 그리고 손에는 찌릿찌릿 전기 통하는 게 느껴졌고 발은 아직 느낌이 없습니다.

이상이 저의 수련 결과입니다. 그동안 보잘것없는 글 읽어 주셔서 감사합니다. 안녕히 계십시오. 감사합니다.

2017년 5월 8일
김해에서 제자 이원호 올림

【필자의 회답】

이원호 씨의 수련 결과 잘 읽었습니다. 수련이 아주 보기 드물게 고속으로 진행되고 있습니다. 그럴수록 자중하고 들뜨거나 흥분하지 말고, 수련 중인 자기 자신을 냉철하게 관찰해야 합니다. 항상 마음을 차분하게 가라앉히는 데 온 힘을 기울이기 바랍니다. 다음 소식 기다리겠습니다.

수련 결과 말씀드립니다

선생님 안녕하십니까? 김해 제자 이원호입니다.

언제나 선생님의 지도, 편달 감사드립니다. 이제 날씨도 초여름이 되어가고 있습니다. 현묘지도 수련하는 과정에서 궁금한 점과 그동안 수련 결과를 말씀드리고자 합니다.

지난 20일 현묘지도 화두 받기 4~5일 전에는 명상 중 엄청난 기운이 한 시간가량 백회로 쏟아졌고 가히 숨을 제대로 쉬기 어려울 정도였습니다. 현묘지도 수련을 시키려는 선계 스승님들의 준비 단계인가 생각도 했습니다.

한 날은 모든 게 감사한 마음이 들더니 제 몸이 마치 돌덩어리가 된 것처럼 느껴졌습니다. 상, 중, 하단전 그리고 오장육부가 텅 빈 것처럼 느껴졌습니다. 하느님께 감사하고 선계 스승님, 삼공 선생님, 지도령, 보호령님, 조상님에게 수련을 할 수 있는 여건에 감사했습니다. 수련이 진전이 되는 데 감사했고 그 감사함에 눈물도 흘렸습니다.

그리고 선생님께 화두를 받고 1단계 수련 10일째입니다. 몸에 지병(B형 간염 바이러스에 의한 간경화 초기)이 있어서 그런지 아직까지 화면이나 천리전음 같은 건 들리지 않았습니다. 큰 액체 같은 기운이 흘러들어와 온몸에 차곡차곡 쌓이고 온몸이 용광로처럼 달아올랐습니다. 관음법문도 더욱 강하고 길게 들렸습니다. 하루걸러 기운이 들어왔고 기운의 강도는 점점 줄어들고 있습니다.

며칠 전에는 작은 깨달음이 왔습니다. "하늘과 땅과 인간은 원래 하나이다. 깨달음을 통해 다시 하늘로 되돌아가야 한다." 그 순간 백회에서 하단전까지 기운이 한차례 내리치더니 온몸이 전기에 감전된 것처럼 찌릿찌릿하고 두 발바닥 용천혈이 크게 구멍난 것처럼 이상한 현상이 한동안 지속되었습니다.

이후 3일 정도는 화두를 암송해도 기운이 들어오지 않아 빙의가 되지 않았나 유심히 관찰하고 있습니다. 온몸이 무겁고 잠도 많이 오고 가슴도 조금 답답합니다. 어제는 김우진 사형께서 카페 글에 마리산에 다녀왔다며 글과 사진을 올려서 읽는 동안 큰 기운이 백회에서 쏟아져 들어왔습니다. 여기까지가 저의 수련 결과입니다.

궁금한 사항 몇 가지 여쭙겠습니다.

1. 현묘지도 화두수련은 화면이나 천리전음을 꼭 들어야 다음 단계로 넘어가는 겁니까? (『선도체험기』에는 수련이 어느 정도 진척되어야 화면과 천리전음을 들을 수 있다고 명시되어 있었습니다.)

2. 지난 20일 날 생식 처방 맥을 선생님께서 봐 주셨는데, 큰 지병이 있는데 거의 7개월 만에 평맥이 나올 수 있는지 궁금합니다. 선생님께서 어련히 알아서 잘 봐 주셨겠지만 제가 잘못 들었는지 아님 삼공재 기운 때문에 잠깐 그럴 수 있겠다는 생각을 하였습니다. 바쁘신 와중에도 답변 주시면 감사하겠습니다.

선생님, 이번 주 토요일 6월 3일 날 찾아뵙겠습니다. 감사합니다. 그동안 안녕히 계십시오.

2017년 5월 29일 월요일
김해에서 제자 이원호 올림

【필자의 회답】

질문 1 답 : 화면이나 천리전음이 없이도 다음 단계로 넘어갈 수 있습니다.

질문 2 답 : 7개월은 말할 것도 없고 1개월 이내에도 평맥으로 바뀔 수 있습니다.

현묘지도 수련 체험기 (29번째) :
이원호 현묘지도 수행기

저는 1999년 7월 17일 삼공재에 첫 방문 후 17년이 지난 2016년 12월 24일 두 번째 방문 그리고 2017년 4월 29일 7번째 방문 시 선생님에게서 백회를 열게 되었습니다. 현묘지도 수련은 2017년 5월 20일 9번째 방문 시 화두를 받고 수련에 들어갔습니다. 이 순간을 한없는 영광으로 생각하며 그전에 내 소개를 간단히 해 드리겠습니다.

올해 나이로 43세이며 경남 김해에 살고 있는 이원호라고 합니다. 부모님과 형 그리고 9살 된 딸아이와 5명이 한집에 같이 살고 있습니다. 아내와는 6~7년 살고 이혼한 지는 3년째 접어들었습니다. 아버지는 제가 어렸을 때부터 지체장애 3급이셨고 어머니는 인지 능력이 떨어지고, 형은 집안일에 무관심하여 모든 일들은 제가 다 도맡아 했습니다. 직업은 금속 가공 업무로 기계로 쇠를 깎는 일이라고 보시면 됩니다.

어렸을 때부터 몸이 좋지 않아 우연히 20살 때 단전호흡 책을 접하게 되고 『선도체험기』도 자연스럽게 알게 되었습니다. 1999년 삼공재 첫 방문 때 수련에 열중했어야 했는데 17년이 지난 후 다시 방문한 계기는 『선도체험기』 113권에도 소개되었지만, 어렸을 때부터 B형 간염 보균자였는데 나도 모르게 진행되면서 2016년 10월 17일 간경화 초기 진단을 받게 되면서 본격적으로 수련에 매진하는 계기가 되었습니다.

그야말로 생사의 갈림길에서 죽기 살기로 삼공선도 그리고 현묘지도 수련에 임하게 되었습니다. 그전에 몸공부와 마음공부를 소홀히 하고 결혼과 이혼에 대한 스트레스, 음주로 인해 정신 못 차리고 살아가는 저에게 하늘의 배려였을까요? 다행히 기공부는 조금씩 진행되어 백회가 조금 열려 있는 상황이었습니다.

블로그를 통해 현묘지도 28대 통과자 김우진 사형을 알게 되고, 간경화 진단받기 몇 달 전에는 블로그 글을 읽는 동안 삼합진공, 연정화기가 진행되는 신비한 경험을 하게 되었습니다. 현묘지도 수련은 일기 형식으로 기록했습니다. 첫 화두 받기 6일 전부터 기록한 내용입니다.

2017년 5월 14일 일요일

아침에 반가부좌를 하고 좌선 수련에 들어갔다. 훈훈한 기운이 흘러 들어온다. 이때까지의 수련 과정이 주마등처럼 스쳐 지나간다. 내 인생이 참 파란만장하였구나! 결국 여기까지 왔구나! 지금 수련할 수 있어 고맙고, 생식할 돈이 있어 고맙고, 기차표 살 돈이 있어 고맙고, 훌륭하신 스승님을 만날 수 있어서 고맙고, 좋은 선후배님을 만나서 고맙고, 모든 것이 고맙다. 지지리도 복도 없는 인간이라고 생각했는데...

마음은 한없이 고요해지고 호흡은 하는 둥 마는 둥 잘 느껴지지가 않는다. 관음법문이 들린다. 웅~~~ 윙~~~ 몸은 돌처럼 단단해지는 느낌이다. 돌이 된 것 같다. 상, 중, 하단전이 텅 비어 있는 것처럼 느껴지고 오장육부가 없어진 것 같다. 내가 없는 것만 같다. 온몸은 기운으로 따뜻하고 훈훈하다. 이대로 있고 싶다. 선정에서 깨어나고 싶지 않았고, 더 있고 싶었다. 이유 모를 눈물이 흐른다.

2017년 5월 16일 화요일

조금 전 엄청나게 뜨겁고 강렬한 기운이 들어오고 약 40분가량 쏟아져 들어왔다. 온몸이 타서 재가 될 것 같고 숨도 제대로 쉬기가 힘들었다. 순간 현묘지도 1단계 기운일 것 같은 예감이 들었다. 세상에 어떻게 이런 기운이 들어온단 말인가? 이건 뭐 오장육부를 다 쑤시고 다닌다.

5월 20일 토요일 (삼공재 9번째 방문) 천지인삼재

아침에 일어나 목욕재계 후 출발 전 한인천제, 한웅천황, 단군왕검, 선계 스승님들, 삼공 선생님, 지도령, 보호령, 조상님께 큰절을 드리고 부산으로 향했다. 몸이 찌릿찌릿 벌써부터 반응이 온다.

구포역에서 기차를 기다리는 동안 백회에서 시원한 기운이 들어오고 하단전이 달아오르고 백회, 중·하단전에 작은 기운이 소용돌이친다. 기차에 몸을 싣고 서울로 향했다. 서울이 가까워질수록 많은 기운이 들어오기 시작하더니 영등포역에 내려서는 중단전에서 뜨거운 회오리 기운이 휘몰아친다.

삼공재에 도착하니 사모님께서 반갑게 맞이해 주신다. 선생님께 일배 드리고 앉은 후 현묘지도 수련받으러 왔다고 말씀드렸다. 첫 번째 화두를 받고 수련에 들어갔다. ㅇㅇㅇㅇ를 암송하기 시작하니 오른쪽 귀에서 관음법문이 들려온다. 강한 기운이 확실히 많이 들어오기 시작한다. 큰 기운을 경험했던 터라 기대를 하고 있었지만 생각보다 강하지 않았다.

백회에서 하단전까지 기운이 일직선으로 쏟아져 들어온다. 하·중·상단전으로 순서대로 서서히 이동하며 달아오르고는 몇 번을 반복하더니 몸에 아픈 부위에 기운이 들어가는지 조금씩 아파 왔다. 느낌에 치료하는 과정으로 보이고 몸이 건강한 사람은 빨리 통과할 것 같다. 화두를 보면 왜 천지인삼재인지 알 것 같았고 선계에서 스승님들이 돕고 계시는 것이 느껴진다. 5시가 되어 가고 수련을 마무리하였다.

2017년 5월 22일 월요일

자세를 잡고 1단계 화두수련에 들어갔다. 화두를 암송하니 잠시 후 백회에서 하단전으로 기운이 흘러 들어온다. 10분쯤 흘렀을 때쯤 상단전에서 갑자기 딱~~ 하고 박 깨지는 소리가 났다. 뭔 소리지? 신기하다! 마음을 가다듬고 다시 화두를 암송해 나갔다.

백회에서 물엿 같은 액체 기운이 흘러 들어왔다. 하단전, 중단전, 그리고 머리에 기운이 쌓이기 시작하고 차곡차곡 쌓이는 게 느껴진다. 그리고는 하단전이 용광로처럼 달아오르고 시간이 지나면서 온몸이 용광로가 되어 버린다. 1시간 20분가량 기운이 끊임없이 흘러 들어왔다. 선계 스승님들, 삼공 선생님, 지도령, 보호령님께 삼배 드리고 수련을 마쳤다.

2017년 5월 26일 금요일

현묘지도 화두 받은 지 일주일이 되어 가고 기운이 점점 약하게 들어온다. 바르게 가고 있는 건지 잘 모르겠다. 호보 김광호 선배님께 전화로 조언을 부탁하고 집 근처 산책로에서 걸으며 화두를 암송하기 시작했다. 얼마 지나지 않아 메시지가 전달되었다.

"하늘과 땅과 인간은 하나다. 깨달음을 통해 다시 하늘로 되돌아가라." 순간 백회에서 하단전까지 한차례 기운이 내리친다. 온몸이 전기에 감전된 것처럼 찌릿찌릿해지고 한동안 두 발바닥 용천혈이 크게 구멍난 것처럼 텅 비게 느껴졌다.

2017년 6월 1일 목요일

최근 회사 일이 없는 상황이라 국가에서 지원된다는 지원금을 받기로 하고 두어 달 쉬기로 했다. 하는 일은 금속 가공 기계 조작인데 주 생산품이 군수품이라 탱크 엔진에 들어가는 실린더를 제작하는 업체로, 최근 입찰을 통해서 업체를 선정하기 때문에 적은 단가로 제품만 만들면 된다. 타 업체에서 입찰 선정되었고 기술이라는 게 만만치가 않아서 결국 못 한다고 포기하겠지만 그동안은 고스란히 우리가 감내해야 한다.

수련하기엔 절호의 기회지만 좀처럼 진전이 보이지 않는다. 기운이 많이 줄어들었고 빙의령을 의심하고 있지만 상·중·하단전은 달아오르곤 한다. 며칠 전에는 피곤하고 몸이 무겁고 너무나 잠이 쏟아져 힘들더니 이젠 그런 증상은 많이 좋아졌다. 빙의령이 들어오고 천도된 걸로 보인다.

카페에 올려 있는 마리산 사진에서 나온 기운 덕을 많이 봤다. "기운이 센 곳이다"라는 말이 빈말이 아니었다. 사진으로도 강한 기운이 들어오는데 실제로 현장에 가면 더 강한 기운이 들어올 것이다. 언젠가 기회가 되면 한번 가 봐야겠다. 오늘도 큰 성과 없이 마무리될 것 같았다.

2017년 6월 3일 토요일 (삼공재 10번째 방문)

아침 7시에 집을 나섰다. 돈을 절약하기 위해 무궁화호에 몸을 싣고 오후 2시 10분경 삼공재 건물 앞에 도착했다. 아직까지 기적인 반응은 없다. 이상하다. 이때까지 이런 적이 없었다. 3시가 다가오니 선배들이 오고 하여 그들과 함께 삼공재에 들어섰다.

선생님께서 114권이 나왔다 하시길래 보니 『선도체험기』 114권이었다. 상당히 빨리 나왔고 대충 훑어보니 김우진 사형 수련기, 도반님들 사연이 눈에 띈다. 선생님께서 제 이름을 기억하시고 사인을 해 주셨고 자세를 잡고 좌선 수련에 들어갔다.

1단계 화두를 암송하니 기운이 들어오지 않는다. 두 시간 동안 앞가슴과 등 뒤쪽이 기운에 덮이고 백회 쪽이 찌릿찌릿 아지랑이가 일어났다. 빙의령이 천도되려는 증상이었지만 천도되어 나가는 느낌은 없었다. 오랫동안 상단전이 상당히 뜨겁게 달아올랐고 그 외에는 별다른 진전은 없었다. 궁금한 사항을 선생님께 문의했다.

이원호: 선생님, 현묘지도 화두수련 때 화면과 천리전음이 들려야 다음 단계로 넘어가는 겁니까?

선생님: 꼭 그렇지만은 않아요! 끝났다는 느낌이 와요. 현묘지도 체험기를 보면 아무 반응 없는 사람도 있어요!

이원호: 화면도 천리전음도 못 들었는데 기운이 안 들어옵니다. 빙의가 되어서 그럴 수도 있는 거 아닙니까?

선생님: 화두수련 시에는 선계의 스승님께서 보호해 주십니다!

이원호: 그럼 기운이 끊기면 끝났다고 봐야 합니까?

선생님: 그래, 그다음 단계로 얼른 넘어가야지! 몇 단계까지 했지?

이원호: 아직 1단계입니다. 판단이 서질 않아서요. 그럼 2단계로 넘어가겠습니다.

선생님께 인사드리고 삼공재에서 나왔다. 내려오는 기차 안에서 2단계 화두를 간절히 염송했다. 다행히 물엿 같은 액체 기운이 백회로 얼굴을 감싸며 흘러 들어왔다. 2단계는 부드러운 기운이라더니 맞는 말인 것 같다. 2, 3단계 화두는 평소에 늘 화두로 삼는 단어들이다. 예상대로라면 무난히 넘어갈 것 같았다. 나만의 착각이 아니길 바란다. 집에 도착하여 시간을 보니 밤 12시가 조금 넘었다.

2017년 6월 4일 일요일 유위삼매

아침에 일어나 2단계 화두수련에 들어가고 얼마 지나지 않아 기운이 흘러 들어온다. 관음법문이 가을 밤하늘 풀벌레 소리 속에서 정겹게 들리고 쏟아질 듯한 별들이 연상된다. 마음이 한없이 평온해지고 부드럽고 따뜻한 어머니 같은 기운이 흘러 들어온다. 온몸에 쌓이며 따뜻해지더니 내 몸은 돌이 되어 간다.

또 다른 메시지가 전달된다. "현상계의 남과 나는 모두 하나다." "철저히 겸손하고 철저히 자기를 낮추어라." "그러고도 네가 수련자이더냐?" 순간 온몸에 전기가 찌릿 통한다. 머리가 아닌 가슴으로 와닿는다.

화두수련법은 자성 수련법인 것이다. 자기 본성을 찾아가는 수련법이고 수련자의 성향과 근기에 따라 각기 다르게 나타나는 것 같다. 전생에 나라를 구하기 위해서 얼마나 힘들게 싸워 왔는지! 남의 목숨을 빼앗아 가며 얼마나 살생했는지! 갑자기 이런 생각이 들며 눈물이 난다.

2017년 6월 7일 수요일

2단계 화두수련이 지난 4일 이후 특별한 진전 없이 기운이 줄어들면서 며칠 사이로 간간이 들어오더니 이젠 들어오지 않는다. 헷갈리지만 방법이 없다. 자성에 물어보니 끝났다는 느낌은 오지만 확신이 서질 않는다. 내일 두고 보기로 하고 우선 3단계로 넘어가기로 했다.

2017년 6월 8일 목요일 무위삼매

아침 6시에 일어나 2단계 화두 수련에 들어갔다. 시원한 기운이 간간이 흘러 들어온다. 왜 갑자기 시원한 기운이 들어오는 거지? 그러더니 20분 후쯤 백회가 닫히는 느낌이 들더니 더 이상 기운이 들어오지 않았다. 3단계로 넘어가야 할 것 같다. 그리고는 3단계 화두를 간절히 염송하였다.

얼마 지나지 않아 시원한 기운이 흘러 들어왔다. 조금 전의 그 시원한 기운이다. 관음법문, 풀벌레 우는 소리가 요란하게 들린다. 상단전이 달아오르고 중단전이 달아오르고는 상체 전체가 기운에 감싸이는 듯한 느낌이 들더니 잠시 후 이런 증상이 사라진다. 중단전이 달아오르고 하단전이 달아오른다. 하체 전체가 기운에 감싸 안은 듯한 느낌이 들더니 잠시 후 그 증상이 사라진다. 메시지가 전달되었다.

"나는 무엇인가? 나는 무엇인가?" 바르게 가고 있는가? 의구심을 가졌더니 "믿어라"는 메시지가 전달된다. 30분쯤 흘러서 더이상 기운이 들어오지 않았다. 잠시 후에 임맥이 달아오르고 연이어 독맥도 달아올랐다. 더이상 기운이 들어오지 않아 아침 수련은 마무리를 지었다.

오후에 걷기 운동을 1시간 30분가량 하고 집으로 돌아와 잠시 쉰 뒤 좌선에 들어갔다. 잠시 후 강한 기운이 백회로 들어오다가 멈춘다. 이상하다. 상단전에도 흘러 들어오다가 멈춘다. 몸 상태가 좋지 않아 진행이 되지 않는 것일까?

2017년 6월 9일 금요일

아침에 일어나 딸아이를 등교시키고 수련에 들어가려니까 강한 빙의령이 들어와 버렸다. 가슴은 조여들고 대못으로 후벼파는 통증이다. 예전에도 이런 증상이 몇 번 있었다. 그땐 이유를 몰랐다. 통증이 점점 심해져 안 되겠다 싶어 와공으로 "인과응보 해원상생 극락왕생 업장소멸", 『천부경』을 20분가량 암송하였다.

서서히 통증이 풀어지더니 많이 좋아졌다. 3단계 화두수련에 들어가니 뜨거운 기운이 백회로 흘러 들어온다. 간간이 들어오더니 들어오는 듯 마는 듯 하였다. 이것으로 30분가량 수련을 마쳤고 오늘 하루 더 지켜봐야겠다.

오후로 접어드니 날씨가 많이 더워졌다. 5시쯤 집 근처 산책로를 이용해 걷기 운동을 시작하였다. 1시간가량 3단계 화두를 암송하였을 때 참으로 신기한 기운이 흘러 들어왔다. 뭐라고 설명해야 하나? 영안이 열려 있었으면 볼 수 있었을 텐데 아쉽다! 지도령님이 한약을 달여 엑기스를 백회로 조금씩 부어내리는 느낌이 들었다. 백회를 열고 난 후 비슷한 기운을 느낀 적이 있다. 병원의 수액 같은 기운이 백회를 통해서 아픈 부위에 흘러 들어왔다. 한동안 한약 같은 엑기스 기운이 흘러 들어왔다. 감사드리고 또 감사드린다.

2017년 6월 10일 토요일 (삼공재 11번째 방문)

오늘은 삼공재에 가는 날이다. 목욕재계하고, 선계 스승님, 삼공 선생님, 지도령, 보호령들께 삼배 드리고 집을 나섰다. 무궁화호에 몸을 싣고 삼공재로 향하였다. 달리던 기차가 대구에 도착할 때쯤 백회가 활짝 열려 버렸고 상단전도 연이어 열렸다. 시원한 기운이 감돈다. 그런데 자고 자도 피곤하고 컨디션이 좋지 않았다. 어제 들어온 강한 빙의령 때문일까?

2시 20분쯤 삼공재 건물 앞에 도착해서 도반을 만나 이런저런 얘기를 나누었다. 삼공재에서 3단계 화두를 암송하였지만 큰 기운은 들어오지 않았고 상단전이 달아올랐고 파스 붙인 것처럼 화끈한 느낌이 들었다. 혹시나 해서 4단계 화두를 암송해 보았다. 아픈 부위가 명현 현상인지 통증이 크게 왔다. 아직 4단계는 때가 아닌 것 같다.

오후 5시가 되어 갈 무렵 빙의령이 천도되는지 백회로 모이더니 서서히 빠져나가는 느낌이 들었다. 내려오는 길이 상당히 피곤하고 잠이 쏟아진다. 기몸살도 있는 것 같고 오늘은 많이 힘들었다. 집에 도착하니 새벽 1시가 넘었다. 대충 씻고 잠자리에 들었다.

2017년 6월 11일 일요일

몸이 피곤해 아침 8시 넘어서 일어났다. 한두 시간 쉬고 나서 씻고 산책로에서 1시간 걷기 운동을 하였다. 오후에 1시간 정도 3단계 화두를 암송하며 좌선 수련에 들어갔고 강하지 않은 기운이 조금씩 흘러 들어왔다.

오후 2시 30분쯤 등산 준비하고 그리 높지 않은 뒷산을 3시간가량 힘들게 타고 집으로 내려왔다. 저녁에는 50분가량 화두수련에 들어갔다. 관음법문 전자음이 요란하게 들린다. 집중해서 관하여 보았다. 왼쪽 귀에 사이렌 소리가 들린다. 잠시 후 등 뒤쪽과 머리 뒤쪽이 커다란 동그라미 기운이 그려지면서 돌다가 바로 사라진다. 상단전이 욱신거린다. 집중해 보았으나 아무런 변화가 없다. 오늘 수련은 이것으로 마무리짓고 잠자리에 들었다.

2017년 6월 12일 월요일

아침에 산책로에서 걷기 운동을 하다가 3단계 화두를 암송하기 시작했다. 얼마 지나지 않아 백회로 기운이 들어온다. 이때까지 기운이 왜 들어오지 않은 걸까? 원령 때문인가? 아님 정성이 부족했던 것일까? 더 낮은 자세로 마음을 비우고 화두수련에 임해야겠다.

기운이 쏟아져 들어오는데 시원한 기운과 뜨거운 기운이 뒤섞여서 들어온다. 중단전이 시원해지면서 뻥 뚫린 것 같다. 날씨가 더워 조금만 걸어도 힘이 들었다. 1시간가량 운동한 뒤 정자에서 잠시 쉴 겸 명상에 들어갔다. 잠시 뒤 붉은색 화면이 뜬다. 조금 뒤 사라지고 검은색 블랙홀 같은 것이 뜨더니 기운 같은 게 꼭 비 내리는 것처럼 일직선으로 빨려 들어간다. 약 10~15초가량 지속되면서 화면이 사라진다. 햇빛에 노출되어서 그럴 수도 있다고 본다. 중·하단전이 달아오르고 잠시 뒤 명상에서 눈을 떴다.

2017년 6월 13일 화요일

아침 수련에 들어갔다. 관음법문 전자음 소리 때문에 고막이 터질 것만 같았다. 뇌에서 울리는 것 같았고 잠시 뒤 삑~~~ 크게 몇 초 동안 울렸다. 메시지가 전달되었다. "더 버려라." "이곳이 부처네."

기운은 들어오지 않았고 혹시나 하고 4단계 화두를 암송해 보고 몸에 힘을 빼니 오른쪽에서 왼쪽으로 빙글빙글 돌아간다. 조그만 원을 그리며 돌다 가더니 조금 뒤 앞뒤로 조금씩 흔들린다.

오후에는 걷기 운동을 하다가 가슴, 두 팔, 발등이 꼭 파스 붙인 것처럼 화끈하고 시원한 기운이 들어온다. 카페 글을 읽는 동안 기운이 들어올 조짐이 보여서 자세를 바로잡고 좌선 수련에 들어갔다. 잠시 후 뜨거운 불기둥 같은 기운이 백회로 들어와 회음으로 내리꽂힌다. 백회에서 단팥빵 크기만한 기운이 내려와 꽂혔다. 10분가량 기운이 휘몰아친다. 화두수련은 기운, 마음, 몸의 변화를 잘 관찰하고 끝났다는 느낌이 들면 다음 단계로 넘어갈 예정이다.

2017년 6월 14일 수요일, 무념처삼매 (11가지 호흡)

아침 수련은 3단계 화두수련을 하여도 반응이 없자 4단계로 넘어가야 할 것 같다. "11가지 호흡"을 암송하였다. 몸이 뜨거워지면서 힘을 빼자 회전, 좌우 앞뒤로 조금씩 움직였다. 숨은 중단전에 머물고 더이상 진전이 없었고 등 뒤쪽이 뜨거운 기운이 뒤덮이고 목과 백회도 반응을 하였다. 빙의령을 천도시키려고 "인과응보, 해원상생, 극락왕생, 업장소멸"을 암송하고 『천부경』을 암송해도 천도될 기미가 없었고 "극락왕생"을 강하게 염송하였다. 몇 분 뒤 서서히 빠져나가기 시작하였다. 아침 수련은 빙의령을 천도시키고 마무리지었다.

오후에 들어서 4단계 화두를 "무념처삼매"로 바꾸고 암송해 보았다. 기운은 강하게 들어오지 않는데 몸이 달아오르고 몇 분이 지나자 몸이 용광로처럼 달아오른다. 피부호흡 때문인가? 가슴, 양팔, 발등은 시원 화끈한 기운이 들어왔다.

2017년 6월 15일 목요일

좌선 수련 시 11가지 호흡이 진전이 없고 자꾸만 온몸만 달아오른다. 오전 수련 땐 기운이 대맥으로 돌면서 유통되는 게 감지되었다. 그리고 특이한 게 앞으로 허리가 20도 각도로 숙여지더니 한동안 누군가가 머리를 지탱하는 듯한 착각이 들었다. 걷기 운동할 때는 가슴, 등, 팔, 다리가 파스 붙인 것처럼 후끈 시원한 기운이 들어왔다.

2017년 6월 16일 금요일

오후에 접어들어 생식을 먹고 있는데 백회에서 이상한 반응이 와서 자세를 잡고 좌선 수련에 들어갔다. 백회에 가늘고 긴 군고구마를 얹은 것처럼 10분가량 이상한 기운이 감돌았다. 백회에 무슨 변화가 일어나는 것일까? 영안이 열리지 않았으니 답답하지만 알 길이 없다.

2017년 6월 20일 화요일

오후에 접어들어 좌선 수련에 들어가니 얼마 후 독맥의 명문혈에서 한동안 달아올랐다. 막혔던 혈이 뚫리려나? 그리고 백회에서 스멀스멀 빠져나가는 느낌 들었다. 밤이 되고 잠자리 들기 전에 화두를 외워도 11가지 호흡에 진전이 없자 몸을 좌우로 흔들어 보았다. 별 반응이 없다. 특이한 건 밤하늘 가득 메운 별들의 형상이 어렴풋이 보이려고 하여 집중해 보았으나 이내 사라진다.

2017년 6월 21일 수요일

오늘도 특이한 건 없다. 자성에게 물어봐도 답이 없고, 어제 천도된 영 때문인지 오랜만에 기운다운 기운이 흘러 들어와서 몸에 쌓이고 쌓였다.

2017년 6월 22일 목요일

오후 수련 시 기운이 백회로 흘러 들어와서 중단전, 하단전이 차례대로 달아올랐다. 등 쪽이 뜨거운 기운에 휩싸이고 목, 백회로 뜨거운 기운이 연결된다. 얼마 후 백회에서 스멀스멀 빠져나가는 느낌은 있었으나 아직 등 쪽이 기운에 덮여 있었다.

2017년 6월 23일 금요일

오후에 접어들어 쉬고 있는데 기운이 들어오는 느낌이 들어서 바로 자세 잡고 좌선 수련에 들어갔다. 머리, 등, 가슴, 팔이 피부호흡을 하는지 백회와 동시에 시원하고 뜨거운 기운이 액체처럼 흘러 들어왔다. 하단전과 중단전이 달아올랐고 상체는 점점 주천화후가 일어나더니 용광로처럼 뜨거워졌다. 화두 글자를 하단전에 넣고 돌려 보았다. 기운은 계속 흘러 들어오고 너무 뜨거워 상체가 타 버려서 재가 될 것만 같았다. 50분가량 수련을 하고 마무리하였다.

2017년 6월 24일 토요일 (삼공재 12번째 방문)

삼공재 앞 2시 10분쯤에 도착하였고 기다리는 김에 앉아서 삼공재 기운을 만끽하였다. 삼공재 수련에서는 백회로 기운이 쏟아져 들어왔고 하·중·상단전이 달아오르고 기둥이 세워진다. 삼합진공과 온몸이 주천화후로 달아오르고 용광로가 된다. 10분 정도 지났을 때 갑자기 기운이 끊겼다. 잠시 후 가슴이 찡하면서 답답해진다.

그래서 이번에는 하단전 축기에 전념해 보았다. 시험 삼아 5단계 화두를 암송해 봐도 별다른 변화는 없었다. 몇십 분이 지나고 등, 목, 머리 뒤쪽이 뜨거운 기운으로 뒤덮였다. "인과응보, 해원상생, 극락왕생, 업장소멸", 『천부경』을 외우고 외워도 꼼짝도 하지 않는다.

4시가 넘어서 천천히 백회로 빠져나가고 4시 30분쯤 되니 또 한 번 빠져나가는 게 느껴졌다. 그래도 백회는 묵직하고 답답하였다. 선생님께서는 11가지 호흡을 차례대로 따라 하고 다음 단계로 넘어가라 하신다.

2017년 6월 25일 일요일 공처

비가 오지 않아 오후에 등산을 하고 11가지 호흡을 따라 해 보고 과감히 넘어가 본다. 5단계 화두를 암송했지만 아무런 반응이 없었다. 공처 단계부턴 마음수련인 것 같다. 평소에 마음수련이 잘된 분들은 무난히 넘어갈 것으로 예상된다. 그러나 나는 마치 커다란 벽이 앞에 놓여져 있는 기분이다. 하지만 어쩌겠는가? 내 그릇이 이것밖에 안 되는걸. 죽이 되든 밥이 되든 하는 데까진 해 봐야 되지 않겠는가?!

2017년 6월 26일 월요일

벌써 6월에 마지막 주다. 시간은 어김없이 잘도 흘러간다. 아침에 딸아이를 등교시키고 아침 수련에 들어갔다. 5단계 화두를 암송하니 백회에서 유유히 기운이 흘러 들어온다. 몸이 따뜻해지고 입정 상태로 되어 버린다. 마음은 평온하면서 정신은 깨어져 있는데 반수면 상태가 되어 버린다. 잡념은 사라지고 하단전에 화두를 넣고 계속해서 암송해 나갔다.

몇 분이 지났을까? 한 형체가 떠오르는데 이상한 괴생물체다. 키는 작고 얼굴은 쥐를 닮았으며 눈은 아주 크고 눈 안이 텅 비어 있다. 안이 훤히 들여다보인다. 왜 갑자기 희귀한 생명체가 떠오른 것일까? 그러고 얼마 후 또 다른 장면이 연상되면서 떠오르는데 텍사스 권총 든 두 남자가 서부의 사나이처럼 서로 대결을 하기 위해 서 있다.

왜 갑자기 이 장면이 떠오른 것일까? 나와는 전혀 관계가 없는 것으로 보이는데 말이다. 오후가 되어 가고 저녁 수련 때는 계속 링컨 대통령이 떠오른다. 나와는 전혀 관계가 없는 분으로 보이는데 미국을 배경으로 한 인물들이 떠오른다.

2017년 6월 27일 화요일

아침에 화두를 잡고 좌선 수련에 들어갔다. 마음은 고요하고 입정 상태가 되어도 아무런 진전이 없었다. 오후에 접어들어 좌선 수련에 들어가고 화두를 암송하니 액체 같은 기운이 백회로 흘러 내려오고 온몸으로 스며들었다. 다른 변화는 없었다.

2017년 6월 28일 수요일

아침 딸아이를 등교시키고 곧바로 산책로에서 걷기 명상에 들어갔다. 화두를 암송하고 걸으니 잠시 후 고구려 장수 연개소문이 떠오른다. 그리고는 전기에 감전된 듯 온몸이 찡했다. 예전에 이 드라마를 참 재미있게 봤었다. 아무래도 이분과 연관이 있는 것 같다. 오후가 되자 치아의 통증이 심해진다. 명현 현상인지 그냥 통증인지 아직 잘 모르겠다.

2017년 6월 29 목요일

이가 아프고 온몸이 쑤시고 힘이 든다. 만사가 귀찮고 짜증이 밀려온다.

2017년 6월 30일 금요일

오후에 화두를 암송하니 등 뒤쪽으로 기운이 흘러 들어왔다. 가슴이 시원하면서 뻥 뚫린 것 같고 한동안 등이 뜨거워진다. 치통으로 정신을 못 차리겠다.

2017년 7월 2일 일요일

오늘은 치통이 많이 가라앉았다. 병원에 가야 하나 고민했는데 다행이다. 비가 와서 등산을 하지 못하고 오후가 되니 비가 주춤해서 산책로 걷기 운동과 함께 집으로 돌아와 좌선 수련에 들어갔다. 상단전이 눈 모양으로 한동안 달아올랐다. 5단계 화두를 암송하였다. 잠시 뒤 평범한 농부의 밥 먹는 모습, 갓난아기의 모습, 물고기 모습의 이미지가 차례대로 떠오른다. 저번에 떠오른 전생의 이미지가 직접적인 관계가 아니라 해도 간접적으로라도 영향이 있지 않을까 생각한다.

2017년 7월 3일 월요일

아침 수련 때 메시지가 전달되었다. "내가 없는데 거치적거릴 것도 없다." 오전에 걷기 명상에 들어갔고 다른 메시지가 전달되었다. "내가 원래 없는데 뭐가 존재한단 말인가?" "지금 서 있는 나는 누구란 말인가?" "욕심나는 나는, 화나는 나는 도대체 누구란 말인가?" 그리고 새의 이미지가 연상되었다. 어렸을 땐 다음 생에 새로 태어나고 싶다는 생각을 많이 했었다. 자유롭게 창공을 나는 새가 마냥 부러웠고 한때는 하늘 나는 게 꿈이었다.

오후에는 비가 오는 둥 마는 둥 해서 어제 못 갔던 등산을 하였고, 산 정상에 올라가 몸을 풀고 명상을 하고 있으니 비가 조금씩 내렸다. 비가 더욱 강해져서 하산을 하였고 "비야 오지 마라!" 염원하며 내려오니 더 이상 비가 오지 않아 편하게 집으로 돌아갔다.

2017년 7월 4일 화요일

아침 수련에 들어갔고 『천부경』, 5단계 화두도 암송하기 시작하였다. 입정 상태가 되어 가고 마음은 한없이 고요해진다. 몸은 따뜻한 기운에 덮이고 기운이 계속해서 흘러 들어왔다. 잠시 후 조선 시대 명장 이순신 장군 이미지가 떠오르며 뜨거운 기운이 흘러 들어와 휘몰아친다. 그리고 사슴, 펭귄이 차례대로 이미지가 떠오른다. 아!~~ 깨어나기 싫다. 1시간 30분가량을 좌선 수련을 마치고 와공으로 마무리하였다.

2017년 7월 9일 일요일 식처

며칠 동안 아무런 반응이 없어 다음 단계 식처로 넘어갈 예정이다. 어제 삼공재 방문 수련 때 6번째 화두를 암송해 보아도 아무런 반응이 없었다. 오전 좌선 수련 때도 아무런 반응이 없었고 오후에는 등산을 갔다

왔다. 날씨가 매우 덥고 습해서 등산하기도 힘이 들었다. 오후 좌선 수련 땐 좀 특이한 건 삼합진공이 이루어지면서 중단전이 타는 듯한 현상이 한동안 지속되었다.

2017년 7월 13일 목요일

날씨가 더워도 너무 더워서 오전에 산책로에서 걷기도 힘이 들었다. 1시간가량 걷다가 집으로 돌아와 식사를 하고 낮잠을 한숨 자고 일어나 좌선 수련에 들어갔다. 며칠간 아무런 변화가 없었다. 왜일까? 아직 때가 되지 않은 걸까? 자성에 물어봐도 대답도 없고 어제는 문득 이런 생각이 들었다. 예전에 단독 수련 때 관을 중점적으로 하는 시기였는데 어느 하루는 텅 빈 공간을 보게 되었다.

'무'도 아닌 것이 참 희한한 경험이었다. 직감적으로 하느님, 부처님이라고 느낌이 왔다. 불교 용어로 '진공묘유'인가? 텅 비어 있으면서 꽉 찬 느낌을 경험하였다. 6단계 화두와 연관이 있는 것일까? 김우진 사형께 조언을 구하였고 좀더 지켜보고 다음 단계로 넘어가기로 하였다.

오후 수련 때는 그나마 기운이 흘러 들어왔다. 등, 가슴, 양팔에서 뜨거운 기운이 흘러 들어왔다. 그리고는 백회에서 빙의령이 천도되는 움직임이 있었다. 다른 변화는 없었고 오늘 경주 날씨가 40도를 육박한단다.

2017년 7월 16일 일요일, 무소유처

오늘부터 7단계 화두를 암송하기로 하였다. 오전 수련 땐 잠시 변화가 있었는데 왼쪽 옆구리가 몸에 쥐가 나서 사라지는 느낌이 잠시 들었다. 다른 변화는 없었다. 이대로 끝나는 것일까? 한계점에 다다른 것일까?

오후가 되니 더위가 더욱 기승을 부린다. 그래도 등산은 하고 내려왔다. 집으로 돌아와 샤워와 방 청소를 하고 딸아이 뒷정리하고 재우고 난 후 좌선 수련에 들어갔다.

7단계 화두를 암송하니 30분 정도 흘렀을 때 마치 그릇에 담은 진하고 뜨거운 기운을 백회에 붓는 것처럼 흘러 들어왔다. 그리고 말들이 달리는 이미지가 떠올랐고 한 시간가량 수련을 마치고 잠자리에 들었다.

2017년 7월 17일 월요일

오늘도 무더위가 기승을 부린다. 선생님께 토요일 방문 메일 드리고 "기다리겠습니다" 답장을 받았다. 오전에 걷기 운동을 1시간가량 하고 집으로 돌아와 7단계 화두수련에 들어갔다. 여기서 반응이 없으면 이젠 끝이 난 것이다. 결과가 어떻게 되었든 나름 얻은 것도 있었다.

선계 스승님, 삼공 선생님, 지도령, 보호령께 삼배 올리고 7단계 화두를 암송해 나갔다. 잠시 후 기운이 흘러 들어온다. 하단전에 쌓이고 뜨거워지더니 우주가 단전에 들어가 있는 느낌이 든다. 오늘 하루 "착하게 살아라! 착하게 살아라!" 말귀가 반복해서 되뇌어진다. 순간 전기가 찡하니 온몸에 흐른다.

중단전이 시원 뜨거운 기운이 들어와 서로 뒤섞이며 휘감긴다. 중단전에도 우주가 그려진다. 몇 분이 지나자 등, 가슴이 뻥 뚫린 것처럼 시원해진다. 중단전이 활짝 열려 버렸다. 예전에도 이런 경우가 있었지만 아주 크게 열린 건 처음이다. 몇 분이 지나자 이젠 활활 타올랐다. 어떠한 카르마도 다 녹아내려 없어질 것만 같았다. 온몸이 주천화후로 타오르고 한동안 지속이 되었다.

"착하게 살자! 착하게 살자!" 이 문구가 계속 떠오른다. 예전엔 왜 몰랐을까? 진리의 말을 너무 멀게 돌아온 것만 같았다. 앞으로라도 착하게 살아야지 결심해 본다. 그게 나를 위하는 길이란 걸, 그리고 남을 위하는 길이라는 걸 알게 되었다. 잠자기 전 좌선 수련에 들어갔는데 백회, 상단전에 기운이 흘러 들어와 한동안 쌓였다.

2017년 7월 18일 화요일

아침 좌선 수련에 7단계 화두를 암송해 나갔다. 기운이 백회, 어깨로 들어오고 중단전이 시원해지고 뻥 뚫린다. 온몸이 주천화후로 한동안 달아오르고 다른 변화는 없었다.

요즘 딸아이가 수학 공부가 부족한 것 같아서 매일 학습지를 하려고 하는 편이다. 수학이 힘들다고 안 한다고 떼쓰고 아빠 신경쓰지 마 하고 울면서 대든다. 그냥 냉정하게 보고 넘기고 지켜보고 있으니 알아서 하고 있다. 예전보다 많이 너그러워진 것 같다. 오후 수련 땐 기운이 백회로 조금씩 흘러 들어왔다.

2017년 7월 19일 수요일

오늘도 여전히 덥다. 오후가 되고 좌선 수련 때 상체에 박하향 같은 화한 기운이 흘러 들어왔다.

2017년 7월 21일 금요일

오늘도 박하향 같은 기운이 간간이 흘러 들어와 상체를 시원 화끈하게 만들었다.

2017년 7월 22일 토요일 (삼공재 14번째 방문)

무더위를 견뎌 가며 기차에 몸을 싣고 서울로 향하였다. 에어컨이 잘 나와서 시원하게 앉아 갔다. 서울에 가까워질수록 백회에서 반응이 왔다. 서울 날씨가 생각보다 덥지 않았다. 선생님께 일배 드리고 11명 수련생이 촘촘히 앉아 수련에 들어갔다. 『천부경』 암송하고 7단계 화두와 기운도 돌려 보고 하였다. 화두수련은 다른 변화는 없었다. 마칠 때쯤 수박도 먹고 선생님께 인사드리고, 도반분들과 냉면도 먹고 과일주스도 마셨다.

2017년 7월 23일 일요일, 비비상처

오늘 마지막 8단계로 들어갈 예정이다. 며칠 동안 기운이 잘 들어오질 않았고 어제 삼공재 수련 때도 마찬가지였다. 그전 『선도체험기』 89권에 도류 류종경 선배님, 94권에 도평 김영준 선배님 수련 체험기를 읽어 보았다. 도평 선배님은 나와 비슷한 상황인 것 같았고 오로지 기운으로 화두를 뚫고 나가는 것 같았다.

아침에 자세를 잡고 8단계 화두를 암송해 나갔는데 화두가 좀 길어서 헷갈린다. 선생님께서 적어 주신 메모지를 펼쳐놓고 보면서 암송하기 시작하였다. 잠시 후 기운이 등과 상단전에서 흘러 들어왔다. 조금 있으니 기운이 백회에서 하단전으로 기둥이 형성되었다. 삼합진공이 진행되고 몸은 뜨거워진다. 메시지가 전달되는데 "사랑이다. 사랑이다."

한동안 수련에 임하고 끝나고 나서도 또 다른 메시지가 전달된다. "생사일여 생사일여." 참 심오하다. 오후에는 등산을 2시간 30분가량 하였는데 땀이 비 오듯이 하였다. 김해 폭염 정말 힘이 들었다.

2017년 7월 24일 월요일

오전 좌선 수련은 메시지가 전달되었다. "진리는 내 안에 있다." 다른 변화는 없고 오후 화두수련 땐 어제와 마찬가지로 상단전, 하단전 기둥이 형성되어 한동안 삼합진공이 진행되었다.

2017년 7월 28일 금요일

며칠간 다른 변화는 없고 간간이 기운은 흘러 들어왔다. 아침 수련 때는 메시지가 전달되었는데 "내 마음이 우주다." 조금 더 지켜보고 마무리지어야겠다. 오후 수련 때는 다소 강한 기운이 쏟아져 들어왔다.

2017년 7월 30일 일요일

오늘 현묘지도 수련을 마무리짓기로 하였다. 오로지 기운과 메시지로 한 단계 한 단계 여기까지 왔다. 많은 어려움이 있었지만 선계 스승님, 삼공 선생님, 지도령, 보호령의 도움이 있었기에 가능한 일이었으며 깊이 감사드린다.

영안이 열렸으면 좋았겠지만, 통과될지 탈락될지 모르지만, 열심히 수련에 임하였으니 아쉬움은 남아도 후회는 없다. 마지막으로 현묘지도 28대 전수자 김우진 사형과 카페 선배님들, 후배들에게 그동안 지도와 격려 감사드립니다.

【필자의 논평】

이원호 씨를 필자가 처음 만난 것은 1999년 7월 17일이었지만 그가 삼공재에 본격적으로 나오기 시작한 것은 작년인 2016년 12월 24일부터였다. 그의 수행기를 읽어 보면 그의 전생은 무인(武人)이었던 것 같다. 연개소문, 이순신 같은 명장이 등장하는 것을 보면 그렇다.

나라를 위해서 싸움터에서 적군과 육박전을 벌이노라면 어쩔 수 없이 살기 위해서 살생을 하게 된다. 그것이 업보가 되어 금생에 이르도록 청산이 되지 않은 것 같다. 그의 부친은 3급 장애인이고, 그의 어머니는 인지 능력이 미흡하고, 그의 형 역시 형 노릇을 못 하고 아내는 이혼한 지 7년이 되어 이원호 씨 자신이 9살 된 딸을 직접 보살펴야 하는 처지다.

이러한 어려움 속에서도 다행히 금속 기술을 터득하여 조금도 기죽는 일 없이 꿋꿋하게 가정을 이끌고 선도수련까지 하여 현묘지도 수련을 마치는 경지에까지 도달한 것이다. 자기 자신보다 남을 먼저 생각하는 착하고 열심히 일하는 성격이 빚어낸 성과라고 생각한다. 선계의 스승님들도 이것을 놓치지 않으신 것이다. 이에 삼공재의 28회째 현묘지도 통과자로 인정한다. 선호는 도선(道善).

이자정회(離者定會)

삼공 선생님 전 상서

그동안 안녕히 계셨는지요? 오랜만에 인사를 드립니다.

"혼자 가기로 하였습니다"라고 메일을 드리고 나서는 처음 올리는 글입니다만, 회자정리(會者定離)니 이자정회라고 하는 것들은 하나의 형상일 뿐 아무런 의미가 없는 것이지요. 왜냐하면 저는 그 후부터도 삼공 선생님과 늘 같이했으니까요.

그리고 얼마 전에 숙제로 해 왔던 천계와 속세간의 큰 격차 그리고 그것 때문에 고심해 왔었는데 해답이 풀렸기에 선생님께 다시 메일을 드리게 되었습니다. 즉 천계(사후)와 현상계(현 삶)는 내용이 똑같다는 것입니다. 즉 죽으면 모든 것이 끝난다고들 하는 그것이 사후에도 생전과 같은 일(직업)에 얽매여 있다는 것입니다. 예를 들면 생전 유기농을 하다 살아생전의 과오로 송사에 휘말리고 그것 때문에 스스로 이승을 떠난 자가 있다면, 지금도 열심히 농사지으며 반성하고 있다는 것입니다.

따라서 우리가 왜? 어떻게? 살아야 할지가 명확해졌다는 것입니다. 즉 삶이라고 하는 것은 본인이 인지하고 있든 없든 간에 인간 완성(수련)의 과정이요, 삶의 목적은 완성의 단계를 높여 가는 것이 되는 것이지요. 물론 여기서 수련이란 이를 실행함으로 해서 이것이 진리라는 존재를 알아가는 수단인 것이구요.

그러므로 혼자 가는 것이 아니라 지금 주어진 삶(일상생활) 속에서 철

저하게 봉사하고 덕 쌓으며 자신의 영(진아)을 업그레이드시켜야 한다는 것입니다. 왜냐하면 사후에도 똑같은 일을 해야 하기 때문이지요.

아무튼 갑자기 메일을 드려 매우 송구스럽습니다만, 우선 간단히 인사만 드립니다. 그럼 늘 건강하시고 안녕히 계십시오.

2017년 7월 17일
삿포로에서 차주영 올림

【필자의 회답】

오래간만에 반갑습니다. 생각나면 또 메일 보내시기 바랍니다. 나는 그때나 지금이나 변함이 없습니다. 다음 메일 기다리겠습니다.

여행을 다녀오다

삼공 선생님 전 상서

우선 반갑게 맞아 주시니 고마울 따름입니다. 돌이켜보니 마음이 편치 않아 선생님과 인연이 되고 가르침을 받아 오늘에 이르기까지 15년가량의 시간이 흘렀건만, 여행을 잠시 훌쩍 다녀온 것 같다는 점입니다.

즉 15년 전의 상태로 원위치되었으나 달라진 것이 있다면 단지 마음이 편하고 은은한 즐거움이 느껴지고, 주위에 걸리적거리던 것들과 세간에 대한 관심사가 사라졌다는 것입니다. 따라서 이제부터는 15년 전에 그랬던 것처럼 본업에 몰두하면서 하루하루 일에 최선을 다하는 나날을 가지게 될 것 같습니다.

그러면서 앞으로 서너 달 지켜보고 현재의 상태에 안착되는지가 열쇠가 될 것 같습니다. 그리고 대단히 송구스럽습니다만 전에 놓고 갔던 '도육'을 선생님께서 허락하신다면 다시 원위치시키는 것이 맞는 것 같습니다. 그럼 늘 건강하시고 안녕히 계십시요.

2017년 7월 19일
삿포로에서 차주영 올림

【필자의 회답】

'도육'은 원위치로 해도 좋습니다.

〈116권〉

【이메일 문답】

오성국 수련일지

삼공 김태영 선생님, 사모님 그간 안녕하셨습니까?

생활과 수련하는 데 좋은 때인 가을 날씨에 고마움을 간직하고 제 나름 열심히 노력하고 있으나 미흡한 점 많은 제자입니다. 자주 찾아뵙고 수련 지도를 받아야 하는데 마음뿐 형편상 그렇지 못함을 용서하시고, 항상 따뜻하게 맞아 주심에 감사할 따름입니다. 적어도 1달에 1번은 뵈려고 노력하고 있습니다.

일상적인 생활 패턴은

1. 아침에 일어나 산에서 걷고 달리기를 1시간 이상 하며 집까지 걷고 달리며, 걸리는 시간은 도합 1시간 3~40분 정도 됩니다. (비가 오면 헬스장에서 러닝 1시간 이상과 기타 바디 운동 2~30분 정도 합니다.)

2. 아침 생식 2숟가락 하고 좀 앉아 쉬다가 도인체조 후 『선도체험기』 읽습니다. (시장 볼일 있으면 시장 봄.)

3. 오후 2시 이후 1시간 정도 좌선 수련.

4. 가게 정리 후 자시 수련 1시간 동안 한 후 취침. (하루 2번 정도는 좌선 수련하려고 하며 오전 2시에 잠을 청합니다.)

늘 생활행공을 하려고 노력하고 있으며, 8월 28일 현재까지 수련 시 보통 일어난 현상을 말씀드리겠습니다.

- 인당으로 동그란 황색 바탕이 보이며 쪼임 현상이 있다.
- 손발, 다리 전체가 찌릿함과 저림 반복하며 따뜻하다.
- 하단전은 생활행공 시 항상 따뜻하고 포근하다.
- 대맥이 왼쪽에서 오른쪽으로 돌며 시원하다. 배꼽 아래 안쪽으로 타원형의 추가 있는 듯하다. (배꼽이 하나 더 있는 듯하기도 함.)
- 둥근 원통형 기둥이 머리띠(삼장법사가 손오공에게 씌운 테처럼)를 형성하며 기운이 시원하게 들어온다.
- 얼굴 전체가 얼얼하며 인중 부위의 이가 파르르 떨며 이가 시린 경우가 있다.

다음은 최근 4일 동안 특이 사항을 말씀드리겠습니다.

2017년 8월 31일

오후 2시 45분 ~ 3시 15분 (30분간) 좌선 수련 시 『천부경』, 『삼일신고』 암송하고 대각경 암송으로 넘어갈 때 단전 ~ 장강, 명문, 척중, 신도, 대추혈, 아문, 강간, 백회, 신정, 인당을 지나 코언저리까지 찌릿함과 열감이 짧게 있다가 기운 덩어리로 바뀌며, 임맥은 하단전에서 중단전까지 약간의 열기만 있다. 하단전 중심의 좌측 부위가 꿀렁꿀렁하며 따뜻하다.

2017년 9월 10일

오후 8시 38분 입공 상태에서 대맥에서 양쪽 신방광혈 4곳으로 열감이 내려간다.

자시 수련 (11시 12분 ~ 12시 15분) 1시간 동안 좌선 수련. 독맥의 명문, 척중, 신도에 열감을 느끼며, 장강에 가끔 열감이 전달된다. 인당은 가을 하늘처럼 밝은 햇살이 비치는 듯 지속되다가 대략 45분경과 임맥의 전체(회음, 하단전, 중단, 전중, 천돌, 인중, 인당)가 가렵고 따끔하고 얼굴 볼은 얼얼한 감이 있었다.

2017년 9월 11일

행공 시 잠깐 오른쪽 가슴 옆을 타고 다리 바깥쪽을 지나 발의 신맥혈 방향으로 시원함을 느낀다.

자시 수련 (1시 25분 ~ 2시 18분) 시 인당의 쪼임이 대못이나 정을 박은 듯하고 대보름달이 얼굴 전체를 덮은 듯하며 양 눈 밑 볼이 얼얼하게 잔진동이 일어난다. 하단전, 회음, 장강, 명문이 관으로 연결된 것처럼 시원함이 유통된다.

어제(9월 12일) 행공 시

오후 11시경 임맥의 인당, 신정, 백회, 후정, 강간, 대추, 신도, 척중혈이 따끔따끔하더니 열감이 열선이 흐르는 듯하다. 또한 하단전과 명문의 열감이 중단전까지 전달된다.

일기체를 복사하여 쓰다 보니 반말로 써졌음을 용서하세요.

2017년 9월 24일
오성국 올림

【필자의 회답】

그동안 수련이 많이 진정되어 소주천과 대주천 수련할 때가 되었습니다. 다음에 삼공재에 올 때는 이에 대한 마음의 준비를 하고 시간 약속을 하고 찾아오기 바랍니다.

산소 벌초 문제

삼공 김태영 선생님, 사모님 그간 안녕하셨습니까?

생활하기 딱 좋은 가을 날씨고 추석 명절이 다가와 1주 전에 조상님들 산소 벌초를 했습니다. 제가 장손이다 보니 저희 3형제와 제 아들 형제가 합심하여 벌초를 매년 하면서도 왜 그리 힘들다고 짜증이 나는지 짜증나는 이유를 알면서도 짜증이 납니다.

짜증나는 이유 : 항상 이때쯤 되면 벌초를 어떻게 해야 하나? 하는 생각이 머릿속에서 떠나지 않습니다. 많은 산소는 아니지만 제가 철들며 산소 벌초 쫓아다닌 지 40년 동안 제 4촌 형제들은 매년 얼굴을 보여 주지 않고 나이 드신 작은아버지는 이때까지 3~4번 왔을 뿐입니다.

그러려니 하면서도 마음 한구석에서는 일전에 무슨 얘기 끝에 기제와 산소 관리는 장손이 알아서 하라는 작은할아버지의 말씀에 정말로 서운했거든요. (이전 산소 자리가 보상받았을 때 작은집이나 작은할아버지나 조금이라도 더 가져가려고 했거든요.)

짜증을 낸다고 해결되는 게 아닌데도 말입니다. 그저 이럴 때는 무심하게 내 할일을 하면 된다 생각하고 일을 마무리 다 하고도 얼마 지나지 않아 꼭 어떤 계기가 생기면 저 밑에서 울화가 올라오는 걸 보면 아직 멀었다고 생각합니다. 선생님의 가르침을 성실히 이행하는 제자가 되지 못함을 용서하십시오. 그러나 무소의 뿔처럼 꿋꿋이 무심하게 걸어갈 것입니다.

선생님 메일을 받고 기뻐서 답장을 써야겠다고 마음먹고 컴퓨터 앞에 앉아 메일을 쓰다 보니 넋두리가 되었습니다. 넓은 아량으로 용서하십시오. 지난주에 가서 뵈려 했는데 아들 녀석이 바빠 식당일을 대체하지 못하여 뵙지 못하였습니다. 다음에 미리 메일로 알려 드리고 뵙겠습니다. 좋은 추석 명절 되십시오.

2017년 9월 25일
천안에서 오성국 올림

【회답】

장손으로서 감당해야 할 산소의 벌초 문제로 갈등과 번민 끝에 이를 극복하는 과정이 과히 구도자답습니다. 친척들과의 원만한 관계를 유지하려면 언제나 나 자신이 어느 정도 손해를 보아야 한다는 선에서 양보를 하는 것이 항상 정답입니다.

소주천 진행 상황

삼공 김태영 선생님께

선생님, 사모님 아침저녁으로 쌀쌀한 날씨에 건강하신지요?

일전(9월 24일 자 메일)에 소주천과 대주천 수련할 준비를 하고 오라는 메시지를 받고 매우 기뻤습니다. 한편 선생님의 기대에 부응하기 위하여 준비를 단단히 하고 가야겠다고 마음먹고, 차분히 수련 중 궁금한 것이 있어 메일을 쓰게 되었습니다.

1. 며칠(9월 27일, 28일, 29일) 전 아래와 같은 상황(성욕이 일 때)에서 제 행동이 옳은 방법인지?

2. 소주천이 되는 상황인지요?

2017년 9월 27일(수)

아침에 이불속에 누워 있는데 성욕이 일었고 아랫도리가 아프고 뻐근함과 동시에 전립선이 터질 듯하여 소주천의 역방향으로 단전의 기를 회음 → 장강 → 명문 → 척중 → 신도 → 대추혈 → 강간 → 백회 → 신정 → 인당 → 인중 → 천돌 → 전중 → 중완 → 하단전으로 기를 돌리니 아픔과 성욕이 사라져 곧바로 거실로 나와 75분간 좌선 수련 중 소주천이 되는 건지 모르겠지만 몸통 부위는 열감으로 돌고 머리 부분(인중, 인당, 신정, 백회, 강간, 아문)은 기운 덩어리가 잔진동으로 돌았다.

(오전 1시간 수련 시) 인당으로 촛불 모양의 흰색이 바람에 휘날리듯 흔들렸으며, 1시간이 지날 쯤 백회 부분에 보슬비가 내리는 듯 시원하며 바늘로 찌른 후 도장침 같은 걸로 찔렀다. (지난 몇 달 전에는 밥숟가락으로 백회를 파는 듯했다.)

2017년 9월 28일(목)

어제처럼 하복부 아프고 뻐근함과 동시 전립선이 터질 듯하여 소주천의 역방향으로 단전의 기를 회음 → 장강 → 명문 → 척중 → 신도 → 대추혈, 심기혈정하니 오늘은 명문에서 위로 올라가지 않고 대맥이 시원한 허리띠를 만들고 대추혈 방향으로 시원한 기가 흘렀다. (아픔 사라짐에 비몽사몽하다가 일어나니 10시 30분이다.)

봉서산 갔다 오는 동안 단전의 열감은 보통의 따뜻함을 유지하고 회음 → 장강, 명문이 시원한 통풍관이 지나가는 듯하여 걷는데 쾌감이 일고 즐거웠다.

2017년 9월 29일(금)

오후 2시부터(1시간 15분) 좌선 수련. 수련 50분 경과 장강과 명문 사이가 따갑고 가려웠으며 인당은 쪼임이 심해 정을 박아 놓은 듯했다.

(눈을 떴는데도 인당의 쪼임 현상은 테이프를 붙여 놓은 것처럼 피부가 딱딱하게 느껴짐.) 백회의 기운이 강간, 아문, 대추혈 ~ 명문, 장강혈까지 내려가는 게 느껴졌다.

저녁 9시 이후 행공 시 하단전 따뜻함이 중단전과 천돌까지 전달되고 인중, 인당, 신정, 백회, 강간, 아문혈 즉, 머리 부분은 시원하고 독맥의 대추혈부터 장강까지는 열감으로 연결되었다. (수승화강?) 좀 있다가 하단전은 따뜻한 상태서 백회로 시원한 기운이 들어오며 등판과 명문, 엉덩이, 다리 전체가 시원할 때도 있다.

즐겁고 행복한 추석 연휴 보내시길 빌며, 빠른 시일 내 뵙도록 노력하겠습니다. 안녕히 계십시오.

2017년 9월 30일
천안에서 제자 오성국 올림

【회답】

수련이 아주 잘되고 있습니다. 오성국 씨가 삼공재에 오는 것을 기다리겠습니다. 사전에 시간 약속을 하고 찾아오기 바랍니다.

현묘지도 수련 체험기 (30번째)

방 준 필

현묘지도 수련은 구도자로서 꼭 하고 싶은 목표이자 과정이다. 그렇지만 수련을 오래 하다 보니 여러 가지 사정으로 그 열정의 기복이 반복되면서 나와는 인연이 없는, 점점 멀어져 가는 남의 일처럼 보이기도 했다. 그러나 "세상에 이런 일이!", "오래 살다 보니 나에게도 이런 일이 생기네요"라는 소감을 표하고 싶은 상황이 생겼다.

고등학생 시절 반에서 선을 한다는 친구가 있어 은근히 부러웠다. 동양철학, 특히 노장철학을 공부하려고 철학과로 대학 진학을 했다. 도서관에 소장된 정신과학 분야 책을 섭렵하였고, 도서관에 취직한 덕분에 천명을 누리며 책 속에서 공부할 수 있는 혜택을 입었다.

단전호흡은 책으로 공부하여 혼자 하다가 1990년 겨울, 대학원 석사과정에 합격하면서 집중력 향상을 위해 본격적으로 시작하였다. 00선원에 3개월 다니다 그만뒀고, 몇 년 후 출근길에 새로 생긴 도장에 몇 달 다닌 적 있다. 그리고 2003년 스터디 모임을 결성하여 대체의학 공부와 수련을 겸한 활동을 몇 년간 한 적이 있다. 이외에는 단독 수련을 줄곧 했다.

삼공재에 다니게 된 것은 『선도체험기』를 읽으면서부터이다. 그 무렵 삼공재는 논현동의 단독건물 2층에 위치한 곳에 있었다. 번역서를 내고

252

논문을 다수 쓰면서 한글맞춤법에 눈이 뜨이게 되었고 이후 독서를 하면 문장의 맞춤법, 띄어쓰기를 고려하는 습관이 생겼다. 이때 『선도체험기』의 편집에 도움을 줘야겠다는 생각이 들어 선생님께 교열 작업을 해 드리겠다고 했다. 이후 지금까지 『선도체험기』를 포함, 선생님의 저서 백여 권을 교열했다. 박사 과정의 공부, 허리 디스크 파열 등의 사정으로 수련이 소홀해져 삼공재에 잘 나가지 않았던 시기에도 『선도체험기』가 계속 발행되는 데 일조하며 선생님과의 연을 유지해 왔다.

올해 5월, 『선도체험기』 114권을 교열하면서 카페가 있음을 알게 되었다. 이런 모임을 오랫동안 갈구해 왔으니 망설이지 않고 가입하였다. 이 카페 활동은 나에게 자극을 주어 수련에 몰입하게 만드는 배경이 되었다. (그러나 나중에 카페를 탈퇴하였고 『선도체험기』 119권이 발행될 무렵 카페는 폐쇄되었다.) 이에 선생님께 메일을 보내 다시 수련에 정진하겠노라고 삼공재 방문을 청했다. 선생님께서는 오는 사람 막지 않고 가는 사람 잡지 않으신다. 그저 여여하시다.

6월 17일 (토요일) 현묘지도 첫 번째 화두를 받고, 하루 평균 5시간 수련했다. 거의 매일 아침 수련, 출퇴근 시 수련 혹은 의수단전, 산책할 때는 보공, 밤에는 자시 수련을 했다. 평소 야구 중계, 골프 중계, 뉴스 등 TV 시청하던 시간, 헬스장 가서 운동하던 시간, 독서하던 시간을 수련하는 시간으로 돌렸다. 모임에 가면 가능한 한 음주를 자제하고, 2차 안 가고 일찍 귀가해 수련에 임했다. 집에 머무르는 것 자체가 수련하는 과정으로 삼고, 서재와 거실은 수련하는 장소로 그 기능이 변했다. 이렇게 이 기간 동안 인생 최고로 수련에 몰입한 듯싶다.

현묘지도 수련을 하면서 큰 변화가 일어났다. 먼저, 기운이 변하면서 마음도 변했고, 운명도 달라지고 있음이 감지된다. 비록 느낌상 그렇다는 것이지만 외부의 영향에 의한 생각이 아닌, 나의 내면에 대한 인식의 변화가 중요하다. 전에는 매사 불안했는데 두려움이 줄어들고 자신감, 열정, 여유, 너그러움이 충만해졌다. 물론 기감, 기적인 현상, 천도 능력, 연정화기 같은 수련에 직접 관련 있는 부분도 크게 향상되었다. 이 밖에 건강 증진, 집중력 향상, 수면 패턴 변화 등 많은 소소한 변화도 부수적으로 일어났다.

본고는 이러한 변화가 일어나는 수련 과정을 기술하였는데, 카페에 올린 수련기 내용을 수정, 편집한 것이다. 탕아에서 돌아와 수련에 정진하기로 약속한 2017년 5월 10일부터 시작하여 현묘지도의 마지막 화두를 깬 9월 23일, 그리고 이를 검증한 9월 30일까지의 기록이다.

5월 10일 수요일 〈삼공 선생님께 드린 메일〉

선생님, 안녕하세요?

이번에 『선도체험기』 114권 원고 교열과 관련하여 메일을 쓰게 되었습니다. 그동안 출판사에서 보내 준 원고를 계속 봐 왔는데요, 덕분에 선생님과의 인연줄을 놓지 않고 있었답니다. 이번 책은 김우진 님의 수련기가 많은 분량을 차지하고 있군요. 그 글을 보다가 필자가 관리하는 카페에 가입하여 서로 소통하게 되었습니다. 그동안 도반이 없어 외로웠고 자꾸 낙오되었는데, 이제부터 좋은 일이 생길 것 같습니다. 그리고 제자분 중에 원고를 교열하는 분이 있음을 알게 되었는데요, 교열 횟수가 늘어나 책으로서의 완성도가 높아질 것 같아 기대도 됩니다.

이번 교열에 대해 말씀드리자면, 수련기 글이 필자의 블로그 수련일지에서 가져왔기 때문에 원고상의 문장 나열이 일반적인 책의 문단 형식에 적합하지 않아 전반적으로 문단을 조정하였고, 또 블로그의 사진이 없으면 독자가 이해하기 어려운 글이 있어 그 경우 문장 중 일부 문구를 삭제한 경우가 두어 번 있습니다.

더불어 저의 근황을 짧게 말씀드리자면, 본업 외의 시간에 마음이 아픈 사람을 도와주려고 상담심리 공부와 봉사활동을 했고, 음악으로 심신의 병을 치유하고 명상에 도움이 되는 Sound Therapy에 관심을 기울여 왔습니다. 이외에도 그동안 했던 많은 공부가 결실을 맺지 못한 게 대부분이지만, 그것들이 누적되어 지금 저의 마음을 안정시키는 효과를 가져온 듯도 합니다.

또 그 과정에서 도인, 부처, 천계에 속한 사람들과 교류하게 되는 데에는 무슨 뜻이 있는 것 같습니다. 한편으로는 딴짓할 시간에 수련에 집중했어야 하는 후회가 듭니다만, 한시도 수련에 대한 마음을 놓지 않은 것은 다행입니다. 이제 더 늦기 전에 선생님을 뵈러 가야 된다는 의식이 저를 밀고 있으니, 몸과 기운이 정비되는 대로 곧 방문하겠습니다.

위 메일에 "메일 잘 읽었습니다. 기다리겠습니다"라는 회신을 받았다. 이로써 현묘지도 수련을 향한 길이 열리게 되었다.

5월 11일 목요일 〈보공〉

저녁 식사 후 강아지 산책시키러 나갔다. 걸으면서 호흡 수련하는 보공은 자주 해 왔는데, 한 호흡의 길이는 걸음 수, 속도와 비례한다. 그냥 걷다 보면 잡념에 휩쓸리기 때문에 수식관을 애용한다. 여기에 7개의 차크라에 의식을 집중하기도 하는데, 근래에는 인중도 그 대상에 포함했다. 그래도 여전히 여러 가지 일이 반추되며 집중이 잘 안된다.

5월 12일 금요일 〈단전 폭발〉

출퇴근 시 책을 읽으려고 지하철을 타고 다닌다. 오늘 퇴근길에는 책은 안 읽고 호흡 수련을 했다. 빈자리에 앉아서 명상을 하다 잠깐 잠이 들었다 깨니 일과로 인한 피로가 풀린다.

저녁 식사 후 강아지 데리고 산책 나갔다. 평소보다 느린 걸음... 호흡이 느려지며 단전에 열감이 강해진다. 그러다 폭발하는 현상, 그때 강한 기운에 놀랐다. 뒤통수 위쪽이 덩달아 저린다. 간만에 보공의 효과가 강하게 나타난 이유가 뭘까? 한 시간 반 경과, 계속 걸을까 하다 몸이 노곤해지고 강아지도 힘들어하기에 집으로 향했다. 전에 썼던 수련기를 다시 보고, 잠시 누워 쉬면서 와공을 했는데 이내 잠들고 말았다.

5월 13일 토요일 〈명상 방석〉

아침 6시 반에 깨어 PC를 켜고 명상음악을 들으며 카페 글을 보며 책상 앞 수련을 했다. 허리가 불편하여 와공하러 이부자리로 갔다가 잠이 들었다. 아침에 잠에서 깨는데 헉! 양물이 발기되어 쇠막대처럼 단단하다. 수련이 급진전되는 것 같아 흐뭇하다.

점심 식사 후 산책 나갔다. 비가 올 듯 검은 구름, 바람이 심하다. 강아지 없이 혼자 걸으니 호흡에 집중할 수 있어 좋다. 한 바퀴도 안 돌아 가벼운 운기 현상이 일며 단전 부위에 힘이 많이 들어간다. 온몸이 훈훈하다. 계속 돌고 싶었지만 비가 곧 내릴 것 같아 세 바퀴 돌고 귀가했다.

저녁 식사 후 2시간 산책하다. 1바퀴 돌자 머리에 자극이 오고, 이어서 단전이 뜨거워진다. 자연스러운 호흡인 문식이 아니고 호흡을 중지하고 단전에 힘을 주는 무식이 자동으로 이루어진다. 꼬리뼈 장강 부위에서 별같이 반짝이더니 뜨거워진다. 이윽고 명문 부위가 뜨겁다. 전에도 그랬던 것 같은데...

밤 12시 넘어 새로 온 명상 방석을 깔고 좌공을 시도했다. 척추기립근에 힘이 들어가 좀 불편하여 몸을 움직여 적응해 나갔다. 단전 부위에서 작은 불빛이 회음 쪽으로 곧장 아래로 떨어진다.

5월 14일 일요일 〈기몸살〉

삼공재 가려면 수련에 진도가 많이 나아가야 면목이 서지. 그래서 열심히 수련한다. 점심 후 혼자 한 시간 산책. 한 바퀴 도는데 저절로 강한 무식이 이루어진다. 한 바퀴에 20회 호흡. 단전이 어제만큼 뜨겁지 않다. 빨간 사과 하나가 단전에 보이길래 빙글빙글 돌렸다. 걷는데 목이 진동하니 우습기도 하다. 나중에 힘들어 자연호흡으로 돌리니 호흡이 짧아진다.

피로 물질이 쌓인 것 같지는 않은데 노곤하고 기운이 없다. 기몸살인가 보다. 늦은 낮잠을 잤다. 저녁에 책상 앞에서 음악 명상을 하니 몸이 훈훈해진다.

5월 15일 월요일 〈용광로〉

전날 늦은 낮잠을 잔 덕에 밤샘 수련을 시도했다. 새벽에 차례로 외국에서 하는 축구, 골프, 농구 경기도 볼 겸... 좌공 자세 후 와공을 했는데, 비몽사몽 1시간 경과. PC 앞에서 음악 들으며 좌공. 3시 넘어 졸음과 노곤함으로 잠자리로 이동, 와공하다가 잠이 들었다.

사무실에 출근하니 눈을 감으면 금방 잠이 올 듯한 상태가 지속된다. 하지만 건드리면 터질 듯한 예감이 드는 기운이 돌기도 했다. 지난주와 달라진 것은 우선 소변보러 가는 횟수가 줄었고 소변량이 많아졌고 가늘던 소변이 굵어졌다. 방광과 전립선이 좋아진 듯하다.

밤 10시. 카페 글을 읽으니 운기가 된다. 좌공. 단전 부위가 용광로처럼 뜨겁다 그 뜨거움의 질이 다르다. 단전 부위를 평평하게 기반을 다지는 듯, 성기 포함 명문까지 복부 전체가 뜨겁다. 불이 번지듯이 대맥, 왼쪽을 돌며 뜨겁다. 몸이 꼬이며 힘이 들어가는 게 뭔가 뭉친 것을 푸는 느낌이다.

『선도체험기』 94권, 18번째 현묘지도 수련기를 읽다. 새벽 1시가 넘었지만 뜨거움 때문에 잠을 자러 갈 수 없다. 전중 부위로 뜨거움이 올라온다. 근래 안 좋은 위를 치료하는 듯하다. 옆구리 아래 부위 대맥 주변 왼쪽이 오른쪽보다 더 뜨겁더니 양쪽 다 뜨거워진다. 2시 넘어 PC 끄고 잠자리로 가 와공하다가 잠이 들었다.

5월 18일 목요일 〈수련 정진〉

출근길에 독서 대신 수련을 하기로 했다. 지하철역으로 걸어갈 때도 전철칸에서도 수련에 집중. 사무실에서도... 저녁 식사 후 산책하는데 힘이 들고 사무실 일이 자꾸 떠올라 단전에 집중이 안된다. 거실에서 명상 방석 가져오는 게 귀찮아 요가 매트 위에서 좌공을 하다 보니 허리에 부담이 느껴져 와공을 한다.

5월 19일 금요일 〈천도〉

출근길. 호흡에 집중이 안된다. 빙의령이 기운을 다 빨아가나 보다.

퇴근길. 지하철역 계단 내려가며 빙의령 천도를 하면서 선생님을 생각하니 모습이 크고 선명하게 보인다. 그 모습을 단전으로 끌어당겼다. 전철칸에서 나도 모르게 눈물이 난다. 아무래도 내일 삼공재 가야겠다. 열감이 치골 위에도 느껴진다. 아파트 단지 안으로 걸어 들어가는데 머리 뒤에서 등 아래까지 넓게 바람처럼 기운이 들어온다.

5월 20일 토요일 〈삼공재 방문〉

창덕궁 고적답사 행사가 있어 참가했다. 정문인 돈화문을 들어가 오른편 금천교부터 기운이 일기 시작된다. 명당이라 그런가? 점심은 뷔페식인데 일부러 적게 먹었다. 강남구청역에 도착하니 1시간가량 시간이 남아 만남의 광장에서 삼공재 방향으로 앉아 수련한다. 단전 부위가 아프도록 열감이 강해진다.

이제 출발. 걸어가면서도 수련한다. 이게 몇 년 만의 방문인가? 벨을 두 차례 눌러도 대답이 없다. 혹시나 해서 전화하니 옆동으로 이사가셨다네. 문을 열어 주신 사모님... 세월이 남긴 흔적에 순간 당황했다. 사모님은 도리어 내가 살이 빠졌다고 하신다. 백팩에서 대마씨 1봉을 꺼내 식탁 위에 놓고 설명했다. 나이가 들면 근육이 사라지니 단백질을 섭취해야 하는데 육식을 안 하시니 단백질 함유량이 높은 대마씨를 드셔 보시고, 입에 맞으시면 다음에 또 가져오겠다고 했다.

선생님께서 반갑다고 악수를 청하신다. 세월의 무상함은 선생님도 예외 없이 지나갔으니... 내가 그동안 참으로 무심했음을 반성한다. 큰절을 올리고 오른편 서가 있는 곳으로 이동했다. 방석을 꺾어 엉치 아래에 깔았지만 허리와 등이 불편해 몸을 조금씩 움직이며 수련을 시작한다. 그럴 줄 알았지만 눈물이 나온다. 곧 콧물도... 주머니에서 티슈를 꺼내 소리 안 나게 닦는다. '집 나갔다 돌아온 탕아'라는 문구가 떠오른다. 삼 공재 나가 별짓 다 하고 더이상 할 게 없으니 뉘우치고 돌아와 참회의 눈물을 흘리는... 그런데 한참 수련하다 보니 얼굴에 미소를 띠고 있네. 스스로 좋은가 보다.

단전에 힘이 들어간다. 열기를 감상하며 몸이 움직이는 대로 둔다. 진 동도 조금, 잔잔한 잡념이 계속되며 명상에 몰입되진 않는다. 목에서 가 래 비슷한 냄새가 느껴진다. 아침에 약한 목감기 증세가 있긴 했는데, 탁기가 나오는 건가?

1시간 반이 금방 지나간다. 요통도 없고 다 좋은데 방석이 불편해서인 지 오른쪽 고관절 통증이 심해져 견디기 힘들다. 그래서 기운으로 치료 한다. 우주기운, 사랑의 기운, 치유의 기운을 암송하자 통증이 줄어든다. 이제 얼마든지 있을 수 있다. 몇 년 동안 요통 때문에 삼공재에 못 왔는 데, 이제는 괜찮을 듯하다.

사모님께서 주스 석 잔을 가져오신다. 선생님은 안 드신다. 전에 금형 이라고 하셨는데, 지금 보니 목형이시다. 그래서 안 드시나... 화장실 갔 다 오니 수련 종료 분위기다. 생식 2통을 백팩에 넣고 인사하면서, 와서 행복하다고, 수련기를 메일로 보내겠다고 하니 선생님께서 흐뭇해하신다.

김해에서 오신 분과 같이 이야기하며 걷는데, 공명 운기가 되며 그의 수준이 감지된다. 잠깐 주스를 마시며 얘기를 나눴는데 안광이 있고 얼 굴색도 훤하다. 우여곡절이 있었지만 간절한 마음으로 수련에 임하다 보니 현묘지도 수련에 이르게 된 것 같다고 한다. 간절함, 절실함... 나에게 부족한 부분이다. 이렇게 열심히 수련해야 선택을 받는 것이니, 오늘 교훈을 얻어 간다.

5월 21일 일요일 〈정화된 심신〉

어제 종일 단전에 힘이 들어가서인지 피로했는데 자고 나니 심신이 정화된 느낌이다. 『선도체험기』 92권, 현묘지도 수련 기록을 읽는데 운기가 된다. 대덕, 대혜, 대력... 수련 중 암송할 만하다.

저녁에 산책하면서 의수단전, 잡념불용, 무심, 자성구자('자'가 잘 생각나지 않았다) 강재이뇌 등을 암송하는데 운기되며, 열기가 여기저기 느껴진다. 1시간쯤 되자 힘이 든다. 이번 주에 강행했나 보다. 집에 들어가 와공을 하는데도 잘 안된다. 휴식이 필요한가 보다.

5월 22일 월요일 〈와공〉

아침 6시 반쯤부터 자다 깨다를 반복했다. 가슴 근육 통증이 느껴진다. 단전 부위에 힘이 들어가다 보니 몸의 다른 부위의 보상작용인가 보다. 퇴근길 전철칸에서 입공을 하다. 가벼운 기마 자세. 단전 부위에 양손을 원형으로 잡고 입정 상태에 든다.

와공 1시간 30분. 요가 매트에 누워 휴식 겸 수련을 하다. 의수단전하며 호흡을 하니 곧 몸이 꼬이기 시작한다. 스트레칭 같기도 한데 몸이 불편한 곳을 치료하는 효과가 있는 듯하다. 오래전 아침 일찍 출근하여 뒷산에 올라가 호흡 수련을 할 때마다 몸이 꼬이며 무술 동작이 저절로 나오곤 했던 것이 생각난다. 그러다 죽은 듯이 가만있는데 눈앞에 영화

스크린이 환하게 쳐지며 여러 장면이 보인다. 뭔가를 묻고 대답하는 것을 들었는데 기억이 안 난다. 이게 다 꿈인가? 새벽 1시 반쯤 일어나 잠자리에 든다.

5월 23일 화요일 〈너무나 뜨거운...〉

새벽에 깼는데 피곤하지 않고 개운하다. 잤다 깨기를 반복하다 7시 전에 기상. 꼬임 스트레칭 후유증으로 몸 여기저기가 결리는 듯하다. 아침 식사는 녹즙과 생식.

독서회 모임에서 과식을 했다. 집에 와서는 바로 와공, 좌공, 와공을 하다. 단전이 펄펄 끓는 물, 용암처럼 너무나 뜨겁다. 뜨거움이 복부 여러 곳으로 다닌다. 와공 시 몸이 비틀리며 고관절, 허리를 치료한다. 부실한 곳이 많아 치료하느라 시간이 오래 걸리나 보다.

5월 28일 일요일 〈지지부진〉

수련 진도가 며칠째 지지부진하다. 단전의 열감도 강렬하지 않다. 낮에 TV를 켜 놓은 채 와공, 헤어컷 하러 가서도 단전에 집중한다.

6월 1일 목요일 〈천도〉

저녁에 헬스장 다녀와 거실에서 와공을 하는데, 운기가 되며 어떤 얼굴이 작게 보인다. 빙의령이 천도되었나 보다.

6월 2일 금요일 〈보공〉

저녁에 강아지를 데리고 1시간 반 산책하다. 어제 천도의 효과인지 단전의 열감이 회복되었다. 열감이 복부 왼쪽으로 이동한다. 미려 쪽으로 열감이 이동했을 때 머리 뒤쪽에서 공명 현상이 일어난다. 열감이 명문으로 이동했는데, 대추혈 부근에 일부 기운이 느껴진다. 더이상 변화가 없기에 걷느라고 집중이 덜 되나 싶어 귀가, 좌공을 했다. 입정에 들어가 좋긴 하나 요통이 생겨 와공으로 변경, 그런데 잡념이 계속되고 목기침이 난다.

6월 3일 토요일 〈목감기〉

오후에 삼공재 가려고 했는데, 시간이 지날수록 목감기가 심해져 포기했다. 사무실, 식당 어디든 에어컨 바람을 등뒤에서 맞아 목이 간질거리더니... 감기와 거리를 두고 살아왔는데, 나이 들면서 면역력이 많이 떨어졌나 보다.

저녁에 2시간 동안 산책하다. 열감이 대맥을 돌고 명문 위까지 올라가고 뒤통수에 공명 현상이 느껴진다. 일찍 잠자리에 들었는데 오한이 생겨 심하게 떨렸다. 단전호흡을 하니 뜨거운 기운이 형성되어 등 쪽으로 이동하면서 몸이 따듯해졌다.

6월 4일 일요일 〈피로 극복〉

저녁 시간. 나가기 싫어 도망가는 강아지를 잡아 데리고 나갔다. 강아지도 체중이 늘어 자주 산책을 시켜 줘야 한다. 강아지가 걷기 싫어하기에 천천히 걷는다. 보공은 천천히 걸으면서 하라고 하니 잘됐지. 그런데 기운이 감기 치료에 사용되어서인지 기대했던 별다른 변화가 없다. 잡념이 계속 생긴다. 단전의 열감을 우주의 소용돌이처럼 천천히 돌리니 집중이 잘된다. 1시간 40분 산책 후 귀가.

6월 6일 화요일 〈현충일〉

비 오기 전에 산책하러 나갔다. 게으른 강아지가 요즘 나 때문에 고생이다. 산책 중 아주 오래전, 초등학생 시절 시장에서 누구한테 얘기 듣는 장면이 문득 떠오른다. 인생에 무슨 영향을 끼친 일도 아닌데... 신기하다. 단전에 우주, 태양을 의식하며 집중. 그런데 수식관을 하니 숨이 가빠진다. 그냥 내버려두면 호흡이 일정치 않더라도 숨차지 않고 열감이 강화된다.

Snatam Kaur의 음악을 들으며 휴식을 취하다. 그녀는 인도의 요가 수행을 했기 때문에 음악의 무드도 그런 색이 짙다. 입정 상태인지 비몽사몽간인지 나에게 질문을 하고 무슨 말을 들었는데 막상 쓰려니 기억나지 않는다.

저녁 시간 내내 PC 앞에서 시간을 보냈다. 명상음악을 들으며 인터넷 여행, 카페 글을 보는데도 무의식적으로 수련이 되었으니, 여기저기의 열감이 이를 증명한다. 하지만 시간 대비 효율 면에서는 가성비가 떨어지는 것이 분명하리라.

6월 7일 수요일 〈천도〉

가랑비가 온다. 점심시간, 직원들과 식당으로 걸어가는데 목이 눌린다. 고혈압? 빙의현상? 그렇지 않아도 어제저녁 아내가 같이 먹자는 말도 없이 수박을 혼자 먹는 모습에 약간 화가 났는데 순간 "저건 사람도 아니야"라는 말을 했는지 들렸는지 싶다. 그때 빙의령이 들어왔나 의심했던 참이다. 걸으면서 "빙의령 빙의령 인과응보 해원상생 극락왕생 업장소멸"을 외니 뒤쪽으로 강한 운기 현상이 생긴다.

하루 종일 몸 전체로 열기가 돌아 훈훈하다. 목 눌리는 현상도 차츰 가시고 컨디션 상승. 사무실 일을 미루지 않고 착착 처리하고, 강의하러 가서도 잘했으니 자신감, 체력 모두 굿! 귀가 후 거실에서 좌공 시 단전에 날카로우면서도 가벼운 통증이 느껴졌다. 허리가 뻐근해지자 다시 와공... 자정이 넘은 시간, 자러 가라는 아들의 말을 듣고 안방으로 건너갔다.

6월 8일 목요일 〈욕탕 입수하는 듯한 느낌〉

꿈에 선생님이 장년 남자 두 사람과 상담하시는데 내가 통역을 한다. 수련 때문이 아니고 심리상담 같은... 3시쯤 선생님이 지쳤다고 엎드려 누우신다. 쉬시게끔 방을 나와 건물 여기저기 보러 다닌다. 화장실에 가 보니 사람들이 소변을 쉽게 잘 누지 못 하는 장면이 보인다. 장소를 이동, 고양이가 어떤 장치를 건드려 시계의 가는 용수철 같은 부품이 떨어진다. 이걸 다시 부착하려니 쉽지 않지만 장치의 작동에는 상관없어 보인다. 다시 방에 들어가니 상담이 이어지는데 아는 여직원이 통역하고 있기에 옆에 앉았다. 그게 어떤 언어인지는 확실치 않다.

저녁 8시 강아지를 데리고 산책 나가다. 잡념이 내내 일어 "인과응보... 극락왕생, 조물주 본성"을 암송했지만, '싯다르타' 암송이 효과를 보았다. 열감이 온몸으로 확산된다. 가슴에 이어 양어깨에 열감이 옮겨지고 발목 부근까지 기가 찌르르 간다. 등 쪽에서 뜨거운 물 같은 것이 넓게 차차 올라오는 게, 욕탕에 몸을 천천히 담그는 듯하다. 계속 더 올라가기를 기다리는데 확 올라가지 않는 이유는 어디 안 좋은 데를 치료하느라 그럴까?

산책로에 그 많던 사람들이 줄었다. 다리도 뻑뻑해지고... 귀가해 시계를 보고는 놀랐다. 11시!! 이렇게 시간이 빨리 지나다니... 저녁 산책을 3시간이나 한 것이니, 처음 있는 일이다.

6월 9일 금요일 〈또 시련〉

아침 기상하는데 약간 피곤하다. 어제 3시간 산책한 후유증인 듯. 그런데 생생하던 꿈이 기록하는 이 순간 잘 기억나지 않는다. 건물의 방을 리모델링하는 장면 등은 흐릿하고 아직 뚜렷한 것은... 약국에 여자 약사가 가운을 입은 채 의자에 앉아 있는데 마치 비치 체어에 앉은 포즈다. 속옷을 안 입은 다리 사이 그곳이 선명하게 각도를 달리하며 보인다. 수련이 진행되면 이렇게 색계의 유혹이 따르는데, 이번에도 잘 넘어갔으니 상을 줄까나?

하루 종일 탕 속에 있는 듯 복부를 비롯 온몸이 훈훈하다. 저녁은 수유리에서 회식했는데 과식이다. 커피숍에서 스무디를 요거트로 착각해 먹었더니 속이 불편하다. 다시는 과식하고 찬 음료를 마시지 말아야지. 귀가하느라 버스를 4번 갈아타는 번거로움은 그 시간에 호흡 수련을 하느라 잊었다.

6월 10일 토요일 〈이물감〉

새벽에 잠을 깨다. 시계를 봤더니 1시 반인데 양물이 빵빵하다. 성욕
은 없는데 몸이 헛심을 쓰네... 다시 잠든다. 꿈에서 길에서 후배와 선배
를 차례로 스쳐 지나갔는데 어떤 방에서 다들 모였기에 놀랐다. 사창가
같다. 들어온 여자가 벌거벗은 채 추워한다. 다른 여자들이 들어왔는데
여러 사람들과 같이 있어서 그런지 마음이 불편하다. 좀 있다 나 아닌
사람이 주인공이 되어 그곳을 탈출한다. 조폭 같은 사람들과 거친 싸움
을 한다. 경찰에 연행되는데 또 탈출... 무슨 영화 보는 것 같다. 아무튼
시련이 연속해서 가해졌고 이를 넘겨서 다행이다.

직장 등반대회 행사가 있는 날이다. 점심 회식 후 삼공재에 갈 수 있
는 시간이지만 땀 냄새와 고기 냄새를 우려해 일찌감치 포기했다. 귀갓
길에 수련을 시도했으나 집중이 잘 안된다.

이른 저녁 식사 후 7시부터 8시 반까지 산책을 하다. 단전의 열감이
강해졌다 식었다를 반복한다. 이후 PC 앞에 앉아 시간을 보내다. 막연한
성충동을 느끼고 야한 사진이 보고 싶었지만 안돼! 하고 다른 생각으로
전환했다. 와공을 하는데 단전에 'ㅡ' 자가 보인다. 단전에 이물감을 느
껴라 했는데 이것인가? 그런데 약간 찌르는 통증도 수반한다.

6월 11일 일요일 〈줄탁지기〉

하루 종일 PC 앞에서 빈둥거리며 소극적으로 수련했다. 『선도체험기』
89권 현묘지도 수련기를 읽다. 읽다 보니 한참 수련했을 때 진도를 많이
나아갈 수 있었는데, 그렇게 하지 못한 반성을 하게 된다. 당시 삼공재
에 자주 갔는데, 선생님 앞에서 소주천 시도할 때 그날따라 기운이 모

이지 않아 실패한 적이 있다.

그게 트라우마처럼 작용하여 매일 백회로 기운이 나무기둥처럼 들어올 때조차 선생님한테 알리지 않다가 줄탁지기를 놓치고 만 것이 후회된다. 결국 나의 수련 상태를 적시에 제대로 알리지 않아 그랬던 것이니... 이제는 삼공재 가기 전에 수련기를 메일로 보내 선생님께 나의 상황을 알리고 가야겠다.

저녁에 2시간 반 동안 산책 겸 보공을 하다. 열감이 아른거리다가 2시간 지나자 늦게 발동했다. 열감 하나가 3차원 영상으로 단전이기도 하고 등 쪽이기도 한 곳에서 보이니 신비롭다. 잠자리에서 와공을 하는데 단전의 뜨거움이 각별하다.

6월 12일 월요일 〈또 꿈〉

꿈에 여자가 내 옆에서 자는데 그곳이 보인다. 이불 밖으로 나올 땐 속옷을 입었건만... 수십 년 전에 잠깐 인사 한 번 했던 사람인데 어이 나타났을까? 하여간 또다시 시련을 통과했으니, 다음에는 어떤 유혹이 있으려나 궁금해진다.

기상하니 피곤하고 허벅지와 종아리에 약한 근육통이 느껴졌다. 지하철로 출근하면서 수련하다. 목감기 상태는 가래가 점점 옅어지는 것 외에는 이상이 없는데 다시 가벼운 몸살 기운이 느껴진다. 주말에 무리했나? 기몸살인가? 퇴근길 지하철에서 수련하는데, 몸에 열이 느껴지고 기운이 없다.

저녁 식사 후 8시부터 산책 1시간 하다. 단전에 열감이 강하게 느껴지고 백회 부위에서 새가 부리로 콕콕 쪼는 듯하다가 움푹 파이기 시작한다. 귀가하여 쉬다가 와공을 하다. 단전에 기운이 90도로 곧장 들어와 뜨거워진다.

6월 13일 화요일 〈기몸살 심화〉

일찍 깬 덕에 6시부터 한 시간 동안 좌공. 단전의 열감이 복부 전체로 퍼지고 중단전이 열기에 반응한다. 출근 준비를 위해 중지할 때까지 평화로움을 넘어 행복감을 만끽했다. 이렇게 아침에 좌선 자세로 수련한 게 오랜만인데, 앞으로 자주 해야겠다.

출근길 지하철에서 명상을 했지만 좌공에 비하면 미미하다. 하루 종일 고혈압과 몸살 기운이 느껴진다. 점심은 생식. 평소보다 늦은 퇴근길, 감기몸살 증세가 심해져 힘들다. 나름 수련하려고 집중했지만 효과는 별로다. 저녁 식사 후 쉬고 싶었지만 그러다 완전히 쓰러질 것 같다. "누우면 죽고 걸으면 산다"는 구절이 생각나 강아지 산책시킬 겸 나갔다. 걷는 게 왜 이리 힘드노? 단전에 활활 타는 모닥불을 연상하니 뜨거움이 더한다. 중단전도 함께 반응한다. 한 시간쯤 보공을 하고 귀가하여 바로 자리에 누웠다.

6월 14일 수요일 〈모닥불〉

눈을 뜨니 새벽 4시. 좌선을 하려니 너무 이른 것 같다. 5시. 조금 더 기다린다. 6시. 일어나 수련할까? 그런데 알람 소리가 들린다. 7시다. 그렇다면 지금껏 비몽사몽, 꿈이었나? 다행히도 몸 컨디션이 나아져 기분이 좋다. 차를 몰고 출근. 40분 동안 호흡을 26번쯤 한 것 같다. 운전 중 수식관을 하면 과속이나 차선 바꾸기를 안 하게 되어 자연히 안전운전을 하게 된다.

야간 수업이 끝나고 주차장 가는 길에 여학생 2명과 만났다. 항상 뒷자리에 앉는, 평균 연령보다 높은 학생들이다. 종강이라 아쉽다고 하며 이전에 자신이 부족해 포기했던 것을 나로 인해 용기를 내어 다시 시도할 생각이 들었다고 한다. 또 한 사람은 주경야독 생활이 힘들어 포기하려다 나로부터 힘을 얻어 끝까지 다닐 수 있었다고 말하며 눈물을 흘린다. 이야기를 들으며 뭉클했다. 내가 학생들에게 도움이 되었다는 사실에 보람을 느끼는 한편, 체력이 바닥날 즈음 수련 덕분에 기운을 차리고 강의를 잘하여 이제 끝났으니 안도감을 느낀다. 수련에 다시 정진하도록 엮어진 인연에 감사드린다.

자정 무렵 와공을 하다. 단전 부위에 힘이 들어가니 하복부 근육이 아프다. 힘을 안 주고 천천히 호흡하며 모닥불을 연상하니 단전이 뜨거워진다. 그런데 사무실 일이 자꾸 머리에 떠오르며 해결책을 궁리하다 보니 수련에 집중이 안된다.

6월 15일 목요일 〈회신〉

출근길에 단전에 집중하려 해도 일에 대한 생각이 자꾸 떠오른다. 일은 모색한 대로 잘 풀리지 않았지만 나름 결말을 맺었다. 오후에 홀가분한 마음으로 선생님께 수련기를 메일로 발송했다. 퇴근 전, 선생님으로부터 회신을 받았다. 엄청난 기운과 함께...

"수련기 쓰느라고 수고 많았습니다. 등잔 밑이 어둡다고 진즉 챙겼어야 할 것을 잊고 있었습니다. 현묘지도부터 정식으로 시작하는 것이 좋을 것 같습니다."

회신을 읽고 또 읽는다. 눈물이 주체를 못할 만큼 계속 나면서 가슴이 저리다.

저녁은 모처럼 직장 전체 회식이다. 고기를 질리도록 먹고, 소맥 여러 잔을 마시고 2차 가서 맥주 작은 것으로 세 병이나 마셨다. 최소한으로 먹고 마시려고 했으나 이곳 분위기상 이렇게 되었다. 택시를 타고 귀가하면서 핸드폰으로 선생님의 회신을 다시 보니 또 하염없이 눈물이 난다.

6월 16일 금요일 〈D 데이 전날〉

단체로 여행을 가 강가에서 놀다가, 앞에 있는 성 안으로 들어간다. 그 성이 나의 소유 같다. 시간이 조금 지나 2층 홀에 올라가니 가슴이 드러나는 드레스를 입은 여자가 서 있다. 그녀에게 접근, 손을 넣어 가슴을 만진다. 그 촉감이 리얼하다. 그런데 사람 같기도 하고 게임 캐릭터 같기도 한 것이 둘 나타나는 바람에 진도는 여기까지. 그리고는 그들을 차례로 격퇴한다. 밖에서 일행과 놀다가 먼저 가는 사람이 있어 배웅한다. 멀리 산에 있는 성의 경관이 훌륭한데 바람이 세차다. 스케일 큰 시뮬레이션 게임 같은 꿈이다. 오늘의 시련은 누가 나타나지 않았으면 어찌 되었을지 모를 아슬아슬함을 남기고 넘겼다.

6시. 거실로 나가 좌공하고 있는데, 7시 지나 방에서 나온 아내 왈, 잠도 안 자는 철인이 되었단다. 출근길 지하철 안에서 핸드폰으로 선생님의 메일 회신을 보니 또 눈물이 난다. 사무실에 있는 동안 기운이 심상치 않다. 끓는 듯한 느낌? 퇴근 시 건물 밖으로 나오는데 강하고 부드러운 기운이 온몸을 감싸며 백회로 기운이 들어와 뒤쪽으로 머리에서 발끝까지 내려간다. 현묘지도 준비 단계인가? 차원이 달라진 사람이 된 듯하다.

1시간 걷고 헬스장 갈 계획으로 나갔다. 한참 걸어도 열감이 안 생긴다. 생각이 평소보다 가볍게 떠 있고 빠르게 통통거리기에 이상하다. 빙의령 천도 시도하다가 어제 음주했음이 기억났다. 열감이 잡힐 때까지 걸으니 뜨거워진다. 단전의 열감이 등 뒤에서도 느껴진다. 백회 위에 뭔가 가벼운 게 올라가 있다. 걷고 또 걷고... 결국 3시간 가까이 걸었다.

6월 17일 토요일 〈삼공재〉

삼공재 가는 날인데 꿈에 또 시련을 당했다. 스스로 이겨내어 다행인데, 유혹의 달콤함에 그대로 있느냐 빠져나오느냐는 결국 나의 선택인 셈이다. 어차피 나갈 거라면 입구에서 들어갈까 말까 망설일 필요도 없이 그냥 지나치면 된다.

기상 시 어젯밤 산책 때문인지 종아리 근육통과 함께 약간의 피곤기가 있다. 샤워 후 『선도체험기』 84권 현묘지도 수련기를 누워서 읽는 동안 공명 운기가 되고 몸이 자동으로 여기저기 조금씩 움직인다.

점심을 생식으로 먹고 2시쯤 출발. 입구에서 두 분이 기다리기에 합류, 함께 입실한다. 곧 두 분이 따로 입실하였는데 한 여성이 무단 방문하는 해프닝이 발생하였다. 선생님께서 질문을 하신 후 책을 더 읽고 방문 허락을 받은 후 다시 오라고 하시되 20분쯤 있다가 가게 하신다. 그 여성의 상황이 대략 어떠할 것이라고 상상된다.

수련 중 앞에 난로가 있는 듯 온기가 하복부에 넓게 전해진다. 잔잔한 잡념이 계속 떠오르는 가운데 단전에 열기가 지속된다. 백회에 기못이 박힌 후 사방으로 갈리며 벌어져 백회의 구멍을 넓힌다. 입정 상태에 1

차로 들어갔다가 조금 후 2차로 다른 차원으로 들어간다. 고관절 통증이 조금 생기자 우주기운, 치유의 기운을 보냈다.

〈매트릭스〉 영화의 정지된 장면 같은 차원에 서서히 들어간다. 고관절 통증도 그 속에 녹는다. 무념의 ㅁ 자에 숨과 열이 들어가는 게 보인다. 무념... 내가 상황을 예상하여 끌지 말고 그냥 두자. 그게 무념이다. ㅁ 자가 기 테이블에 실려 상단전 높이에 올라온다. 그대로 관찰한다. 떠오르는 잡념은 '무심무심' 암송하니 사라진다. 단전 열기가 강해지는데 우물 속 찰랑거리는 물이 보인다. 2시간이 금방 지난다. 잘 버텨 준 허리가 대견하다. 끝나고 선생님께 다가갔다.

"그저께 메일로 수련기 보냈는데요."

"회신했는데 못 봤어?"

"봤는데요. 현묘지도 정식으로 시작하는 게 좋다 하셔서, 제가 어떻게 준비하면 되는지요?"

"현묘지도 할래?"

"네."

"지방에 있으면 다 주는데 저~기 사니까 한 개씩 줄게. 책에 다 나와 있으니까 끝나면 와. 다음 거 줄게."

"네."

"첫 번째는 ○○○○야."

그것을 듣는 순간 운기가 확~ 되며 눈물이 나온다.

저녁 산책 중 백회에 ○○○○이 찰싹 박힌다. 아래로 좁아지는 삼각형 아이스케이크처럼 생긴, 수정 같은 기운이 백회의 열려진 아귀에 맞게 꽉 낀다. 걸으며 온몸이 ○○○○ 기운에 젖는 듯이 연상한다. 백회의 열려진 공간 깊이가 어디까지 내려가나? 송과선인가? 이때 머리에 운기 현상이 인다.

백회의 열려진 통로가 하단전까지 파이프로 연결되고 기운이 그것을 통해 물처럼 흘러 내려가는, 무슨 광고 영상이 떠올랐다. 이거... 내가 연출하는 거 같다. 백회가 열리면 벽사문을 달아야 하는데, 열린 지 오래된 채 살아왔고, 달아 봐야 빙의령, 사기가 수시로 들어오는 것은 마찬가지... 그래도 아까 삼공재에서 백회 구멍이 넓어진 것에 대해 선생님께 여쭈어볼 걸 그랬나?

10시 20분 와공. 화두 암송을 시작하자 온몸이 진동하며 크게 들썩거린다. 조금 후 인터넷으로 화두에 관해 검색하며 공부한다. 선도와 도교 수련, 조선의 도교, 유불선을 합친 풍류도...얼마 전 나의 종교가 도교라고 말한 적이 있는데, 이 장면이 생각난다. 12시 넘어 좌공. 백회에 통증이 있다. 30분 지나 와공으로 전환하다.

6월 18일 일요일 〈첫 번째 화두〉

5시에 눈을 떴으나 6시 넘어 기상했다. 그런데 온몸이 두들겨 맞은 듯하고 어깨 다리가 무겁다. 야구 중계를 잠깐 보다 TV를 끄고 수련을 시작했다. 좌공에 이어 와공. 입정 때 비단 같은 부드러운 장막이 계속 걷히고 별이 빛나는 하늘이 보인다. 개를 포함하여 동물이 두어 번 보이고, 다른 장면이 지나가고 잡념도 영상으로 보인다. 화두를 계속 암송하니 머리와 팔이 진동한다. 10시 반쯤 중지하고 일어나니 심신이 정화된 듯하며 마음이 차분하다.

『선도체험기』 중 현묘지도 첫 번째 화두수련 부분을 두루 찾아봤더니 그 내용이 모두 다르다. 그런데 심신이 정화된 듯하지만 뭔가 기운이 다르다. 감당하기 위해 오후에 일부러 낮잠을 조금 청했다. 2주 만에 헬스장에 가 운동과 반신욕을 하고 귀가했다. 아직 기운이 생소하다. 식후 1시간 동안 산책, 밤에 와공을 하였다. 머리가 사람 같은 검은 제비가 왼쪽에서 오른쪽으로 쑥~ 지나간다.

6월 19일 월요일 〈삼매〉

6시. 기상하는 데 몸이 조금 무겁다. 좌공하려다 다시 잠들어 결국 7시에 기상했다. 출근길 전철칸에서 가볍게 입공 자세를 취한 채 화두를 암송한다. 혹시 내가 현묘지도 수련하기에 준비가 안 된 것인지 의문이 들었다가 한편으로 내가 수련을 이끄는 것 같기도 해서 반성한다. 자성에, 수련을 이끄는 분께 맡기자. 무념으로 일관해야겠다. 그런데 두 번째 화두가 뭔지 알 것 같다.

꼭 숙취 현상처럼 눈동자 움직임이 느리다. 오후에 장례식에 문상을 가다. 병원이나 장례식장에 가면 기운이 빠져나가기 때문에 가고 싶지 않다. 직장일로 꼭 가야 하는 경우 어쩔 수 없다. 헤일로를 강화하고 갈 수밖에. ○○○○ 기운으로 무장해서 그런지 식사, 대화하며 시간을 보내고 나왔는데도 담담하다.

밤 10시 반쯤부터 3시간 동안 와공, 좌공, 와공 순서로 수련을 했다. 격한 진동과 추나 동작 같은 몸꼬임과 두들김에 이어 입정. 귀 쪽으로 머리숱이 있는 대머리의 윗부분이 보이고 얼굴 같은, 여주처럼 도툴도툴한 느낌의 기뭉치가 느껴진다. 빙의령인가? 그냥 지나가는 장면인가? 큰 치즈, 사각형의 철판 같은 것이 펼쳐 보이면서 귀에서 왱~하는 소리가 크게 들린다. 이명인가? 아니다. 관음법문?

머리끝에서 부드러운 기운이 샤워물 흘러내리듯 얼굴을 타고 내려와 온몸을 감싼다. 선으로 연결된 별자리 같은 모양의 종이등 같은 형체의 기운. 하얀색? 회색? 큰 건물 옥상인지 커다란 비행기 날개인지 모를 형체, 이런 것이 보였다. 무념 속에 잡념이 순간 일기도 한다. 평화로움이 계속된다. 삼매의 경지인가? 그 상태에서 더이상 변화가 없는 것 같아 수련을 마쳤다.

6월 20일 화요일 〈ADHD〉

6시에 눈을 떴다. 플랭크 운동할까? 그런데 눈을 한 번 감았다 다시 뜨니 7시. 몸이 무겁다. 어젯밤에 몸꼬임이 심했나? 전철칸에서 입공 자세로 화두를 암송하니 부드러운 기운이 내려온다. 이렇게 고운 기운이 왜 처음에 격하게 와닿았을까? 내가 몸이 부실해서 받을 수 있게 사전 작업을 한 건가?

오후 사무실에서 단전 부위에 열감이 자동으로 형성된다. 집에서 10시 반 넘어 거실에서 와공으로 수련 시작. 단전은 매우 뜨거운데 집중이 안된다. 화두를 암송해도 곧 잡념에 빠지고, 핸드폰을 집어 카페 글을 본다든가 다른 짓을 한다. 빙의령인가? 관을 하려 해도 곧 딴생각... 잠시도 가만있지 못하는 주의력결핍 과잉행동장애 증세가 심하다. 좌공을 해도 다시 와공을 해도 마찬가지. 그러는 와중에 잠들었다가 새벽에 깨어 안방으로 들어간다.

6월 21일 수요일 〈자동 추나〉

아침 기상, 숙취인 양 몸이 무겁다. 출근길에 가벼운 기마 자세로 수련을 한다. 역시 집중이 안된다. 1부터 10을 헤아리며 몸을 훑어보니 목 좌우 근육이 긴장되어 있다. 해원상생... 암송.

근래 수련에 정진하면서 과식을 피했는데, 저녁 식사 후 빵을 먹는 바람에 배가 빵빵해져 속이 불편했다. 산책 1시간 반을 하고 11시쯤 와공 시작. 기운이 돌면서 추나 치료 동작인 몸꼬기와 두드리기 동작이 자동으로 이루어졌다. 좌공 시에는 하복부 전체가 뜨거웠으며, 전날보다 단전에 집중이 잘되었지만 특별한 변화는 없다.

6월 22일 목요일 〈별무 이상〉

친구들과의 모임에 갔다가 대리운전을 자청하여 음주가 면제되었다. 이거 괜찮네... 밤늦게 와공, 좌공, 와공 시리즈를 했는데 어제에 이어 별다른 상황이 전개되지 않았다. 1단계 화두가 통과되어서 그런 것인지 선생님께 여쭈고 싶다.

6월 23일 금요일 〈수련 보고〉

새 기운에 적응한 듯 몸에 힘이 붙는다. 어제 더운 날씨에 운동했는데도 힘들지 않았고 오늘 피로감 없이 거뜬하다. 선생님께 그간 수련 상황을 메일로 보고드렸다.

"토요일에 기다리겠습니다. 화두수련을 시작했으니 8단계 수련을 끝낸 뒤에 그 체험기를 잘 정리해서 제출하기 바랍니다."

위와 같은 회신을 받았다. 엄청난 기운과 함께... 점심도 저녁도 메밀국수. 저녁 약속이 있어 시내에 나가 식사를 하고, 2차는 빠지고 귀가하다가 마트에 들러 헤드폰을 구입했다. 과식한 듯하여 집까지 걸어갔다. 밤에 와공 수련하는데 단전에 이물질감과 통증이 동반한다. 첫 번째 화두를 암송해도 더이상 기운이 안 들어온다.

6월 24일 토요일 〈두번째 화두〉

지난주 토요일 꿈에서 큰 시련을 겪은 후 더이상 유혹은 없다. 그런데 첫 번째 화두수련하기 시작한 며칠 후 아침에 눈을 뜨니 특별한 기억도 없이 매우 찝찝했다. 그래서 팬티를 살펴봤는데 별 이상이 없어 그냥 잊어버리기로 했다. 한편, 꿈에서 성적인 시련이 계속된 일화에 대해 카페 매니저님은 연정화기가 함께 진행되는 것 같다고 평했다. 이것을 읽고는 나름 해석이 되는 부분이 있어 더 지켜보기로 했다.

오후 2시 안 되어 출발. 삼공재 가는 내내 수련을 했다. 입구에서 기다리는 수련생 두 분과 인사하고 먼저 입장했다. 선생님께 인사드리고 옆으로 접근하자 물으신다.

"집사람 어디 있어?"

직장 어디 다니느냐고 여쭈시는 줄 알고 어디 다닌다고 답변하자

"같이 사나?"

"네."

"집사람 얘기가 없어서..."

"아, 네~~ 이리 나오세요."

선생님을 책상 앞에서 나오시게 하고 내가 그 자리로 들어간다. 명상

방석이 있고 공간이 협소하다. 헤드폰 잭을 꽂고 난청에 효과가 있는 Sound Therapy 유튜브를 찾아 배경 화면에 바로가기로 저장한 후 작동법을 가르쳐 드렸다.

"헤드폰값이 얼마야?"

"아유~~ 전에 저한테 책 많이 주셨잖아요."

"언제 줬어?"

"ㅎㅎㅎ 책 많이 받았으니 헤드폰값 안 받을 겁니다."

"첫 번째 끝났어?"

"네."

"두 번째는 ○야."

화두를 듣는 순간 전율을 느끼듯이 운기가 된다. 3시가 되자 8명이 꽉 차게 앉아 수련한다. 시원한 바람이 불어와 더위를 식혀 준다. 지난주에는 난롯불이 하단전 앞에 있는 듯 따뜻한 기운이 전해져 왔는데, 이날은 중단전 앞에서 따뜻한 기운이 느껴진다. 이 때문인지 화두수련 때문인지 중단전에 열감이 몰리고 반대로 하단전에는 열감이 미미하다. 기운이 머리로부터 천천히 내려온다. 머리와 손에 진동이 인다.

입정에 들어도 잡념이 계속되는데 드라마처럼 영상으로 보인다. 기운이 또 천천히 내려온다. 무릎이 아프다. 이제 수련 끝. 선생님이 남으라고 하시기에 다가가니 음악치료 사용법을 다시 가르쳐 달라신다. 그리고 Sound Therapy에 대해 알려 달라 하시어 메일로 정리해서 보내 드리겠다고 했다.

지하철역 개찰구 옆 분식집에서 수련생 8명 모두가 모인 뒤풀이 자리. 이렇게 수련생이 모이는 게 생소하다. 얼굴을 보니 인상이 좋고 법 없이

도 살 사람들이다. 말없는 사내들... 누군가 대화를 주도해야 분위기가
사는데.... 할 수 없이 인사 겸해서 말을 던져 보지만 내가 생각해도 재
미없다.

길에 5만 원이 있으면 어떻게 할 것이냐는 질문에 상황에 따라 다르겠
지만 지금은 수련 중이니 안 주울 것 같다고 대답했다. 몇 년 전 퇴근길
에 지하철역 플랫폼으로 내려가는데 어떤 노인이 다가와 쌀값 좀 달라
고 하였다. 한눈에 도사임을 알고 지갑에 있는 돈 전부를 준 일화, 인사
동에서 탁발을 하는 금발의 여성 요기에게 선뜻 만 원을 준 일화 등을
얘기했다.

저녁 식사 후 선생님께 메일을 보냈다. 내용은 작은 깨달음을 얻게 된
과정과 Sound Therapy에 대한 설명이다. 산책하러 나가 보공을 하는데
화두에 집중이 잘 안된다. 거실에서 와공, 좌공을 해도 그렇다. 진척이
없자 수련을 하는 둥 마는 둥 빈둥빈둥 시간을 보낸다.

6월 25일 일요일 〈미미한 진도〉

자정 넘어 수련 시작. 와공을 하는데 단전에 진동이 심하게 인다. 머
리도 진동. 그 외엔 입정에 들어도 뭔가 특이하게 보이는 게 없다. 추워
서 긴팔 티를 입고 다시 자리를 잡는다. 한적한 지역의 건물과 길가, 멀
리 숲이 보인다. 그런데 건물에서 불이 나는 듯도 하다. 이것은 다른 화
면인가? 이외에는 별다른 진전이 없다. 3시쯤 비몽사몽 중 일어나 안방
으로 향했다.

6월 26일 월요일 〈의수단전〉

아침 시간. 50분 동안 좌공을 하다. 화두를 단전에 대고 암송하니 열감이 평소와 다르게 작고 단단하게 생긴다. 이 열감이 유지되자 두 번째 화두수련이 본격적으로 시작되는 듯하다. 차를 몰고 가면서 수련할까 하다가 전철을 선택, 집에서 출발하여 사무실에 도착하는 내내 수련을 했다. 사무실에서는 급한 일이 없다 보니 종일 의수단전, 열감이 유지되었다.

저녁 독서모임. 책을 다 못 읽고 참석하긴 처음이다. 책 읽을 시간에 수련을 했기 때문이다. 잠이 부족했는지 피로감이 몰려온다. 그래도 귀갓길엔 의수단전이 유지되었다. 집에 도착, 너무 더워 속옷 바람으로 와공을 시작했다.

6월 27일 화요일 〈유위삼매〉

눈을 뜨니 새벽 4시. 거실로 나가 좌공을 시작했다. 화두에 집중, 단전의 열감이 강하게 일면서 복부 전체로 퍼져 나갔다. 입정에 들자 많은 사람들이 차례차례 보인다. 사진첩을 넘기는데 붙어 있는 사진이 하나하나 클로즈업되며 보인다. 또 조선 시대 말기, 일제 시대? 집 앞에 네 사람?이 서 있고, 어느 도시 거리 등등 많이 보였는데 막상 적으려니 잘 기억나지 않는다.

1시간이 금방 간다. 와공을 하다가 오른쪽으로 누웠는데 오른쪽 귀에서 삑~ 소리가 나기에 좌공 자세를 취하니 왼쪽 귀에서 또 삑~ 소리가 난다. 또 1시간이 금방 지나간다. 방으로 들어가 비몽사몽 누워 있는데 단전의 이물감이 강하게 느껴진다.

기말시험 답안을 메일로 받고 있다. 대개는 인사말을 써서 함께 보낸다. 그 가운데 수련을 하지 않나 싶은 학생이 보낸 메일의 인사말이 남다르다.

"매시간, 강의 공간 때마다 밝은 미소(^^)로 맞아 주시고, 성심껏 가르쳐 주시고, 진정으로 사람(제자)들을 사랑해 주시는 모습에 감명받았습니다. 저 또한 그 가르침대로 세상을 살아가려 합니다. 저보다 힘들고, 어렵고, 낮은 이들을 섬기는 삶이 되겠습니다. 몸과 마음에 노력과 최선을 다하겠습니다. 무엇보다도 깊이 느껴, 마음이 움직인 '감동(感動)' 주셔서 진심으로 감사합니다. '선생님' ~강건하시길 기원합니다. 정말 고맙습니다."

요즘 헬스장 가기가 싫어졌다. 산책하면서 보공하는 게 좋다. 저녁에 비 때문에 산책을 조금만 하고 9시 반쯤 수련을 시작했다. 곧 단전에 열감이 강하게 형성된다. 좌공 중 허리에 부담이 느껴져 와공으로 자세 변경. 분명 입정에 들었는데 기억에 남는 게 없다.

6월 28일 수요일 〈입정〉

아침에 식탁 앞에 앉아 입정에 들었다. 고요한 이 상태로 일상생활을 할 수 있지 않을까 싶다. 의수단전은 단전을 품는 것과 같다는 생각이 든다. 마치 닭이나 새가 알을 품듯이... 축기에 대한 정성은 임신부가 배 속의 아이를 보듬는 마음과 같으리라.

밤에 헬스장에 가니 핼쑥해졌다는 말을 듣는다. 볼에 살이 빠진 만큼 뱃살도 체중도 줄었다. 지난달부터 수련의 강도를 높이면서 소식을 하고 생식도 겸하는 효과이리라. 11시 반쯤 거실에서 와공으로 수련을 시작하다. 입정에 들어간 듯 그러다 잠이 들었다.

6월 29일 목요일 〈의문〉

새벽에 자꾸 잠이 깬다. 화두수련 시작하고 꿈을 꾸지 않았거나 꿈을 꿨다 해도 기억이 나지 않는다. 그런데 오늘 비몽사몽, 꿈인지 시련인지 전후 장면 없이 야한 장면만 사진처럼 기억난다. 아무런 의미를 두지 말자. 아침에 좌공을 하며 화두수련을 하다. 입정에 들었지만 아무 변화가 없다. 그게 원래 그런 것인지, 화두를 깨서 그런 것인지, 아직 뭔가 있어 화두를 더 암송해야 하는지 모르겠다.

저녁 산책. 화두를 암송하며 걷는다. 귀가하여 좌공을 시작하는데 대맥으로 뜨거운 기운이 돈다. 단전을 포함, 하복부 전체가 몹시 뜨겁다. 화두를 계속 암송해도 사무실 일에 관련한 잡념 외에 다른 변화가 없다.

6월 30일 금요일 〈미미〉

아침 6시 반. 플랭크 운동을 2세트 하고 좌공을 시작하다. 와공을 하다 보면 잠이 들기 때문에 좌공이 더 선호되지만, 요통 때문에 오래하지 못해 아쉽다.

요 며칠 동안 출퇴근길에 수련 대신 밀린 독서를 한다. 사무실에서는 수면이 부족했는지 계속 졸렸다. 저녁에는 헬스장 가서 운동하고, 밤에 수련했는데 별다른 기억이 없다.

7월 1일 토요일 〈세 번째 화두〉

아침에 상가를 향해 걸으면서 다음 단계를 생각하는 순간 밝은 기운이 들어온다. 그래 진도 나아가자. 삼공재 입실, 일배 후 선생님 옆으로 다가가 세 번째 화두를 받았다. 화두수련에 임하자 기운이 들어오진 않지만 낯선 무념 상태에 빠진다. 하얀 액체가 담긴 사발이 떠오른다. 그 액체가 인당으로 쏟아져 들어와 하단전까지 내려간다. 1시간이 금방 지나간다. 무릎과 고관절이 아파 온다. 삼매지경... 모든 게 없다. 통증도 없어진다. 또 1시간이 금방 지나간다. 삼매의 차원에서 현실로 넘어 오는 것이 벽 하나 차이다.

7월 2일 일요일 〈무위삼매〉

비 오는 궂은 날씨 때문인지 혈압이 오르는 듯하다. 어젯밤의 피로감이 좀 풀리긴 했지만 여파는 있다. 즉슨 빙의령? 전철칸에서 들어왔나? 전에 전철에서 빙의령이 들어올 땐 그 형체를 알았었는데, 이번엔 기습적이다.

거실에서 4시 반부터 좌공. 빙의령 천도 후 입정에 들다. 머리와 손의 진동, 화두를 암기하는데 인당이 집중된다. 5시 반, 와공하니 입정의 단계가 가속화된다. 영상은 별로 떠오르지 않다가 미국 고속도로 인터체인지 같은 지역이 보인다. 여러 잡념이 동영상처럼 나타나는데, 내가 연출하는 듯도 하다.

안방에서 밤 9시부터 3시간 동안 수련하는데, 잡념에 휘둘리다가 입정에 들었다. 화두 암송 시 인당이 집중되며 눌리는 느낌이 오래 지속되다가 찌릿하고 전파 같은 기운이 들어간다. 인당 주변에서 인디언 얼굴 등 여러 남자 얼굴이 순차적으로 보인다. 이전 시대 복장의 얼굴도... 머리가 진동한다. 과거의 잊고 있던 여러 기억이 불현듯 떠오르기도 한다. 간접 조명의 어두운 방인데 감은 눈앞이 환해진다.

7월 4일 화요일 〈독맥 관통〉

거실에서 자다가 새벽에 깨니 양물이 빵빵하다. 연정화기를 인식한 이후 시들해졌는데 왜 이러지? 안방으로 이동, 바로 잠에 빠졌다. 그러다 사창가를 배경으로 한 야한 꿈을 꾸다가 눈이 떠졌다. 이런 꿈 꾸지 말아야지 하고 잠들었는데도 다른 야한 꿈이 이어지다가 다시 깼다. 상상하기 어려운, 재미있기도 한 19금 스토리로 구성된 고강도의 유혹을 받은 것 같다. 다행히 넘어가지 않았으니, 정말 연정화기가 이루어졌는지 시험하는 것인가?

저녁 모임에 가서는 중식에 고량주를 마셨는데, 수련 수준이 높아지니 술에 강해지는 듯하다. 과식을 했기에 집에 오자마자 강아지를 데리고 나가 산책을 했다. 직장일이 잡념으로 자꾸 떠올라 보공을 해도 단전에 집중이 안된다.

밤 11시부터 좌공 자세로 수련을 시작했다. 단전의 열감이 충분히 강하다고 여겨져 하방으로의 봉인을 풀었다. 단전에서 형성된 열감을 회음, 장강, 명문, 지양, 신주, 대추, 풍부를 거쳐 백회까지 올렸다. 단전의 열감을 풀무처럼 계속 보냈다. 척후병이 먼저 가고 본진에 이어 보급대가 따라가듯이 기운도 그렇게 올라갔다. 독맥 반대쪽, 복부 깊은 곳에서 척추따라 더 뜨거운 기운이 실같이, 수은주 올라가듯 따라간다. 철야를 해서라도 임맥까지 관통하려다 어느새 3시간이 지나니 힘이 달린다.

7월 5일 수요일 〈임맥 관통〉

간밤의 수련이 힘들었나 보다. 육체적인 피로감이 아닌, 뭔가 차원이 다른 노곤함이 느껴진다. 손등과 손가락이 찌릿찌릿, 단전의 열감이 용솟음친다. 등짝의 느낌이 평소와 다르다.

퇴근길, 단전이 부글부글하나 수련 대신 독서를 선택했다. 식후 소파에서 휴식을 취하는데 두정 앞 양쪽에서 눌리는 느낌과 함께 열감이 모인다. 깜빡 잠들었나? 8시부터 산책 1시간 반. 어제 수련의 여파로 하복부 피로감이 심하고, 직장일 잡념이 끝없이 떠오른다.

10시 좌공을 시작하다. 잡념이 계속 든다. 빙의령 때문인 거 같아 천도를 시키니 머리와 몸이 심하게 진동한다. 이후 잡념이 사라지고 집중이 된다. 단전에 열감을 생성시키니 대맥과 독맥이 조명 켜지듯 일시에 밝아진다. 어제 백회까지 올라갔다가 사라진 줄 알았던 기운이 그대로 머물고 있으면서 반응한다. 백회에서 기다리고 있던 기운이 임맥을 타려고 한다. 인당에서 오래 머물고 싶으나... 지나가고 인중, 천돌까지는 단전과 동시에 감응한다. 중단에서 시간이 걸린다. 이후 상완에서 하단전까지는 선이 이어져 있기에 그것을 타고 금방 내려간다.

독맥은 요추와 척추를 경로 삼아 올라가기 때문에 길이 수월했는데 임맥은 머리에서 가슴까지 굴곡이 있어 경혈 위주로 지나간 셈이다. 백회에서 하단전까지 이어지는 수도관 같은 것이 보이기도 하는데, 그것이 충맥인가? 하여간 독맥과 임맥은 지나가는 데 느낌이 다르다. 끝났다. 아~~ 지쳤다. 이제 와공 자세로 화두수련에 임한다. 단전의 이물질감이 작은 성냥갑 크기로 보인다.

7월 6일 목요일 〈지금 여기〉

아침 7시 좌공 자세로 화두수련을 하다. 'ㅇㅇㅇㅇ 무위삼매'를 반복 암송하니 집중이 잘된다. 곧 진한 기운이 여러 번 들어와 내려간다. 백회가 쪼개지려 한다. 상단전이 회전하며 그 회전체가 뇌 속으로 들어가며 물감이 섞이는 듯이 보인다. "선계 스승이 누구십니까?" 물었더니 갑자기 비단 커튼 같은 것이 여러 겹 계속 열리다 위로 올라가며 이어서 하늘?이 열린다. 아! 부처가 나타나면 죽이라고 했는데... 뭐가 나타나든 의미를 부여하지 않는다. 그러면 종국에는 어떻게 되나?... 적멸!!

출근길 지하철 독서. 『미움받을 용기』를 마저 다 읽었다. 결론은 과거에 집착하지 말고 미래를 걱정하지 말고, 지금 여기에 충실하라!! 현묘지도 수련 중 소주천 일주를 한 것이 잡탕처럼 살아온 나의 인생이 반영된 것 같기도 하다. 그래도 지금 여기서 중요한, 수련에 충실하고 있으니 괘념치 말자.

오후에 기운이 떨어져 목소리에 힘이 없다. 단전에 기를 충전하고 회의에 임하다. 저녁에는 식사로 바나나 1개 반을 먹고 거실에서 휴식을 취한 후 8시부터 와공을 시작했다. 그런데 지난 며칠 동안 수련 강행군의 후유증, 기몸살 때문인지 곧 잠이 들고 말았다.

7월 7일 금요일 〈엄청난 쇼〉

새벽 3시 눈이 떠졌다. 팔이 저릴 정도로 한기가 느껴지는데 몸은 안 춥다. 안방으로 들어가 자려다 수련을 시작했다. 직장일에 관한 잡념이 끈질기게 떠오른다. 과거에 집착 말고 미래를 걱정 말고... 알지만 이게 마음대로 안된다.

빙의령 천도를 하고 샤워도 한 후 다시 자세를 잡는다. 시계를 보니 4시. 이제사 입정에 들었다. 보호령을 부르니 상서로운 기운이 감돈다. 그런데 아무리 기다려도 보이지 않으니... 아까 수련 막간에 카페에서 피비 케이츠의 파라다이스 뮤비를 봤는데, 그녀가 보이고 그 아래 영화 필름이 쫙 펼쳐지더니 그 하나하나의 필름 컷에서 피비가 다른 연기를 하는 영상이 동시에 보이는, 엄청난 쇼가 보이는데 어째서 보호령은 안 보이나? 어제 지도령을 부르다 중지된 연유와 관련 있을지도 모른다.

허리가 뻐근해져 와공 자세로 변경. 단전이 뜨거워진다. 화두를 암송하니 그 열기가 강해지지 않는다. 다시 잡념이 떠오른다. '무념, 무위삼매'를 암송하며 있는데 '무위자연'이라는 문구가 저절로 함께 암송되기도 한다.

부엌 싱크대에 한 박스 분량의 홍당무가 쌓여 있다. 씻어 달라는 건가? 6시부터 봉사정신과 의수단전의 자세로 열심히 씻으니 40분밖에 안 걸린다. 다시 와공. 단전의 뜨거움이 복부 전체로 확산된다.

출근하는 전철칸에서 『감정수업』을 읽기 시작했다. 독서 중 단전이 뜨거워진다. 직장에서도 이 뜨거움은 간간이 통증처럼 느껴졌다. 퇴근길에서도 독서를 하며, 저자의 재능과 노력에 감탄한다. 저녁 시간, 거울을 보니 눈꼬리 주름살이 많이 보인다. 체중이 줄면서 얼굴의 살이 빠지며 달갑지 않은 이런 부작용이 나타났다. 크게 웃지 말고 가볍게 웃으면 괜찮아. 비가 오는 밤, 덥고 습기가 높아 서재 에어컨을 처음 가동하고, 헬스장 가려던 생각도 접고 모처럼 휴식을 취한다.

7월 8일 토요일 〈삼공재 수련〉

6시 반쯤 기상. 인터넷 브라우징을 하고 느긋하게 명상음악 들으며 수련을 하는 둥 마는 둥 오전 시간을 보냈다. 헬스장 가서 운동하고 체중을 재니 76.1kg. 많이 줄었다. 집에 오니 노곤하다.

2시에 삼공재로 출발한다. 강남구청역 개찰구를 나가 에스컬레이터 앞에서 운기 현상이 일어난다. 만남의 광장으로 올라가 수련생 2명과 조우하여 일행이 된다. 수박을 샀는데 일행에게 들고 가게 하니 미안하다. 삼공재에 에어컨이 새로 설치되었다. 여름날 삼공재의 수련은 더위 속에서 극기 훈련 같은 과정이기도 한데, 이렇게 시원하게 수련하는 게 한편으로는 낯설다. 수련생에게 시원한 환경을 제공하게 되어 기분이 좋으신 듯 얼굴이 환한 선생님, 리모컨의 온도 조절 방법에 대해 물으신다.

화두 암송하며 입정에 든다. 머리가 진동하고, 약한 잡념이 지나간다. 이젠 지도령이 나타나도 좋다. 그런데 아무것도 안 나타난다. 자성에게 3단계 화두 계속 수련하랴? 물어도 소식이 없다. 머리만 진동할 뿐... 나중에 단전 위치에서 회반죽 같은 곳에서 회색의 작은 스파이더맨이 올라온다. 내가 연출하는 것인가 싶어 무시했는데 확실한 동작으로 계속 움직인다. 뭐라고 했는데(기억이 안 남), 그 수가 순식간에 증가한다. 순간 무서워 빙의령 천도를 시도했다. 이윽고 남은 스파이더맨의 얼굴을 보며 누구냐고 물었더니, 형체가 흐트러지며 상단전에 소크라테스 같은 사람의 얼굴이 보인다. 한 시간 반이 금방 지나갔다.

수련생 일동이 나가자, 선생님 옆으로 다가가 여쭀다.

"4단계 화두 받을까 합니다."

"3단계 끝났어?"

"거의 끝나가서요."

"4단계는 체조니까 5단계를 알려 줄게. 이게 중요한 거야. 잘 넘겨야 해."

다시 절을 하고 나오니 다른 수련생이 선생님께 질문하러 들어간다. 뒤풀이 참석하고 귀가하는데 급피로하다. 지하철 타고 가는 동안 천도를 시도했다.

7월 10일 월요일 〈보호령〉

6시 반 기상. 거실에서 좌공하며 보호령을 부르니 온화한 기운이 감싸인다. 그런데 고양이가 야옹거리며 안길 듯이 다가와 얼굴을 바라본다. 여러 번 그러기에 혹시 고양이가 보호령 역할을 하나? 순간 생각이 들기도 했다. 보호령을 계속 부르니 희미하게 형상이 비친 듯도 한데, 단전 부근에서 이부머리에 45도 방향으로 포즈를 취한 인물이 사진처럼 나타난다. 앞 얼굴을 보려 했으나 흐려진다.

밤에 서재에서 가볍게 몸을 풀고 수련에 임한다. 단전의 열기가 형성되어 복부 위로 올라가 위장 부위에 모인다. 위장이 안 좋은 듯해서 기치료를 하자는 심산이다. 암세포는 열에 약하니 뜨거운 기운으로 치료하는 게 최적이라는 생각이 든다.

7월 11일 화요일 〈천도〉

간만에 저녁 산책을 나가다. 강아지도 오랜만의 외출이라 그런지 처지지 않고 잘 따라온다. 그런데 잡념이 끊임없이 떠올라 보공의 효과를 거두지 못했다. 귀가하여 서재에서 좌공을 하다. 호흡을 깊게 하면 부정맥 같은 현상이 생긴다. 요 며칠 그랬는데, 빙의령 때문에 단전호흡을 하면 심장이 압박된다는 그것인가? 그래서 천도를 시도하다.

7월 12일 수요일 〈네 번째 화두〉

꿈을 꿨지만 유혹은 없었다. 아침 7시부터 거실에서 한 시간 동안 좌공하다. 시간이 금방 지나간다. 에어컨이 없어도 넓은 거실에서 수련하니 집중이 더 잘된다. 냉방 때문에 협소한 서재에서 수련했더니 효과가 미진했던 요 며칠이 아깝다. 이제부터 덥더라도 가급적 거실에서 수련해야겠다.

헬스장 갔다 와 거실에서 수련을 시작했지만 잡념에 시달린다. 상단전 무념, 중단전 무심, 하단전 의수단전으로 집중에 성공한 것이 자정무렵이다. 30분 동안 별 반응이 없기에 4단계 수련으로 넘어갔다. 곧 몸이 크게 진동한다. 머리와 팔도 격렬하게... 그리고는 조용~ 높은 빌딩 중간에 가늘고 긴 구조물이 보이고, 이어서 건물 같은 큰 탑이 있는 고대의 신전이 스르르 지나가며 보인다. 좌공 1시간, 와공 30분, 다시 좌공 30분을 했지만 삼매지경까지 이른 것 같지 않다. 그런데 며칠 동안 수련 효과가 미미했던 이유는 세 번째 화두수련이 완료되어서였나 싶다.

7월 13일 목요일 〈무념처 삼매〉

아침 6시. 졸리긴 하지만 좌공을 시작했다. 중간에 강아지 변기 교체하고 8시까지 계속 수련하는데 직장일 관련한 잡념이 자꾸 떠오른다. 요즘 나의 공적인 우선순위가 직장일이다 보니...

무념은 아무런 감정이나 생각이 없는 무아의 경지에 이른 상태라고 하는데, 생각 즉 잡념은 기존의 관념 위에 형성되니 관념을 지우면 되지 않나? 그러면 드러나는 것은? 무념처. 네 번째 화두수련의 11가지 호흡은 무념의 장소에 대해 깨닫는 과정에 동반한 신체적 반응에 불과할 듯

싶다.

저녁으로 옥수수 두 개, 과자 한 봉지를 다 먹었더니 과식이다. 후덥지근한 날씨 때문에 냉방이 되는 서재에서 움직이지 않다 보니 배가 꺼지지 않는다. 거기다 냉방 때문에 한기까지 스멀스멀 든다. 버티다가 나가기 싫은 발걸음을 헬스장으로 겨우 옮긴다.

자시 수련. 수식관 100번으로 의수단전을 한 후 화두수련을 시작하다. 카페에서 '부동심, 평상심'이라는 제목의 글을 봤는데, 이 단어는 잡념이 뜰 때 암송하면 좋을 것 같다. 그래서 외워 보니 어떤 얼굴이 나타난다. 파피루스 같은 재질에 그려진 낡은 초상화 같다. 누구냐고 물었더니 반응이 없다. 어쩜 내가 캐치하지 못했는지도… 서재에서 쉴 때 들어왔던 한기를 부르니 수수깡 인형처럼 생긴 존재가 나타났다. 조금 있다 합장하듯 절하고 사라진다.

7월 14일 금요일 〈컨디션 굴곡〉

6시 반. 눈을 뜨니 전날 와공하던 자리다. 좌공으로 아침 수련을 시작했는데, 밤보다 집중이 잘된다. 입정에 들면 시간이 빨리 지나간다.

사무실에서는 수면 부족인지 컨디션이 좋지 않아 박카스를 마셨다. 저녁에 헬스장 가서 근력운동과 유산소운동을 했는데, 기운이 회복되니 기분도 좋아졌다. 밤에는 좌공하면서 화두수련보다는 단전호흡에 집중했다. 화두수련을 하면 아무래도 단전에 기운이 덜 모이니 4단계에서 이를 보완하는 의미가 있는 듯하다.

7월 15일 토요일 〈삼공재 수련〉

아침에 폭우가 쏟아진다. 계속 오면 삼공재 안 간다!! 그런데 오후가 되니 비가 그친다. 땡땡이치고 싶은 생각을 반성하며, 오늘 가면 네 번째 화두에 대해 확인해 보려 한다. 지난주에 혹 충분히 듣지 못했나 싶어서...

삼공재, 선생님께 일배하고 옆으로 다가가 질문했다.

"현묘지도 4번째 수련은 무념처삼매인데, 화두는 없는지요?"

"응 없어."

"알겠습니다."

"어떻게 하는지 알아?"

"네. 알고 있습니다."

자리로 돌아가 앉자마자 바로 입정에 든다. 중단 위치에서 '一'자로 따듯한 기운이 형성된다. 그래 중단전을 트는 날인가 보다. 전반에는 반입정 상태에서 가벼운 잡념이 이어졌고, 후반에는 기운의 흐름에 몸을 맡기니 머리와 팔이 진동을 하고 몸이 좌우로 비틀어지며 움직인다. 뭔가 뚜렷한 효과는 없었지만 괜히 만족스럽다. 그래, 오늘 오길 잘했어. 수련 시간이 종료되자 일행이 함께 인사한다. 선생님께서 나를 불러 4단계 수련 내용에 대해 아는지 다시 여쭈신다.

7월 16일 일요일 〈4단계 한바탕〉

5시 기상. 거실로 나가 좌공을 하다. 우주선에서 보는 땅의 모습이 보이고, 어떤 사람에게서 갑자기 독수리가 날아온다. 단전의 이물질감이 거친 붉은 암석처럼 보인다. 요통을 느껴 와공으로 전환. 호흡을 하는데 배가 굴럭굴럭거린다.

비몽사몽... 조선 시대 선조 왕이 보였고, 직장에서 직무교육 시간인데 퇴직한 사람이 왜 나왔나? 발표를 제대로 못 하고 담배를 피고 있으니 참다못한 내가 단상에 올라가 화를 낸다. 그런데 좌석을 둘러보니 사람이 거의 없다. 어디를 가는데 거북선이 들어가 있는 묘당 같은 건물이 보인다. 입정 상태의 영상과 꿈이 섞인 듯하다.

오후에 헬스장 가서 체중계에 오르니 76.1킬로. 스윙 연습, 데드리프트, 어깨 근력운동, 자전거 타기 20분. 운동 끝나고 샤워 후 체중을 재니 75.5킬로. 귀가하는데 심장 박동이 이상해 천도를 시도했다. 집 근처에서 얼굴 부위에 역으로 기운이 올라가니 천도가 된 듯하다. 이후 박동이 정상으로 돌아왔다.

저녁에 서재에서 현묘지도 4단계 호흡 수련을 의식적으로 해 보니 그 효과가 컸다. 여러 형태의 격렬한 진동과 움직임을 하니 더워져 에어컨을 틀 수밖에 없다. 밸리 댄스에서 하는 온몸 흔들기 같은 진동을 포함, 한바탕 하고 나니 몸도 정신도 개운하다. 단전의 열감이 올라가 위장을 감싼다. 아하! 4단계는 3단계까지의 화두수련을 하는 동안 정체된 기운을 유통시켜 다음 단계에 임하는 과정이구나. 이 과정에서 지병도 고쳐 건강한 몸을 만드나 보다. 이 4단계의 다양한 호흡은 3단계와 5단계 사이에서 꼭 해야 하기보다 수시로 하면 좋을 듯하다. 그래서 선생님께서도 4단계를 가볍게 여기신 듯하다. 이제 5단계로 나가도 되겠다는 판단이 든다.

입정 중에 외국 여자를 포함한 여러 얼굴이 차례로 보인다. 여자 얼굴은 잘 안 나타났었는데... 저녁에 〈컬러 오브 나이트〉 영화를 중간까지

봐서 그런가? 이 영화는 〈연인〉을 보고 제인 마치의 매력 때문에 고른 것인데, 정사 장면을 보면서 꿈에서 또 유혹받으면 어쩌나? 하는 염려와 함께 그래 한번 또 받아 보지 뭐... 하는 무덤덤한 생각이 함께했다. (다음날 아무 일도 생기지 않았다.) 자정 넘어 거실로 가 와공을 하다가 잠들었다.

7월 17일 월요일 〈독수리〉

새벽에 잠을 깼다. 수련할까 US 오픈 LPGA 파이널 TV 중계를 볼까 망설이다가 잠을 선택했다. 그러다 또 깬다. TV를 켜고는 볼륨을 줄이고 단전에 집중하며 시청했다. 그런데 한국 선수가 우승하는 과정에 정신을 빼앗겨 출근할 때까지 수련을 못 했다. 그리곤 오전 회의가 있어 든든히 먹고 출근했건만, 목소리에 힘이 없고 졸음에 시달린다.

퇴근길, 전철역에서 나와 걸으며 어제 본 독수리를 떠올린다. 예사 독수리가 아니다. 엄청난 기운이 들어온다. 저녁 식사 후 잠시 휴식을 취한 후 강아지를 데리고 산책 나갈 준비를 한다. 옆으로 약간, 아주 약간 구부렸는데 순간 왼쪽 광배근이 경직되기 시작한다. 이어서 오른쪽도 왼발도 목뒤 쪽, 머리 뒤쪽, 오른팔도 경직되려고 한다. 강력한 빙의령이다. 산책하면서 내내 천도를 시도했다. 한참 걷다 보니 몸 뒤쪽에서 기운이 올라간다. 그래도 곳곳의 강직된 그 느낌이 약하게 남아 있고 왼쪽 종아리에는 열감이 있다. 계속 천도를 시도하니 약한 기운이 뒤로 또 올라간다.

7월 18일 화요일 〈5단계 화두수련〉

5시 50분 좌공 자세로 수련을 시작하다. 수식관 100번으로 하단전을 달구고, 50번으로 중단전에 집중했다. 화두수련을 하니 '이 뭐꼬'가 자꾸 떠오른다.

출근길, 지하철역을 향해 걸으며 보공. 좌석에 앉아 화두수련. 1초라도 나의 실상을 보고 싶은 간절함으로 임했다. 상단전과 하단전이 상응하며 열감이 생기고, 찌릿찌릿 운기가 된다. 입정에 들자 내가 몸 뒤쪽으로 물러나 지켜본다. 이제 모든 두려움과 걱정으로부터 초월했다는 생각이 든다. 그런데 상부에서부터 아래로 찢어지는 느낌이 든다. 역에서 나와 걷는 동안 그 찢어진 틈이 벌어지고 순수한 하얀색의 알맹이가 나온다. 뱀이 허물을 벗듯이... 새로운 나에게 엄청난 기운이 형성된다. 사무실에 들어가기까지 천천히 걷는 동안 그 기운이 계속 느껴지며 헤일로처럼 감싼다. 처음 경험하는 신비로움이다. 다시 모든 두려움과 걱정에서 해방된 느낌이 든다.

퇴근길, 아침에 기운이 들어왔던 길을 걸으니 운기가 된다. 전철칸에서 수련을 하는데 괜히 엄숙해진다. 저녁 식사 후 시원한 서재에서 영화를 보고 가벼운 수련을 하며 휴식을 취했다. 자시 수련. 거실로 나오니 후덥지근하다. 좌공 시작, 1시간이 금방 지난다. 수식관으로 하단전 집중, 회음과 미려 쪽으로도 열감이 뜨겁게 형성된다.

하단전이 강화되니 상단이 감응한다. 머리 진동 한 차례, 화두 암송하니 머리에 왕관처럼 기운이 형성되며 기운이 내려온다. 옛날 전통 의상을 입은, 관리같이 보이는 서양인 남자가 춤을 춘다. 다른 사람들도 차례로 보인다. 영화 같은 여러 장면에 제목 같은 문구가 두 번 보였다 사라진다. 백회로 뭔가 싹처럼 뚫고 나와 고무장갑처럼 커지더니 움직인다. 순간 겁이 나서 이 장면을 지웠다.

7월 19일 수요일 〈행운〉

폭염주의보가 내려진 날, 이 무더위에 골프 치러 갔지만 생각만큼 힘들지는 않았다. 전반 3번째 홀, 145m 거리에서 일행의 홀인원이 나왔다. 내가 이 홀에서 버디를 했지만 홀인원의 환희에 묻혔다. 홀인원 보험을 해약한 지 얼마 안 되어 이런 일이 생겼다고 하니, 세상사 알다 모를 일이다. 동반자에게는 1년간 행운이 있다는 속설이 있는데, 나에게 어떤 좋은 일이 생길까?

늦은 저녁 식사를 딸기 스무디와 계란 한 개로 때우고, 휴식을 취한 후 수련을 시작했다. 좌공 한 시간. 수식관으로 단전 축기를 먼저 하고 화두수련을 하다. 복부가 흔들린다. 주걱으로 배를 휘젓는 게 이것인가 보다... 와공하다가 잠이 든다. 중간에 깨니 양물이 빵빵하다. 요즘 단전 축기를 먼저 하고 화두수련을 해서 이런 현상이 생기나? 연정화기가 이루어져 잠잠해진 줄 알았는데... 그렇다면 화두수련하느라 단전 축기가 소홀해진 영향이었단 말인가? 더 관찰해 봐야겠다.

7월 20일 목요일 〈쥐젖 제거〉

아침 수련을 못 했다. 어제 폭염에 운동한 여파인지 기상하는데 몸이 무거웠기 때문이다. 출근길 역사 매점에서 박카스 한 병 사 마시고, 전철칸에서 입공을 하다가 빈자리가 생겨 좌공을 하게 되었는데, 전철칸 수련이 의외로 잘된다.

며칠 전 오른쪽 쇄골 부위에 작고 긴 혹이 생겨 손톱으로 긁으니 상처가 났는지 건드리면 아팠다. 전날 수련 중에 혹이 없어지길 바랬다. 오후에 문득 손을 대니 딱지가 떨어지면서 사라졌다. 그리고 요즘 부정맥이 발생한다. 빙의령? 심장을 관하며 있자니 따듯해지며 그 현상이 사라진다. 그러다 재발하니 잘 살펴봐야겠다.

7월 21일 금요일 〈감정의 분리〉

거실에서 자다가 5시 넘어 기상. 와공, 좌공을 각각 1시간씩 하고 출근했다. 전철칸에서도 수련을 하려 했으나 지인을 만나는 바람에 하지 못해 아쉽다. 지인은 성격과 사회성이 좋아 직장에서 무난히 정년퇴직하고 자식 농사도 잘한, 부러움의 대상이다.

카페 글에서 '자신의 감정을 이성으로 분리할 수 있는 경지에 이르면 자연 업(빙의령)을 녹일 수 있는 우위를 점하게 된다'는 글을 보자, 그 경지에 이르는 순간 깨달음을 얻는 것으로 이해되면서 영묘한 시간을 잠깐 경험했다.

부정맥이 계속 발생한다. 하단전과 상단전에 비해 중단전이 덜 활성화되어 균형을 이루지 못해 그런가? 중단전에 집중을 하니 효과가 있다. 밤에 헬스장 가서 운동을 심하게 한 탓인지 자시 수련에 지장을 준다.

7월 22일 토요일 〈토요일의 여유〉

토요일의 느긋함이 좋다. 간만에 늦잠을 잤다. 꿈을 꿨는데 앞뒤 스토리는 짤리고 엄청 야한 장면만 생각난다. 전에는 꿈에서 야한 장면이 나타나면 시험에 떨어질까 두렵기도 했는데, 이제는 즐기는 수준이 된 것 같다.

오전에 명상음악을 들으며 카페 글을 보며 가벼운 수련을 했다. 오후에 삼공재로 출근. 자주 온다고 선생님께서 흐뭇해하신다. 오늘 수련생이 11명이나 왔으니 번성했던 논현동 시절로 돌아간 듯하다. 반입정 상태에서 수식관을 한 후 화두수련을 하니 가벼운 진동이 인다. 상완혈 부근의 진동은 처음이다. 아무것도 안 보이더니 막판에 여러 얼굴이 사진첩 넘기듯 교체되며 나타난다. 자세가 불편해 조금씩 움직이며 버텼더니 피곤하다.

냉면집에 10명의 도인이 모였지만 분위기가 조용하다. 내가 삼공재에 한참 나오다 나타나지 않아 한소식한 줄 알았다는 얘기를 듣고 내심 부끄러웠다. 수련에 별다른 진전이 없는 가운데 공사다망, 부상을 핑계로 소홀했던 시기가 있었는데, 아깝긴 하지만 다 지난 일이다. 지금 매일 충실하게 임하면 된다.

귀가하면서 빙의령을 천도했다. 밤에 수련할 때 전투기 조종사가 괴로워하는 영상이 보였다. 저격당한 듯 곧 격추되기 직전이다... 슬프다.

7월 23일 일요일 〈마음 따로 몸 따로〉

오전에 가볍게 수련을 하고, 오후에 헬스장 가다. 밤에는 좌공을 하다가 뻐근한 허리를 고려하여 와공 자세를 취했건만, 오래 못 버티고 잠의 여신 곁으로 가고 말았다. 주중에 모임이 두 차례가 있어 수련에 차질을 빚은 터에, 현묘지도 8단계 진입한 분 소식에 동기부여가 되어 밤새도록 수련하고 싶었는데 아쉽다.

7월 24일 월요일 〈의수중단전〉

5시 반에 잠을 깨다. 거실에 나가 수련하려니 강아지 오줌 냄새가 심하다. 변기를 교체해야 하는데… 귀찮아 서재로 들어가 좌공, 와공을 했다. 이번에는 사람들 얼굴이 사진처럼 고정된 모습이 아니라 움직이는 모습으로 차례로 보였는데, 생생했던 모습이었건만 지금은 기억이 잘 안 난다.

차를 몰고 출근하니 편하다. 의수단전을 하니 단전 열감과 더불어 손등으로 찌릿하고 기운이 흐른다. 저녁 시간 후덥지근하던 날씨가 나아져 간만에 강아지 데리고 산책을 나갔다. 시원한 바람이 분다. 의수중단전을 하니 잔잔하게 기운이 들어오고 중단전에 축기되는 것이 느껴진다. 이윽고 하단전과 감응하며 발목으로도 찌릿하고 기운이 흐른다.

10시부터 거실에서 좌공 자세로 화두수련을 바로 시작한다. 고양이가 야옹~하며 다가와 방해한다. 잠시 토닥거려 주고 다시 몰입. 그러면 곧 또 야옹~ 무한 반복이다. 한 시간 후 허리가 뻐근해져 와공으로 전환. 화면이 머리 우측으로 뜨다가 사라지더니 한 시간을 해도 변화가 없다. 갑자기 얼굴부터 물속 아니 겔 같은 곳으로 들어간다. 차원이 다른 곳이다. 또 한 시간 경과하면서 비몽사몽에 빠진다.

7월 25일 화요일 〈영상과 기억〉

잠을 깨니 6시가 넘었다. 좌공을 하다가 부엌 소음 때문에 안방으로 이동, 와공 자세로 3개의 단전 위치를 옮겨 가며 의수단전하며 화두수련을 하다. 외국 사람들, 바위에 부딪친 황새가 물가에서 힘들게 걷는 모습, 큰 누런 고양이(위에서 아래를 보는 각도)가 차례로 보인다. 세 군데 단전이 활성화되면서 삼매의 경지에서 영상이 선명하게 보이니 기분도 좋다.

밤 9시쯤 귀가하다. 서재로 들어가 에어컨 틀고 휴식을 취하는 등 마는 둥 바로 수련을 시작하다. 와공으로 수식관 호흡 70번 정도 하는데 중간에 막히며 잘 내려가지 않는다. 천도를 하고 다시 호흡을 하니 쭈~욱 내려간다. 좌공하며 수식관 호흡 100번 하다. 그런데 단전의 이물감이 실종된 듯하다. 별세한 직장 선배, 영화 장면, 오늘 본 영양실조 아이 등이 떠오른다.

좌공 수식관 100번 더 하고 시계를 보니 0시 30분. 계속 수련을 하니 진동이 일고 상단전이 감응한다. 뇌세포가 활성화되는 듯 여러 기억의 단편이 불쑥불쑥 튀어나온다. 하단전의 열감이 느껴지기 시작한다. 와공 수식관으로 전환한 이후는 기억이 안 난다. 3시간 넘게 수련했는데도 큰 효과가 없다.

7월 26일 수요일 〈모임〉

서재 침대에서 눈을 뜨니 밖이 밝다. 누운 채 화두수련을 하니 중단이 상단과 감응하며 하나가 된다. 중단전으로 흰빛이 내려온다. 하얀 옷 입은 흑인을 비롯, 여러 얼굴이 보인다.

전철칸에 앉아 수련하며 출근하다. 퇴근 후 모임에서 고량주를 여러 잔 마셨지만 취하지 않았다. 2차는 사양하고, 귀가 전철칸에서 의수단전하다. 밤에 거실에서 와공 자세로 수련을 시작했는데, 이후 기억이 안 난다.

7월 27일 목요일 〈생각 금지〉

5시 기상. 비몽사몽으로 있다가 6시부터 본격적으로 수련. 7시 넘어 안방으로 이동하여 와공을 계속하다. 잔잔한 기운이 들어오고 상서로운 오로라가 형성되는 듯했다. 수련 중 짧은 영상이 보였지만 생각이 방해를 한다. 어떤 징조가 있으면 생각이 이후 상황을 연출하는 듯해서 자제했다. 출근 준비를 하는데 밖에서 까마귀 소리가 한동안 시끄러울 정도로 들렸다.

중단전 부위에 통증이 느껴진다. 퇴근 후 산책, 헬스장, 수련의 순으로 진행할 작정이었다. 그런데 산책 중 무릎 주변이 불편하고 강아지도 헉헉하며 뒤뚱거리기에 일찍 귀가했다. 9시부터 수련에 들어갔다. 4시간이나 수련할 수 있다는 기대감과 함께. 그런데 카페 글과 댄스 동영상을 보다 보니 시간이 훌쩍 지났다. 자정 가까운 시간, 거실로 나가 수련을 다시 시작, 와공을 하는데 금방 2시가 되었다. 밤을 새워도 좋다. 그런데 좀 춥네... 안방으로 이동, 이불을 덮고 수련을 계속했다.

7월 28일 금요일 〈시련〉

출근하기 전, 안방에서 좌공을 한다. 화두를 암송하니 기운이 솔솔~ 들어온다. 요 며칠 큰 변화가 없어 이제 여기까지인가? 아직 미흡한데도 다음 단계로 넘어가야 하나? 고민했었는데, 이렇게 기운이 들어오니 계속할 수밖에 없다.

이번 단계는 한동안 몰두했던 이슈이기도 하다. 내가 감정에서 분리되는 순간 혹은 나의 실체를 깨닫는 순간, 듣거나 보는 것과 내가 일체가 되는 순간 부처가 된다고 보고 나름 수련했던 적이 있다. 거의 건너

갈 뻔했는데 편견, 아집이 너무 강해서, 어쩌면 때가 아니었을지도... 이런 경험에서 이번 화두수련에 비중을 두고 있다.

한편으로 하찮은 일, 일시적인 상황을 가지고 전체를 해석하는 오류를 범하기 쉬운데, 수련할 때 이런 일이 반추되면 지장을 받는다. 더구나 반추되던 그 일이 나중에 그리 대수롭지 않거나 쉽게 해결되면 내 자신이 한심하고 허탈하기까지 하다. 근래 직장의 하찮은 일에 생각이 꿰어 수련에 지장을 받았으니 마음공부가 덜된 증거이다. 어쩜 공처 수련 과정에서 겪는 시련이라고 생각하는 순간 기운이 돈다.

7월 29일 토요일 〈호사다마〉

주말이다. 우선 주중의 피로를 풀 겸 늦잠 자고, 오전 늦게 거실에서 좌공을 시작하다. 큰 찐빵, 비행선 모양의 덩어리가 머리 위에 붙어 있으면서 머리 안으로 내려오려 한다. 조금 있다가 더위에 서재로 이동, 에어컨 틀고 침대에 누워 와공하다가 비몽사몽... 2시에 일어나 삼공재 가려고 옷을 입는데 허리가 불편해 다시 누웠다. 안 가는 대신 4~5시간 수련을 찐하게 해야지. 그러나 와공은 잠의 여신의 유혹에 약하다. 저녁 산책 시 기운이 오랜만에 들어왔다.

7월 30일 일요일 〈과욕불급〉

수련에 대한 의지에도 불구하고 집중을 못 하고, 허리 때문에 와공만 한다. 또 비몽사몽... "마지막~" 소리가 크게 들리고, 카페 회원들과 함께 수련하는 영상이 보인다. 꿈 같다. 오래 누워 있다 보니 근육이 다 풀리는 듯하다. 일주일 만에 헬스장 가서 운동했으나 등 쪽 근육에 무리가 가해졌다.

저녁에 산책을 하는데 걸을수록 더워져 보공의 효과를 거두지 못했다. 밤에 명상음악을 들으며 와공을 했지만 비몽사몽에 빠졌다. 새벽에 거실로 이동, 와공 중 금방 잠에 빠졌고 추워서 여러 번 깼으나 몸을 움직이지 못했다.

시간이 많다고, 수련을 많이 한다고 반드시 결과가 좋은 것은 아니다. 이번 주말 내내 수련하려고 욕심부린 게 도리어 부작용을 초래한 것 같다. 수련 중 쓸데없는 생각이 내내 머리에 떠오른다거나, 신비한 어떤 현상이 생기면 다음 과정을 미리 유추하는 바람에 식게 만들거나, 수련 조금 하다 곧 딴짓한다거나, 몸에 이상이 생긴다거나 해서 뭔가가 방해하여 수련의 정체를 겪었다. 이제 빙의령을 관하고, 와공 대신 좌공으로 짧은 시간이나마 집중해서 해야겠다.

7월 31일 월요일 〈입정 즐기기〉

어제 LPGA 경기 결과를 보니, 선두에 있던 선수가 자멸하는 동안 6타나 뒤져 있던 한국 선수가 쫓아와 기적같이 우승했다. 앞에서 잘하는 것보다 나중에 잘하는 게 중요하다는 교훈. 그리고 우승은 선수가 잘하는 것은 기본이고 여기에 신의 도움이 있어야 가능함을 다시 증명했다. 수련도 일단 내가 열심히 해야 신명의 도움을 받는다고 하니 세상사 이치가 똑같나 보다.

감기 기운이 들어온 것 같은데, 발현되지 않고 잠복하기에 천도를 시도했다. 이전처럼 실체가 눈에 보이지는 않는다. 저녁 산책하면서 축기를 하고, 간만에 오랫동안 깨어 있는 와공을 새벽 1시까지 했다. 상중하단전이 상응하며 하나가 되고, 의식을 놓치지 않고 입정 상태를 즐겼다.

8월 1일 화요일 〈당일 여행〉

아침에 제2영동고속도로를 타고 아내와 강릉을 가다. 순두부집에서 번호표를 받고 대기하다가 입실. 주인은 신의 손을 가졌나 보다. 반찬까지 다 맛있다. 양양 방면으로 가던 중 커피 전문점에 들르다. 넓은 주차장에 차가 가득하고 손님이 줄을 서서 주문을 기다린다. 야외에서 커피를 마시며 전원 경치를 보며 시간을 보내다. 이럴 때는 무념무상이 잘되네...

바다를 오른쪽으로 바라보며 국도 드라이빙. 바다 저 끝이 육지보다 더 높아 보여 무섭기도 하다. 하평 해수욕장에서 바닷물에 발을 담그고, 모래사장을 걷고 해수욕객의 즐거운 물놀이를 구경한다. 먼바다를 보며 잡념에서 해방된다. 연곡 해수욕장 소나무 숲에서 바람을 쐬며 명상을 하다. 양양의 막국수 맛집에서 노릇노릇한 감자전, 순수한 맛의 막국수... 정성과 내공을 음미하다.

오늘 방문한 음식점들은 주인이 성공하기까지의 노력이 있었기에 떼돈이라는 보상이 주어졌을 터, 이들이 수련의 길을 택했다면 한소식했음이 틀림없다. 노력은 영역을 가리지 않기 때문이다. 춘천양양고속도로를 처음 달려 귀가. 하루 종일 운전했지만 의수단전으로 일관하였더니 피곤하지 않다. 남춘천 IC에서 국도에 접어들었을 때 도로에 파인 곳이 있어 피하려고 핸들을 돌렸건만 바퀴가 빠져 크게 덜컹거렸다. 핸들을 돌리지 않고 그냥 갔으면 괜찮았을 터, 아내가 운전하다 그랬으면 내가 뭐라 했을까?

집에 도착하자 강아지가 반갑다고 달려든다. 보답으로 안아서 거실을 배회하니 고양이가 등뒤에서 어깨로 뛰어 올라온다. 놀라서 몸을 트니 고양이가 떨어져 도망간다. 이 과정에서 등과 종아리에 할퀸 상처가 났다. 고양이의 질투심인가? 조금 있다가 고양이를 안아 달래며 발톱을 깎았다. 아픈 상처에도 불구하고 화가 나거나 밉거나 하지 않으니 스스로가 이상하다.

8월 2일 수요일 〈아침 좌공〉

눈을 뜨니 해가 뜰 무렵이다. 누워서 비몽사몽으로 있다가 7시 알람소리를 듣고 거실로 나가 좌공을 시작했다. 처음부터 보호령을 불렀다. 뇌파가 떨어지는 것인지 기묘한 차원으로 변한다. 아름다운 병아리색의 공간, 막 같은 것이 줄어들며 단전으로 들어간다. 모르는 얼굴들이 희미하게 보였다 사라졌다. 보이는 것을 나름 해석하거나 짐작하지 않고 그대로 두니 더욱 신묘해진다.

지금껏 수련기에 기록하려고 관찰자의 입장을 취했었는데, 이제 기록은 잊고 당장의 현상에 몰입하기로 한다. 영화 〈인터스텔라〉의 후반 서재 장면에서의 두툼하고 정지된 공간. 내가 묻는 것이 글자로 변해 공간에 그대로 새겨진다. 보호령을 본들 안 본들 아무런 의미가 없다. 이대로 마냥 있고 싶다... 고양이가 야옹거리며 건들기에 시계를 보니 한 시간이 훨씬 지났다.

8월 3일 목요일 〈전생〉

안방에서 아침 좌공. 지도령을 불렀다. 젊은 남자인데 모르는 얼굴이 보인다. 옛날 복장의 일본인 둘이 대화를 한다. 극단 사람 같다. 큰 개가 걷는 장면도 보인다. 내가 일본이 친숙하고 개를 좋아하는 이유와 연결되는 듯... 좌공에 이어 잠깐 와공. 끝날 무렵 나도 모르게 두 손과 발을 올리는 자세를 취한다. 허리에 좋다는 생각이 들어 한 번 더 했는데, 자주 해야겠다. 단전의 이물감이 그물망처럼 느껴진다.

8월 5일 토요일 〈삼공재 수련〉

삼공재 방문. 반입정 상태에서 상단전과 하단전이 감응한다. 상단전의 경우 바람이 회오리치는 듯한 신묘한 변화가 인다. 잡념이 일면 의수단전 위치를 바꾼다. 아들 얼굴이 떠오르는 순간 머리 뒤쪽 두개골과 피부 사이에 칼이 꽂히는 듯 뻑뻑하면서 아프다. 심각하네... 전체적으로 수련이 잘된 듯 시간이 빨리 간다. 더 깊은 입정으로 접어들 찰나 수박이 들어온다. 현묘지도 수련을 마친 분이 제공한 것이니 일부러 많이 먹었다. 잘 버텨준 허리에게도 감사!

귀갓길, 아들의 빙의령 천도를 시도하다. 밤에 확인해 보니 천도된 듯하다. 등과 허리 근육이 뻐근하여 어제와 마찬가지로 서재 침대에 누웠다. 단전 부위를 두드리니 먼지가 일듯 기운이 인다.

8월 7일 월요일 〈수련 몰입〉

저녁 시간. 집에 아무도 없다. 생식하려다 옥수수, 복숭아, 과자로 배를 채우고 카페에 들어가 가벼운 수련을 한다. 8시 반부터 거실에서 좌공을 하니 엄청난 기운이 쏟아지고 하단전이 뜨거워 화상을 입을 것 같다. 몸이 더워져 시원한 서재로 이동. 강아지가 따라 들어오기에 무릎에 앉힌 채 수련을 계속한다. 잡념이 일거나 하면 의자에서 침대로, 다시 의자로 이동하며 수련한다. 상중하 삼단전이 상응한다.

아들이 기숙사 동료를 친구로 하기로 했다는 소식을 전하니 안심이된다. 새 직장에서 터전을 잡으려나... 이참에 아들의 빙의령을 점검하니 이상 없다. 이번에는 미국에 있는 딸의 빙의령을 불러 본다. 소식이 없다. 계속 부른다. 오른쪽에서 기운이 일기 시작하며 뭔가 변화가 인다. 이건.... 상서로운 기운이다. 이 따뜻한 기운이 퍼져 나를 감싼다. 빙의령이 아니다! 보호령 같다. 누구십니까? 조상이십니까? 애 할머니입니까? 고개가 끄떡끄떡 진동한다. 그 기운에 감화되어 눈물이 난다. 보여주십시오. 안 보인다. 계속 보여 달라고 요구했다. 그러자 90도 각도의 어깨 주변 모습, 그릇에 담긴 맛있는 음식들이 보인다(딸을 키운 할머니가 음식을 잘하셨음). 눈물이 계속 난다. 고맙습니다. 애를 돌봐 주어 고맙습니다.... 한동안 감격에 머물렀다.

이윽고 여기서 나오니 기운이 떨어졌다. 역시 수련은 스테미너가 받쳐 줘야 하는구나. 그런데 할머니 얼굴이 왜 안 보였을까? 할머니 사진이 침대 바로 위에 있어서인가? 다음에 얼굴을 보여 달라고 해 봐야겠다. 이후 계속 수련했지만 앞의 감동에 묻혀서인지 다른 기억은 나지 않는다.

8월 8일 화요일 〈축기〉

새벽 공기가 시원하여 거실로 나갔으나 비몽사몽 시간을 보내고 말았다. 이렇게 하지 않으려 했건만 의지가 약한 증거다. 그런데 아침에 서재 침대 위에서 좌공을 하니 새삼스럽게 잘된다.

이번 주에 외부기관 회의 참석이 예정되었다. 회의비 지급을 위해 주민증, 통장 사본이 필요하다고 연락이 왔다. 지금껏 회의하러 가면 양식에 해당 정보를 기재하고 사인하면 끝인데, 개인정보 보호 시대에 과한 요구이고 손님에 대한 예우도 아닌 것 같아 불쾌한 마음이 들어 안 가기로 했다. 이것이 과민반응일까? 이런 반응도 지워야 할 관념의 하나일까?

저녁에는 수면 부족, 피로감으로 헬스장 안 가고 휴식을 취했다. 9시에 산책 나가 보공하던 중 마음의 눈으로 단전을 보니 축기되는 게 느껴진다. 이전보다 수준이 높아진 것 같다. 하단전 열감에 머리 뒤편 아래쪽이 감응한다. 10시 반 서재에서 좌공, 와공 수련. 잡념 때문에 입정에 들기 어렵다.

8월 9일 수요일 〈연정화기 확인〉

드디어 기다리던 19금 꿈을 꿨다. 남자A, B 여자C가 주인공이다. 세 사람은 친하다. 어디를 가서 한방에서 자게 되었는데, B가 C를 원하지만 C는 A를 원한다. 하지만 A는 두 사람을 바라보기만 한다. 장면이 바뀌어, 어디 갔다가 비를 맞은 A와 C가 숙소를 찾아 들어가 젖은 옷을 벗다 보니 묘한 상황이 된다. A는 자신을 원하는 C를 하화중생의 심정으로 받아들이기로 했지만, 내심 원하고 있는 것 같기도 하다. 합궁했지만... There was nothing come out!!

자정 넘어 유튜브로 〈1.5Hz Isochronic Tones〉을 들으며 수련하다. 곧 소리에 몰입되며 격한 진동을 일으킨다. 이런 경우 처음이다.

8월 10일 목요일 〈나〉

저녁에 회식이 있어 지하철로 출근. 책을 읽으려고 했는데 자리에 앉는 바람에 수련을 하였다. 그저께 보공할 때처럼 마음의 눈으로 단전을 바라보니 호흡이 조정되며 축기가 된다. '나'를 화두로 삼아 보니 미세한 효과가 감지된다.

8월 13일 일요일 〈아리랑 환타지〉

오후에 헬스장 가다. 페달이 안장 아래에 있는 일반 자전거를 타려 했지만 빈자리가 없어 대신 페달이 앞에 있는 자전거를 타게 되었다. 할 수 없이 탔지만 오히려 허리가 펴져 의수단전하기에 좋았다. 45분 동안 28Km 달리며 땀을 흠뻑 뺐다.

저녁에 아리랑 환타지 공연 동영상 음악을 들으니 뜻밖에도 기운이 들어오며 격하게 진동이 일어났다. 음악을 반복해서 들을 때마다 진동이 계속되었다. 나중엔 진동의 기운을 하단전으로 끌어모았다. 좌공하며 중단전에 집중하니 하단전과 합일한다. 입정에 빠져든다. 마치 물속에 있는 듯 편안하고 잡념이 없어지거나 있더라도 천천히 지나간다. 자동차 기어가 변속되듯 더 깊은 입정으로 들어가 화두수련을 하다.

8월 15일 화요일 〈기감 향상〉

밖에서 저녁 식사를 하고 귀가하는 길, 배가 불러 의수중단을 하다. 중단의 열감이 최고조로 강화된다. 집에 도착하자 바로 PC를 켜고 카페에 들어간다. 단군 사진과 글에서 큰 기운을 받고, 회원들의 글을 볼 때는 각각의 기운이 감지된다. 정말 기감이 향상되었나 보다. 자정 지나서 와공 자세를 취하다. 한참 한 것 같은데 중단, 하단으로 동시에 기운이 들어온다든가 외엔 특별히 기억나는 것이 없다.

8월 16일 수요일 〈하화중생〉

새벽 4시. 수련하다가 잠이 들었다. 어디서 일주일 코스의 수업을 듣는 건지 강의를 하는 건지 확실치 않다. 열댓 명의 수강생 캐릭터가 독특하다. 그중 아는 사람도 있어 그들이 하는 일을 관찰했다. 수강생의 생일 선물을 사려고 상점에 들어갔다. 적당한 것을 골랐는데 돈이 모자라 주인과 협상하고 주머니에서 돈을 꺼내는데 뜻밖에 일본 동전이다. 환율 차이로 가격에 조금 부족하다. 그 때문에 또 주인을 설득하느라 애를 먹는다.

이제 집으로 가려고 큰 도로에 나섰는데 의외로 한산하다. 그 도로는 새로 건설된 것이고 그 길 아래 오래된 도로가 있어 차량과 사람들이 다닌다. 그리로 내려가 정류장을 찾아갔다. 교통편이 마땅치 않아 중간에 갈아타기로 하고 버스에 탑승했다. 한참 가는데 좀 이상하다. 사람들이 멀미를 하는 바람에 나의 외투가 더러워졌다. 왜들 이러나? 알고 보니 죽으러 가는 사람들을 실은 버스다. 정류장에 멈추자 내려서 외투에 묻은 오물을 씻고 승객에게 내리라고 소리쳤다. 그 버스가 어느 지역에 도착해 모두 내렸다.

외국 같은 분위기... 거기서 테니스 시합을 했다. 상대방은 알고 보니 20여 년 전에 나에게 테니스를 가르쳐 준 사람이다. 그를 이길 수 없지만 사력을 다했다. 그런데 그 지역 사람들의 모습이 이상하다. 아! 죽으려고 모여 사는 것이다. 그들에게 나가서 살라고 호소를 하여 탈출시킨다. 뛰어 달아나는 사람들의 몰골이 형편없다. 꿈의 의미를 찾자면... 하화중생이 생각난다.

오전에 사무실에서 머리가 무겁기에 의식을 집중하여 빙의령을 확인

코자 했지만 보이지 않았다. 그래도 컨디션이 좋아진 효과를 보았다. 저녁에는 보공, 좌공, 와공의 순으로 수련했는데 며칠째 별다른 변화가 없으니 토요일에 다음 화두를 받을까 싶다.

8월 17일 목요일 〈자전거 수련〉

기상을 하니 6시. 거실로 나가 한 시간쯤 좌공 수련을 하는데 고양이가 자꾸 추근거린다. 지하철에서 독서하며 출근하려다 운전하며 의수단전하기로 결정. 그런데 오늘따라 유난히 앞차마다 교통 흐름을 막기에 조급증, 짜증이 난다. 운전과 너그러운 마음은 별개인가?

저녁에 헬스장 행. 의수단전하며 자전거를 50분 32Km 타다. 5분마다 레벨을 올렸다가 내리는 방법으로 오늘은 6레벨까지 갔다. 많은 땀은 물론 힘이 부치고 좌골신경통 증세, 현기증이 염려될 정도였지만 몸이 정화되는 기분이 든다. 밤에는 거실에서 자시 수련. 상중하 단전에 화두를 고정시켜 암송했지만 별다른 반응이 없다.

8월 19일 토요일 〈6단계 화두〉

간밤에 거실에서 자시 수련을 했는데, 새벽 1시 반에 서재로 이동하여 수면에 들었다. 지난주 꿈에 나왔던 지인이 사망하여 경찰이 조사하는 스토리의 꿈을 꾸다. 약한 감기 기운이 느껴지다. 오전에 드라마 왕좌의 게임 5, 6편을 보며 시간을 보내다.

삼공재 방문, 선생님께 여섯 번째 화두를 청했다. 자리에 앉자마자 새 화두의 기운이 들어온다. 화두를 받고 감사의 예를 올렸어야 하는데 그냥 앉아 죄송하다. 수련 중 오전에 본 드라마 장면이 잡념으로 떠올라

방해가 되니 앞으로 삼공재 오기 전에는 근신해야겠다. 특별한 변화는 없지만 시간이 빨리 경과한 것으로 보아 수련이 잘된 듯하다.

수련 후 뒤풀이 시간이 즐겁다. 현묘지도 수련 완료 기념으로 저녁 쏘시고, 판단이 잘 안 서면 자성에게 물어보라고 가르쳐 주신 이원호 님, 수박과 2차를 사신 회원님, 근래 나의 기운이 강해졌다고 평해 주신 회원님... 모두 감사하고, 덕분에 위로와 자극을 받는다.

그런데 꿈 내용이 의식되어 스마트폰의 카톡 친구 명단과 전화 연락처를 찾아 봤다. 이전에 있었는데 지금은 없다. 이 어찌된 일인가? 몇 달전 부재중 전화가 온 적도 있는데... 수소문해 볼까도 싶지만, 사실인들 아닌들 내가 할 게 없으니 슬픔과 초연함이 함께한다.

귀가하니 한기는 사라졌지만 피곤하여 잠을 잤다. 10시 반, 거실에서 와공 수련을 하니 기운이 간간이 들어오고 머리가 진동한다. 생생한 아시아 사람 얼굴이 보이는데 장승처럼 고정되어 있다. 다른 얼굴은 흐릿하게 보였다 사라진다. 자가치유를 하는 듯 손이 저절로 중단, 중완을 두드린다. 비가 많이 오니 추워져 티를 입고 계속 수련한다. 장막이 걷히면서 검은 하늘과 별이 보이고, 검은 물체가 위로 오른다. 황량한 낮은 산악 지역, 갑자기 눈앞에 어느 도시가 환하게 보인다. 시선을 돌리니 그곳도 환하게 보인다. 이 마지막 부분은 비몽사몽, 꿈일 수도 있다. 더 추워져 서재로 이동했다.

8월 20일 일요일 〈고향별〉

오후에 헬스장에서 페달이 아래에 있는 자전거를 1시간 타다. 의수단전으로 열감이 느껴진다. 레벨 7까지 올리니 너무 힘들어 왜 스스로 도

313

전하며 고생하는지 자문하고 이것도 수련의 일환이라고 자답하다.

카페 글과 링크된 글을 보는 한편, 외국 오디션 유튜브를 감상하다. 출연자의 부모 특히 모친의 경우 자식의 경연을 보며 눈물을 짓는다. 한국이나 외국이나 부모 마음은 같나 보다. 그런데 나도 덩달아 눈물이 난다.

콜라겐 부스터 사운드 테라피 유튜브를 들으니 격하게 진동한다. 소리도 에너지파이니 그것에 감응해서 그런가? 9시 반, 수련하며 빗소리를 들으니 기운이 들어오며 진동이 인다. 계속 진동하기에 하단전으로 기운을 모으니 멈춘다. 그런데 몇몇 얼굴이 비쳤다. 빙의령이 함께 들어온 듯하다.

10시 반. 거실로 옮겨 좌공 자세로 빗소리 수련 지속. 양쪽 귀로 들어온 소리가 인당 안쪽에서 백회로 들어온 기운과 합쳐 강하게 반응한다. 비가 그치자 화두수련. 어제처럼 아시아인 얼굴 외에 여러 얼굴이 보였다. 오른쪽 위로 도인 같은 분이 얼핏 보였다가 조금씩 커진다. 지도령인지 묻고 합장하고 앉은 채 절을 했다. 고향별을 찾았다. 우선 가까운 수금상화목토 순서대로 떠올리니 수성에서만 진동한다. 수성이 맞냐고 물으니 진동으로 답이 온다. 중단에서 검고 둥근 수성이 점점 커지며 접근한다.

8월 21일 월요일 〈문상〉

7시 알람 소리. 누워서 뭉개고 있는데 퇴직한 직장 동료가 나타나 얼른 일어나라고 한다. 이상도 하다. 살아 있는 사람인데... 지하철에서 스마트폰으로 카페 글을 보며 출근. 사무실에서 머리가 무겁고 약간 어지러워 빙의령 천도 시도.

퇴근 후 문상을 가다. 이전부터 문상은 가능한 한 가지 않고, 가더라도 음식 안 먹고 신속히 나오고, 귀가 전에 사우나에 먼저 가거나 현관에서 소금을 뿌리게 했다. 그런데 오늘은 아무 일 없듯이 다른 문상객처럼 음식을 먹고 얘기하다가 함께 나왔고, 사우나에 들르거나 소금 샤워를 하지 않았다. 아내가 묻기에 수련을 하고 있어서 괜찮다고 대답했다.

헬스장 갔어야 했는데... 어제 보던 오디션 유튜브 시리즈를 보면서 재미와 감격, 눈물의 시간을 보낸 후 수련에 임하니 집중이 안된다. 귀차니즘과 순간의 작은 행복을 선택한 대가가 크다.

8월 22일 화요일 〈수성〉

집에 다른 사람이 억지로 들어와 살면서 구조를 변경하였기에 이를 되돌리느라 한참 고생하고, 대학에서 수강 신청하고 교실을 찾아다니는 등 꿈에서 고생을 해서인지 아니면 어제 문상 때문인지 아침에 컨디션이 안 좋다. 강한 빙의령... 차를 몰고 출근하는 동안에도 사무실에 와서도 계속 천도를 시도했다.

저녁 식사 간단히 하고 헬스장 가다. 자전거 타고 65분 38Km 달리다. 페달이 앞에 있어 편한 자전거라 7단계까지 올라갔다 내려와도 지난번처럼 힘들지 않았다. 9시 반부터 카페 글 보며 수련 준비하다가 10시 반 거실로 나가 와공, 좌공, 와공 순으로 진행. 이틀 동안 보였던 생생한 얼굴이 더이상 보이지 않는다. 다 천도되었나? 화두를 암송하다가 반응이 없어 '수성'을 불렀다. 기운이 들어오고 온몸에 진동이 인다. 직장일 관련한 잡념이 계속 들면서 해결책도 떠오른다.

8월 23일 수요일 〈꿈과 요통〉

몸을 못 움직여 휠체어를 타고 있다. 어머니가 그런 나를 보살펴 주신다. 직장은 휴직, 그런 와중에 학업 걱정을 한다. 이런 꿈을 꿔서 그런지 허리가 찌리릿하며 아프다. 지하철 출근 중 입공 수련하다. 저녁 회식, 과식과 소주 몇 잔. 2차 안 가고 귀가하였다. 습도가 높아서인지 너무 덥다. 에어컨을 약하게 틀고 와공하던 중 잠이 들었는데 다음날 목 상태가 안 좋아진다.

8월 24일 목요일 〈편두통〉

익히 아는 장소인데 상가가 만들어지고 건축자재상이 들어선다. 운전을 하다가 차에 문제가 있기에 숙소에 들어가 휴식을 취한다. 방안에 아는 사람들이 많은데 한 이불 속에서 특정인과 반대쪽으로 누웠다. 발이 그의 은밀한 부분에 닿는데도 그녀는 피하지 않고 모르는 척, 잠자는 척한다. 후배와 일본 유곽에 가서 질펀하게 시간을 보낸다. 오늘도 이렇게 야한 꿈으로 시련을 당했지만 끄떡없다. 실제로 유혹에 접해도 넘어가지 않을 것 같다.

새벽 3시에 깨어, 아픈 목을 치료하는 음악을 들으며 수련을 하는 둥 마는 둥 시간을 보내다. 5시쯤 의식으로 소주천 경로를 훑으니 기운이 토성의 고리처럼 몸을 도는 듯하다. 계속 수련하는 동안 업무 관련 잡념이 자꾸 떠오른다.

아침 10시쯤부터 눈의 초점이 안 잡히고 눈앞에 빛의 잔상이 나타나 시야를 가린다. 편두통 전조 현상이다. 이 현상에 이어 심한 두통과 구토 증세가 생겨 몇 시간 동안 고생하게 된다. 편두통은 원인이 불명인

난치병에 속하지만, 빙의령 때문인 경우도 분명히 있다. 오랜만에 발생한 편두통 증세지만, 빙의령을 천도한 효과인지 전조 현상 후의 두통이 따르지 않았다.

저녁 회식에서 또 과식. 헬스장 가서 땀을 빼면 좋을 텐데... 술을 몇 잔 마신 핑계로 내일 가기로 했다. 대신 오래 수련을 했지만, 집중하지 못해서인지 효과가 미미하다.

8월 25일 금요일 〈뇌파 낮추기〉

아침 6시쯤 좌공에 들었다. 요 며칠간 입정에 잘 들지 못해 이번에는 뇌파를 낮추고 낮추고 또 낮추도록 의식하였다. 수련을 방해하고 색으로 유혹하는 게 빙의령인지 확인해 보니 모르는 얼굴들이 보인다. 또 생생하고 선명한 영상으로 사람(여자였던 듯)이 두 번 지나갔다. 특별히 기억에 남는 아는 얼굴이나 장면은 없다. 이들이 모두 빙의령은 아닌 듯하고 잡념처럼 떠오르는 현상 같기도 하다. 잡념이라면 아는 사람이 떠오르거늘, 모르는 사람이 나타나는 것은 어쩌면 꿈과 유사하지만 의식이 있는 상태 즉, 입정에 들어 그렇다는? 이때 나타나는 순간의 잔상은 사람마다 고유한 의식 프레임을 거쳐 각색되고, 이를 해석하는 것도 각자의 몫이 아닐까?

8월 26일 토요일 〈다음 진도〉

긴 꿈인데 기억에 남는 문제의 장면이 있다. 여성과 함께 일 보러 어디 가다가 뒤에서 가슴을 한 번 만졌다. 그런데 그녀는 놀라기는커녕 아무런 반응을 보이지 않기에 안심되는 한편으로 걱정한다. 조심하라는 계시인가?

아침에 PC를 보며 가볍게 수련하다. 영상 제작자이자 뮤지션, 명상가인 남편, 시각예술가이자 요기인 부인이 함께 제작한 〈Inner Worlds Outer Worlds〉를 유튜브로 시청하다. 구도자에게 도움이 되는 내용이 가득하다. 그런데 어느 순간 나레이션되는 영어가 그대로 다 들리고, 심지어 기운이 들어오며 진동까지 인다. 이 동영상을 활용하여 수련해도 좋을 듯하다. 침대로 이동, 앉아서 뇌파를 떨구니 금방 입정에 든다.

오후에 강남구청역, 나를 부르는 소리에 고개를 돌리니 멀리 지방에서 삼공재 오는 분이다. 몸이 갑자기 안 좋아져 폐를 끼칠까 봐 그냥 돌아간다고... 그와 나 사이에 안개 같은 기운이 퍼진다. 인사하고 돌아서는데 측은지심이 밀려온다.

삼공재 수련. 입정에 들어 화두를 1시간 정도 암송했지만 아무런 변화가 없기에 다음 진도를 나아가야 되겠다고 판단하니 하단전, 머리 부위가 진동하며 응답한다. 무릎과 고관절 통증이 심해져 우주의 기운, 자연의 기운, 치유의 기운, 사랑의 기운을 불러 치료한다. 조금 후 수피 복장의 터키인 같은데, 유리구슬 같은 약이 몇 줄 들어간 사각형의 용기를 넘겨준다. 이것을 받아 하단전에 넣는다. 약을 꺼내 통증 부위에 문지르고, 왼쪽 손목 통증 부위엔 약을 하나 꺼내 손목 관절 사이에 넣었더니 통증이 사라진다. 수련 후 7단계 화두를 받았다.

저녁에 강아지와 산책한 후, 보다 만 동영상을 마저 시청하고 수련에 들었다. 5단계 화두가 어렵다 해서 시간을 두고 임했건만, 이번 화두가 실제로 더 어렵다. 화두가 길기에 짧게 만든 버전으로 암송해 보기도 한다.

8월 28일 월요일 〈止感〉

새벽 4시 넘어 편두통 전조 현상으로 전구의 필라멘트 잔광이 흔들리듯 보인다. 천도를 하여 크게 고통받지는 않았지만 미세한 두통이 남았다. 저녁에 PC 앞에서 휴식을 많이 취했고, 커피도 마셨기에 잠이 안 올 것이고, 그럼 수련을 많이 하겠지? 그런 기대에도 불구하고 한참 끙끙거리다 이윽고 집중이 되나 싶더니 곧 잠에 빠지고 말았다. 휴식을 취하면서 TV든 PC든 너무 자극적인 장면을 보지 말아야겠다. 그로 인해 예민해지고 흥분되거나, 기억에 남는 장면이 반추되어 집중이 안 되기 때문이다. 그래서 지감을 강조하는 이유를 깨달았다.

8월 30일 수요일 〈인연〉

갈증이 나 새벽에 여러 번 잠에서 깼다. 아침 일찍 기상한 김에 화두 수련을 시작하다. 목이 아프기에 운전하면서 천돌혈에 집중하니 하단전이 상응한다. 오전에 신입직원 선발 면접을 봤다. 원하는 사람을 찾지 못해 세 번째 모집 공고를 낸 것인데, 마음에 드는 사람이 여럿 왔다. 이들 중 누구든 지난 공고에 왔다면 지금 채용되어 있을 텐데... 이들 중 한 사람을 선발하는 게 미안하고, 뒤에서 작용하는 인연이 무섭다.

저녁에 헬스장 가려 했건만 어제 음주의 영향인지 피곤기가 발목을 잡는다. 거실에서 무음으로 TV 야구 중계를 틀어 놓고 단전에 집중하며 휴식하는 중 깜빡 잠이 들었는지 시간이 점프했다. 서재 침대 위에서 좌공, 와공 순으로 수련했으나 효과는 미미하다.

8월 31일 목요일 〈신기록〉

5시 반에 기상, 수련하다. 점심은 행사 때 수고한 직원들과 같이했는데 그만 과식하고 말았다. 저녁은 과자 한 봉지와 드링킹 요구르트. 헬스장 가려는데 마음이 불편하다. 단식원에서 귀가 중인 아내에게 연락하여 어디 오는지 확인, 시외버스 터미널로 픽업하러 갔다 왔다. 이로써 숙제를 마친 듯 마음이 편해진다. 헬스장 가서 레저형 자전거 70분, 42Km 타다. 처음엔 머리가 무겁고 피곤했는데 페달 밟으며 빙의령을 천도하니 컨디션이 좋아져 거뜬히 신기록을 세웠다.

9월 1일 금요일 〈빙의령〉

알람 소리가 들려도 몸을 일으키기 어렵다. 잠깐 누워 있었는데도 시간이 훌쩍 지났다. 거울을 보니 눈이 벌겋다. 지하철에서 빙의령을 천도하니 몸이 가벼워지고 머리도 맑아진다. 저녁 식사로 도너츠 3개, 만두 3개를 먹었다. 헬스장 가려다 피로해서 휴식을 선택, 피시 앞에서 가볍게 수련했다. 침대에 누워 화두수련하니 영상이 생생하게 보였지만, 시간이 지나 기록하려니 기억나지 않는다.

9월 2일 토요일 〈삼공재〉

새벽 이른 시간, 밖에서 싸우는 소리에 잠이 깼다. 신고할까 망설이는 동안 경찰차가 도착하니 금방 조용해진다. 그런데 스마트폰 글자를 보는데 초점이 안 잡힌다. 편두통 전조 현상이다. 요 며칠 사이에 계속 발생하니 이상하다. 빙의령은 안 보이지만 천도를 시도해 본다.

오후에 삼공재 가다. 호보 선생과 처음 인사했는데 호감이 간다. 오전에 헬스장 운동으로 노곤했음에도 수련 중 졸지 않고 입정 상태가 유지되었다. 그동안 전생은 누차 봤으니 이번 단계에서 뭔가 대단한 것을 기대하고 있었다. 그게 오히려 수련을 방해한 듯하다. 7단계 이름이 무소유처이니, 모든 걸 놓고 임하기로 했다. 그러자 하단전 부위, 등 쪽으로 크게 비워지고, 상단전에서 줄이 나와 하단 쪽으로 향한다. 몸이 기화되는 듯하다.

수련 끝날 때까지 아무도 말을 안 하니 적막감이 두텁다. 그래서 일부러 선생님께 현묘지도 수련 완료한 분의 도호를 여쭸다. 道善. 멋지다! 나에게 어울릴 도호가 무얼지 한편으로 궁금하고 한편으로는 덤덤하다. 오늘은 의령에서 오신 분이 식사를 산다. 매주 혹은 격주 토요일마다 함께 수련하고 도담을 나누다 보니 전우애 같은 감정이 든다. 이들을 내 마음에 담기로 하고, 처음으로 명함을 건넸다.

집으로 오는데 허리가 불편하다. 헬스장 운동 후 근육을 풀어 줬어야 하는데, 삼공재에서 좌공하느라 꼼짝 않고 있다 보니 허리에 부담이 더해진 듯하다. 집에서 오래 휴식을 취하며 가볍게 수련했다. 이집트와 인도에서 산행하는 꿈... 심장박동이 이상해져 빙의령을 천도했다. 중단전 부위가 아프다.

9월 4일 월요일 〈수련 가속〉

아침에 좌공, 지하철에서 김학인 저 『선도(仙道)와 명상(瞑想)』을 마저 다 읽다. 이 책에서는 축기로 만든 기운을 단이라고 하고, 수련의 목표가 깨어 있기 위함이라고 한다. 영어의 awakening이 연상된다.

신입 직원이 첫 출근했다. 인사 삼아 미팅을 하던 중 빙의령이 옮겨와 머리가 무거워지고 말이 어눌해진다. 저 해맑아 보이는 사람에게서 그런 게 옮겨오다니... 화장실 간 김에 천도하니 머리가 금방 맑아진다.

독서모임에서 저녁을 과식하고, 커피를 석 잔째 마셨다. 카페인 때문에 밤에 잠을 못 잘 것 같으니 수련을 많이 할 수 있겠다는 기대감... 귀갓길, 몸에 오로라가 쳐지고 단전의 열감이 강하다. 원령공주에 나오는 신령스러운 사슴이 된 듯하다. 집에 오자 바로 서재 책상 앞에 앉아 카페 글 보며 가벼운 수련을 하다. 백회가 지글지글, 단전 열감이 지속된다. 좌공으로 화두수련, 입정에 들자 영상이 나타난다. 내용을 기록하려다 나중에 하기로 하고 수련을 계속했다. 몇 시인지도 모르겠다.

9월 5일 화요일 〈심각한 건망증〉

어젯밤 입정 중 본 것이 생각나지 않는다. 꿈처럼 하얗게 잊어버렸다. 잊혀져도 아무렇지 않은, 하얀 것... 그게 나의 원래 모습인가? 망각을 통해 존재의 의미를 깨닫게 하는 것일까?

2학기 첫 강의, 에너지 넘치게 잘한 듯하니, 귀가하여 보상으로 과자를 먹었다. 먹다 보니 과식했다. 소화시킬 겸 늦게까지 수련하기로 했다. 그런데 얼마나 수련을 했는지 기억이 잘 안 난다. 건망증이 심하다.

9월 6일 수요일 〈메모〉

지난달 21일 아침에 나타나 나를 깨웠던, 퇴직한 직원이 꿈에서 직장 일을 염려하며 나와 술을 마시다 취해 엎어진다. 무슨 일이 있나? 간밤에 먹은 간식 때문에 속이 더부룩하다. 중간에 배탈이 날지도 몰라 차를 몰고 출근했다.

귀가하니 피곤하여 식사도 안 하고 수면에 들었다. 2시간쯤 자니 피로가 풀린다. 9시 반쯤 요가를 하고 쓰레기 버리는 집안일 하고 PC 앞에 앉다. 카페 글 보고 법정 스님 육성도 처음 듣다. 유튜브로 〈Sonic Geometry〉 동영상 1, 2편을 보다. 이와 관련 있는 〈432Hz 명상음악〉 2시간짜리를 들으며, 철야 수련의 각오로 임했다.

강아지를 가운데 앉힌 채 좌공하는 동안 긴 머리의 젊은 여자 상반신이 오랫동안 보인다. 황량한 언덕 위에 천문대 같은 오래된 돌 건물이 보인다... 다음날 잊어버릴까 봐 즉시 메모했다. 새벽 1시 반. 메모하느라 수련의 흐름이 끊긴 듯도 하다.

9월 7일 목요일 〈꿈, 신기록, 수련〉

오피스텔 같은 공간에 여러 지인들이 번갈아 온다. 알고 보니 친구 소유다. (그는 사회성이 뛰어났던 친구인데 지금은 사람을 피하고 스스로 고립되어 살고 있다. 주변에서 걱정하는데 원인은 심한 빙의 때문인 듯하다. 적당한 시기에 도와줘야겠다.) 아는 여성이 내 옆에 누워 있다. 서로 몸을 건들지 않고 있는데, 그녀가 먼저 나에게 손을 망설이듯 뻗는다... 이어서, 오래전에 과부가 된 지인이 재혼한다. 상대는 내가 아는 남자다. 초혼도 내가 아는 남자랑 하더니... 그녀는 오랜만에, 30년 이상 꿈에 계속 나타난다. 실제로 재혼했을까? 재혼한들 안 한들 내가 어쩌란 말인가?

오늘 아침도 강한 빙의령... 출근 중 천도를 시작했는데 오래 걸렸다. 퇴근 시 T맵을 보고 운전하니 우회하여 집에 일찍 도착한다. 서재 침대에 누워 잠시 쉬다가 깜빡 잠이 들었다. 벨 소리에 잠이 깨어 시간을 보니 7시. 아침 출근 시간으로 잠시 착각했다.

생식을 먹고 헬스장으로 간다. 도중에 출판사에 연락해『선도체험기』115권에 대해 물었더니 교열지를 금일 보냈단다. 자전거 운동 75분, 45Km. 땀범벅이 되었지만 신기록 달성의 성취감!! 단계별로 5분씩, 8단계까지 올라갈 때 RPM 80, 내려갈 때 RPM을 점차 늘리며 페이스를 조절했고, 야구 중계 시청 덕에 체력 저하와 지루함을 모른 듯하다.

자시 수련. 어제와 같은 명상음악을 틀고 수련하다. 잔잔한 기운이 내내 들어오고 팔과 머리에 진동이 일었다. 직사각형의 띠들이 사람들처럼 교차로를 걷기에 조심해 지나간다. 고양이가 럭비공처럼 웅크리고 있는 모습이 보인다. 이런 장면들이 나와 무슨 관련이 있을까? 2시간이 금방 지나간다.

9월 8일 금요일 〈115권〉

전날 신기록의 여파인지 피로감이 있지만 몸은 가볍고 기분도 좋다. 전철칸에서 책을 읽는데 집중이 잘 안된다. 옆에 선 외국인의 체취를 피해 안으로 들어가니 이번엔 통화 소음, 지나가다 부딪치는 사람의 원성… 차라리 방해 안 받고 의수단전하며 차를 몰고 출근하는 것도 좋겠다. 한편으론 지하철에서 의수단전에 집중하지 못하고 산만해진 증거라는 생각도 든다.

『선도체험기』115권 초교지를 받았다. 보고 싶은 내용이 있어서 기다리고 있었기에 반가웠다. 대략 90쪽까지는 시사 논평이다. 헉! 대화의 시작과 끝을 표시하는 큰따옴표가 없다. 이런 적이 없었는데… 대화의 흐름을 파악해서 표시하느라 신경이 곤두선다. 다음은 김우진 님의 현묘지도 수련기. 지난 114권에 이어 이번에도 문단 편집에 공을 들였다. 현묘지도 수련에 성공했으니 세상에 큰 도움이 되라는 의미에서 도호를 大奉(봉 : 받든다, 기른다, 이바지하다)으로 주셨으니 존경스럽다.

9월 9일 토요일 〈삼공재〉

미국 프로야구 중계를 잠시 보다. 일본인 투수와 한국인 타자 간의 대결이 흥미롭다. 그런데 일본인 투수의 생김새는 한국사람 같다. 갑자기 이런 생각이 든다. 임진왜란, 정유재란 때 조선 사람들이 일본에 많이 끌려가 후손을 만들었을 것이고, 그 기간 일본인들이 조선 땅에 씨를 많이 뿌렸을 것이니 지금 한국인, 일본인 구별 자체가 의미가 있나? 부산의 이모부가 눈썹이 짙고 날카로운 게 완전 일본인 상인데... 그러자 야구 경기가 재미없어진다. 너와 내가 하나라는 진리도 생각난다.

교열 보는 동안 공명 운기가 되자 수련하고 싶은 충동이 인다. 또 찔리는 게 있어 지난 화두를 암송해 보았는데 반응이 없다. 다행이다 싶기도 하지만 나중에 다시 집중하여 확인해야겠다.

도선님 현묘지도 수련기, 첫 장 보는데 눈물이 주루룩 난다. 나가서 세수를 하고 마음을 달래고 들어왔다. 도선 님의 메일까지 다 보는 동안 두어 번 또 울컥한다. 글에서 풍기는 도선 님의 기운이 대봉 님 것과 달리 여성스럽다.

오후 1시 반쯤 허리 휴식차 침대에 누워 있다가 깜빡 잠이 들었다. 2시쯤 눈을 뜨니 몸이 좀 무겁다. 외출 준비를 하는데 가지 말라는 유혹을 뿌리치고 나간다. 전철칸, 앞에 남녀 3쌍이 몸을 밀착하고 앉아 있는

325

모습에 부러움을 느낀다. 아~ 아직 초연하지 못하구나. 어쩜 아직 청춘이라는 증거인가? 그런데 이런 느낌, 생각은 하차하면서 다 사라졌다.

삼공재. 선생님께 인사드리고 바로 접근하여 여쭌다. 현묘지도 1단계 이름이 천지인삼재와 천지인삼매 중 어느 것이 맞는지 또한 천지인과 삼재 간에 띄어쓰기 하는지? 선생님은 삼재가 맞고, 띄어쓰기는 아무래도 상관없다고 하신다. 띄어쓰기는 일관성 때문이라고 하니 붙이자고 하신다.

자리를 잡고 수련 시작. 먼저 빙의령을 천도하고 의수단전 점화. 순간 단전에 빨갛게 불이 들어온다. 호흡에 맞춰 1단계 2단계... 25단계에서 입정에 든다. 화두 암송. 떠오르는 얼굴이 선명하지만 모르는 사람이다. 계속 떠오르는 얼굴, 아는 사람이지만 지운다. 잡념도 관념도 지운다. 닫혀 있는 나를 열고 전에 봤던 본성도 지운다. 아무것도 없다... 하단전 집중하는데 상단전과 통합되었다가 그 집중이 상단으로 이동한다. 오늘은 무릎 통증이 조금, 고관절은 안 아프다.

귀가하여 교열을 시작하자 백회 주변에 산탄총 맞은 듯 자극이 온다. 교열을 수행의 일환으로 삼고, 명상음악 들으며 밤늦도록 했다.

9월 10일 일요일 〈교열 완료〉

교열 시 본문은 문단까지 챙기지만, 메일의 경우 작성자의 스타일을 살리면서 맞춤법, 띄어쓰기를 위주로 본다. 오후에 교열 끝내고 헬스장 갔다. 자전거 운동. 9단계까지 올랐다가 내려오는데 너무 힘이 들어 중간에 그만 내렸다. 기몸살과 진짜 몸살이 섞인 듯하다. 땀이 그렇게 많이 빠졌건만 물이 먹히지 않아 배를 한 개 다 먹었다.

도선 님한테 현묘지도 수련 진도를 서둘지 말고 천천히 가라고 누차 들었는데, 이제사 확실히 이해가 된다. 요즘 대학생이 취업 준비를 위해 졸업을 늦추듯, 수련 완료를 서둘지 않기로 했다. 학점 60점 받아도 과목 이수하지만, 기왕이면 90점 받으려 하는 마음이랄까?

저녁 식후 강아지와 산책 나갔다. 보공으로 단전에 열감이 형성되고 백회가 상응한다. 비가 내리기 시작하기에 귀가, PC 앞에 앉아 가볍게 수련, 〈I Am, The I Am〉이라는 수련 관련 동영상을 시청하다가 침대로 이동, 계속 듣다가 잠이 들고 말았다. 자전거 운동의 후유증인가 보다.

9월 11일 월요일 〈원고 발송〉

새벽 2시 넘어 눈을 뜨다. 거실에 나가 소파 위에 누워 와공하는 중 잠이 든다. 4시 넘어 잠에 깨자 서재로 돌아가 좌공, 컨디션이 안 좋아 침대에 눕는다. 꿈을 꿨지만 특별히 기록할 만하지 않아 생략. 6시 반쯤 최종 기상.

사무실에 도착, 생식으로 요기를 하고 수련기 정리. 초교 보내기 전, 김우진 님의 메일 부분을 다시 체크하고 택배 접수를 시켰다. 택배비는 수신자 부담으로 하지 않고 출판사에 고마움의 표시로 내가 매번 지불한다.

저녁 보공 중 기운이 적게 들어온다. 카페 놀이하며 명상음악과 Sound Therapy 유튜브를 시청하며 가볍게 수련했다. 반입정 상태에서 화두수련. 터키의 사냥꾼 세 사람이 나타나기에 의아했다. 다른 것도 보였지만 지금 기억이 안 난다.

9월 12일 화요일 〈아직 먼 마음공부〉

5시 기상. 명상음악 들으며 좌공 수련하다. 입정과 반입정 상태가 2시간 내내 반복된 듯하다. 중간에 끊기지 않고 지속되니 은근 만족스럽다.

야간 강의. 잠 부족 때문인지 뭔가 허전하지만 단전을 믿고 임하다. 1교시 무사통과, 2교시에서 걸렸다. 학생 모두 수업 태도가 좋을 리 없다. 사람들마다 성격과 반응이 다 다르기에 그러려니 하고 넘어왔는데, 전주부터 유독 눈에 띄는 학생. 수업을 발표 방식으로 진행하는데, 그 학생이 횟수에 불만을 토로한다. 비교는 불행의 씨앗, 경향성의 법칙, 자기 복은 스스로 불러온다는 진실 등을 이 학생이 깨달으면 좋겠다. 웃으며 유하게 넘어가도 될 것을, 감정을 실어 대답한 나 자신을 계속 관한다. 그런데 그것이 과하여 귀가해서 수련을 방해할 정도로 반추된다.

9월 13일 수요일 〈또 시련〉

꿈에 강하고 길게 색계의 유혹을 받았다. 내용이 잊혀지는 가운데 그 느낌은 늦게까지 남아 있다가 서서히 사라진다. 유혹의 강도가 강해지는 만큼 수련 수준이 높아진 증거로 보고, 연정화기를 확인한 셈 치면 될 것 같다. 저녁 수련을 많이 했는데도 별다른 효과가 없다. 7단계 수련 끝난 것인가? 하는 생각이 들기 시작한다.

9월 14일 목요일 〈쿤달리니〉

꿈. 지난달에 사망한 것으로 나왔던 지인이 나타났다. 그의 친척이 결혼하는지 축의금을 전달하려고 하는데 수월하지 않다. 실제로 사망하지 않았나? 그럼 다행이지...

오후에 방문자를 응대, 안내하고 시설을 시찰하다가 사람들이 모여 있는 현장을 발견했다. 무슨 촬영을 하나? 가 보니 군중 가운데 경찰이 있고 직원도 보인다. 시설을 과하게 무단 이용하는 사람이 있어 신고가 들어왔다고 하는데, 피의자가 검문에 반발하고, 여경이 없어 손을 못 대는 바람에 시간이 지체되다가 결국 업무방해죄로 체포되어 연행된다. 저 사람... 정상이 아니다. 자신이 무슨 말을 하는지 알기나 할까? 나중엔 불쌍해져 눈물이 핑 났다.

그런데 탁! 소리가 나며 빙의령이 들어온다. 강하다. 금방 냄새가 나고 피로감이 심해지며 고통스럽다. 사무실에서, 퇴근길에 천도 시도. 저녁에 휴식하며 빙의령을 찾다가 산책 나가 보공하며 빙의령을 계속 부르지만 꿈쩍 안 한다. 할 수 없다. 파장금지 해원상생 극락왕생 암송할 수밖에... 이윽고 허벅지부터 뒤통수에 이르는 범위로 기운이 인다. 기분 나쁜 기운이 아니라 이상하다. 이후 의수단전으로 열감이 생긴다.

귀가하여 유튜브로 명상음악을 듣는데 집중이 안된다. 그럼 다른 거! 〈11 Definite Signs of Kundalini Awaken〉을 시청하는 동안 운기가 된다. 쿤달리니가 각성되면 11가지 변화가 일어난다. 명현반응, 바보가 됨, 영혼의 정화, 노화 중지, 지능 향상, 체력 증진, 동정심과 공감, 유감, 영험한 성적 능력 향상, 우주적인 이해, 운명과 영혼의 목표 발견 등인데, 나한테 거의 다 해당되는 듯하다.

국회에서 대정부 질의에 응하는 이낙연 총리의 답변을 동영상으로 보니 교훈이 된다. 1시간 반 동안 좌공 수련하다. 더이상 큰 변화가 없으니 알게 모르게 7단계 화두가 통과된 건가? 하는 생각이 계속 든다.

9월 15일 금요일 〈특별한 시련〉

꿈. 비행기에서 스페셜 서비스를 받다. 동행자는 그런 서비스에 익숙해서 내가 당황하지 않게 안심시킨다. (꿈을 깨고 생각하니 그가 누군지 모르겠다) 하여간, 비행기를 3회 연속 타는데 같은 여성이 다가와 성적인 만족감을 제공한다. 요정처럼 예쁘다. 처음엔 가볍게 나중엔 진하게... 그러다 그녀에게 연민의 정이 들어 따로 찾게 된다. 어린 시절 초동에서 살던 집 같다. 방에서 그녀를 기다리니 나타나 진하게 해 주고 사라진다. 가장 큰 시련 같다. 연기화신 단계로 넘어가기 전에 지감 금촉에 대한 시험을 받는 것인가? 한편으론 절제하며 수련하는 데에 대한 보상인가? 재미있다.

저녁 식사 후 책상 앞 휴식하며 카페놀이, 인터넷 하는 중 하단전이 뜨거워진다. 유튜브 〈How to Access Superconsciousness〉 2부 시청하며 수련하니 운기 현상이 계속된다. 이 동영상은 (요가) 명상법에 대하여 설명한 내용인데, 선도수련과 공통부분이 있는 것은 명상 자체가 갖는 보편성 때문이리라.

9월 16일 토요일 〈8단계〉

현묘지도 8번째 수련 들어갈 생각을 하니 상서로운 기운이 돈다. 삼공재를 향해 가는데도 그러했다. 오늘은 10명의 수련생이 모였다. 선생님께 일배하고 이어서 8단계 화두를 받았다.

화두 문장이 길어서인지 헷갈린다. 그래도 수련 중 대략 암송하니 엄청난 기운이 들어온다. 걸쭉하고 강한 기운이 머리에서 들어와 내려간다. 수련 내내 기운이 들어온다. 2시간의 시간이 금방 지나갔다.

선생님께 『선도체험기』 115권 초교 끝내고 출판사 보냈다고 말씀드리니 미소를 지으신다. 이어서 화면 우측 상단의 버튼 조작법을 알려 드리고, 다른 Sound Therapy 유튜브를 화면에 바로가기로 깔아드렸다. 그리고 8단계 화두를 다시 확인했는데, 시간이 지나니 또 긴가민가해진다.

9월 17일 일요일 〈빙의〉

아침 5시 반 운동하러 나가 오후 5시 다 되어 귀가했다. 점심을 늦게 먹었기에 저녁은 생략. 저녁 6시쯤, 학생들이 보낸 과제 확인하고 일일이 회신하고 있던 중 눈앞에 전구불의 잔광 현상이 강하게 인다. 빙의령이 옮겨온 것인가? 나중에는 심장 통증도 동반한다. 강하다! 빙의령을 불러내려 했지만 보이지 않는다.

그래도 집중을 하니 천도되는 듯하다. 혹시 싶어 천도 암송도 하였다. 천도의 효과인지 두통이나 복통은 따르지 않았다. 수련이 진전됨에 따라 빙의에 의한 편두통이 이렇게 자주 발생하고 있지만 담담하게 넘기고 있다. 요즘 천도 암송 시 '해원상생' 대신 '하화중생'이 불쑥 튀어나오기도 한다.

유튜브 〈내면의 세계, 외부의 세계〉 1부 空(Akasha)을 시청하며 수련하다. 아카샤는 공간 그 자체이다. 다른 요소들로 채워져 있는 공간이자, 진동과 함께 존재하는 공간이다. 성경의 "태초에 말씀이 계시니라…"라는 문장에서 '말씀'은 원전에서 '로고스'라고 한다. 그 로고스에 Akasha의 의미가 있으며, 이 로고스를 잘못 번역하면서 원래의 뜻이 크게 와전되고 말았다. 불교에서는 자신 안에 있는 로고스, 파동의 장을 직접 인식하라고 한다. 그 방법이 선, 명상, 수련이다.

9월 18일 월요일 〈나선〉

어제 운동했음에도 피곤하지 않다. 일찍 깨 모닝콜이 울릴 때까지 누운 채로 화두 암송, 출근 전철칸에서도 앉아서 암송하니 기운이 인다. 독서회 모임 갔다가 귀가하여 〈내면의 세계, 외부의 세계〉 2부, 나선(The Spiral)을 시청하다.

아카샤는 나선의 모양으로 외부로 나타난다. 나선형의 힘을 주시하는 의식의 고요함에 균형을 맞추면 완전한 진화의 잠재력을 대하게 된다. 생각, 즉 외부에 고정된 이기적인 마음으로 인해 진정한 내면, 진동하는 자연을 알지 못한다. 의식을 내면으로 향하게 하면 햇빛을 받고 연꽃이 자라기 시작한다. 결론적으로 이 나선이 우리의 내면과 외부를 연결하는 고리가 되는 셈이다.

9월 19일 화요일 〈뱀과 연꽃〉

6시 기상, 와공과 좌공을 하며 화두수련을 하다. 좌공 시 기운이 약하게 시작하여 점점 강해지면서 들어온다. 잠시 입정에 들었다가 출근 준비를 하다.

야간 강의. 학생들의 눈과 얼굴을 일일이 보며 열정적으로 진행했다. 반응도 좋다. 문제 학생은 내가 더이상 그렇게 인식하지 않고 미소를 띤 눈길을 준다. 이런 긍정적인 모습은 수련의 효과일 수밖에 없다. 귀가 중 하단전이 뜨겁다.

귀가하여 〈내면의 세계, 외부의 세계〉 3부, 뱀과 연꽃(The Serpent and The Lotus) 시청하며 수련하려는데, 집중이 안되고 꾸벅꾸벅 존다. 피곤한가 보다... 뱀은 나선형으로 세상의 진화 에너지를 상징하며, 연꽃은 차크라인데 특히 인당, 백회에 핀 오로라를 상징한다. 내면으로 의식을 돌려 집중하면 뱀, 즉 쿤달리니가 연꽃을 뚫고 송과선(상단전)을 지나 백회로 도달한다.

9월 20일 수요일 〈乘遊至氣〉

저녁에 유튜브 음악 크리에이터의 공연 행사가 직장 내 새로 만든 시설에서 개최되어 보러 갔다. 재야의 뛰어난 피아노 연주가인 허니또, 이정환은 악보도 안 보고 실수도 없이 어째 여러 곡을 완주할 수 있을까? 몰입되어 즐기는 듯 미소까지 띤다. 명상도 몰입하는 것이니 뭔가 유사한 듯하다. 그런데 연주곡에 따라 상단, 상단과 중단, 하단 주변으로 기운이 춤추듯이 움직인다. 기운을 타고 몸이 움직이게 됐으면 어쨌을까? 공공장소라 앉은 채 몸에서 도는 기운을 즐길 수밖에. 이 또한 지극한 기운을 타고 노니는 승유지기렸다.

9월 21일 목요일 〈사고를 넘어〉

6시 기상, 와공 수련. 출근 시 운전하며 '의수단전 일, 의수단전 이, 의수단전 삼...' 이런 식으로 수식관을 하니 효과가 있다. 오전에 『선도체험기』 115권 2차 교열지가 택배로 사무실로 왔다.

〈내면의 세계, 외부의 세계〉 4부, 사고를 넘어(Beyond Thinking)의 개요 : 외부의 기준으로 비교하거나 생각하기 때문에 문제가 발생한다. 따라서 내면 의식의 관점으로 돌려야 한다. 바깥의 편견에 물들지 않고 깨어 있는 것, 그 상태가 열반, 모크샤 등으로 불린다. 편견을 놓아 버림으로써 실재를 있는 그대로 받아들이고, 모든 것은 흩어지고 변한다는 것을 안다. 고요한 마음은 깨달음의 관문이다. 환희는 고요함에 반응하는 에너지다. 이 에너지의 내용이 의식, 존재하는 모든 것에 연결된 의식이다.

9월 22일 금요일 〈원고 2차 교열〉

4시 기상. 교열 작업을 하며 수련했다. 6시 좌공 시작. 땅이 갈라진 절개지가 보인다. 와공 중 비몽사몽, 꿈을 꾼 듯하다. 국민의 개인 수준에서 발생한 사고를 대통령이 방지 못 했다고 비난하기에 나는 어찌 모든 국민을 대통령이 다 지켜볼 수 있느냐고 항변한다. 흠… 저녁에 수련하는 기분으로 교열 작업을 하니 기운이 인다. 반분량 교열 끝내고 취침에 들다.

9월 23일 토요일 〈8단계 수련 완료〉

오전 8시 화두수련 중 굴의 벽면이 선명히 보인다. 어제 아침에는 절개지가 보이더니만 수련과 무슨 관련이 있을까? 화두를 계속 암송하는데 "내 모습은 빛이다. 빛이다. 빛이다. 빛 빛 빛…"이라는 소리가 들리며 그토록 꼼짝 않던 화두가 한순간에 깨졌다. 수련을 계속하는 동안 기운이 들어오며, 울컥하기도 했다. 그리고 내 몸이 빛으로 화하는 듯한 느낌이 들었고, 나의 도호가 무엇일지 알 것 같았다. 이로써 14주간의 현묘지도 수련이 끝났다.

이제 삼공재 갈 시간이다. 지하철역 방향으로 걷고 있는데 기운이 돌며 오로라가 감싸며 눈물이 나오려 한다. 선생님 댁 근처에서 수련생을 만났는데, 현묘지도 수련 끝냈냐 묻기에 끝났다고 겸손하게 대답했다.

나를 포함 3인의 수련생이 입실한다. 현묘지도 8단계 끝났다고 보고드리려다 눈물이 나올 것 같고, 점검할 것도 있고 해서 차마 말씀 못 드렸다. 어차피 수련기 보내 드리면 이를 검토한 후 통과 여부를 최종 결정하실 터...

내내 반입정 상태에서 "빛이다, 빛"을 암송하며 집중한다. 수련 끝나고 몸짱 수련생과 전철 탈 때까지 걸으며 대화한다. 8단계 끝났냐고 묻기에 또 조심스럽게 대답했다.

수련 점검과 마침

화두가 이번 8단계처럼 확실하게 깨진 것은 처음이다. 지난 7개의 화두의 경우 기적인 변화가 더이상 일어나지 않고 기운이 안 들어오는 것으로 판단했었다. 그나저나 현묘지도 수련을 통하여 크게 발전한 것은 틀림없으며, 어떤 변화가 있었는지 확인해 보고 싶어졌다.

그래서 유튜브 동영상 〈Signs of Spiritual Awakening : Do you have Them?〉을 시청했다. Spiritual Awakening을 직역하면 영적인 각성인데, 의역하면 깨달음이 아닐까? 영적으로 각성한 사람은 대략 다음과 같은 변화가 온다고 한다 : 수면 패턴 변화, 백회의 활성화, 정서의 변화, 체중 변화, 감각이 민감해짐, 명상 시 변화, 에너지(기운) 들어옴, 젊어 보임, 생생한 꿈, 일상 탈피 욕구, 내면을 중시하면서 바깥 활동에 무관심해짐, 창의성 고조, 무엇인가 곧 일어날 것 같은 임박감, 참을 수 없음, 영적인 갈망, 내가 다르다는 느낌, 영적인 여행을 돕는 스승의 출현, 보이지 않는 존재 인식, 전조 환상 숫자 상징의 인식, 진실성 고조, 직관 향상, 의식 상태 변화, 정신과의 대화, 동식물과의 교감, 다른 차원의 존재에 대한 인식, 전생 혹은 평행생, 현기증, 낙상 사고 골절, 심계항진, 영혼의 동반자를 찾고 싶은 욕구, 돌발적인 기억 출현...

위의 내용이 많아서 좀 간단한 것을 찾았다. 〈10 Signs of a Spiritual Awakening MUST SEE〉: (1) 수면 패턴 변화, (2) 백회의 활동, (3) 감정의 물결, (4) 오래된 일 반추, (5) 몸의 변화, (6) 감각 발달, (7) 새로운 세상을 보기 시작하고 새로운 것을 알게 됨, (8) 모든 것에 연민과 사랑 느낌, (9) 습관 탈피 욕구, (10) 동시성 증가.

위 동영상을 통해 나의 상황을 확인해 보니 대부분 해당된다. 한편, 현묘지도 수련은 자성을 수련하는 효과가 있다고도 하는데, 나의 경우 썩 그러지 못한 것 같아 일주일 동안 점검 수련을 했다.

먼저 1단계 화두를 암송하니 기운이 조금 들어오며 진동이 인다. 화두를 하단전에 두고 암송하는 동안 입정에 든다. 별 의미 없는 화면들이 빨리 지나간다. 하단전과 인당이 상응한다. 화두를 천지인삼재로 바꾸어 암송한다. 약간의 잡념이 지나고 마른 우물 같은 것이 보인다. 화두인 ○○○○을 보여 달라, 보여 달라 하니 무엇인가 섞여 지나가다 매우 큰 조형물의 밑에 있는 7개의 돌을 상징으로 보인다. 이어서 ○○○○과 나의 관계는 무엇인지 계속 물었다. 시간이 경과된 후 작은 소리로 응답을 들었는데, 이 부분은 나중에 풀어야 할 숙제로 삼았다.

2단계 점검 시 별 무반응. 3단계 점검 시 하단전을 의식하며 화두 암송하니 가벼운 기운이 들어온다. 입정 상태에서 하단전이 뜨겁고 성기 주변이 타는 듯하다. 하단전을 내내 바라보는데 몸이 작아지면서 공처럼 된다. 다음날 보공 중 머리에 기운이 일더니 어깨, 팔, 허벅지까지 확대된다. 기운이 들어오는 게 아니라 자체적으로 지글지글 거리며 오로라가 형성되고는 점점 강해진다. 머리 부위는 지릿지릿하며 크게 일어난다. 빛으로 변하는 건가... 하단전 부위가 가마솥 끓듯 뜨겁다.

4, 5, 6단계 점검 시 별무 반응. 7단계 점검하기로 한 9월 30일 (토요일) 아침 7시쯤이다. 전날 밤 운동하고 늦게까지 수련해서 그런지 피곤기가 느껴진다. 누운 채 지난 화두를 암송하다가 7시 반부터 책상 앞에 앉아 입정에 들었다. 화두를 암송하니 잔잔한 기운이 들어온다. 그러다 이것이 집착 같다는 생각이 들어 입장을 바꾸어 현묘지도 수련을 마친 내가 누구인지 관을 하기로 했다.

그러자 오른쪽 아래에서 부처의 얼굴이 보인다. 익히 보던 반가좌부처상의 얼굴 같아서 그 상을 생각하니 찬란한 금색의 그 부처상이 온전한 모습으로 보인다. 이것은 내가 불러온 것으로 여기고 지웠다. 조금 후 지구인 같지 않은 어떤 남자가 나타나 손을 뻗어 나에게 화분을 주고 사라진다. 초록색 둥근 잎이 모인 짤막한 식물이다. 그런데 그 화분에서 큰 기운이 나온다. 계속 입정... 아는 만큼 보인다고, 이전과 지금의 상황이 다르니 똑같은 화두라도 반응하는 바가 다를 수밖에 없음을 깨닫고 이로써 점검하려는 생각을 놓았다.

오후에 삼공재 방문, 반입정 상태에서 오전의 상황을 관하니 황금 부처상에서 기운이 강하게 나온다. 그리고 그 부처상은 내가 부처가 되었음을 보여 주기 위해 나타난 것으로 확인되니 감격스럽다. 증정받은 화분에 대해서는 앞으로 잘 키워야 한다는 책임감을 느꼈다. 이어서 현묘지도 수련이 확실히 완료되었다는 확신이 섰다. 이에 선생님께 현묘지도 수련이 끝났다고 고하고, 감사의 삼배를 하는데 눈물이 핑 돈다.

현묘지도 수련이 끝나니 당장 뭔가 크게 달라진 것 같지는 않다. 수련 과정에서 온갖 방해와 시련을 극복하며 큰일을 이미 많이 경험했기 때문이다. 그런 가운데 지금 여기 미묘하고 신령스러운 이 느낌... 그리고 수련을 통해 정화된 마음, 상승된 영적 수준과 기적인 능력, 증진된 건강이 앞으로 나의 수련과 일상생활에 크게 작용할 것은 틀림없다. 그것이 앞으로 어떻게 전개될지는 나 자신 기대가 크다. 그리고 수련 과정에서 미진했던 부분은 새로운 공부의 목표가 되었으니 이 또한 기대에 포함된다.

마지막으로, 많이 부족함에도 기꺼이 현묘지도 수련으로 이끌어 주신 삼공 선생님의 은혜는 평생 보답하리라 다짐한다. 또 수련하는 동안 많은 격려와 응원을 해 주신 삼공재 도우님들에게 깊은 감사의 뜻을 전한다. 그리고 여기까지 오는 길에 많은 우여곡절을 넘겼으니 그때마다 도와주신 보호령과 지도령, 선계의 스승님들께 감사의 절을 올린다.

【필자의 논평】

방준필 씨가 논현동 삼공재에 나타난 것은 지금으로부터 23년 전인 1994년 5월 6일이었다. 그로부터 2007년 11월 18일까지 13년 동안 오행생식을 열심히 하면서 수행에 진력하더니 그 후로는 삼공재에 나타나지도 않고 『선도체험기』를 비롯한 필자의 100여 권의 저서들을 무상으로 다달이 도맡아 교정 또는 편집해 주었고 지금도 그 일을 꾸준히 맡아 하고 있다.

『선도체험기』를 102권까지 출판하여 온 유림출판사가 부득이한 사정으로 출판을 못 하게 되자 그가 글앤북 출판사를 주선해 주어 지금에 이르고 있다. 그동안 몇 해 만에 어쩌다가 불쑥 한 번씩 들르곤 하던 그가 본격적으로 다시 삼성동 삼공재에 적어도 1주일에 한 번씩 나타난 것은 2017년 5월부터였다.

독자 여러분들이 방금 읽은 그가 쓴 "현묘지도 수련기"는 그러니까 지난 5개월 동안의 그의 수련 체험기인 것이다. 내용은 그저 평범하기 짝이 없는 직장 생활인의 일상생활을 지루할 정도로 꼼꼼하게 묘사해 내고 있다. 그의 주거인 아파트와 직장을 매일 오가는 지하철, 그가 들르는 헬스장, 반려견을 앞세운 산보, 친구들과 만나는 다방과 카페, 가끔 자가용을 운전하는 일 사이사이 끈질기게 명상하고 운기조식하고 빙의령들과 끊임없이 싸우고, 실수하고 갈등하고 반성하는 것 등이다.

그러나 그러는 동안 비범한 구도자의 능력이 잠룡처럼 꾸준하게 성장하고 있었던 것을 이 메일의 종말에 가까워지면서 예민한 독자는 알아차렸을 것이다. 그리고 구도자라면 누구나 감동시키지 않을 수 없는 범상찮은 필력에 전율을 느꼈을 것이다. 이에 삼공재는 또 한 사람의 현묘지도 통과자를 30번째로 세상에 내보낸다. 도호는 조광(造光).

저자 약력

경기도 개풍 출생
1963년 포병 중위로 예편
1966년 경희대학교 영어영문학과 졸업
코리아 헤럴드 및 코리아 타임즈 기자생활 23년
1974년 단편 『산놀이』로 《한국문학》 제1회 신인상 당선
1982년 장편 『훈풍』으로 삼성문학상 당선
1985년 장편 『중립지대』로 MBC 6.25문학상 수상

저서로는 단편집 『살려놓고 봐야죠』(1978년), 대일출판사, 민족미래소설 『다물』(1985년), 정신세계사, 장편 『소설 한단고기』(1987년), 도서출판 유림, 『인민군』 3부작(1989년), 도서출판 유림, 『소설 단군』 5권(1996년), 도서출판 유림, 소설선집 『산놀이』 ①(2004년), 『가면 벗기기』 ②(2006년), 『하계수련』 ③(2006년), 지상사, 『선도체험기』 (1990년~2020년), 도서출판 유림 및 글터, 한국사 진실 찾기(2012), 도서출판 명보 등이 있다.

약편 선도체험기 25권

2023년 3월 6일 초판 인쇄
2023년 3월 15일 초판 발행

지 은 이   김 태 영
펴 낸 이   한 신 규
본문디자인 안 혜 숙
표지디자인 이 은 영
펴 낸 곳   글터
주   소   05827 서울특별시 송파구 동남로 11길 19(가락동)
전   화   070 - 7613 - 9110 Fax02 - 443 - 0212
등   록   2013년 4월 12일(제25100 - 2013 - 000041호)
E-mail   geul2013@naver.com

ISBN 979 - 11 - 88353 - 52 - 1   04810   정가 20,000원
ISBN 979 - 11 - 88353 - 23 - 1(세트)